KB122375

이제는 변화가 두렵지 않아요 유럽편

길을 찾아 나선 가족 · **3**

이제는 변화가 두렵지 않아요 유럽편

이해준 지음

초판 1쇄 발행 2016년 11월 10일

펴낸이 오일주
펴낸곳 도서출판 혜안

등록번호 제22-471호
등록일자 1993년 7월 30일

주소 ㉾ 04052 서울시 마포구 와우산로 35길 3(서교동) 102호
전화 3141-3711~2
팩스 3141-3710
이메일 hyeanpub@hanmail.net

ISBN 978-89-8494-563-0 04810
978-89-8494-560-9 [전 4권]

값 15,000 원

길을 찾아 나선 가족 • 3

이제는 변화가
두렵지 않아요
유럽편

이해준 지음

혜안

우리 가족에게 유럽은 변화의 땅이었다. 유럽의 가장 동쪽인 터키에서 출발해 그리스를 거쳐 지중해를 건너고, 중부 유럽을 거쳐 유라시아 대륙의 서쪽 끝인 스페인과 포르투갈까지 이어진 여정에서 우리는 이번 세계일주 여행 중 가장 많은 변화를 겪었다. 한국에 있던 가족과의 만남과 헤어짐에서부터 시작해 아이들이 차례로 여행을 마치고 한국으로 돌아갔고, 마지막으로 필자 혼자만 남기까지 끊임없는 변화가 이루어졌다. 유럽 대륙이 인류 역사에서 거대한 변화의 진원지 역할을 했듯이 우리 가족에게도 마찬가지였다. 그것은 중국에서 네팔~인도를 거쳐 유럽까지 여행하면서 쌓아온 자기 성찰의 결과라고 할 수 있지만, 더 중요한 것은 우리가 그 변화를 두려워하지 않게 되었다는 점이었다.

여행의 목적은 무엇인가. 새로운 문화와 역사와 사람을 만나는 것이 여행의 목적일까? 삶의 힘겨움과 어려움을 털어내는 '힐링'이 여행의 목적일까? 가족이 서로에 대한 이해의 폭을 넓히고 사랑을 확인하는 것이 여행의 목적일까? 물론 이러한 모든 것이 여행의 목적이 될 수 있다. 하지만 그것만으로는 부족하다. 여행의 진정한 목적은 이러한 모든 것을 통해 새로운 자신을 발견하고, 자신을 변화시키고, 내면의 힘을 얻고, 그 에너지로 현실을 새롭게 개척해나가는 것, 그것이 진정한 여행의 목적이다. 때문에 여행의 최종 목적지는 먼 곳에 있는 것이 아니라 자신의 내면이며, 자신이 발을 딛고 있는 현실이라 할 수 있다. 자신이 살던 집으로 돌아오는 것이 여행의 종착점이며, 변화된 모습으로 현실과 마주하는 것이 여행의 목적이다. 여행의 목적은 여행 그 자체에 있는 것이 아니라 현실로의 새로운 복귀에 있는 것이다.

우리 가족에게 유럽 여행은 그 목적지에 가까이 다가간 여정이었다. 중국에서 시작해 네팔, 인도를 거치며 가족에 대해 속속들이 알게 되었고, 자신과 사회에 대한 새로운 희망의 끈을 발견했다고 한다면, 유럽에서는 자신이 걸어가야 할 길이 어떤 것인지 구체적으로 깨닫고 한 명씩 한 명씩 차례차례 현실, 그러니까 자신이 몸담았던 한국으로 돌아가는 과정이었다. 이런 측면에서 유럽 여행은 우리 가족에게 가장 중요한 여정이었다.

우리 가족의 유럽 여정은 동서양 문화가 교차하던 터키에서 시작했다. 터키에서는 필자의 형과 동생 가족이 합류해 갑자기 여행 인원이 열한 명으로 늘어났다. 대가족이 13일 동안 터키를 일주하고 난 후 형과 동생 가족은 조카 멜론과 함께 한국으로 돌아갔다. 우리 가족 네 명만 남은 여행단은 그리스로 넘어가면서 유럽 대륙 횡단에 나섰다. 지중해를 건너 이탈리아로 넘어간 다음, 오스트리아, 독일, 덴마크를 거쳐 네덜란드, 프랑스, 스페인과 포르투갈까지 유럽 대륙을 누비면서 자신이 가야 할 길을 조금씩 구체화했다.

스페인 여행을 끝으로 첫째 아들 창군이 군에 입대하기 위해 귀국 비행기에 올랐고, 아내 올리브가 창군의 입대 뒷바라지를 위해 함께 한국으로 돌아갔다. 필자와 둘째 아들 동군 두 명으로 줄어든 가족 여행단, 두 부자(父子)는 북유럽과 독일을 함께 돌아다니며 더 긴밀한 교감을 나눌 수 있었다. 이걸 끝으로 동군도 '지금은 여행보다 대학 입시를 준비하는 게 낫겠다'며 귀국 비행기에 올랐다. 가족들이 차례로 귀국하는 걸 바라보면서 필자도

'귀국해야 하나' 하는 고민에 빠지기도 했지만, 결국 혼자 여행을 계속하는 것으로 결정을 내렸다.

이러한 가족의 변화, 변화를 두려워하지 않게 되기까지는 유럽 여정에서 만난 많은 사람들이 큰 역할을 했다. 그리스에서는 영원한 자유의 화신 니코스 카잔차키스를 만났고, 이탈리아에선 중세 기독교 문화에 혁명을 가져온 아시시의 성인 프란체스코를 만났다. 오스트리아에선 비운의 천재 음악가 모차르트를, 네덜란드에선 격정적인 인생을 살면서 실험적 예술혼을 불태운 빈센트 반 고흐를, 스페인에선 상상력의 한계를 뛰어넘은 건축가 안토니 가우디와 자본주의의 대안으로서 협동조합의 모범 사례를 만든 호세 신부를 만났다. 유럽 대륙의 서쪽 끝에서는 많은 사람들이 땅 끝까지 왔다며 환호성을 지르고 발길을 돌렸지만, 우리는 그곳이 새로운 세계의 시작이라 생각하고 거친 바다에 배를 띄워 '대항해 시대'를 연 모험가들을 만났다. 이들 모두 인류의 역사에서 새로운 영역을 개척한 인물들이었다. 이들 창조의 화신들은 우리의 상상력과 용기를 자극했다.

따지고 보면 우리가 세계를 여행하면서, 특히 유럽을 여행하면서 만난 사람과 문화, 역사는 모두 인류 역사상 '최고의 것'이라 할 수 있다. 조각이나 그림과 같은 예술 작품은 물론 건축물들이 모두 세계 최고의 것들이었다. 예술가든, 문학가든, 철학자든, 정치가든, 우리가 만난 인물들은 세계 역사에 큰 족적을 남긴 사람들, 역사의 물줄기를 바꾼 사람들이었다. 유럽 여행의 멋은 바로 그 최고의 성과를 확인하면서 삶과 사회에 대한 새로운 영감과 용기를 얻는 데 있었다. 패키지 여행이 아니라 여행지를 스스로 선정해 찾아가고, 거기에 담긴 역사와 문화의 의미를 하나하나 뜯어보는 독자여행, 천천히 하는 여행이 그 효과를 높여주었다.

하지만 이런 과정이 자연스럽게 이루어진 것은 아니었다. 엄밀히 말하면 자연스럽고 순조롭게 이루어진 적은 한 번도 없었다. 한국에 있던 가족이 터키 여행에 합류했다가 조카 멜론과 함께 돌아갔을 때에는 사무치는 그리움에 몸서리를 치기도 했고, 지중해를 횡단하는 야간 페리에서는 비용을 절약하기 위해 침대가 아니라 의자를 택해 난민 같은 신세가 되기도 했다. 여행 일정을 미리 짜지 못하고 우왕좌왕 이동하면서 서머타임이 시작되는지도 모르고 역을 찾았다가 기차를 놓치는가 하면, 교통편을 예약하지 않아 똑같은 도시를 네 차례 들르기도 했다. 아이들이 서서히 독립적인 사람으로 성장하자 가장으로서의 정체성에 혼란을 느낀 필자는 혼자서 로마와 파리 시내를 하염없이 걸어다니며 허전한 마음을 달래기도 했다.

여행기는 기승전결(起承轉結)의 구조를 지닌 단일한 스토리와 다르다. 새로운 여행지를 찾아갈 때마다 새로운 문화와 역사, 사람을 만나고 새로운 영감을 얻기 때문이다. 하지만 여행하는 사람의 입장에서는 조금 다르다. 매일매일 새로운 것을 찾아가지만 여행을 하는 사람은 어제와 똑같은 사람이 아니기 때문이다. 여행의 과정에서 조금씩 변화하고, 여행을 진행하면서 쌓아온 경험과 사색을 바탕으로 새로운 여행지를 가더라도 다른 측면에서 새로운 현상들을 접하는 것이다. 때문에 여행자 입장에서는 전체적인 여행의 과정이 기승전결의 구조를 지닐 수 있다. 유럽 여정은 우리 가족에게 세계일주 여행의 중대한 전환점이 되었던 기간, 기승전결 구조에서 전(轉)의 단계라 할 수 있다. 그 극적인 전환의 여정을 함께 즐기길 기대한다.

2016년 9월
서울 마포구 성미산 자락에서
이 해 준

목·차 ·

들어가며 4

8

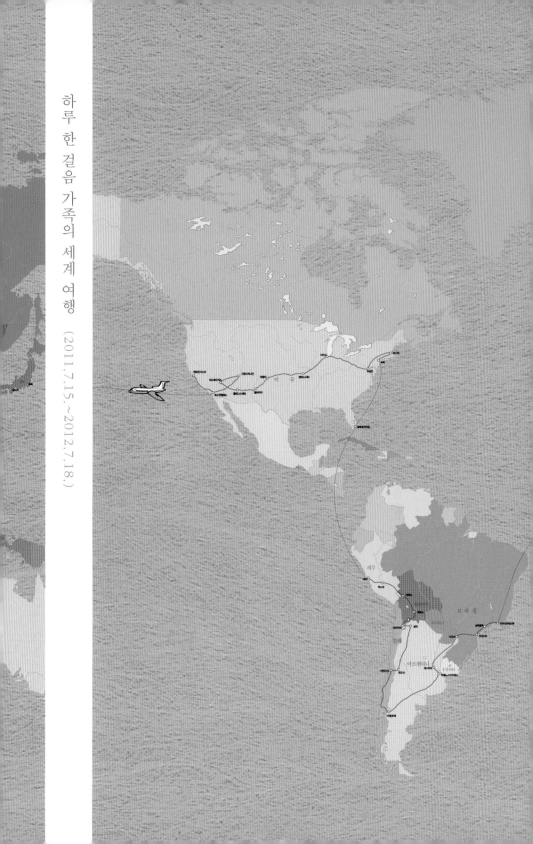

하루 한 걸음 가족의 세계 여행 (2011.7.15.~2012.7.18.)

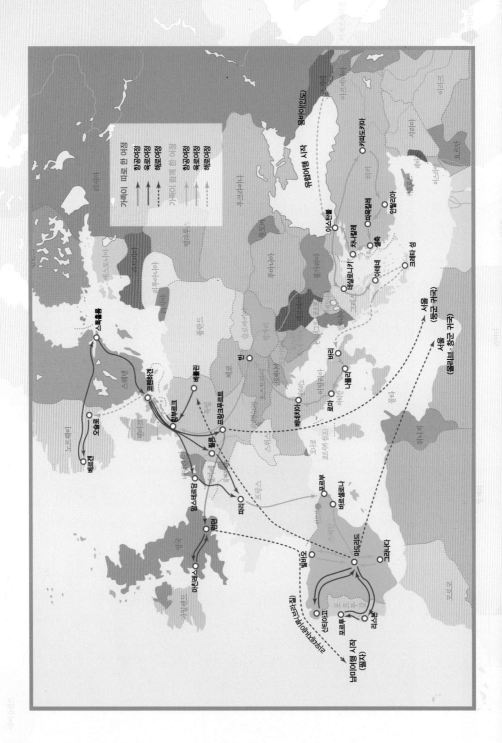

범례

가족이 따로 한 여정
항공여정
육로여정
해로여정

가족이 함께 한 여정
항공여정
육로여정
해로여정

유럽여행 시작

몰타(이래)

서울
(등교 귀국)

(등교 귀국) 서울

유럽여행 시작
(끝자)

산티아고 데 콤포스텔라(끝)

옷깃을 파고드는 그리움, 향수

인도 뭄바이~터키 이스탄불

재회를 기다리는 가족

"하이, 코리안. 마이 브라더!"

여행이란 말에는 왠지 모를 고독함이 배어 있다. 사람들이 복작거리며 살아가는 현실에서 벗어나 고독을 벗 삼아 길을 가는 나그네 같다고나 할까. 물론 여러 사람이 어울려 주요 관광지를 돌아다니는 패키지 여행이라고 하면 새로운 사람들과의 만남이나 이국적인 정취, 아름다운 자연, 맛있는 음식, 고색창연한 문화유적 같은 이미지를 떠올릴 수 있지만, 그럼에도 여행이란 말에는 자신의 내면으로 향하는 어떤 성찰적이고 낭만적인 이미지가 담겨 있다. 가족과 함께하는 여행이라도 장기 여행은 사회와의 연결고리가 단절된 상태임이 분명하며, 그로 인한 어느 정도의 고독은 불가피하다.

인도 뭄바이에서 터키 이스탄불로 넘어가던 나와 우리 가족에게도 고독함과 쓸쓸함, 그리고 근원적인 것에 대한 어떤 그리움 같은 복합적인 감정이 섞여 있었다. 여행 기간이 길어지면서 향수병 증상을 느끼기 시작했기 때문이기도 하지만, 이스탄불에서 우리가 만나려고 한 것이 그곳의 역사와 문화, 유적뿐만 아니라 한국에서 넘어오기로 한 가족이 포함되어 있었기 때문이다.

사우디아라비아 리야드의 킹 칼리드 국제공항. 아내 올리브와 아이들은 공항 출국 대기실에서 아침을 맞았다. 아시아 여행을 마치고 유럽 여정을 시작하는 첫날부터 노숙이었다. 중국과 인도를 여행하며 야간 열차는 숱하게 탔지만, 공항에서 밤을 지새우는 건 이번이 처음이었다. 인도 뭄바이 공항을 떠나 킹 칼리드 공항에 도착해 저녁을 먹고 자정 넘어 공항이 조용해질 즈음에 라운지 의자에 몸을 웅크리고 잠을 청했다. 잠자리가 불편하니 깊은 잠에 들 수가 없었다. 어깨와 등, 팔, 다리가 결리고, 목도 뻐근한데 새벽이 되면서 기온까지 내려가 추위가 온몸을 파고들었다.

새벽 5시가 넘자 더 이상 잠을 잘 수 없었다. 갖고 있던 옷을 모두 꺼내 입었지만 추위를 막기엔 역부족이었다. 5시 15분, 공항에 꾸란 읽는 소리가 울려 퍼졌다. 인도에서는 힌두 경전을 읽는 소리에 잠에서 깨곤 했는데, 사우디에서는 꾸란 독경 소리가 새벽 공기를 가르며 낮게 깔렸다.

킹 칼리드 공항은 다른 어느 공항보다 현대적인 냄새가 물씬 풍긴다. 사우디아라비아 또는 중동 고유의 멋이나 아름다움, 냄새나 색깔은 찾기 어렵고, 오로지 철 골조와 반들반들한 유리, 금속성의 벽면과 시설로 가득 차 있다. 인간적인 느낌보다는 막강한 오일 머니가 만들어낸 신기루 같은 느낌이다.

잠에서 깨어 공항을 이리저리 돌아보는데 올리브도 더 이상 잘 수가 없었던지 아예 일어나서 공항 창밖을 바라보고 있었다. 시선이 닿은 활주로는 아직 어둠에 잠겨 있었다.

힘든 여정이지만 올리브의 얼굴 표정이 밝았다. 공항 라운지에서 하룻밤을 지새운다는 것도 어찌 보면 장기 여행자만이 누릴 수 있는 특권이다. 그 사이 부스스한 모습으로 잠에서 깬 멜론을 데리고 올리브와 함께 공항 여기저기를 둘러보았다. 창군과 동군까지 일어나자 카페테리아에서 닭고기 샌드위치와 양고기 샌드위치에 따뜻한 차 한 잔씩을 곁들여 아침을 해결했다.

마침 공항 창밖으로 해가 떠올랐다. 활주로 저쪽 넘어 사막에서 떠오른 해가 우리를 지나쳐 리야드 공항의 탑승 대기실에 긴 햇살과 그림자를 드리웠다. 사막을 뚫고 지나왔기 때문인지 아침 햇살엔 황토색이 묻어났다.

현대 세계에서 문명과 문명이 만나는 곳, 머무름보다는 끊임없는 떠남이 지배하는 곳, 순간적인 만남과 오랫동안의 이별이 유령처럼 떠다니는 곳이 바로 공항이다. 새벽에만 해도 사람들의 발소리마저 사라진 채 적막감이 감돌던 공항은 아침이 밝아오면서 분주해지기 시작했다. 가장 먼저 청소부들이 대기실 구석구석을 쓸고 닦기 시작했고, 이어 카페와 숍의 종업원들이 문을 열었고, 승객들이 하나둘 나타나기 시작했다. 문명의 교류가 재개되는 듯한 느낌이 든다.

8시 30분, 전광판에 이스탄불행 SV263 항공기의 탑승구가 21번으로 게시되었다. 남은 리얄 화로 차와 커피를 사서 모두 소진하고 탑승구로 향했다. 탑승해 보니 기내엔 빈자리가 수두룩했다. 사우디 리야드 공항을 출발한 지 4시간, 이스탄불 시간으로 오후 1시 55분, 터키의 관문 아타투르크 공항에 내렸다. 밖으로 나오니 예상대로 날이 찼다. 동군이 따뜻한 옷을 하나 더 껴입었다. 공항 여행자 안내 센터에서 지도를 받아 이스탄불 지리를 파악한 다음, 메트로와 트램을 갈아타고 시내로 진입했다. 크진 않지만 말끔하게 단장된 건물들과 자동차들, 깨끗한 도로, 잘 정돈된 상가들이 이어졌다. 시 외곽에는 대형 쇼핑몰도 눈에 띄었다. 그동안 인도의 구질구질하고 처참한 거리 풍경과 남루한 사람들 모습에 질렸던 우리의 눈이 번쩍 띄었다.

"도로가 깨끗해요. 좋아요."

인도의 지저분한 풍경에 물렸던지 멜론이 밖을 보며 감탄사를 연발했다. 이스탄불이 인구 1600만 명에 이르는 대도시라 아주 복잡하리라 예상했던 나에게도 이토록 잘 정비된 모습은 인상적이었다. 어쩌면 우리의 눈을 비롯한 감각기관이 3개월 이상 여행한 중국 서부 내륙과 세계 최빈국 네팔, 세계에서 가장 복잡한 인도에 길들여져 있어 더 강한 인상을 받았던 것 같다.

"하이, 코리안. 마이 브라더!(Hi, Korean. My brother!)"

이스탄불의 중심역인 술탄아흐메트(Sultanahmet) 역에서 내려 어느 쪽으로 가야 할지 망설이는데, 한 터키인이 친근한 표정으로 말을 걸어왔다. 낯선 이를

눈 덮인 블루 모스크 세계에서 가장 아름다운 모스크로 평가받는 블루 모스크(정식 명칭 '술탄 아흐메트 모스크')가 흰 눈과 야자수와 어울려 독특한 정취를 자아내고 있다.

보고 스스럼없이 말을 거는, 특히 한국인에게 친근감을 보이는 터키인과의 첫 만남이었다. 아니, 동서양 문화 교차점과의 첫 만남이었다.

나도 반갑게 인사를 건네고, 들고 있던 숙소의 주소를 보여주었다. 트램 역 한 귀퉁이에서 등에 집채만 한 배낭을 메고 가슴팍에도 작은 가방을 걸친 다섯 명의 가족 여행단이 그 터키인을 중심으로 둥글게 원을 그리고 섰다. 그는 이스탄불의 2대 명소인 아야소피아(Ayasopia)와 블루 모스크(Blue Mosque)를 가리키며 그 사이의 길을 따라가면 숙소가 나올 거라고 알려주었다. 친근감을 담아 감사의 마음을 전하고 그가 알려준 길로 걸어갔다.

그러자 다시 눈이 휘둥그레졌다. 겨울인데다 유럽을 휩쓸고 있는 이상한 파의 영향으로 날씨는 쌀쌀했지만, 아야소피아와 블루 모스크 주변 풍경이 너무도 아름다웠다. 길은 잘 정돈되어 있고, 상가들이 아기자기하게 자리 잡고 있는데다, 웅장한 석조 건물을 비롯한 유적들이 마치 보석처럼 곳곳에 박혀 있었다. 소피아 성당과 블루 모스크는 웅장하면서도 아름답게 빛났고, 그 주변의 길들이 그림 같았다. 모두들 탄성을 토해냈다.

우리가 예약한 바하우스 호스텔(Ba Haus Hostel)이 있는 곳은 숙박 시설과 음식점 밀집구역으로, 역시 아름다웠다. 평화롭고 여유가 넘쳤다. 음식점들은 추운 날씨를 피하기 위해 비닐로 바람을 막고, 그 안에는 하얀 천으로 덮인 테이블들이 손님을 기다리고 있었다. 날씨가 좋은 여름철 많은 사람들이 이곳의 멋진 풍경에 취해 요리를 맛보고, 거리에서 연주하는 음악을 듣는 모습이 눈에 선했다. 휴가철이 아니라 좀 쓸쓸해 보이기도 하지만, 사람들로 붐비지 않고 쌀쌀한 날씨에 옷깃을 여미어야 하는 지금도 멋졌다.

그런데 숙소에 들어와서는 한참 동안 환율에 시달려야 했다. 현재 터키는 유로 존(EURO Zone)에 가입하기 위해 노력하고 있지만, 아직 공식 가입이 안 된 상태다. 때문에 공식 통화는 터키리라지만, 관광지에서는 유로를 사용한다. 우리는 3일치 숙박비로 인터넷에서 유로로 계산해 지불한 보증금(deposit)을 뺀 나머지 금액인 221유로를 지불해야 했다. 숙소에선 터키리라로 1유로당 2.5리라의 환율을 적용해 553리라를 요구했다. 시장 환율은 1유로당 2.3리라로 이를 적용하면 508리라였지만, 숙소 환율로 지불하면 10% 정도를 더 내야 했다.

그래서 달러로 낼 수 있냐고 물으니 316달러를 요구했다. 553리라를 기준으로 리라/달러 시장 환율인 1달러당 1.75리라를 적용한 것이다. 처음 기준이 된 유로를 기준으로 달러를 계산한 것이 아니라, 우리에게 불리하게 적용된 리라 금액을 기준으로 달러를 계산했다. 결국 유로로 지불하는 것보다 약 10%를 더 내는 것은 마찬가지였다. 결론은 유로가 가장 유리하고, 리라나 달러는 10% 정도를 더 내야 했다. 숙소 인근의 ATM에서는 리라만 인출할 수 있었다. 우리는 한참 환율 계산을 한 다음 우리가 갖고 있는 달러를 유로로 환전해 지불했다. 그나마 환율 손실을 최소화하는 방식이었다.

이 복잡한 계산의 모든 근원은 가격 기준을 자국 통화인 리라가 아닌 유로로 표시해 놓은 데 따른 것이었다. 공항에서 여행사를 찾아 셔틀버스 비용을 문의했을 때에도 상황은 비슷했다. 처음에 유로로 가격을 불렀다가 리라로 낼 수 있느냐고 물으니 시장 환율보다 높은 유로당 2.5리라를 적용했다. 교묘한 방법이었다. 애초부터 가격을 유로로 적어 놓고 자신들에게 유리한 환율을 적용해 10% 정도를 더 받는 '환율 상술'이다. 아무튼 유로가 도입되지 않고, 유럽의 끝에 위치한 터키 현실의 일면을 보여주는 현상이었다.

식당에서는 물가 때문에 다시 기겁했다. 식사비는 총 80리라로 한국 원화로는 5만 원이 넘었다. 지금까지 여행했던 네팔과 인도의 저렴한 가격과 거의 본능적으로 비교가 되었다. 네팔과 인도의 다섯 배를 훌쩍 뛰어넘었다. 중국에서 네팔로 넘어오는 국경에서 만난 북아일랜드 출신의 한 여행자가 물가 이야기를 하면서 "유럽 물가는 미친 물가"라고 했는데, 그 말이 실감이 났다.

어쨌든 이제 아시아이기도 하고 유럽이기도 한, 다른 한편으로는 아시아도 아니고 유럽도 아닌, 터키에서의 새 여정이 시작되었다.

아시아 여행을 마치고 유럽 여행의 출발지로서 이스탄불을 선택한 것은 탁월한 선택이었다. 관광지 주변의 이해하기 어려운 상술과 물가는 좀 거슬렸지만, 일단 이스탄불, 아니 터키에 대한 인상은 합격점이다. 사람들이 친절하고, 동서양이 만나 이룩한 아름다운 문화유적, 무언가 내면의 향수를 자극하는 듯한 묘한 분위기가 어울려 여행자에게 끊임없는 상상력을 자극하였다. "마이 브라더!" 처음 만난 터키인의 음성이 여전히 귓가에 맴돌았다.

기다림과 만남의 도시, 이스탄불

숙소는 보스포루스 해협의 해안 언덕에 자리 잡고 있었다. 정확히 말하면, 지중해와 흑해를 잇는 보스포루스 해협의 지중해 쪽 입구인 마르마라 해(Sea

동서양을 가르는 보스포루스 해협과 동서양을 잇는 다리 해협 건너가 동양의 시작으로, 터키 본토와 중동으로 이어진다.

of Marmara)와 접한 언덕에 있었는데, 아기자기한 주택들의 지붕 너머로 마르마라 해가 내려다보였다. 날씨가 약간 흐리고, 2월 초의 바람이 스산했지만, 풍경은 아주 멋졌다. 특히 숙소 3층의 식당 겸 휴게실에서 내다보이는 풍경이 그러했다. 흰색 회벽 외장에 진초록색 목조로 된 3~5층짜리 아담한 주택들이 이어져 있고, 그 너머로 보이는 바다는 아련한 향수를 자극했다.

터키는 국토 면적이 한반도의 3.5배, 인구는 한반도 전체 인구보다 조금 많은 7300만 명에 달하는 큰 나라다. 수도 이스탄불은 동양과 서양이 만나는 곳으로, 오랜 역사를 자랑한다. 고대 그리스 문명이 형성되던 당시엔 비잔티움으로 불렸으며, 기원후 330년 로마의 콘스탄티누스 대제가 이곳으로 수도를 옮기면서 이름을 콘스탄티노플로 바꾸었다. 이후 동로마 제국의 수도로서 기독교 문명을 활짝 꽃피웠고, 1453년 오스만 투르크가 콘스탄티노플을 장악한 이후 오스만 제국의 수도이자 이슬람 문화의 중심지가 되었다.

이스탄불에 '꽃말'처럼 이름을 붙인다면 '만남'이 될 것이다. 유럽의 동쪽 끝이자 동양의 서쪽 끝에 위치한 이스탄불에서 동양과 서양, 이슬람과 기독교 문명이 교차하면서 다양한 문화유적을 남겼다. 그 만남이 때로는 격렬한 충돌을 유발해 전쟁에 이르기도 했지만, 시간이 지나면서 문화의 융합이 이루어졌다. 최고의 이슬람 건축물로 흔히 블루 모스크라 불리는 술탄 아흐메트 사원, 비잔틴과 이슬람 문화의 교차를 생생히 보여주는 아야소피아, 오스만 제국의 왕궁인 토카프 궁전과 돌마바흐체 궁전, 보스포루스 해협의 군사 요충지에 세워진 루멜리 성, 세계 최대 시장인 그랜드 바자르 등등 이스탄불의 명소가 모두 문명이 교차하면서 탄생했다.

우리 가족에게도 이스탄불은 '만남'의 장소였다. 우리는 이곳에서 여행의 전환점을 준비하고 있었다. 형님과 동생 가족을 여기에서 만나 터키 일주 여행을 하기로 한 것이다. 이들은 우리의 세계일주 여행이 어떻게 진행되고 있는지 궁금해 하였고, 무엇보다 이 무모한 세계 여행에 잠시나마 함께하고 싶어 했다. 특히 형님 내외는 중3 막내아들 멜론을 무척 보고 싶어 했다. 멜론은 이스탄불 여행을 마치고 부모와 함께 귀국해 학교로 돌아가기로 되어 있었다. 그래서 형님과 동생 가족은 아이들의 봄방학에 맞추어 이스탄불로 날아오기로 했고, 그 역사적인(?) 만남에 앞서 우리가 3일 먼저 도착하였다.

그러다 보니 이스탄불에 도착한 우리는 여행과 기다림의 중간 지점 어느 곳에서 서성이고 있는 듯한 느낌이었다. 호기심에 눈을 번득이며 여행을 하는 것도 아니고, 그렇다고 한 곳에 머물러 있는 것만도 아닌 어정쩡한 상태였다. 아침 일찍 일어날 필요도 없고, 특별히 어디를 돌아다니거나 할 계획도 없었다. 그저 이스탄불과 터키에 대해 조사하고, 대가족이 함께할 10여 일 동안의 여행을 준비하는 것 외엔 특별히 할 일이 없었다.

우리는 아야소피아와 블루 모스크, 토카프 궁전 등 핵심 유적들은 다른 가족이 합류하면 보기로 하고, 그들을 기다리는 동안 그 이외의 곳들을 가볍

손님을 기다리는 이스탄불의 식당가 세계적인 관광지답게 식당 규모가 크고, 이러한 식당이 끝없이 이어져 있다.

게 돌아보기로 했다. 날이 쌀쌀해서 두툼한 옷도 장만해야 했다. 그래서 이스탄불에 도착한 다음 날 마르마라 해 주변과 이스탄불 대학, 의류상가를 돌아보고, 그 다음 날에는 이스탄불의 '명동'이라는 탁심 거리를 구경하기로 했다. 본격적인 이스탄불과 터키 여행을 앞둔 예행 연습 같은 시간이었다.

느긋하게 아침 10시가 넘어 숙소를 나서 먼저 마르마라 해변으로 향했다. 날씨는 쌀쌀하고 가는 빗방울이 흩뿌리기도 했지만 기분은 상쾌했다. 아침이라 조깅을 즐기는 시민들을 빼면 한두 명만이 눈에 띄었다. 해안 주변에 조성된 공원은 아주 깨끗하게 잘 정돈되어 있었다. 이스탄불로 넘어오기 직전에 돌아다녔던 뭄바이 항구 주변의 엄청난 인파와 부산함과는 아주 딴판이다.

한참 해안을 걷다가 이스탄불 대학을 향해 방향을 도심으로 틀어 골목으로 접어드니 레스토랑과 카페들이 나타났다. 규모가 어마어마했다. 족히 100개가 넘는 테이블을 갖춘 레스토랑들이 즐비한데, 이른 아침인데다 본격적인 여행철이 시작되기 전이어서인지 손님은 없었다. 흰 천을 덮은 테이블이 식당 내부는 물론 거리를 빼곡하게 메우고 있었는데 성수기에는 이곳에 형형색색의 관광객들이 몰려들어 흥성거릴 것이다. 그 광경이 눈에 선했다.

골목을 지나 500년이 넘은 이스탄불 대학으로 향했다. 역시 유럽에서도 가장 오래된 대학의 하나답게 입구부터 분위기가 달랐다. 대학 안에도 고풍스런 건물들이 죽 늘어서 있었다.

"이 대학에서 공부하면 좋겠다." 동군이 이스탄불 대학에 큰 매력을 느낀 것처럼 말했다.

"그래. 이런 곳에서 동서양 문화를 공부하면 정말 좋겠다. 새로운 문화도 접하고, 요리도 배우고, 역사도 배울 수 있고, 사람들도 친절하잖아." 동군의 학구열에 불을 붙여보기 위해 맞장구를 쳤다. 동군이 중국 시닝을 여행하면서 요리를 배우고 싶다고 말했지만, 역사에 대한 관심도 여전해 보였다.

대학을 돌아보고 바로 아울렛을 찾아 시장으로 향했다. 처음엔 대형 아울렛만 생각했는데, 돌고 돌아 결국 이스탄불의 대표적인 시장인 그랜드 바자르에 가서 옷을 구입했다. 동서 문화와 상품의 교차로답게 상품들이 산더미처럼 쌓여 있었고, 가격도 저렴했다.

저녁에는 숙소 앞에 있는 한식당인 서울정을 찾았는데, 창군은 마늘쫑이 얼마나 맛있었던지 종업원에게 미안할 정도로 여러 차례 더 달라고 해서 먹었다. 하루 종일 쏘다닌데다 날씨마저 쌀쌀해 모두 다소의 피로감을 느꼈지만 느긋한 일정과 터키의 풍성한 요리가 주는 여유로움에 빠져들었다. 한국에서 올 가족들을 기다리는 싱숭생숭한 시간의 이스탄불은 약간 들뜬 도시 같았다.

아이들을 걱정하던 가장이 가족을 잃다

다음 날 탁심 거리를 돌아보다 사건이 하나 발생했다. 탁심 거리는 이스탄불의 중심 상업지역으로, 고급 호텔은 물론 세계 유명 브랜드와 터키 토종 브랜드의 의류와 신발, 화장품, 패션용품 등을 파는 가게들이 밀집해 있다.

근대적 상업 거리인 셈이다.

터키 공화국 설립 5년 후인 1928년에 세워진 독립기념탑과 탁심 광장이야말로 터키 정치와 문화의 중심이다. 탁심 광장은 터키 현대사에서 주요 전환점이 된 각종 집회와 시위가 벌어진 곳이다. 그 중심에 서 있다는 감격에 휩싸여 독립기념탑과 광장에 카메라를 들이대고 있는 사이, 가족이 사라져 버렸다. 그렇지 않아도 올리브와 아이들은 트램을 타면서부터 여기저기 카메라를 들이대는 나에게 은근히 짜증이 난 상태였다. 탁심 거리를 찾은 이유는 아이들 신발과 옷 등을 사기 위한 것인데, 관광객처럼 흥분된 모습을 보이는 내가 불만스러웠던 것 같다. 그리고 보니 가족이 나를 버리고 사라진 것 같다는 '괘씸한' 생각도 들었다.

'여행 초기에만 해도 아이들이 사라지면 어떻게 하나 걱정하면서 일일이 챙겨야 했는데 상황이 이렇게 되다니….'

광장에서 상가로 이어지는 입구에서 한참을 기다렸지만 가족은 나타나지 않았다. 인터넷 전화를 할 수 있는 곳을 어렵게 찾아 전화를 해봐도 통화가 되지 않았다. 쌀쌀한 바람이 부는 탁심 거리에 사람들이 붐비기 시작했다. 아침엔 간간이 비가 흩뿌리더니 이젠 눈과 비가 섞여 거리를 적시기 시작했다.

이스탄불의 중심 쇼핑가인 탁심 거리 탁심 광장에서 이어지는 이스탄불 최대의 쇼핑 거리로, 정식 명칭은 이스티크랄 거리다. 주말에는 하루 300만 명 이상이 방문한다.

저 많은 인파 속에서 어떻게 가족을 찾을 것인가. 할 수 없었다. 어차피 오늘은 쇼핑을 하기로 했으니 상가 어디쯤에 있을 것으로 생각하고 상가로 진입했다. 하지만 번잡하기 그지없는 상가 한복판에서 가족을 찾는다는 건 사막에서 바늘을 찾는 것과 같아 보였다. 복잡한 마음으로 두리번거리며 상가를 한참 돌아보고 있을 때였다.

"아빠! 어딨었어?"

어디선가 창군이 귀신처럼 나를 발견하고는 큰 소리로 외치며 다가왔다. 아무일도 없었다는 듯한 태평한 모습이었다.

"탁심 광장에서 사진 찍고 있는데 너희들이 갑자기 사라져서 한참 찾았지. 전화를 해도 안 되고 말이야. 그래, 전부 어디 있어?"

"저기, 엄마랑. 매장 안에 있어. 신발 구경하고 있어."

창군이 대형 아디다스 매장을 가리켰다. 알고 보니 올리브와 아이들은, 나와 반대로, 내가 시야에서 사라지자 '어차피 오늘은 탁심 상가를 돌아다니기로 했으니까 어디선가 만나겠지'라고 생각하고는 상가로 들어갔단다.

아이들은 상가의 한 서민적인 식당에서 케밥도 먹고, 쇼핑도 하면서 활력이 넘쳤다. 하지만 한국에서도 쇼핑몰이라면 10분 이상 돌아다니지 못하는 체질인 나는 한꺼번에 우르르 몰려다니는 이 쇼핑에 금방 지쳐 버렸다. 그래서 나와 이미 쇼핑을 마친 멜론은 상가를 나와 탁심 광장 쪽 스타벅스 커피숍으로 향하고, 다른 사람들은 쇼핑을 마치는 대로 그곳으로 오기로 했다.

커피숍에 자리를 잡은 후 광장 가판대에서 산 신문을 뒤적여 보니 온통 우울한 소식들이 지면을 장식하고 있었다. 눈과 홍수 등 자연재해로 터키가 몸살을 앓고 있었고, 서북쪽 접경지역에서는 불가리아 댐이 무너지면서 한 도시가 물에 잠겨 주민 대피령이 내리고 휴교되기도 했다. 폭설에다 이상저온으로 전국이 덜덜 떨고 있고, 이런 추위가 앞으로 며칠간 지속될 것이라는 예보도 있었다. 내일 한국에서 가족들이 와 이스탄불을 함께 여행하고, 나흘 후부터는 자동차를 렌트해 터키를 일주할 계획인데 은근히 걱정되었다.

약속한 오후 3시가 넘었는데도 올리브와 창군, 동군이 나타나지 않자 30분 정도 더 기다리다 안 되겠다 싶어 트램을 타고 다음 행선지인 이스탄불 모던(Istanbul Modern)으로 향했다. '쇼핑을 끝내고 이스탄불 모던으로 오면 만나겠지' 하고 생각하며.

현대미술관인 이스탄불 모던은 현대 이스탄불의 예술, 특히 그림과 조각 등 예술의 흐름을 일목요연하게 정리해 놓은 멋진 공간이었다. 1987년 이스탄불 비엔날레가 대성공을 거두면서 이스탄불 문화에 대한 세계의 관심이 높아지자 이 미술관을 건립했다. 처음 미술관에 들어올 때에만 해도 가족을 찾아 두리번거렸던 나는 멜론과 함께 이스탄불 모던을 돌아보며 어느새 가족들 생각은 잊고 이스탄불의 예술에 빠져들었다.

미술관에선 이스탄불 예술의 변화를 주요 작품과 함께 보여주고 있었다. 이스탄불 판 현대미술 사조(思潮)였다. 이스탄불 예술은 1900년대 초반 이후 인상주의, 초현실주의 사조를 거쳐 유럽 지성계의 격변이 몰아친 1970년대엔 사회적 사실주의 경향을 보였다. 1990년대 이후 개인주의 흐름이 강화되고 소재 및 매체의 다양성이 확대되었다고 했다. 미술관은 특히 보스포루스 해협을 마주보고 있어 거기서 바라보는 풍경이 일품이었다.

이스탄불 모던을 모두 돌아볼 때까지도 올리브와 창군, 동군은 나타나지 않았다. 어차피 이들을 만나기 힘들겠다고 생각하고 숙소로 돌아와 보니, 아니나다를까 그들이 먼저 와 있었다. 탁심 거리를 너무 돌아다녀서인지 피곤하다며 모두들 좀 지친 모습이었다.

마지막 일정은 이스탄불 여행에서 빼놓을 수 없는 수피 춤 관람이었다. 어차피 형과 동생 가족이 오더라도 수피 춤은 보러 가지 않을 것이라 그들이 도착하기 전에 희망자만 가기로 했다. 처음에는 동군이 관심을 보였으나 막상 예약할 때가 되니 뒤로 빼 나와 올리브만 공연장으로 향했다. 수피 춤은 이슬람 종파인 수피 파의 독특한 수행 및 수도 방식으로, 빙글빙글 돌면서 사람과 우주와 신이 하나가 되는 환상적인 체험을 하는 것이다. 우리가 볼 공연의 주제는 사랑과 관용이었다.

공연장은 빈자리가 없을 정도로 관람객으로 꽉 들어차 있었다. 공연장 아나운서는 이것이 관람객들에게 보여주는 공연이 아닌 실제 수행 과정이라고 소개했다. 공연장은 수도원 같은 곳에서 느낄 수 있는 신성한 분위기가 감돌았다. 때로는 천천히, 때로는 빠른 이슬람 음악에 맞추어 빙글빙글 도는 춤이 신비로웠다. 그들이 뱅뱅 돌면서 만들어내는 마름모꼴 의상은 모스크의 둥근 돔을 연상시켰다. 이곳에서만 할 수 있는 신비로운 체험이었다.

이제 내일은 한국에서 오는 가족들과 만난다. 한편으로는 오랫동안 헤어졌던 가족을 만난다는 설렘도 있었지만 다른 한편으로는 가이드도 없이 열 명이 넘는 대가족을 이끌고 여행을 해야 한다는 부담감이 마음을 눌렀다. 변화는 불안과 두려움을 수반한다. 아무리 여행에 익숙해졌다고 해도 변화는 항상 우리를 혼란스럽게 한다.

'지금까지 모든 여정이 처음엔 불안했지만 한 발 한 발 내디뎌 모두 성공적으로 마치지 않았던가.' 애써 위안하며 기다림의 마지막 밤을 보냈다.

대가족의 우왕좌왕 터키 일주

반년 만의 만남이 보여준 큰 간극

우리 가족은 여행을 하면서 많이 달라져 있었다. 사실 하루하루의 여행 과정에서 무엇이 달라지고 있는지 딱히 뭐라고 꼬집어 말하기는 힘들지만 변화가 있었다. 무엇보다 낯선 여행지를 찾아가 적응하고 어려움을 헤쳐 나가는 과정에서 각자가 이전보다 훨씬 독립적인 사람이 되었다. 일상의 영역에서 모든 것을 스스로 처리하고, 서로의 관계도 상하관계에서 점차 대등한 관계로 바뀌었다. 누가 누구에게 지시하는 경우가 거의 없었고, 독립적 인격체로서의 자존감도 커졌다. 검소함이 몸에 배었고, 때에 따라서는 지나치다 싶을 정도로 철저히 따져서 돈을 썼다. 의존적이고 수동적이던 아이들이 자유롭고 독립적인 배낭여행자의 풍모를 강하게 풍기게 되었던 것이다.

나는 인도를 여행하면서 수염을 기르기 시작하여 외모도 달라졌다. 한국의 많은 남성들이 그러하듯 나는 늘 수염을 길러보고 싶었지만, 말끔하게 면도하고 다니는 일반적인 관습을 거부하기 힘들었다. 젊은 사람이 수염을 기르는 것을 건방진 것으로 인식하는 한국에서 수염을 기른다는 건 사실 어려운 일이다. 나는 네팔을 거쳐 인도로 넘어와 수염을 기른 현지인들을 보면서 용기를 냈다. 그리하여 터키에 도착했을 때는, 코 밑과 턱을 덥수룩하게 덮은 수염이 나를 마치 다른 사람처럼 보이게 만들었다.

　그래도 우리끼리만 있을 때는 이런 변화들을 알아차리기 힘들었다. 하지만 형과 동생 가족을 만나면서 그 차이가 확연하게 드러났다. 길다면 길고, 짧다면 짧은 기간 동안 이질적인 환경에서 서로 다른 경험을 하면서 생긴 차이였고, 그 간극은 생각보다 컸다. 우리는 누가 여행의 리더라고 할 것도 없이 각자 동등하게 의견을 개진하고, 시간이 걸리더라도 충분히 논의한 다음 결정을 내렸지만, 형과 동생 가족에게는 그것이 혼란스러운 것으로 비추어졌다. 어른들 사이에서도 자신들의 의견을 불쑥불쑥 표출하는 아이들이 '건방지게' 보여 눈살을 찌푸리기도 했다. 아이들은 덥수룩하게 자란 머리를 비롯해 겉모습부터 생각과 행동까지 자유분방해져 있었다.

　특히 여행에 대한 생각이나 접근 방식의 차이는 아주 컸다. 우리는 저렴한 숙소에 현지의 대중교통, 단촐한 식사를 당연하게 생각했지만, 형과 동생 가족에게는 아주 생소한 것이었다. 여행지를 천천히 돌아다니며 이것저것 정보를 취득하고 대화를 나누며 이해하고 느끼는 '느린 여행'에 익숙해져 있는 우리에 비해 형과 동생 가족은 잘 짜이고 시간 낭비 없는 여행을 선호하였다. 그건 어쩌면 당연했다. 한국에서의 바쁜 일상에서 잠시 벗어나 비싼 비용을 들여 12박 13일의 여행에 나섰으니 효율적으로, 때로는 '빡세게' 돌아다녀야 본전을 뽑을 수 있지만, 우리는 그런 방식으로는 여행을 지속할 수 없는 장기 배낭여행자로 이미 바뀌어 있었던 것이다.

　형과 동생 가족이 도착하는 시간은 오후 3시여서 느지막이 공항으로 출발하기로 했다. 그 사이 나는 이발도 하고 수염도 다듬기 위해 숙소 인근의 이발소를 찾았다. 아이들에게도 이발을 권했지만 모두 계속 기르고 싶어 했다. 나도 억지로 말리고 싶은 생각은 없었다. 내가 수염을 기르는 것처럼 동군도 지금 아니면 언제 머리를 그렇게 기를 수 있을지 알 수 없는 것 아닌가. 단정하고 젊은 터키 이발사는 콧노래와 휘파람을 불면서 내 머리칼과 수염을 깔

기다림 이스탄불 아타투르크 공항에서 한국의 가족이 도착하길 기다리는 '하루 한 걸음' 가족 여행단. 왼쪽부터 멜론, 동군, 창군, 올리브.

끔하게 다듬어주었다. 터키에선 수염 기르는 게 일반적이어서 그런지 콧수염과 턱수염 다듬는 솜씨가 아주 능숙했다.

가족들의 도착 시간에 맞추어 트램과 기차를 갈아타고 아타투르크 공항으로 가 가족들을 기다렸다. 한참이 지난 후 큰 짐을 앞세운 가족이 입국장에 모습을 나타냈다. 형님과 형수님, 장조카 대희, 제수씨와 조카 주희, 주형이가 환한 얼굴로 나타났다. 회사 일이 바빠서 시간을 내기 어려운 동생과, 우리가 네팔 카트만두에 머물고 있을 때 결혼식을 올린 조카 윤희를 빼고 모두 왔다. 너무 반가워 손을 잡고 얼싸안으며 인사를 나누었다.

형이나 동생 가족이 우리를 만나면서 느낀 감정은 내가 상하이에서 가족과 만났을 때의 느낌과 비슷했을 것이다. 반가우면서도 어수선하고 혼란스럽고 정신이 좀 멍한 상태. 하지만 오늘 만남엔 그 이상의 것이 있었다. 무언가 이질적인 느낌이 있었다. 무엇보다 행색이 달랐다. 형과 동생 가족은 모두 말끔하게 차려입은 단정한 여행자 모습이었다. 그에 비하면 우리는 허름한 배낭여행자였다. 나는 다듬는다고 다듬었는데도 덥수룩한 수염에 시장에서 사 입은 검은색 외투로 후줄근해 보였고, 동군은 고등학생에겐 어울리지 않는 장발이었다. 창군과 멜론 역시 머리가 덥수룩하게 자라 있었다. 그나마 올리브가 깔끔했지만, 털모자에다 인도에서 사서 걸치고 다닌 스카프, 중국에서 사서 입은 방한복 등이 평소와 다른 느낌을 주기에 충분했다.

그러한 혼란과 이질감은 시작에 불과했다. 공항을 빠져나와 기차와 전철을 갈아타고 숙소로 향하면서 가족들은 계속 당혹스러움을 감추지 못했다. 물론 전용 차량까지야 생각하지 않았겠지만, 실제 혼잡한 대중교통을 이용해 열한 명이 이동하면서 느낀 복잡함은 상상 이상이었다. 더구나 가족들은 개인별로 커다란 여행 가방 외에 우리를 생각해 김치와 라면, 햇반, 각종 반찬류 등 한국음식을 잔뜩 담은 박스 하나를 더 갖고 왔기 때문에 이것들을 들고 이동하는 게 보통 일이 아니었다. 거기에다 서로 떨어지면 어떻게 하나 하는 불안감에 끊임없이 소란을 떨어야 했다.

"이쪽이야, 이쪽!"

"자, 다음 정거장에서 내립니다. 준비하세요!"

"잘 따라오세요. 저기 차 오는 거 조심하고!"

목소리를 높여 외치기를 거듭했다.

숙소에 도착해서는 가족들, 특히 형과 형수님의 놀라움은 극에 달했다. 우리는 이스탄불 숙소를 잡으면서 평가가 좋은 호스텔을 예약했다. 가격도 다른 호스텔보다 조금 비쌌다. 호텔도 생각해 보긴 했지만, 호스텔이 좋은 경험이 될 수 있을 것이라 생각했다. 그러나 단체 해외여행에 익숙한 형과 형수님에게 여러 사람이 함께 잠을 자는 도미토리는 처음이었다. 멜론을 포함한 형님 가족 넷은 4인실에서 묵도록 했는데, 2층 침대 두 개가 놓여 있었다. 이런 곳에서 잠을 자는 게 처음이라 약간 기겁을 한 눈치였다. 제수씨와 여중생 주희, 초등학생 주형이도 외국인들과 같은 방을 써야 한다는 사실에 놀라고 당황하였다.

"그래, 이런 곳에서 자면서 여행한 거야?" 형이 점잖게 물었지만 불편한 기색이 역력했다.

그런 놀람, 당혹스러움과 함께 한국에서 온 가족들을 실망스럽게 하는 일도 벌어졌다. 한국에서 일부러 정성스레 준비해온 김치며, 라면, 맛있는 밥, 깻잎이나 참치 캔 등의 음식에 우리가 별 관심을 보이지 않았기 때문이다. 반년이상 외국에 나가 있었고, 더구나 4개월 이상 외국을 여행했으니 한국음식이 그리울 것이라 생각하여 불편을 감수하고 잔뜩 준비해 왔는데 그걸 펼쳐놓고 먹을 만한 여건도 되지 않을뿐더러, 우리 역시 그저 "맛있겠다"며 상투적인 반응만 보이니 실망스럽지 않을 수 없었던 것이다. 사실 그동안 현지 음식을 먹고 대중교통을 이용하는 등 '현지화 원칙'을 지켜오던 우리는 이미 거기에 익숙해져 한국음식이 아주 간절한 것도 아니었다.

형과 형수님은 한국음식을 펼쳐놓고 "김치에 라면과 밥을 먹으면서 소주도 한잔 하려고 했는데…." 하면서 서운한 표정을 떨치지 못했다.

우왕좌왕하는 열한 명의 가족

이질감은 다음 날 아침에도 계속되었다. 아니, 갈수록 점입가경이었다. 여러 사람이 공동화장실을 이용하는 것은 불편하기 짝이 없었을 것이다. 시리얼과 식빵, 우유, 잼, 찐 계란 등으로 이루어진 아침식사도 우리에게야 일상적이고, 또 인도에서의 아침에 비해 훨씬 훌륭하였지만, 한국의 일상에 익숙해져 있던 형과 동생 가족에게는 당황스러운 것이었다. 창군과 동군은 한국에서 온 가족들이 불편한 눈치를 보이자 좀 뾰로통한 표정까지 지었다. 간밤에 내린 눈으로 하얗게 변한 이스탄불을 창밖으로 내다보며 "야, 멋있다" 하고 감동받았다는 표현을 했지만, 그 공허하고 어색한 느낌이라니.

식사를 마치고 대가족의 단체여행이 시작되었다. 첫날은 핵심 유적이라 할 아야소피아 성당과 블루 모스크, 예레바탄 지하궁전, 보스포루스 해협, 그랜드 바자르 등으로 정했다. 숙소 밖 이스탄불은 간밤에 내린 눈으로 온통 하얗게 변해 눈이 부시도록 아름다웠다. 아야소피아와 블루 모스크도 하얗고, 그 앞의 종려나무(야자수)에도 하얀 눈이 쌓여 있었다. 2월 초순에 어울리지 않게 쌀쌀했지만, 이렇게 눈이 내린 이스탄불을 볼 수 있다는 게 축복으로 생각되었다. 환상적인 모습에 모두 감탄사를 쏟아냈다.

하지만 가이드와 전용버스가 없는 상태에서 열한 명이 여행하는 건 복잡하기 이를 데 없는 일이었다. 다섯일 때는 한 명이 가이드북을 펼쳐들고 유적에 대해 설명하고, 현장의 설명문을 하나하나 읽으며 마치 보석을 캐내듯이 역사에 얽힌 이야기들을 찾아내고, 그 발견의 희열을 공유할 수 있었지만, 대가족의 여행에서는 이런 느린 여행이 통하지 않았다. 열한 명이 한꺼번에 여행을 하려면 누군가 나서 유적에 대해 일목요연하게 설명하고, 관람 포인트를 알려주어야 했지만 그걸 할 수 있는 사람이 아무도 없었다. 모두 초행길이고 이곳에 관한 한 모두 초보자였다. 혼란과 어수선함의 연속이었고, 그것은 시간이 흐르면서 불편함으로 변해 갔다. 트램으로 이동하는 것도 편한 일은 아니었다. 먼저 이스탄불을 한 바퀴 돌아보았던 우리 가족과 멜론이 앞장섰지만, 한 걸음 한 걸음 옮길 때마다 우왕좌왕이 반복되었다. 우리가 중국 여행 초기에 겪었던 것과 같은 혼란이 이어졌다.

그나마 형님이 아야소피아와 블루 모스크, 그랜드 바자르 등 주요 지점에서 가이드북을 펼치고 큰 소리로 설명을 하면서 여행의 맛을 느낄 수 있었다. 독실한 가톨릭 신자인 형과 형수님은 아야소피아 성당에서 큰 감명을 받은 듯했다. 이곳은 동로마 제국을 무너뜨리고 이 지역을 장악한 이슬람 세력이 아야소피아의 견고함과 아름다움에 성당을 허물지 않고 성화 위에 두텁게 회칠을 해 이슬람 사원으로 사용한 유서 깊은 곳이다. 나중에 회칠을 벗겨내자 아름다운 성화가 그대로 드러나 일부가 복원되었고, 형과 형수님은 그 성화에 얽힌 이야기를 떠올리며 감탄사를 연발했다. 하지만 아이들은 여전히 딴전을 피우기 일쑤여서 때로 아이들에게 가이드북을 읽도록 하면서 어렵게 여행단을 이끌었다.

예레바탄 지하궁전을 돌아볼 때에는 혼자 뒤로 처져 안내문을 하나씩 읽으며 천천히 움직였다. 지하궁전은 동로마 제국의 전성기인 6세기에 세워진 대형 지하 저수조로, 총 336개의 기둥이 받치고 있다. 구릉에 위치한 이스탄불에 물을 안정적으로 공급하기 위한 시설로서 흥미를 자아냈다. 내가 안내문을 읽고 난 다음 그 내용을 가족에게 설명하려고 고개를 돌리니 가족들은 이미 저만큼 앞쪽으로 이동한 상태였다.

메두사의 두상을 옆으로 뉘여 기둥을 세운 부분은 특히 흥미진진했다. 안내문에는 메두사 머리를 기둥 받침으로 쓴 데엔 두 가지 설이 있다고 적혀 있었다. 첫째는 아름다운 메두사의 눈을 보는 사람은 모두 돌로 변한다는 신화에서 메두사가 액운을 물리치게 해준다는 믿음 때문이었다는 것이고, 둘째는 메두사와 사랑에 빠진 제우스의 아들 페르세우스가 메두사의 머리를 베어 전장에 갖고 나가 그것을 적에게 보여주어 승리를 거두었다는 전설 때문이라는 것이다. 그걸 읽고 났을 때 가족은 이미 시야에서 사라진 뒤였다. 다섯이 함께 다니는 여행이라면 이런 설명에 상상력을 덧붙이며 천천히 이동했겠지만, 열한 명이 되니 사정이 달라졌다. 빨리빨리 이동해야 했다.

이스탄불의 명물 고등어 케밥을 먹으러 갈 때에도 마찬가지였다. 갈라타 다리 아래의 레스토랑은 가이드북에도 소개된 곳이라 찾기가 그리 어렵지 않았지만, 한 걸음 한 걸음 옮길 때마다 이 길이 맞는지 끝없이 긴장해야 했다. 혹시라도 길을 잘못 들면 다섯은 몰라도 열한 명은 상황이 달랐다. 주문하는 일도 만만치 않았다. 이 메뉴는 나를 포함한 모든 사람에게 처음이었기 때문에 메뉴를 한참 살피며 소란을 피운 후에야 주문할 수 있었다.

그렇게 주문한 음식이 우리 입맛에 아주 잘 맞는 것도 아니었다. 고등어구이는 뜨끈한 밥에 된장찌개와 함께 먹어야 딱인데, 이걸 딱딱한 바게트 빵에

지붕이 있는 세계 최대의 시장인 그랜드 바자르 동·서양 교역의 상징과 같은 곳으로 3000여 개의 점포가 있으며, 하루에 25만~40만 명, 연간 9000만 명 이상이 찾는다.

넣어 샌드위치처럼 먹으니 색다르다는 것 이외에 큰 만족감을 주지 못했다. 게다가 바게트는 또 얼마나 딱딱하던지, 이걸 별미라고 추천한 나와 올리브가 오히려 무안할 지경이었다. 이스탄불의 명물로 한 끼를 때웠다는 것이 그나마 위안이 되었다.

보스포루스 해협을 왕복하는 유람선에 올랐을 때는 오히려 안심이 되었다. 최소한 유람선이 왕복하는 동안은 길을 헤매거나 가족을 잃을 염려가 없기 때문이다. 그런데 날은 활짝 개었지만 바람이 차 갑판으로 나갈 수 없었다. 한쪽이 유럽, 반대편이 아시아라는 것 말고 달리 어떤 감흥을 느끼기가 쉽지 않았다. 아무래도 여행의 분위기가 감흥도 지배하는 것 같았다. 형과 나를 제외한 다른 가족들은 모두 추위를 피해 객실에서 꼼짝도 하지 않았다. 그럼에도 보스포루스 해협을 돌아보는 것은 짜릿한 경험이었다. 바로 이곳이 동양과 서양을 가르는 기념비적인 곳 아닌가.

세계에서 가장 크다는 그랜드 바자르에선 건과일 등의 맛도 보면서 흥미로운 시간을 가졌다. 시장은 엄청나게 크고, 다양한 상품이 산더미처럼 쌓여 있고, 주민들과 관광객들로 상가는 흥성거렸다. 시장의 규모에 눈동자가 휘둥그레졌다. 하지만 아쉬움은 여기서도 마찬가지였다. 그랜드 바자르를 제대로 여행하려면 전체 규모가 어느 정도 되고, 어느 곳에 가면 어떤 흥미로운 상품을 볼 수 있는지 알아야 하지만 우리에겐 그런 가이드가 없이 가이드북과 현장 정보에 의존해야 했다. 바자르는 구역별로 상품군이 다르고 시장의 모습도 조금씩 차이가 있지만 자유롭게 움직이기가 어려웠다. 누구 하나라도 시야에서 사라지면 한참을 기다려야 했고, 누군가 어떤 상품이나 상점에 관심을 보이며 걸음을 멈추면 가족 모두 그곳으로 몰려들었다. 이래저래 열한 명이나 되는 대가족이 가이드 없이 돌아다니는 것은 힘들었다.

기적과 같은 귀인과의 만남

아무래도 대책을 강구해야 할 것 같았다. 이런 상태로 얼마나 여행을 지속할 수 있을지 우려가 갈수록 커졌다. 물론 대가족이라 하더라도 시간이 흐르고 실패를 동반한 다양한 경험을 하게 되면 여행의 참맛을 느낄 수 있을 것이다. 그렇지만 그때까지 전체 가족이 얼마나 참아줄 수 있을지 걱정이었다. 어떻게든 모든 가족이 효율적으로 여행할 방법을 찾고 싶었지만 달리 뾰족한 대책이 없었다.

그러다 기적 같은 일이 벌어졌다. 그랜드 바자르 구경을 마치고 숙소로 돌아오다 나와 올리브는 렌터카 예약증명서를 출력할 곳을 알아보려고 한 여행사에 들렀다. 거기서 '귀인'을 만났다. 형과 나는 이번 여행을 준비하면서 메일을 통해 터키를 자동차로 일주하기로 하고, 형이 한국에서 한 여행사를 통해 렌터카를 예약해 놓은 상태였다. 내일 그 자동차를 픽업하기 위해선 예약증명서가 필요했다. 나와 올리브가 그걸 출력하려고 인근 거리를 돌아다니다 도로 옆의 한 여행사에 들렀는데, 그곳이 마침 한국 하나투어의 이스탄불 지점이었고 거기서 의외의 사람을 만났다. 이메일 문서 출력 여부를 영어로 물으니, 엉뚱한 답이 돌아왔다.

"안녕하세요. 한국인이세요?" 저쪽 카운터에 있던 한 터키인이 유창한 한국어로 말하는 것이 아닌가. 깜짝 놀라는 올리브와 나를 보며 그가 자신을 소개했다.

"저는 후세인 셴이에요. 한국에서 살아 한국말 할 줄 알아요."

한국말을 할 줄 아는 터키인을 만나 무척 반가웠던 우리는 렌트한 자동차를 픽업하기 위해 증명서를 출력하고 싶다고 했다.

"렌트요? 자동차로 터키를 여행하시려고요?"

터키 여행에 대한 불안에 시달리던 우리에게 후세인은 마치 사막의 오아시스 같았다. 그가 우리에게 무언가 도움을 줄 것 같았고, 실제로 그와 이야기를 나누면서 복잡하게 얽혔던 실마리가 풀리기 시작했다.

나는 열한 명의 가족이 이스탄불을 여행하고 있으며, 내일 자동차를 렌트해, 이스탄불에서 베르가마, 차나칼레, 이즈미르, 셀축, 안탈리아, 카파도키아로 해서 다시 이스탄불로 돌아올 계획이라고 했다. 나의 설명을 찬찬히 듣던 후세인이 고개를 절레절레 흔들었다.

"그건 안전하지 않아요. 터키는 아주 넓고, 지금 눈이 내려서 길도 위험해요." 그는 심각한 얼굴로 말했다. 갑자기 짙은 불안감이 몰려왔다.

"그렇게 여행하려면 야간 버스를 타도 힘들어요. 터키 사람들도 그곳들을 여행할 땐 야간 버스를 이용해요."

후세인이 여행사 상품을 팔기 위해 그런 말을 하는 것 같지는 않았다. 사실 우리는 터키의 주요 관광지를 파악한 다음, 지도를 보고 루트를 잡았을 뿐, 현지의 상세한 정보는 거의 없었다. 인도를 여행하면서 터키 정보를 파악할 시간도 없었다. 자동차 여행을 위한 상세한 지도도 갖고 있지 않아 내일 서점에 가서 구입할 생각이었다.

조급한 마음에 버스 편을 물어보았고, 후세인은 컴퓨터와 전화를 이용해 버스 편을 확인했다.

"가능해요. 버스에 자리가 있어요. 터키를 일주하려면 여기서 야간 버스로 카파도키아로 가서 지하도시와 괴뢰메 투어를 한 다음, 다시 야간 버스를 타고 안탈리아로 가서 페르게와 아스펜도스 투어를 하고, 파묵칼레~셀축~차나칼레로 여행해야 해요. 그렇게 하는 데 9박 10일이 걸려요. 터키의 관광지는 모두 돌아보는 거예요." 후세인은 일사천리로 설명했다. 이어서 본격적인 여행 상담이 시작되었다.

후세인은 코스를 상세하게 설명했다. 야간 버스와 주간 버스로 이동하고, 버스에서 내리면 호텔에서 픽업하고, 영어 가이드 투어와 자유여행이 결합된 방식이었다. 열한 명의 대가족 여행에 그리 나빠 보이지 않았고, 가격은 1인당 1320리라, 한화로 85만 원 정도가 들었다. 버스 요금과 호텔 숙박비, 대부분의 식비가 포함된 것이라 가격도 적절해 보였다. 하지만 계획을 바꾸려면 가족과도 상의를 해야 하고, 예약해 놓은 자동차 렌트도 취소해야 하는 등 손해를 감수해야 한다. 결국 가족과 의논한 다음, 내일 다시 방문하기로 하고 여행사를 나섰다.

시간은 이미 저녁 9시를 넘고 있었다. 미리 식당에 가 있던 가족과 만나 여행 계획에 대해 상세히 설명을 했다.

"지금 터키 북부에 눈이 내려서 길도 좋지 않고, 이동 거리가 워낙 길어서 자동차 여행은 위험하대요. 그래서 여행사에서, 이동할 때는 버스를 이용하고, 호텔에서 자고, 현지 영어 가이드 투어를 하는 걸 알아봤어요. 식사도 대부분 호텔이나 현지식을 이용하고 가격은 1인당 85만 원 정도예요. 10일 동안 이 정도면 괜찮을 거 같아요."

　가족들의 얼굴이 환해졌다. 호텔에서 잘 수 있다는 것, 호텔에서 픽업을 하면 헤매지 않아도 된다는 것, 가이드의 안내를 받으며 좀 더 안정적으로 여행을 할 수 있다는 말에 귀를 솔깃해 했다. 하루 종일 우왕좌왕 여행하면서 느꼈던 불안감도 누그러진 것 같았다. 모두가 새로운 계획을 환영했다.

　불투명했던 여행 계획이 확실해지자 안도감과 함께 모두의 얼굴이 활짝 펴졌다. 한국어 가이드가 아닌 영어 가이드라는 점도 큰 장애는 아니었다. 오히려 흥미로운 경험이 될 것이란 호기심이 발동했다. 한국에서는 생각할 수 없는 야간 버스를 타고 장거리를 이동한다는 데 대한 묘한 기대감도 생겼다. 내친 김에 소주와 맥주도 주문해 '건배!'를 외치며 비로소 여행자의 여유, 이역만리에서 가족을 만난 기쁨에 빠져들었다.

낯설음과 경계심에서 벗어나다

　다음 날 아침 서울과 이스탄불의 렌터카 회사에 전화를 걸어 자동차 렌트 예약을 취소했다. 수십만 원을 손해 봤지만 어쩔 수 없었다. 아침식사 후 가족들과 함께 하나투어 사무실을 찾았다. 후세인은 미리 준비해 놓은 상세한 여행 일정표를 제시했다. 가족의 귀국 일정에 맞추어 8박 9일 동안 터키를 시계 방향으로 일주하는 2600km가 넘는 대장정이었다. 우리가 계획했던 주요 여행지가 모두 포함된 코스였고, 당초 우리가 생각했던 자유 배낭여행과 패키지 투어가 적절하게 결합된 자유형 현지 투어였다. 총 비용이 935만 원에 달했지만, 효율성과 경제성 측면에서 보면 괜찮은 조건이었다.

　계약을 마치고, 여행의 구체적인 사항들을 논의할 나와 올리브만 남고 다른 가족들은 이스탄불 최고의 이슬람 건축물인 토카프 궁전을 돌아보기 위해 사무실을 나섰다. 후세인은 열한 명의 버스표에서부터 호텔과 가이드 예약을 하나하나 처리했다. 8박 9일 동안 세 차례 야간 버스로 이동하기 때문에 실제 호텔에서 자는 것은 5박이다. 호텔에서 자거나 가이드 투어가 있는 경우 식사가 포함되지만, 버스를 타고 이동하거나 자유여행이 있는 경우엔 포함되지 않는다. 카파도키아와 안탈리아의 고대 유적, 파묵칼레, 셀축의 고대 유적 에페소스 등 핵심적인 곳에선 현지 가이드가 안내해주기로 했다.

후세인과 예약을 모두 마친 다음 가족을 따라나섰다. 가족은 이미 토카프 궁전 관람을 마치고 고고학박물관으로 이동한 상태였다. 박물관 입구에서 가족들을 기다리고 있자니, 드디어 모든 계획이 마무리되었다는 안도감이 몰려왔다. 어제 저녁부터 지금까지 약 20시간은 기적 같은 시간이었다. 렌터카 예약증명서를 출력하기 위해 넓고 넓은 이스탄불 거리에서 우연히 여행사를 발견한 것에서부터 후세인을 만나 일주 여행 코스를 예약한 것까지 그 과정에 어느 한 가지만 없었어도 불가능했던 일이다.

고고학박물관 관람을 마치고 나타난 가족과 다시 만나니 무척 반가웠다. 토카프 궁전이나 박물관이나 모두 멋있다며 혀를 내둘렀다. 특히 동군은 잔뜩 흥분한 채 눈동자를 반짝였는데, 며칠 전 이스탄불 대학이 마음에 든다고 하더니 이곳의 매력에 푹 빠진 듯했다.

예약을 모두 마쳤다고 하니 가족 모두의 발걸음이 한층 가벼워졌다. 박물관에 이은 다음 행선지는 탁심 거리였다. 토카프 궁전 앞의 공원을 통과해 갈라타 다리까지 걸어간 다음, 거기서 트램을 타기로 했다. 어제처럼 우왕좌왕하는 일 없이 이스탄불을 즐기면서 앞서거니 뒤서거니 길을 걸어갔다. 아주 익숙한 사람들 같았고 발걸음에 여유가 넘쳤다. 멜론과 주형이는 장난까지 치면서 아주 신이 났다. 갈라타 다리엔 낚시하는 사람들이 많았다. 무엇을 잡았나 구경도 하면서 다리를 건넜다. 트램도 몇 번 타 보아서 그런지 아주 익숙해졌다. 탁심 거리엔 금요일 점심때라 그런지 발 디딜 틈이 없을 정도로 인파가 넘쳤다. 그런 속에서도 뷔페식 식당을 찾아 맛있게 점심을 먹으며 이야기꽃을 피웠다.

처음 가족이 이스탄불에 도착했을 때에는 모든 것이 낯설고 한 발짝 한 발짝 움직일 때마다 긴장으로 마음을 졸여야 했지만, 이젠 서로를 챙겨줄 정도로 여유가 생겼다. 그게 꼭 향후 여행 계획이 확정되었기 때문만은 아닐 것이다. 스스로 찾아가는 여행에 서서히 익숙해져 가고 있었기 때문일 것이다. 특히 도착 3일째가 되면서 이스탄불에 대한 낯설음과 경계심이 사라지고 있었다. 대가족이라도 이런 식으로 며칠만 더 여행한다면 자유여행의 참다운 즐거움을 만끽할 수 있을 것이 분명해 보였지만, 우리 앞에는 자유여행과 패키지 여행이 결합된 새로운 여정이 기다리고 있었다.

야간 버스에서 하맘 공중목욕탕까지

대가족의 자유형 현지 투어는 이스탄불에서 카파도키아 행 야간 버스를 시작으로 일사천리로 진행되었다. 8박 9일의 일정 가운데 세 번 야간 버스를 이용했으니 얼마나 속도감 있게 진행되었는지 충분히 짐작할 수 있다. 야간 버스를 타는 날은 그 전날과 그 다음 날까지 빡빡한 일정이 진행된다는 것을 의미한다. 하루 종일 여행한 다음 야간 버스를 타고 다른 곳으로 이동해서 다음 날 아침부터 새로운 지역을 여행하는 것이기 때문이다. 때로는 터미널 대합실 의자에서 꾸벅꾸벅 졸기도 하고, 야간 버스에서 허리와 무릎에 몰려오는 통증을 견뎌내야 했지만, 모두 활기 있게 여행했다.

처음 타 보는 야간 버스에선 야릇한 흥분과 기대, 설렘과 긴장으로 범벅이된 모습이었다. 캄캄한 어둠이 대지를 감싸는 가운데 대합실 의자에서 두런두런 이야기를 나누는 가족들의 얼굴엔 긴장감이 잔뜩 서려 있었다. 무엇이

든 처음 시작할 때엔 불안한 게 당연하다. 버스에선 저녁 간식도 서비스했다. 하지만 버스가 이스탄불 시내를 빠져나와 캄캄한 어둠으로 진입하자 가족들은 피로감에 모두 곯아떨어졌다.

다음 날 아침 카파도키아의 네브쉬이르 버스터미널에 도착해 셔틀버스로 위르깁으로 이동, 호텔에 여장을 풀었다. 호텔은 동굴을 파고 지은 아주 이색적인 곳이었다. 2인 1실 또는 3인 1실로 침대도 깔끔했고, 난방도 의외로 잘되어 있었다. 멋진 호텔에 모두 탄성을 질렀다. 호텔에서 아침식사를 한 다음, 초기 기독교 유적인 지하도시에 이어 카파도키아 협곡을 돌아보는 투어에 나섰다. 흰 눈이 들판과 먼 산까지 하얗게 덮고 있었다.

카파도키아 여행의 핵심인 기기묘묘한 바위 숲은 오로지 바람과 태양과 비와 눈 같은 자연현상의 작용으로 만들어진 예술 작품이었다. 어떤 것은 성모 마리아를, 또 다른 것은 낙타나 코끼리를, 저쪽 것은 모자(母子)를 닮은 바위 형상이 환상적인 세계를 연출했다. 그 속에 동굴을 파고 주거와 종교 시설을 만든 인간의 집요함은 혀를 내두르게 했다. 한편으론 낭만적인 느낌도 들었다. 저녁은 시티센터 부근의 유명한 쇠미네 레스토랑의 항아리 케밥을 먹었다. 가이드북에서 꼭 먹어야 할 요리로 추천한 카파도키아 음식이었다.

위르깁의 동굴 호텔에서 잠을 푹 잔 다음, 셋째 날에는 기암괴석이 장관을 이룬 괴뢰메의 신비로움에 흠뻑 빠졌다. 괴뢰메에도 아직 눈이 녹지 않아 많은 곳이 흰 눈에 덮여 있었고, 삐죽삐죽 솟아오른 바위는 속살을 훤히 드러내고 있었다. 낙타처럼 생긴 바위, 양의 모습을 닮은 바위, 버섯 모양으로 풍화가 이루어진 거대한 바위, 이슬람 사원의 미나레트처럼 삐죽 솟은 기둥에 첨탑 모양으로 풍화된 바위 등등 형언하기 어려운 모습들이 펼쳐졌다. 기기묘묘한 바위 숲 위로는 원색의 애드벌룬이 관광객을 태우고 하늘을 유영하고 있었다. 공상과학 영화에서나 볼 수 있는 이국적인 풍취였다.

이어 전통 페르시아 문양의 도자기를 만드는 공방과 보석 가공공장을 돌

카파도키아 괴뢰메 지역의 기암괴석과 동굴 주거지 그 위로 관광객을 태운 애드벌룬이 유유히 하늘을 가르고 있다.

아본 다음 바위에 동굴을 파고 만든 초기 기독교 유적과 10~11세기에 지어진 토칼리 교회를 돌아보았다. 가이드는 유적을 중심으로 기독교와 이슬람에 얽힌 이야기들을 풀어놓았고, 내가 열심히 해석해 가족들에게 들려주었다. 괴뢰메를 둘러본 다음, 안탈리아 행 야간 버스를 타기 위해 터미널로 향했다. 숨 가쁘게 진행되는 여정이지만, 예측 가능하기 때문에 혼선은 없었다.

저녁 9시 반에 출발한 버스는 다음 날 아침 10시경 안탈리아에 도착했다. 버스를 탈 때는 눈 덮인 겨울이었는데, 도착해 보니 나무와 풀에 새싹이 막 돋기 시작하는 따뜻한 봄이었다. 야간 버스가 터키 중부 고원지대에서 남쪽으로 12시간 달려 지중해까지 온 것이다. 지중해성 기후 때문인지 산들산들 불어오는 바람도 부드러웠다. 현대적인 젠델 호텔에서 안탈리아 시내를 내려다보니 태양광 발전과 태양열 온수 시설이 3~4층 규모의 주택가 지붕을 완전히 덮고 있었다. 장관이었다.

페르게 유적 약 15km의 중심도로를 따라 돌기둥들이 도열해 있고 그 주변으로 주택과 상가, 목욕탕 등 고대 로마 시대의 유적이 흩어져 있다.

호텔에서 좀 쉬다가 안탈리아 시내로 향했다. 오늘은 '자유관광'의 날로, 가이드북을 벗 삼아 도시를 돌아보아야 했다. 이제 스스로 찾아가는 여행에 대한 거부감이 없어졌다. 안탈리아 박물관엔 동로마 시대의 엄청난 조각품과 성화가 진열되어 있었다. 시간만 있다면 하나하나 음미하고 싶었지만, 대략적으로 이해하고 나와야 했다. 중심가에 있는 안탈리아의 랜드마크인 하드리안 게이트는 1900년 전 만들어진 거대한 석조 건축물로 보는 사람을 압도했다. 구시가지를 통과해 코르쿠트 모스크에 이어 항구까지 돌아보니 해가 뉘엿뉘엿 넘어갔다.

다섯째 날엔 안탈리아 인근의 페르게와 시데, 아스펜도스 등 고대 유적을 돌아보았다. 입이 딱 벌어지게 하는 어마어마한 유적이었다. 마치 타임머신을 타고 2000년 전 로마 시대로 돌아간 듯한 느낌이었다. 남아 있는 것은 돌조각과 돌로 만들어진 주택 골조, 거대한 건물을 지을 때 사용한 바위뿐이었

아스펜도스 원형극장 기원후 155년에 처음 건설되어 수차례 증축과 재건이 이루어졌으며, 가장 잘 복원된 고대 원형극장으로 꼽힌다.

지만, 잘 복원되어 있었다. 페르게에선 중심도로 주변에 거대한 돌기둥이 가로수처럼 도열해 있었고, 그 주변으로 주거지와 상업 시설, 목욕 시설 흔적이 곳곳에 남아 있어 당시의 생활상을 상상하기에 충분했다. 지중해변의 시데에는 2세기에 건설된 아테나 신전과 바다와 면해 만들어진 아폴론 신전이 압권이었다. 아테나 신은 시데와 해상교역의 수호신이었다. 거친 풍파에도 1900년을 버텨온 아폴론 신전이 신성함을 자아냈다.

아스펜도스를 찾았을 때엔 경이로움이 최고조에 달했다. 고대 로마 시대의 거대한 원형극장이 원래 모습으로 복원되어 있었다. 2만 명이 들어갈 수 있다는 어마어마한 원형극장의 계단은 물론 계단 위쪽의 아치, 극장 입구 등이 옛 모습 그대로 되살아난 듯했다. 물론 현대적 복원 기술에 힘입었겠지만, 이런 어마어마한 시설이 사라지지 않고 남아 있다는 것이 놀라울 따름이었다. 원형극장이 자리 잡은 언덕 위로 올라가자 또다시 석조 골조만 남은 고대 유적이 산등성이 곳곳을 장식하고 있었다. 마침 날이 화창하게 개어 따사로운 태양이 폐허의 도시 위에 강렬한 햇살을 선사했다. 진한 코발트색 하늘에 흰 뭉게구름이 흘러가는 것이 환상적인 정취를 만들어냈다. 영원히 잊을 수 없는 장관이었다.

터키가 선사한 경이는 그게 끝이 아니었다. 터키 일주 여섯째 날 안탈리아에서 거대한 석회층으로 유명한 파묵칼레로 이동했다. 오전 10시에 출발해 다시 터키 내륙으로 들어와 파묵칼레에 도착하니, 오후 4시가 넘어 바로 온천 호텔에 여장을 풀었다. 온천 호텔은 터키인들은 물론 유럽과 미국에서 온 관광객들로 무척 붐볐다. 로마 시대부터 온천 휴양지로 이름을 떨쳐왔으며, 지금도 그 명성이 이어지고 있는 곳이다. 호텔 입구의 땅에서도 뜨거운 온천수가 울컥울컥 솟아올라 이곳이 천혜의 온천지대임을 그대로 보여주었다. 뜨끈한 온천물에 몸을 풍덩 담그니 그동안의 피로가 가시는 듯했다.

일곱째 날 파묵칼레의 거대한 석회층 탐험은 터키 일주 여행의 하이라이트였다. 터키어로 '파무크'는 목화를, '칼레'는 '성(城)'을 뜻한다. 파묵칼레란 '목화의 성'인 셈이다. 산을 하얗게 덮은 석회층은 사진으로 많이 접했지만, 직접 눈으로 보니 입을 다물 수가 없었다.

석회층 지대 위쪽엔 히에라폴리스라는 고대 도시가 있다. 원형극장과 목욕탕, 상가, 주택가, 아치형 문, 심지어 묘지 구역까지 상당 부분 복원되어 있었다. 특히 거대한 목욕탕 시설은 이곳의 특징을 잘 보여주었다. 히에라폴리스는 기원전 2세기 페르가몬 왕조가 자리를 잡으면서 형성되어 번영을 이루었으나, 11세기 때 전쟁으로 파괴되면서 쇠락해 지금은 거대한 석조 건축물 뼈대만 남아 있다. 중앙에 자리 잡은 원형극장의 관중석 위쪽으로 올라가자 멀리 끝없이 펼쳐진 평원과 뒤쪽에 딱 버티고 서 있는 산이 한눈에 들어왔다.

히에라폴리스 앞쪽으로 걸어가자 어마어마한 석회층이 나타났다. 히에라폴리스의 지하를 흐르던 석회를 머금은 온천수가 솟아올라 언덕 아래로 흘

파묵칼레의 거대한 석회층 석회층이 거대한 산을 형성하며 장관을 이루고 있는 가운데 지금도 석회수가 흘러나와 석회층이 확장되고 있다.

러내리면서 하얀 석회층이 산 자체를 덮어버린 것이었다. 석회수는 지금도 흘러내려 석회층이 계속 확장되고 있는데, 계단식으로 흘러내리면서 곳곳에 웅덩이와 종유석을 만들어 놓았다. 날씨는 쌀쌀했지만, 암반에서 솟아나는 물이 따뜻해 한 사람 한 사람 신발과 양말을 벗고 물로 들어갔다. 처음에는 추위 때문에 조심조심 움직였지만, 점점 용기를 내 멀리 걸어가면서 석회층을 체험했다. 신선하고 짜릿한 경험이다. 아래로는 넓은 평원이, 뒤쪽으로는 고대 도시와 산이 버티고 있는 멋진 곳이다.

숨 가쁘게 달려온 8일째 날에는 셀축의 성지 '성모마리아의 집'으로 향했다. 형이나 동생 가족 모두 독실한 가톨릭 신자이기 때문에 더욱 의미가 깊은 곳이었다. 안내판에는 성모 마리아가 생애의 마지막 해를 보냈던 곳으로, 1961년 교황 요한 23세가 집의 위치에 대한 분쟁을 종식시키고 이곳을 성지로 공식 선포했다고 적어 놓았다. 우물은 옛 모습을 띠고 있었고, 성모의 집

고대 그리스 시대의 도시 유적인 에페소스 중심부(위)와 원형극장(아래) 소아시아에서 가장 오래된 유적으로, 사진 위쪽의 2층으로 된 건물이 도서관이다.

은 기도실로 잘 단장되어 있었다. 성스런 기운이 맴돌았다. 한쪽 벽에는 사람들이 소원을 적어놓은 천이 벽면을 온통 하얗게 덮고 있었다.

성모 마리아의 집을 돌아본 다음, 다시 미니버스를 타고 소아시아에서 가장 오래되고 유명한 고대 유적 에페소스로 향했다. 사도 바울이 에페소스인들에게 보낸 편지인 신약성서 에베소 서(書)의 고장인 이곳은 기원전 2000년경부터 형성되기 시작해 기원전 7~6세기 지중해를 통한 소아시아와 그리스의 교역이 활기를 띠면서 상업 중심지로 전성기를 이룬 곳이다. 지금은 과거의 영화를 보여주는 거대한 기둥과 기단부 및 석조 건축물의 잔해가 남아 있을 뿐이다. 특히 약간 경사진 길을 따라 가로수처럼 서 있는 석조 기둥과 그 주변의 상가와 건축물, 공동화장실, 목욕탕, 대형 도서관 등은 2000~2500년 전 사람들의 생활을 생생히 보여주는 듯했다. 이런 유적들이 거의 그대로 남아 있다는 것이 그저 경이로울 따름이었다.

터키의 매력은 바로 여기에 있었다. 다른 나라와 달리 이곳의 고대 유적은 허물어진 채로 산이나 벌판, 해변에 그 폐허의 흔적을 고스란히 남겨두고 있었다. 셀축의 에페소스는 물론 파묵칼레의 히에라폴리스, 안탈리아의 페르게와 시데, 아스펜도스가 모두 그러했다. 1500~2000년 전 사람들이 번영을 누리며 살다가 도시가 쇠퇴하자 그곳을 버리고 다른 곳으로 이주해 도시가 점차 폐허가 되고, 무상한 세월의 흐름 속에서 잔해만 남긴 모습이었다. 현대적인 도시 중간에 유적이 마치 점처럼, 또는 섬처럼 존재하는 다른 나라 유적지와 확실히 달랐다. 터키의 고대 유적은 자연 속에서 서서히 마모되어 가는 인류 문명의 원형질 같았다.

에페소스에서 그리스 풍의 쉬린제 마을까지 돌아본 다음, 차나칼레로 가는 야간 버스를 타기 위해 셀축 버스터미널로 향했다. 터키 일주의 마지막 야간 버스다. 버스 출발 시간은 밤 11시 30분으로 1시간 30분 정도 여유가 있었다. 터미널은 인적도 줄고 상점도 하나둘 문을 닫기 시작했다. 하루 종일 여행에 강행군을 한 탓인지 버스 시간을 기다리던 가족들이 의자에 앉아 꾸벅꾸벅 졸기 시작하더니 그대로 잠에 빠져들었다.

이번 여행에서 가장 힘들고 긴 여정을 소화한 날이었다. 일주일 이상 강행군이 계속되었지만 누구 하나 불평을 털어놓지 않았다. 시간이 지나면 이 터미널도 잊을 수 없는 추억으로 남을 것이다. 한밤중에 셀축을 출발한 버스는 다음 날 아침 5시경 차나칼레에 도착했다. 도시 전체가 깨어나지 않은 아주 이른 시간, 이제 어디로 가야 할지 막막했다. 이날은 자유여행의 날이다. 가이드도 없다. 트로이 목마와 유적지를 돌아본 후 오후 4시 버스를 타고 이스탄불로 돌아가는 것이 오늘의 여정이다. 새벽에 도착했으니 잠도 부족하고, 강행군에 따른 피로도 풀리지 않아 몸이 천근만근이었다.

일단 버스회사 사무실에 짐을 맡긴 다음, 휴식을 취할 만한 곳을 찾았다. 하지만 마땅한 곳이 없었다. 그때 퍼뜩 터키의 대중목욕탕인 '하맘(Hamam)'이 떠올랐다. 한국 같으면 이럴 때 사우나나 찜질방에 가면 제격인데, 터키엔 하맘이 있지 않은가. 이것이 잊을 수 없는 대가족 하맘 체험의 시작이었다.

주민에게 물어 터미널에서 멀지 않은 하맘을 찾아갔다. 습기를 잔뜩 머금은 목욕탕 특유의 뜨뜻한 기운이 확 몰려왔다. 하맘의 운영 방식은 한국과 달랐다. 남탕과 여탕을 구분하지 않고, 시간대에 따라 남성과 여성이 번갈아 가며 목욕을 했는데 마침 그때엔 하맘에 손님도 없었다. 남녀가 섞인 열한 명의 가족 고객을 맞은 주인도 놀란 모습이었다. 우리는 남자들이 먼저 목욕을 하고 여자들이 나중에 하기로 했다. 그런데, 탕 안으로 들어가 보니 칸막이가 있었다. 그렇다면 굳이 시간을 나누어 목욕할 필요가 없었다. 칸막이를 사이로 여자들과 남자들이 각각 나뉘어 목욕을 하면 서로 겹칠 일도 없다.

어떻게 보면 남세스럽고 기묘한 장면이라고도 할 수 있지만, 삼 형제 대가족이 한 목욕탕에서 함께 목욕을 하게 되었다. 여행, 그것도 야간 버스를 타고 배낭여행과 비슷한 여행을 하는 특수한 사정이 만든 독특한 장면이었다. 고개를 돌리면 서로를 볼 수 있지만, 외면하면서 바가지로 뜨뜻한 물을 퍼 온몸에 끼얹었다. 목욕탕 한쪽 끝과 반대쪽 구석 칸막이 안쪽에서 뿌리는 '차~악 차~악' 물소리가 타일 벽을 타고 메아리쳤다. '깔깔깔' 웃음소리와 '어~ 시원하다'는 소리가 그 사이로 퍼졌다. 그렇게 목욕을 하고 나니 찌뿌드드하던 몸이 한결 개운해졌다.

하맘에서 '기묘한' 목욕을 한 다음 트로이 목마와 베일에 가려졌던 트로이 유적지로 향했다. 마치 신화의 세계로 가는 듯했다. 트로이 목마를 보고는 아이들과 어른들이 모두 목마로 올라가 창문에 고개를 내밀고 즐거워하며 사진을 찍었다. 아침에만 해도 힘들어하던 가족들이 완전히 살아났다.

트로이의 목마 고대 그리스와 트로이의 전쟁에서 그리스의 오디세우스가 속이 빈 목마에 병사를 숨겨 트로이 성 안에 잠입시킴으로써 전쟁을 승리로 이끌었다는 이야기가 전해 내려오는 목마 조형물이다.

트로이 유적은 이번 여행에서 질리도록 보았던 고대 유적의 웅장함에 비해 규모가 작았지만, 거기에 얽힌 사연이 흥미를 더해주었다. 트로이는 기원전 2500년경 유럽과 아시아를 잇는 무역의 중심지로 번성했지만, 그 유적은 베일에 싸여 있었다. 유적의 실제 존재 여부에 대해서도 논란이 있었다. 그러다 독일의 탐험가 하인리히 슐레이만이 트로이는 틀림없이 존재한다는 확신을 갖고 유적 발굴에 나섰다. 그는 호머의 일리아드를 면밀히 분석해 드디어 1870년 유적 발굴에 성공, 트로이가 세상에 빛을 보게 되었다.

트로이 유적을 끝으로 터키 일주 대장정을 마치고 오후 4시 차나칼레에서 버스를 타고 이스탄불로 돌아왔다. 돌아올 때에는 대가족의 터키 일주 여행을 무사히 끝마친 데 대한 기쁨과 만족감에 휩싸였다.

사랑과 그리움을 남긴 가족들

삼 형제 대가족의 터키 일주 여행은 무사히 끝났다. 이스탄불로 돌아온 다음 날 마지막으로 탁심 거리에 있는 종루에 올라가 시내를 조망하고, 루멜리 성까지 돌아보았다. 해가 뉘엿뉘엿 지는 루멜리 성의 풍광은 일품이었다. 가족들은 처음 이스탄불에 왔을 때의 긴장감과 당혹감에서 완전히 벗어나 마치 한국의 잘 아는 곳에 온 것처럼 자연스럽고 여유 있게 탁심 거리와 루멜리 성을 돌아보았다. 터키 여행을 여기서 끝내는 것이 아쉬울 따름이었다.

그 다음 날 가족들은 한국으로 돌아갔다. 8박 9일의 터키 일주를 포함해 12박 13일의 짜릿한 여행이었다. 이스탄불에 처음 도착했을 때처럼 트램과 기차를 갈아타고 아타투르크 공항으로 갔다. 이젠 이스탄불의 대중교통에 완전히 익숙해져 서로 알아서 척척 움직였다. 창밖 풍경을 바라보며 이스탄불을 떠나야 하는 것을 아쉬워했다.

가족들의 인사와 덕담이 아타투르크 공항 출국장 게이트에 조용히 울려 퍼졌다. 13일 전 가족이 처음 공항에 도착해 만났을 때의 우왕좌왕과 혼란은 없었다. 아주 짧은 일정이었지만, 대중교통을 이용해 반(半) 자유여행을 하면서 가족들도 많이 달라져 있었다. 실패를 하더라도 그 경험이 큰 변화를 가져오는 것이다.

작년 7월 필리핀 어학 연수부터 시작해, 중국~네팔~인도~터키까지 함께 여행했던 멜론도 공부에 전념하기 위해 한국으로 돌아갔다. 좌충우돌, 종횡무진 여행을 하면서 부쩍 성장한 멜론이 자신의 꿈과 희망을 찾아 날개를 활짝 펴길 바라는 마음 간절했다. 한국으로 떠나는 멜론도, 여행을 계속할 창군과 동군의 목소리에도 이별의 아쉬움이 짙게 배어 있었다.

가족은 떠나가면서 우리 가슴에 '사랑'과 '그리움'을 남겼다. 이렇게 우리 가족 모두가 함께 외국을 여행한 것은 이번이 처음이었다. 함께 부대끼며 여

12박13일 터키를 함께 누빈 가족을 배웅하며 처음 여행에 나설 때에는 대가족이 우왕좌왕하며 혼란을 겪었지만, 결국 해피 엔딩으로 마무리했다.

행하던 가족이 떠나자 갑자기 그리움이 몰아쳤다. 만남과 헤어짐은 세상사의 이치다. 헤어짐이 있어서 만남이 소중한 것이며, 매 순간의 만남에 충실할 때 삶 전체가 온전히 충실해지는 것이다. 우리도 이번 터키에서의 만남에 충실했고, 그럼으로써 더욱 짙은 사랑과 그리움을 느꼈고, 그것이 다음의 만남을 더 풍요롭게 할 것이다.

우리 삼 형제 가족의 만남과 여행, 그리고 이별은 이스탄불이 지난 수천 년 동안 겪어온 문명의 충돌과 융합의 축소판이었다. 처음에는 여행에 대한 접근 방식과 생각의 차이로 소리 없이 격렬한 파열음을 냈지만, 조금씩 양보하고 의견을 맞추어 가면서 이해의 폭을 넓혔다. 이스탄불에서 동서양이 만나 새로운 문화를 창조했듯이 우리만의 새로운 여행을 만들었다. 나중에 형수님과 제수씨, 여고생 조카 주희는 지금까지의 여행 중에 가장 기억에 남는 여행이었다고 여러 차례 말했다. 우리도 그랬다. 여행하는 도중에는 잘 알지 못했지만, 우리의 여정 가운데 가장 기억에 남는 여정이었다.

고도(古都)에서 찾은 희망의 근거

다시 여행자 모드로 돌아가서

한참 자고 있는데 버스가 크게 요동을 치는 바람에 눈을 떴다. 신나게 달리던 버스가 터키~그리스 국경에 접근하면서 크게 흔들린 것이다. 차량 속도를 늦추기 위해 만들어놓은 도로의 턱 때문이었다. 시계를 보니 새벽 1시 30분이다. 터키 이스탄불을 어젯밤 10시에 출발했으니, 3시간 30분 만에 그리스 국경에 도착하였다.

12박 13일을 함께 여행했던 형과 동생 가족이 한국으로 떠나고, 나와 올리브, 창군과 동군 등 우리 가족 넷만 남자 갑자기 허전함이 밀려왔다. 가족과 함께 있을 때에는 몰랐는데, 떠나고 나니 그 공허함이 생각보다 컸다.

그렇다고 자기연민에만 빠져 있을 수 없었다. 다시 도전과 모험, 열정과 환희가 넘치는 여정에 들어가야 했다. 지금 가슴 한편에 몰아치고 있는 외로움과 고독함, 공허함, 뿌리를 잃은 것 같은 상실감은, 엄밀히 따지면 가족과의 이별도 이별이지만 여행에 대한 목표 의식이 희석되면서 나타난 측면이 강했다. 여행의 확고한 목표를 갖고 있다면 가족과의 이별도 담담하게 받아들이고, 가족들이 가족의 일을 찾아가듯이 우리도 우리 목표를 향해 갈 길을 갈 수 있다.

공항에서 가족을 배웅하고 돌아와 우선적으로 할 일은 향후 일정을 잡는 것이었다. 우리는 터키에서 그리스를 여행하고, 이어 페리를 타고 지중해를 횡단해 이탈리아로 넘어간다는 구상을 갖고 있었지만, 아직 구체적인 일정은 잡지 못하고 있었다. 예약 상황에 따라 일정이 바뀔 수도 있었다.

일단 다음 날 저녁 10시에 야간 버스를 타고 그리스 테살로니키로 넘어가기로 하고, 버스표를 예약했다. 버스비가 1인당 100리라(6만 4500원), 총 400리라(25만 8000원)로 만만치 않았다. 테살로니키에서 1박, 절벽 위의 수도원이 멋진 메테오레에서 1박을 하고, 나흘 후 저녁에 아테네에 도착하는 일정을 짰다. 아테네에서 3박 4일을 머물고, 신탁의 도시 델피를 돌아본 다음, 크레타 섬을 3일간 여행하는 루트와 일정도 만들었다.

비교적 짧은 그리스 일정의 와중에도 해결할 문제가 있었다. 유럽 여행 방법으로 자동차 렌트와 유레일패스 중 어떤 것이 나을지를 두고 한참 고민했다. 이것저것 따져보고 유레일패스 쪽이 편리하고 장점도 많다는 결론을 얻었다. 가격 면에선 자동차 렌트가 확실히 저렴하지만, 기름 값을 포함하면 크게 차이가 나지 않았다. 특히 우리는 동유럽에서부터 북유럽, 남쪽 이탈리아, 서쪽으로 스페인과 포르투갈까지 유럽 전역을 돌아다닐 계획이었는데, 이걸 자동차로 여행하는 게 쉽지 않아 보였다. 또 자동차로 여행할 경우 다른 여행자나 현지인과 만날 기회가 줄어들 수밖에 없다는 단점도 있었다.

유레일패스는, 인터넷으로 조회해보니 한국에서 구입하는 게 확실히 저렴했다. 2개월 연속 이용하는 세이버(SAVER) 기준으로, 1인당 100유로(15만 원) 이상 차이가 났다. 네 명을 기준으로 하면 60만 원이 넘는 큰 금액이다. 그래서 한국 여행사를 통해 유레일패스를 구입한 다음 그것을 DHL을 이용해 아테네의 숙소에서 수령하는 방안을 택했다. 아테네 숙소에 소포 대리 수령 가능 여부를 확인한 다음, 숙소를 예약하고 한국의 여행사와 협의를 해야 했다. 복잡했지만, 이스탄불에서의 마지막 이틀 동안 이를 모두 처리했다.

숙소에서 짐을 꾸려 버스터미널로 향하는데 날은 이미 어두워져 있었다.

버스터미널은 상상 이상으로 엄청나게 컸다. 터키에서 그리스는 물론 불가리아를 비롯한 동유럽으로 가는 버스들이 대거 출발하는 '국제' 터미널이었다. 우리는 터미널에서 그리스 행 버스를 기다렸다.

그런데 아무래도 새로운 곳으로의 여행에 대한 기대와 흥분보다는 긴장되어서 그런지 모두 힘이 좀 빠진 상태였다. 이러한 상태는 생각보다 오래 갔다. 더구나 우리가 찾은 그리스는 경제위기로 활력을 잃어 그나마 남아 있던 힘까지 빼앗아 갔다. 여행지가 새로운 희망으로 흥성거리면 여행자의 피로도 빨리 풀리는데, 여행지마저 비틀거리고 있으니 더욱 힘들었다. 특히 우리가 그리스에서 처음으로 찾은 제2의 도시 테살로니키는 경제위기의 타격을 가장 심하게 받고 있었고, 우리 가족에게도 가장 힘든 시간이 되었다.

숙소를 가득 메운 고추장볶음 냄새

버스가 터키 국경에서 수속을 마치고 그리스로 넘어가는 데에는 약 1시간 정도 걸렸다. 먼저 터키의 출입국 사무소를 통과한 다음, 세관을 넘어 면세점에 20분 정도 머물렀다. 터키~그리스 국경을 넘어가는 것은 그리 복잡하지 않았다. 여권을 스캔해 신상 정보를 확인한 다음 도장을 쾅! 찍는 것으로 절차가 끝났다. 우리를 대상으로 한 세관 심사는 사실상 없었지만, 일부 현지인의 가방을 검색했다. 그것도 형식적이었다.

터키 국경을 넘자 이번엔 그리스 국경을 통과해야 했다. 그리스 국경에서는 입국 심사를 받는데 입국 심사원이 우리 가족에게 며칠간 머물 것인지를 묻고 신용카드를 보여달라고 했다. 지갑에서 신용카드를 꺼내 흔들어 보였다. 우리 가족이 유럽연합(EU) 지역으로 넘어가 2~3개월 여행한다고 하니, 혹시 현지에서 취업할 의향은 없는지 확인하려는 것 같았다. 신용카드는 현지에서 쓸 여비를 충분히 갖고 있는지 간접적으로 확인하기 위해서였을 것이다. 우리에게 어떠한 '이상한' 혐의도 찾을 수 없었으므로, 심사원은 입국 도장을 찍고 우리에게 돌려주었다.

터키~그리스 국경은 살벌하거나, 군인들이 삼엄한 경비를 서거나 하지 않았지만, 국가 간의 영역이 아주 엄격히 관리되고 있었다. 사실상 국경이라 할 수도 없이 주민들이 자유롭게 넘나들던 네팔~인도 국경과는 확실히 달랐다. 터키와 그리스 국기가 '여기는 우리 땅'이라고 선언하듯 펄럭이고 있었다. 사람과 물자의 이동을 확실히 통제하는 근대적 국경이었다.

버스는 한참을 달려 아침이 서서히 밝아오기 시작할 즈음 에게 해 연안의 테살로니키에 접근했다. 인구 80만 명의 그리스 제2의 도시이며, 성경 데살로니가 전서(前書)의 고장이자, 마케도니아의 중심도시인 테살로니키는 아직 잠에서 깨어나지 않은 상태였다. 오전 7시 30분, 이스탄불을 떠난 지 9시간 30분 만이었다. 그런데 버스가 정차한 곳은, 예상과 달리 터미널이 아니라 터키 메트로 버스회사 사무실 앞이었다. 터미널 표시도 없었다.

길거리에 내려선 우리는 어디로 가야 할지 막막했다. 거리엔 사람도 별로 없어 적막했고 상가도 문을 열기 전이었다. 그러다 보니 그리스와의 첫 대면은 약간 썰렁했다. 우리는 여행지에 처음 도착하면 그랬던 것처럼 먼저 식당을 찾아 식사를 하면서 주변 지리와 상황을 파악한 다음, 숙소를 찾아가기로 했다. 다행히 좀 넓은 거리로 나오니 문을 연 카페가 있어, 파이를 하나씩 먹으며 지리를 파악했다. 창군이 다운로드한 아이폰의 GPS 어플이 현지 지리와 숙소 위치를 파악하는 데 결정적인 역할을 했다.

숙소를 찾아가는 길은 지하철 공사 중이었지만 공사는 중단되고 유적 발굴 작업이 진행되고 있었다. 그리스에선 어디를 파도 고대 유적이 나타난다고 하더니 틀린 말이 아닌 듯싶었다. 공사장에서 포크레인은 사라지고, 대신 안전모를 쓴 사람들이 작은 삽과 빗자루를 들고 유적의 흙을 조심스럽게 긁어내고 있었다. 발굴이 끝나고 보고서가 만들어지면 이를 보존할 것인지 밀어버릴 것인지를 결정할 것이다.

버스에서 내린 곳에서 숙소까지는 거리가 좀 되었지만, 버스 노선을 알지 못한 상태라 걸어갔다. 우리가 점찍어 둔 곳은 아라바스 호스텔(Studios Arabas Hostel)로, 지금이 여행 비수기인데다 아침에 숙소를 방문하면 어느 정도 흥정이 가능할 것으로 생각하여 예약을 하지 않았다. 역시 빈방이 있었는데, 가격이 워낙 저렴해 흥정은 필요도 없었다. 1인당 12유로로, 총 48유로(약 7만 2000원)에 하루 묵기로 했다.

입실 후 여독을 풀며 잠이 든 올리브와 동군은 그대로 두고 창군과 함께 시내로 나섰다. '강철체력' 창군이 그나마 버티고 있는 게 든든했다.

테살로니키는 조용하다 못해 적막감이 감돌았다. 오늘이 평일인데도 문을 닫은 곳이 많았고, 상가 곳곳에는 '임대' 또는 '매각'을 알리는 팻말이 붙어 있었다. 거기에 스프레이로 휘갈겨 놓은 낙서들이 어지러웠다. 유리창이 깨진 채 방치된 건물도 골목을 돌 때마다 나타나 분위기는 더욱 을씨년스러웠다. 그러고 보니 아침 일찍 도착했을 때 도시에서 왜 그리 적막감이 느껴졌는지 이해가 갔다. 바로 최악으로 치닫는 그리스의 경제위기 때문이었다.

사람들의 얼굴에도 근심이 묻어나는 듯했다. 도시는 활력을 잃고, 사람들은 깊은 시름에 잠긴 듯 무표정하고 생기가 없었다. 만성적인 경제난에 지친 모습이 역력했다. 아시아 금융위기와 IMF(국제통화기금) 구제금융의 한파를 겪었던 1998년의 우리 상황과 크게 다르지 않았다.

그리스는 2008년 미국 서브프라임 모기지 파장이 몰아치면서 2010년부터 경제위기를 겪기 시작해 1차 구제금융을 받은 적이 있다. 하지만 이것으로 위기에서 벗어나지 못해 우리가 도착하기 바로 며칠 전 1300억 유로의 2차 구제금융을 받아야 했다. 구제금융 조건은 매우 엄혹했다. 재정적자를 감축하고 대외부채 상환 여력을 확충하기 위해 정부 지출을 억제하도록 했다. 동시에 총 임금 근로자의 20% 정도를 차지하는 정부와 공공 부문 근로자를 15만 명 감축하고, 최저 임금을 20% 줄이고, 연금 지급액을 축소하는 등 '고통의 분담'을 요구했다. 그리스 곳곳에선 이 조건에 반대하는 시위가 벌어지기도 했다. 가뜩이나 위축된 경제는 이 조치로 큰 타격을 받았고, 미래가 불투명해진 그리스인들은 지갑을 닫아 버려 경제가 꽁꽁 얼어붙고 있었다.

시 외곽의 버스터미널에서 내일 메테오라로 가는 버스를 예약하고 숙소로 돌아오니 올리브와 동군이 일어나 있었다. 하지만 이번엔 창군이 침대에 눕더니 피로를 못 이기고 바로 잠들어 버렸다. 무언가 기력을 보충할 것이 필요했다. 다행히 숙소엔 한국의 콘도처럼 주방 시설이 갖추어져 있었고, 동생 가족이 터키로 오면서 갖고 온 코펠도 있었다. 우리가 유럽 여행을 할 때 필요할까 봐 일부러 부탁해서 가져온 것이었다. 거기에 항공기 기내식으로 제공되는 튜브에 든 고추장도 있었다. 인근 슈퍼에서 쌀과 돼지고기, 야채, 상추, 양념 등을 사다가 돼지고기 고추장볶음을 만들었다. 미래의 일류 요리사를 꿈꾸는 동군이 요리를 만들고, 내가 밥을 지었다. 올리브는 동군에게 야채 손질부터 양념 만들기까지 조리법을 일일이 가르쳤다.

여행을 하면서 숙소에서 이렇게 한국음식을 만들어 먹은 것은 처음이었다. 더구나 한국에서 가져온 코펠로 음식을 만드니 마치 캠핑을 온 것 같았다. 모두 신이 났다. 숙소에 마늘과 고추장, 파 볶는 냄새가 진동을 해서 좀 미안했지만 우리에겐 꿀맛 같은 저녁이었다.

여행의 피로를 푸는 가장 좋은 방법

매콤한 한국식 요리와 푹신한 잠자리는 우리의 기력을 확실히 회복시켜주었다. 테살로니키 시내는 어제와 마찬가지로 조용했다. 금요일인데도 아침

테살로니키의 화이트 타워와 해변 가운데 원통형의 타워가 15세기 비잔틴 타워가 있던 자리에 세워진 화이트 타워로, 테살로니키의 랜드마크 역할을 한다.

을 맞는 부산하고 활달한 기운이 느껴지지 않았다. "하이~ 코리안! 마이 프렌드~" 하고 지나가는 외국인에게 끊임없이 말을 건네던 인도인들과 터키인들이 떠올랐다. 네팔과 인도, 터키에선 이렇게 말을 걸어오는 사람들 때문에 가끔은 귀찮기도 했지만, 그것이 여행의 흥겨움을 더해준 것도 사실이다. 하지만 그리스에서는 모두가 무뚝뚝했다. 뭔가 깊은 시름에 잠긴 듯 침울한 표정이니, 그걸 보는 우리 마음도 더 무거워지는 것 같았다.

그래도 시내를 관통해 항구 쪽으로 나오니 분위기가 많이 달라졌다. 해변을 따라 들어선 카페와 레스토랑은 손님들로 북적이고 있었다. 점심때가 되지 않은 비교적 이른 시간이지만 해변을 산책하는 사람들도 많았다. 해변에서 공원으로 이어지는 작은 공터에선 10대 중반의 청소년들이 작은 공연을 준비하고 있었다. 활기가 느껴졌다. 경제위기의 와중에도 즐거움과 여유를 찾고자 하는 욕망엔 변화가 없는 것이다.

테살로니키의 랜드마크인 화이트 타워(White Tower)는 해변을 따라 걷는 우리에게 이정표 역할을 했다. 에게 해를 굽어보듯이 버티고 선 모습이 테살로니키를 든든하게 지키고 있는 듯하다. 현재의 화이트 타워는 15세기 말 비잔틴 타워가 있던 자리에 건설된 높이 33.9m의 탑이다. 테살로니키를 방어하는 비잔틴 성벽의 동쪽 끝과 해안선 성벽이 만나는 자리에 세워져 중요한 방어진지 역할을 했으며, 19세기엔 감옥이자 처형장으로 사용되기도 했다. 그래서 '피의 탑(Blood Tower)'이란 별명과 함께 '사자의 탑(Lion's Tower)', '칼라마리아의 성(The Fortress of Kalamaria)'이라고 불리기도 했다. 지금은 테살로니키의 관광 명소이자 박물관으로 사용하고 있다.

타워를 지나 비잔틴 박물관과 고고학박물관을 돌아보았다. 테살로니키와 마케도니아 일대의 역사를 잘 정리해 놓은 박물관이었다. 이곳이 고대 그리스는 물론 비잔틴 제국 시기, 즉 동로마 제국 시기의 교역 중심지로 번영을 누렸던 만큼 전시물도 풍부했다. 그런데 동군이 비실비실했다. 역사에 관심이 많은 그답지 않게 일찍 나가자며 고고학박물관 한편에 축 처져 있었다. 천천히 돌아보면 좋겠지만, 할 수 없었다.

그래도 테살로니키에서 메테오라로 가면서 모두의 컨디션이 조금씩 좋아지기 시작했다. 메테오라로 가는 버스는 오후 5시에 출발했다. 테살로니키를 벗어나 그리스 반도를 따라 남쪽으로 향하자 멋진 경치가 펼쳐졌다. 왼쪽으로는 에게 해, 반대편으로는 그리스에서 가장 높은 올림푸스 산이 한참 동안 우리를 따라 왔다. 해발 2919m의 산으로, 올림푸스의 지배자이자 신들의 제왕인 제우스를 비롯해 헤라, 아테나, 아프로디테, 디오니소스 등 그리스 신화의 주인공들이 사는 곳이며, 다양한 스토리의 무대다. 마침 산 정상 부위는 며칠 전 내린 눈으로 하얗게 덮여 있었다. 해가 넘어가면서 붉은 노을을 반사하는 올림푸스의 영봉이 신성한 기운을 뿜어내는 것 같았다.

테살로니키에서 트리칼라(Trikala)를 거쳐 메테오라 탐방의 기점인 칼람파카(Kalampaka)에 도착했을 때는 이미 캄캄해져 있었다. 도착하자마자 타운홀 인근의 레스토랑을 찾아 양고기와 닭고기, 야채와 감자튀김 등을 두툼한 빵에 싸서 둘둘 말아 먹는 그리스 전통 요리 스블라키(Souvlaki)를 맛있게 먹었다. 주인도 아주 활달했고, 식당에서 와인을 곁들여 식사하던 주민들과도 인사

메테오라 전경 우뚝 솟아오른 바위 위에 수도원이 아슬아슬하게 지어져 있고, 그 너머 분지의 마을과 눈 덮인 산이 절묘한 조화를 이루고 있다.

를 나누었다. 말은 잘 안 통해도 멀리 한국에서 온 가족 여행단에 흥미를 갖고 반겨주는 주민들이 우리 마음을 훈훈하게 만들어주었다.

칼람파카의 알소스 게스트하우스(Alsos Guesthouse)는 깎아지른 절벽 아래에 만들어진, 깔끔하고 잘 정비된 숙소였다. 우리가 도착했을 때, 숙소 뒤의 어마어마한 절벽이 야간 조명에 그 모습을 드러내고 있었다. 밤중이었지만, 전반적인 풍경이 매우 이색적이었다. 테살로니키 숙소와 마찬가지로 여기에도 부엌이 딸려 있어 식사를 만들어 먹을 수도 있었지만, 그럴 기회가 없었다. 며칠 묵고 싶었지만 내일 아테네 숙소가 예약되어 있어 그럴 형편이 아니었다. 그럼에도 메테오라를 오기로 한 것, 그리고 숙소로 수도원 바로 아래에 있는 게스트하우스를 선택한 것은 잘한 선택이었다.

메테오라는 땅에서 불쑥 솟아난 것 같은 거대한 바위와, 그 바위 위에 아슬아슬하게 지은 수도원이 감탄사를 쏟아내게 하는 곳이었다. 어떻게 저렇게 높은 암석 위에 수도원을 만들 수 있었을까. 마침 날씨도 화창했다. 파란 하늘에 뭉게구름이 두둥실 떠가고 바위와 수도원들이 폭포처럼 쏟아지는 햇살을 받아 선명하게 빛났다. 아래로는 넓은 분지가 펼쳐져 있고, 그 건너편 높은 산은 하얀 눈에 덮여 있었다. 메테오라는 기분 전환의 여행지였다.

다음 날 산길을 걸어 메테오라 수도원들을 돌았다. 환상과 신비의 나라로 온 듯했다. 먼저 가

절벽 위의 수도원 속세에서 벗어나 하느님에 더 가까이 다가가고자 하는 중세 수도사들의 염원을 보는 듯하다.

장 큰 메갈로 메테오로(Megalo Meteoro)로 들어갔다. 그레이트 메테오라(Great Meteora)라고 불리는 곳이다. 14세기 중엽에 지어진 메갈로 메테오로는 이 지역 절벽에 세워진 수도원의 '원조' 역할을 하는 곳이다. 규모가 가장 크며 '공중 수도원'이라는 의미의 '메테오라'라는 말도 여기에서 유래했다고 한다. 수도원에 박물관을 만들어 역사를 보여주고 있었다.

메테오라 수도원에 올라가니 수도원 아래 마을인 칼람파카가 한눈에 들어왔다. 멀리 흰 눈이 쌓인 고산준령을 배경으로 분지가 형성되어 있고, 깎아지른 절벽 아래에 마을이 들어선 아름답고 환상적인 풍경이다. 저쪽 까마득한 바위 꼭대기에 로사노우 수녀원(Roussanou Nunnery)과 발람 수도원(Valaam Monastery)도 절묘하게 자리를 잡고 있었다.

탄성이 절로 나왔다. 참으로 경탄할 만한 자연과 인간의 작품이 아닐 수 없었다. 속세의 찌든 때를 벗고, 더욱 더 순수한 신심으로 돌아가 하느님과 하나가 되고자 했던 중세 수도사들의 염원을 읽을 수 있었다. 물론 저걸 직

접 만든 사람들은 수도사들이 아니라 교회에 속한 농노들이었을 테지만.

하루 종일 구름 한 점 없는 날씨가 이어지는 가운데 우리는 걸어서 수도원들을 모두 돌아보았다. 산길을 통과해 아슬아슬한 절벽 위를 걷는 트레킹은 최고의 재미와 흥미를 선사했다. 좀 처지고 활력을 잃었던 몸에 힘이 솟는 것 같았다. 그동안 터키를 여행하면서 트레킹다운 트레킹을 못해 몸이 근질근질했는데, 이렇게 맑은 공기를 마시며 산길을 걸으니 기분도 상쾌해졌다. 역시 향수병과 여행의 피로는 새로운 여행지에 대한 호기심과 열정으로 풀어야 하는 것이었다. 절망에서 벗어나는 가장 좋은 방법이 희망을 갖는 것이나 마찬가지 이치다.

만고풍상을 겪어온 아테네

그리스가 직면한 경제위기의 그늘은 생각보다 깊었다. 첫 방문지인 테살로니키의 썰렁함과 적막함은 아테네에서도 이어졌다. 메테오라에서는 화창하던 날씨마저 아테네로 오니 을씨년스러워지고 가끔 비까지 내렸다. 날씨가 개일 때나 관광객이 많이 모이는 곳에선 그나마 활기가 느껴졌지만, 주택가나 상가, 특히 구질구질하게 비가 오락가락하는 날엔 스산하기가 이루 말할 수 없었다. 아테네 여행은 유럽 문화의 원류를 찾아가는 여행이면서 동시에 오늘날의 세계와 그리스가 겪는 아픔을 함께 느끼는 여정이었다. 과거와 현재가 교차하는 여정이었다.

메테오라에서 아테네로 가려면 칼람파카에서 버스를 타고 45분 정도 달려 트리칼라로 나간 다음, 거기서 다시 아테네 행 버스로 갈아타야 한다. 버스는 중부 산악지역을 통과해 아테네로 향했다. 버스가 산등성이로 이어진 길을 천천히 달려 넓은 분지와 들판을 한눈에 굽어볼 수 있었다. 그리스는 국토 면적이 남한과 비슷하지만, 인구는 1100만 명으로 남한의 4분의 1정도에 불과하다. 그래서 그런지 사람이 살지 않는 구릉과 들판이 의외로 넓었다.

어둠이 깔린 저녁 8시쯤 아테네에 도착하여 지하철을 타고 아테네 중심가 모나스티라키(Monastiraki) 역 근처의 피보스(Fivos) 호텔에 여장을 풀었다. 처음 만난 아테네 거리도 테살로니키처럼 활력이 떨어져 보였다. 버스터미널 근처에선 젊은이들이 껄렁거리며 길거리를 돌아다녀 낯선 여행자를 왠지 모르게 긴장하게 만들었고, 도시 곳곳의 담벼락에 스프레이로 휘갈긴 낙서가 약간 불량기를 느끼게 했다.

아테네는 인류 문명에 큰 영향을 미친 사상과 문화의 뿌리 같은 곳이다. 지금은 그리스의 정치와 경제, 문화의 중심지로, 그리스 인구의 3분의 1이 살고 있다. 아테네는 기원전 1200년경 첫 도시국가로 등장해 기원전 492년 페르시아와의 전쟁에서 승리하면서 최고의 전성기를 구가했다. 이후 유럽의 패권이 로마로 넘어가고, 기원전 2세기에 로마의 속주가 되면서 쇠퇴하기 시작했다. 유럽의 중심이 로마와 콘스탄티노플(이스탄불)에 이어 파리와 베를린, 런던으로 이동하면서 아테네는 유럽의 변방으로 밀려났다. 하지만 2000여 년전 소크라테스와 아리스토텔레스, 플라톤 등 서양 사상의 씨앗을 뿌린 철학자들은 물론 탈레스에서부터 피타고라스, 아르키메데스, 유클리드, 히포크라테스와 같은 자연과학자들, 건축가, 조각가, 예술가 등으로 화려한 문명을 꽃피웠고, 시민정치를 실현해 민주주의의 원형을 만든 곳이다.

아테네에는 고대 그리스의 번영을 보여주는 유적들이 산재해 있다. 파르테논 신전을 비롯해 고대 그리스 문화의 꽃인 아크로폴리스, 아폴론 신전, 제우스 신전 등 각종 신전이 도시 곳곳에 널려 있고, 고고학박물관은 세계 최고의 소장품을 자랑한다. 파르테논 신전을 재현해 놓은 아크로폴리스 박물관, 플라톤과 아리스토텔레스가 학문을 가르쳤던 아테네 학당도 빼놓을 수 없다. 신타그마 광장, 오모니아 광장 등엔 근·현대사의 숨결이 배어 있다. 우

아고라에서 바라본 아크로폴리스 아크로폴리스는 높은 언덕 위에 있어 아테네 시내 어디서나 보인다. 언덕 오른쪽이 입구이며, 왼쪽 위 돌기둥이 보이는 건축물이 파르테논 신전이다.

리는 아테네에 3박 4일을 머물 계획이었으나 날씨가 좋지 않고 가족들의 컨디션도 좋지 않아 하루를 늘렸다.

탐방의 출발점은 아크로폴리스였다. 아크로폴리스란 '도시 위' 또는 '언덕 위의 도시'라는 의미로, 도시의 가운데 언덕에 자리 잡고 있어 아테네 시내 어디서나 볼 수 있다. 파르테논 신전을 비롯한 주요 신전이 모두 모여 있는 '신들의 공간'이자 '신화의 세계'가 아크로폴리스다. 그래서 아테네에서 가장 높은 곳에 위치해 있다.

모나스티라키에서 하드리안 도서관(Library of Hadrian)을 거쳐 언덕으로 올라가자 높은 언덕에 아크로폴리스가 나타났다. 아크로폴리스를 막 올라가는데 그 아래로 거대한 원형극장이 보였다. 헤로데스 아티쿠스 음악당(Herodes Atticus Odeum)이다. 특별한 공연이 있을 때에는 지금도 사용한다고 한다. 특히 6~9월 휴가와 관광이 최고조에 이르는 축제 기간에는 뮤지컬과 오페라 공연이 펼쳐진다. 한여름 밤 고대의 원형극장에 시원한 바람과 함께 아름다운 음악이 울려 퍼지고, 관중들이 환호하는 모습이 눈에 선했다. 2100년 전의 음악당을 지금도 사용하는 것은 생각만 해도 멋진 일이다.

아크로폴리스 입구로 들어서자 '대문' 또는 '정문'이라는 의미의 프로필레아(Propylea)가 나타났다. 그리스가 최전성기를 구가한 기원전 437~432년 건립된 웅장한 건축물이다. 이어 불레의 문(Boule Gate)이 나타났다. 아크로폴리스의 입구인 셈인데 언뜻 보면 불레의 문과 프로필레아가 구분이 잘 안 된다. 불레의 문은 그리스 문명이 시들고 한참 지난 후인 로마 시대에 외세 침략에 대비하기 위해 세운 방어용 성곽의 일부라고 했다.

그런데 하드리안 도서관에서부터 시작해 아크로폴리스에 들어서면서부터 어디가 어딘지 지리는 물론 유적들을 제대로 구분하지 못해 창군과 동군만 따라가야 했다. 아이들은 어떻게 알았는지 처음 가보는 길인데도 귀신같이 찾아갔다. 이제 아이들이 앞장서고, 나와 올리브는 뒤에서 졸졸 따라가는 신세가 되었다. 더구나 아크로폴리스 정문부터는 본격적인 '신의 공간'으로 책을 뒤져가며 고대 그리스 역사와 신화를 확인해야 했는데, 복잡해서 이해하기가 힘들었다. 신들의 이름은 나를 항상 헷갈리게 한다. 하지만 어려서부터 그리스·로마 신화를 즐겨 읽었던 창군이나 동군, 특히 역사와 고고학에 관심이 많은 동군은 눈을 반짝이며 아크로폴리스 유적을 뛰어다녔다.

"아테나? 아폴론? 그게 무슨 신이야?" 동군에게 질문을 던졌다.

"아빠는, 그것도 몰라? 공부 좀 해!" 동군이 나의 무지를 탓했다. 한편으로는 나를 공박하는 동군이 괘씸하기도 하고, '녀석이 제대로 알기나 하고 이렇게 나오는 건가?' 하는 의구심도 들었다. 하지만 신에 얽힌 이야기를 하나하나 풀어놓는 걸 보니 나름 신화를 잘 이해하고 있었다. 동군이 지금의 자신감을 계속 살리길 바라면서 아크로폴리스로 올라갔다. 역사학자 올리브와 역사학 지망생 동군이 가이드하는 투어가 시작되었다.

불레의 문 오른쪽으로 기념비적인 건축물인 아테나 니케 신전(Athena Nike Temple)이 있다. 고대 그리스의 전성기를 가져온 페르시아 전쟁의 승리를 기념해 지은 것으로, 아테네의 수호신이자 지혜와 농업의 여신인 아테나와, 승리의 여신인 니케를 함께 모신 신전이다.

신전을 자세히 보니 옛날의 돌과 그 사이사이에 새로 깎아 끼워놓은 돌이 섞여 있었다. 거의 다 허물어졌던 것을 복원한 것이었다. 이는 신전뿐 아니라 아크로폴리스 입구에서도 보였다. 2000년 이상의 세월이 흐르는 동안 신전이나 입구 모두 허물어져 돌들만 굴러다니던 것을 발굴하고 복원하는 작업이 계속 이루어지고 있는 것이다. 잘 보니 기단부에도 새로 깎은 돌이 들어가 있다. 기단부를 그렇게 복원했다면, 저 어마어마한 돌기둥 역시 허물어진 것을 새로 세운 것이라는 얘기다.

조금 더 안쪽으로 들어가니 왼쪽에 에렉티온 신전(Erechtheion Temple)이 있고, 그곳을 지나니 파르테논 신전(Parthenon)이 나타났다. 웅장하고 장엄하기가 이루 말할 수 없었다. 아테네의 수호신 아테나 여신을 모신 신전으로, 기원전 447~438년에 아테네의 장군 페리클레스가 세운 것이라 한다.

지금은 거대한 돌기둥과 그 위의 지붕 일부가 남아 있거나 복원되어 있지만, 당시엔 신전 안에 금박을 입힌 높이 12m의 아테나 여신상이 서 있었다고 한다. 화려하게 장식된 대리석 건물 안에 황금으로 번쩍이는 여신상이 서 있는 모습은 상상만으로도 흥미로웠다. 당시 건물과 여신상이 신전에 들어오는 사람을 압도하였을 게 분명했다. 하지만 그 신전 안에 있던 여신상은 기원후 426년 당시 동로마 제국의 수도 콘스탄티노플로 옮겨졌다가 사라졌다고 한다. 과연 아테나 여신상은 어디로 갔을까?

파르테논 신전도 복원 공사가 한창이었다. 거의 한쪽 벽면을 철제 빔으로 감싸고 기중기가 무거운 돌을 들어 올려 무너진 돌과 새로 깎아 만든 돌을 하나씩 이어붙이고 있었다. 그 앞의 설명문에는 이번 복원 공사가 1992년에

파르테논 신전 아테네의 수호신인 아테나 여신을 모신 신전으로, 건축 당시엔 내부에 황금빛으로 빛나는 아테나 여신상이 있었으나 지금은 뼈대만 일부 남아 있을 뿐이다.

시작되었고 언제 마무리될지는 확정되지 않았다고 적혀 있었다. 복원 공사는 1841년 이후 수차례 이루어졌으나, 이전의 복원 공사가 부정확한 연구를 토대로 돌을 원래 위치와 다른 곳에 넣고 철심을 넣는 등 잘못된 경우가 많아 지금의 복원을 더 어렵게 만들고 있다고 하니 아이러니가 아닐 수 없었다.

파르테논 신전 앞의 넓은 마당을 가로질러 가니 아테네 시내를 한눈에 내려다볼 수 있는 전망대가 나타났다. 지금은 아테네가 인구 370만 명의 근대적인 도시가 되었지만, 아크로폴리스와 파르테논 신전은 2000년 전이나 지금이나 똑같이 아테네를 내려다보는 것 같았다. 2500년 전 에게 해 일대를 중심으로 유럽에서 가장 화려한 도시국가를 이루고, 서양 문명의 발상지 역할을 했던 아테네. 지금은 유럽의 변방으로, 단일통화 유로를 사용하는 유로 존에 뒤늦게 가입했지만 그 후유증으로 금융위기를 겪고 있는 아테네. 언제쯤 아테네는 다시 독자적이고 창조적인 문화를 꽃피우게 될까.

아크로폴리스로 향하는 길가의 노천 카페 세계 각지에서 모여든 관광객과 휴일을 즐기는 주민들로 빈자리를 찾기 어렵다.

아크로폴리스를 돌아본 다음 모나스티라키로 다시 걸어 내려오는데, 아크로폴리스 언덕에 엄청난 카페 거리가 나타났다. 노천 카페는 세계 각지에서 모여든 관광객들과 휴일을 즐기려는 그리스인들로 북새통을 이루고 있었다. 어마어마한 인파였다. 햇볕을 쬐면서 차를 마시고 환담을 나누기엔 더없이 좋은 날씨였다. 게다가 오늘은 일요일이고 내일은 부활절 사순절이 시작되는 휴일이어서 가족 단위로 나들이 나온 사람들이 많았다.

모나스티라키 광장 역시 사람들로 발 디딜 틈이 없었다. '아무리 금융위기를 겪고 있어도 오늘은 행복한 휴일이 아닌가!' 하는 그리스인들의 외침이 들리는 듯했다. 우리도 그 인파에 빨려 들어가 즐거움과 흥겨움을 나누었다.

다음 행선지는 고대 아고라(The Ancient Agora)였다. 아고라는 고대 그리스의 민주주의 정치와 상업, 문화가 어우러지던 중심 광장이었다. 아크로폴리스가 신들의 세계라면, 아고라는 시민들의 실제 삶이 이루어지던 '사람들의 광장'이었던 셈이다. 정치인과 종교인, 예술가들이 토론을 벌이고, 농작물과 수공예 제품, 생활용품 등을 거래하며 흥성거리던 곳이다.

하지만 과거의 영화는 사라지고, 지금은 당시의 화려했던 흔적을 보여주는 돌조각 파편들만 남아 있을 뿐이다. 때문에 다른 유적을 돌아볼 때도 마찬가지지만, 아고라를 충분히 느끼려면 사전 학습과 상상력이 필수다. 그렇지 않으면 이 돌조각이 저 돌조각 같아서 금방 싫증을 느끼게 된다. 우리는 무한한 상상력을 발휘하며 마치 고고학자가 된 듯이 작은 유물 한 조각을 갖고 당시 사람들의 삶과 사회, 경제 생활을 유추해 보려고 했다. 고고학적 상상력이야말로 2000년의 세월이 흐르면서 형체를 알아볼 수 없을 정도로 훼손되고 마모된 돌조각과 건물의 잔해에 새로운 생명력을 불어넣는 마술과 같은 것이었다.

터키의 페르게, 아스펜도스, 에페소스, 트로이 유적 등을 포함해 고대 도시를 돌아본 경험이 아고라 탐방에 많은 도움이 되었다. 중국에서와 같이 창군은 모든 건축물을 카메라에 담을 것처럼 연신 셔터를 눌러댔고, 동군과 올리브는 고대 그리스·로마 신화와 당시의 역사, 문화에 대해 끊임없이 이야기를 나누었다.

'이 위기 또한 지나가리라'

그리도 화창하던 날씨가 다음 날은 잔뜩 심술을 부렸다. 아침에 식사하기 전에 밖으로 나와 보니 간밤에 살짝 내린 비가 도로를 축축하게 적셔놓았고, 아침에도 빗방울이 툭툭 떨어진다. 한국에서도 봄 날씨는 변덕이 심한데, 2월 말 그리스의 봄도 시샘하는 것들이 많은가 보다. 여행에는 날씨 자체가 큰 영향을 미치는데 은근히 걱정이 되었다.

아니나 다를까, 아침식사 후 올리브가 몸이 무거운지 숙소에서 쉬겠다고 뒤로 빠지고, 아이들도 미적거렸다. 결국 오전에는 숙소에서 쉬고, 오후에 상황을 봐서 신타그마 광장이든 박물관이든 가보기로 했다. 나는 1층 바에서 인터넷 사이트들과 자료를 검색하면서 향후 일정을 구상하는 한편, 그리스를 짓누르고 있는 금융 및 경제 위기와 관련한 기사와 자료들을 검색했다.

인터넷에는 다양한 기사들이 올라와 있었다. 세계 경제 위기의 진행 과정, 구제 금융과 관련한 기사부터, 그 파장을 둘러싼 논란이 뉴스 섹션을 장식하고 있었다. 하지만 단편적인 기사들뿐, 뭔가 가슴을 시원하게 만드는 기사는 보이지 않았다. 특히 금융 위기의 해법과 관련한 기사를 찾기 어려웠다. 사실 지금의 세계가 금융 위기에 대한 근원적인 처방을 찾지 못하고 있기 때문에 그런 기사가 없을 것이다. 근본적으로 금융 위기를 어떻게 극복하고, 재발을 막을 것인가는 여전한 과제다. 어쩌면 그것이 바로 오늘의 세계가 갖고 있는 한계일 것이다. 좀 답답하고 머리도 뒤숭숭했지만, 그것이 바로 내가 대안을 찾아 여행을 계속해야 하는 이유라는 것으로 위안을 삼았다.

오후에 창군, 동군과 고고학박물관을 돌아보기 위해 숙소를 나섰다. 비는 그쳤지만 날씨는 여전히 쌀쌀하고 바람도 거셌다. 휴일의 아테네 시가지는 텅 비어, 상가는 문을 닫고 길거리를 걷는 사람도 거의 없었다. 어제만 해도 거리가 흥성거리고 사람들은 가면을 쓰고 이색적인 의상을 입고 거리를 돌아다녔는데, 오늘은 모두 집에 틀어박혀 있는 것 같았다.

국립 고고학박물관은 고대 그리스 보물들의 전시관이었다. 지금으로부터 2000여 년 전 만들어진 신들의 조각상에서부터 황금가면을 비롯한 무덤 부장품 등 진귀한 보물들이 전시되어 있었다. 조각 하나하나에 각각의 스토리와 사연이 담겨 있었지만, 시간이 충분하지 않아 주요 작품들만 찍듯이 돌아보았다. 창군과 동군은 걸작으로 꼽히는 조각상들을 꼽아가면서 박물관을 탐방했다. 역시 그리스를 여행하기 위해선 신화에 나오는 신들의 계보 정도는 미리 공부해 두는 게 필수적이다. 아는 만큼 보이는 법이니까.

다음 날, 심술을 부리던 날씨가 활짝 개었다. 올리브는 기력이 좀 회복된 듯했다. 모두 풀어졌던 신발끈을 다시 조이고 호기심 넘치는 여행자 모드로 돌아가자며 숙소를 나섰다. 오늘은 신타그마 광장에서 출발해 아크로폴리스 박물관과 아테네 대학으로, 아테네를 한 바퀴 돌기로 했다. 상당히 먼 거리를 걸어야 하는 코스다.

먼저 숙소에서 멀지 않은 신타그마 광장으로 향했다. 아리스토텔레스가 리케이온 학원을 만들어 후학을 양성하던 유서 깊은 곳으로, 오늘날에는 아테네의 정치적 중심이자, 그리스 현대사의 굴곡을 간직하고 있다. 현재의 광장은 1843년 그리스 최초의 헌법 공포를 기념해 건설되어 지금도 크고 작은 집회와 시위가 벌어진다. 우리가 그리스에 도착하기 직전 구제금융 조건에 반대하는 대규모 시위가 이 광장에서 벌어졌다.

광장은 생각보다 넓지 않았다. 각종 정치, 경제, 사회적 이슈를 다루는 의회가 광장 전면에 버티고 있는 것이 이곳이 정치의 중심임을 알리는 듯하다. 관광 시즌이 시작되거나 날씨가 좋으면 수많은 인파로 북적였을 텐데, 3일 연휴를 보내고 난 다음 날 아침이라 그런지 사람들이 많지 않았다. 불과 1주일 전만 해도 이곳에서 열린 시위 사진이 외신을 장식했는데, 믿기지 않을 정도로 조용했다. 마치 폭풍 전야의 고요를 보는 듯하다.

실제로 광장 옆 골목에선 일단의 시민들이 시위를 준비하고 있었다. 그런데 시위라고 하기엔 너무 평화로웠다. 플래카드를 든 참가자들도 커피를 마셔가며 이야기를 나누고 있었다. 갑자기 호기심이 발동했다. 고대 유적을 보는 것만이 여행은 아니지 않는가. 지금 여기에 살고 있는 사람들을 만나고, 이들이 어떤 생각을 하고, 어떻게 살아가는지, 무엇을 원하는지 확인하고자 하는 여행 아니었던가. 잠시 머뭇거리다가 용기를 내어 시위대에 다가가 시위의 이유에 대해 물었다. 한국인이라고 하자 흥미로워하면서 영어를 할 줄 아는 다른 사람을 불러 설명을 해주었다.

"정부가 5개 연금을 하나로 통합하고, 직원들을 40% 감축할 계획이에요. 지금은 40%지만, 앞으로 해고 규모가 50%를 넘을 거예요. 우리는 우리 일자리를 지키려는 거예요." 그 직원이 미소를 지어보이며 말했다. 심각한 일이지만, 가벼운 마음으로 대하는 것 같았다.

"구제금융 조건에 반대하는 거군요." 내가 다시 물었다.

"그들은 그리스에 자금을 지원하는 대가로 가혹한 조건을 요구하고 있어요. 하지만 우리가 할 수 있는 게 무엇이 있겠어요. 해고에 반대하는 시위를 할 수 있을 뿐이지요. 일자리를 잃게 생겼으니 반대하는 목소리를 내는 거예요." 그는 여전히 미소를 잃지 않았다.

우리의 대화는 더 이상 지속되지 못했다. 곧 연금회사 건물 앞에서 본격적인 피켓 시위를 시작할 태세였던 것이다. "땡큐, 굿 럭!" 인사를 하고 옆으로 물러섰다. 그들은 플래카드와 피켓을 들고, 지나가는 사람들에게 유인물을 나누어 주며 평화로운 시위를 펼쳤다.

앞으로 이러한 시위는 빈번하게 일어날 것이다. 지난주에는 구제금융 조건에 대한 반대시위가 대규모로 벌어졌지만, 그 조건이 확정된 후에는 개별 사업장 단위의 시위가 불가피해 보였다. 구제금융 조건에 명시된 대로 재정적자 감축을 위해 정부 지출을 축소하고, 2020년까지 공공 부문 인력을 15만 명 감축하고, 최저 임금을 20% 줄이고, 연금을 줄이는 작업에 착수하게 되면, 당장 해고를 당하는 사람들이 나올 수밖에 없다. 이는 그들의 생존문제와 직결되기 때문에 이에 저항하는 이해집단의 움직임은 불가피하다.

물론 그리스가 금융위기를 겪게 된 데에는 나름 이유가 있다. 그리스인들이 자초한 것들이 많다. 개인의 부담에 비해 과도하게 많이 받아가도록 설계된 연금 시스템과, 관광업에 대한 경제 의존도가 높고 제조업의 기반이 취약한 점, 정부지출을 확대해 재정적자가 감당하기 어려울 정도로 늘어난 점 등 개혁해야 할 것들이 많다. 고통스럽더라도 개혁하지 않으면 그리스가 위기에서 벗어나기는 힘들 것이다. 실제로 우리가 여행을 마친 후에도 그리스는 위기를 극복하지 못해 국가부도(디폴트) 위기에 빠지기까지 했다.

때문에 IMF와 유럽중앙은행(ECB), EU 등 이른바 '트로이카'의 구제금융 지원은 그리스 금융위기의 끝이 아니라, 그리스인들의 삶의 위기의 시작인 셈이다. 동시에 그것은 경제위기가 사회의 위기로 전환하는 신호다. 이미 1990년대 말 한국과 아시아 각국이 경험한 IMF 금융위기가 지금 그리스에서 재현되고 있다. 이들 앞에는 긴 고통의 터널이 도사리고 있다. 더욱이 이런 금융위기, 경제위기는 자본주의 체제에서 주기적으로, 그리고 순환적으로 발생하고 있다는 점에서 자본주의의 위기이기도 하다. 그럼에도 취약한 자본주의 시스템을 뛰어넘는 새로운 시스템에 대한 해법을 찾지 못하고 있는 것이 현실이다. 과연 주기적으로 위기를 몰고 오는 자본주의를 넘어선 피안의 세계는 없는 것인지, 복잡한 생각을 하면서 시위대에서 멀어졌다.

창군과 동군에게 금융위기, 구제금융, 자본주의 등의 용어를 동원해 그리스의 현실에 대해 설명하면서 의회 건물을 거쳐 의회 옆 공원을 걸었다. 공원엔 1896년 제1회 근대 올림픽 본부로 사용되었던 자피온(Zappeion)이 보였다. 역시 웅장한 건물이었다. 처음에는 그 건물에 대해 잘 몰라서 의회 현장학습을 나온 고등학생들에게 물었다. 이들은 의외로 영어를 잘하기는 했지만 왁자지껄 하면서 들려준 대답은 좀 황당했다.

"우리는 젊은 사람들이라 옛날 역사는 잘 몰라요."

이어 구시가지와 신시가지 사이에 있는 제우스 신전(Temple of Olympian Zeus)과 하드리안의 문(Hadrian's Gate)을 지났다. 제우스 신전은 기원전 500년부터 공사가 시작되어 문화·예술의 황금기를 연 하드리안 황제 때인 기원후 131년에 완공된 그리스 최대의 신전이다. 지금은 돌기둥만 몇 개 남아 있지만, 당시의 웅장한 규모를 가늠하기에 충분했다. 이 신전 너머 아크로폴리스 언덕 위에 파르테논 신전이 보였다. 두 신전이 위아래에서 조응하는 듯했다.

아크로폴리스 박물관은 아크로폴리스의 축소판으로 아크로폴리스의 원모습과 거의 똑같아서 박물관에 들어서는 순간 마치 신전에 들어가는 듯한 착각이 들었다. 특히 파르테논 신전을 상세히 설명해 놓고, 동영상까지 틀어

아테네 시가지에 있는 제우스 신전 신전 너머 멀리 아크로폴리스의 파르테논 신전이 보인다.

주어 관람객의 이해를 도왔다. 이틀 전 아크로폴리스를 돌아볼 때만 해도 파르테논 신전의 규모에 압도당해 그저 대단한 건축물이라는 생각뿐이었지만, 박물관을 돌아보면서 파르테논 신전의 구조와 각각의 의미에 대해 보다 분명히 이해할 수 있었다. 파르테논 신전은 아테네의 주신인 아테나 여신을 모신 신전일 뿐 아니라 그리스 신화를 집약한 신전의 종합판이었다. 아크로폴리스와 파르테논 신전을 제대로 이해하려면 꼭 들어가 봐야 할 곳이었다.

전철을 타고 아테네 대학과 학술원을 돌아본 다음, 숙소로 돌아오니 인터넷으로 주문해 놓았던 유레일패스가 도착해 있었다. 나와 동군은 3개월 간, 올리브와 창군은 2개월 간 유럽 23개국의 기차를 무료(예약비와 야간 침대 사용료는 제외)로 무제한 이용할 수 있는 '글로벌 패스'다. 유레일패스를 받아 유레일패스 및 열차 시간표, 지도, 우리가 별도 주문한 바티칸 투어 예약카드 등을 일일이 확인했다. 그리고 다음 여행지인 델피와 크레타 여행 방법 등을 알아보기 위해 호텔 1층의 여행사에 들렀다. 테오도르 콘솔라스라는 중년의 여행사 사장은 하나하나 친절하게 안내해 주었다.

상담을 끝내고 콘솔라스 사장과 이러저런 이야기를 나누다 금융위기 이야기가 나왔다. 내가 금융위기로 사업이 어려워졌는지 물어보았다.

"물론, 사업이 어려워요. 하지만 그건 모든 사람들이 겪는 것이지요." 콘솔라스 사장은 미소를 지어 보이며 말했다. 오전에 보았던 시위대 사람들도 미소를 잃지 않았다.

"그렇군요. 한국도 1990년대 말에 위기를 겪었기 때문에 이해할 수 있어요. 이 위기가 어떻게 될 것 같으세요?" 그의 견해를 물어보았다.

"지금은 위기를 겪고 있지만 그리스인들은 낙관적이에요. 언젠가 넘어갈 거라고 생각해요."

"제가 보기엔 위기가 앞으로 더 심해질 것 같은데요. 한국에서도 처음엔 금융위기에서 시작했지만, 그게 실업으로 이어지면서 사회적 위기로 더 악화되었거든요."

"그리스가 위기를 겪은 것은 이번뿐이 아니에요. 수없이 많은 위기를 겪었고 이보다 더 심한 위기도 있었지요. 하지만 모두 지나가고, 지금 이렇게 있잖아요. 이번 위기도 지나갈 거예요. 그렇기 때문에 그리스인들은 이전과 같이 생활하고 있어요."

콘솔라스 사장은 얼굴과 이마에 주름을 잡으며 활짝 웃어 보였다. 그 주름의 깊이만큼이나 내공이 느껴졌다. 거기에 그리스인의 낙천성의 기원이 있는 것 아닐까. 그것은 그리스인들이 지금까지 겪어온 역사와 관련이 있을 것이다. 세계의 거의 모든 나라들이 그러했듯이 그리스도 금융위기를 넘어설 것이다. 지금까지 5000년이 넘는 그리스 역사가 그것을 보여주고 있다. 지금 금융위기의 격랑이 몰아치고 있지만, 장구한 역사의 물줄기에 비추어 보면 한때 한껏 부풀었다 사라질 거품일지도 모른다. 장구한 역사를 갖고 있기 때문에, 그런 역사를 알고 있기 때문에, 미래에 대한 낙관이 가능하지 않을까.

저녁에 물을 사기 위해 잠시 호텔 밖으로 나갔다가 모나스티라키 역 넘어 우뚝 서 있는 아크로폴리스를 바라보았다. 야간 조명을 받아 아크로폴리스 언덕과 그 위에 우뚝 솟은 신전의 돌기둥들이 환하게 빛나고 있었다. 저 아크로폴리스와 신전은 2000년이 넘는 기간 동안 저기에 저렇게 서 있었을 것이다. 고대 유럽의 패권이 그리스에서 로마로 넘어가고, 이어 그리스가 비잔틴 제국과 오스만 투르크의 지배를 받고, 장기간의 식민지 시대와 치열한 독립전쟁, 1차 및 2차 세계대전 등 격동의 세월을 거치는 사이에도.

1000년 전, 500년 전의 아테네 사람들도 지금 아테네 사람들이 겪는 것과 같은 영욕의 세월을 보냈을 것이다. 모든 시대는 각자 나름의 고통과 과제, 희망과 절망을 안고 있다. 언제나 자신이 속한 시대가 가장 엄중해 보이고, 가장 힘들어 보이지만, 장구한 역사를 보면 꼭 그렇지만은 않다. 금융위기의 한파로 인한 그리스인들의 경제난과 실업, 생활고도, 세계를 떠도는 우리 가족의 힘겨움도, 언젠가는 먼지가 되고 말 것이다.

그렇기 때문에 아무리 힘들고 어렵더라도 미래에 대한 낙관을 바탕으로 오늘을 꿋꿋하게 살아가는 지혜가 필요할지도 모른다. 희망을 잃지 않는다면 역경은 넘어가게 되어 있다. 역경의 무게에 짓눌려 절망해 버리는 것이 아니라, 희망을 잃지 않고 살아가는 자세가 필요하다. 미래에 대한 낙관과, 그 낙관을 현실화시킬 구체적인 방법을 찾고, 그것을 실천하기 위해 노력하는 것이 바로 오늘의 '역사'를 만들어 가는 지혜다. 금융위기의 한파 한복판을 지나고 있는 우리의 아테네 여행은 그렇게 '시간'의 의미를 다시 생각하게 하였다.

신화의 세계에서 발견한 진정한 자유

델피에서 받은 희망의 신탁

미국에서 역사를 공부하고 그리스로 넘어와 대학 교수를 꿈꾸다 임시방편으로 여행 가이드 일을 하게 된 조지아. 그녀가 처음 만난 고객은 미국과 캐나다, 호주 등 각 지역 출신의 천방지축 '진상' 관광객들이다. 그녀가 진정 들려주고 싶은 역사 이야기에는 아무 관심도 없고 시원한 아이스크림과 쇼핑, 그리고 섹시한 다른 남성 가이드에 열광한다. 악전고투하던 조지아가 한 사람 한 사람의 사연을 듣고 서로를 이해하면서, 결국 한 남성과 사랑에 빠지는 영화 〈나의 로맨틱 가이드〉는 영화이기에 앞서 훌륭한 그리스 여행 가이드다. 우리 가족은 여행을 하면서 다운 받은 영화를 여러 편 보았는데, 그 가운데 한 편이 바로 이 영화였다.

영화의 클라이막스이자 스토리의 결정적 전환이 이루어지는 곳이 '신탁(神託)의 고향' 델피다. 델피는 고대 그리스 시대에 신의 계시를 받던 신성한 장소다. 관광객들은 바로 이 신탁의 장소에서 각기 자신의 소원을 꺼내고, 이에 대한 신의 계시를 주고받으며 서로를 이해하게 된다. 유쾌 발랄하고 로맨틱하며 해피엔딩으로 끝나는 이 영화는 그리스와 델피에 대해 환상을 갖게 해주었다. 꼭 이 영화 때문만은 아니지만, 그리스의 마지막 목적지 크레타 섬으로 가기 전에 델피로 향했다.

피보스 호텔에 있는 여행사 테오도르 콘솔라스 사장의 조언을 받아 아네크(ANEK) 해운회사를 찾아가 크레타 섬으로 가는 페리를 예약한 다음, 델피행 버스에 올랐다. 아테네 외곽으로 나오니 곳곳에 눈이 내려 희끗희끗해져 있었다. 아테네에선 최근 2~3일 동안 흐리고 비가 뿌렸는데, 외곽에선 눈이 내렸던 것이다. 그 눈 사이로 엄청난 규모의 올리브 농장이 펼쳐졌다. 아테네 외곽에 끝없이 펼쳐져 있는 바위산에선 올리브 이외의 다른 농작물은 재배하기 어려운 것인지, 아니면 올리브가 가장 경제적인 작물이기 때문인지, 온통 올리브 천지였다. 그리스의 가장 대표적인 농산품이라는 것은 알고 있었지만, 이토록 올리브에만 집중하는 이유가 궁금했다.

델피가 가까워지자 산이 깊어지기 시작했다. 좌우로 험준한 산들이 버티고 그 산 꼭대기와 중턱에 집과 마을이 그림같이 들어서 있다. 험준한 산 아래로 비교적 넓은 분지가 형성되어 있고, 거기에도 올리브 나무들이 가득 심어져 있다. 도로는 산등성이에 놓여 있는 길을 아슬아슬하게 달렸다. 버스에서 내려다보는 경치는 환상적이었다. 고대 그리스에서 신의 계시를 받던 신탁의 장소로 가고 있다는 기대 때문인지 더 멋지게 보였다.

델피는 인구 2800명의 아주 작은 마을이다. 가파른 산등성이에 계단식으로 마을이 들어서 있고, 거리는 깨끗하고 고즈넉했다. 몇 개의 호텔을 돌며 가격을 확인한 다음, 4인실—3인실에 침대 하나 추가—에 60유로(약 9만 원)라고 한 바로노스 호텔(Varonos Hotel)에 여장을 풀었다. 비수기라서 가격을 할인받을 수 있을 것이라 생각했지만 현실은 달랐다. 호텔은 거의 텅텅 비다시피 하고 많은 호텔이 문을 닫았지만, 가격을 내리는 데에는 한계가 있었다. 겨울철에 손님을 받기 위해선 객실은 물론 로비에 난방을 해야 하고, 아침식사를 준비해야 하는 등 여름철에 비해 오히려 더 많은 비용이 들어가기 때문에 무작정 가격을 내릴 수가 없었던 것이다.

호텔에 여장을 풀고 났을 때에는 해가 막 넘어가기 전이어서 짐나지움과

델피 거리 가파른 산비탈을 따라 마을이 형성되어 있다.

아테나 신전밖에 돌아볼 수 없었다. 이곳은 신탁이 행해지던 델피의 중심 유적 아래 길 건너편에 있는 유적들로, 저녁에도 돌아볼 수 있었다. 도로를 따라 언덕을 내려가자 오른쪽으로 짐나지움 유적이 보였다. 가파른 절벽에 트랙을 만들어 놓은 곳이었다. 그 건너편으로 아테나 신전이 보였다. 기원전 5~3세기에 지은 것으로, 유적의 잔해만 남아 있었다. 아테나 신전엔 원형의 톨로스(Tholos)가 있는데, 사실 그게 전부라 해도 과언이 아니었다.

다음 날 본격적인 델피 탐방에 나섰다. 간밤에 내린 비가 그치고 구름 사이로 간간이 비추는 햇살이 싱그럽기 그지없었다. 멀리 구름이 몰려오고 몰려가는 것도 아름다웠다. 하지만 시간이 지나면서 날씨가 변덕을 부렸다. 해가 나왔다가, 구름이 끼었다가, 눈발이 휘날리는 등 변화무쌍했다. 겨울의 끝을 알리는 꽃샘추위였다. 그런 가운데서도 벚꽃과 데이지가 꽃망울을 터뜨리고, 올리브 나무에서도 새싹이 돋기 시작하는 등 봄이 오는 소리가 들리는 듯했다. 뒤편에 웅장하게 버티고 있는 파르나소스 산(Mount Parnassos) 꼭대기에 희끗희끗 남아 있는 눈과 묘하게 어울렸다.

델피는 고대 그리스인들이 국가적으로 중요한 결정을 내리기 전에 신탁을 받던 곳이다. 오라클(Oracle)이라는 신의 계시는 델피의 신전에서 제사를 주관하던 여성 사제들에게 내려졌으며, 이를 아폴론 신전의 남성 사제들이 해석해 왕이나 제후에게 전달했다.

그리스인들이 이렇게 깊은 산골을 신성한 곳으로 삼은 데에는 이유가 있었다. 바로 이곳을 세계의 중심으로 생각했기 때문이다. 신화에 따르면 제우스가 세계의 중심을 확인하기 위해 우주 끝에서 두 마리의 독수리를 날렸는데, 그 독수리들이 우주를 지나 델피에서 만났다고 한다. 그래서 이곳을 세계의 배꼽, 즉 '옴파로스(Ompharos)'라 생각하고 신전을 세웠다.

하지만 신전을 세우는 게 수월할 리가 없었다. 델피 지역에는 미케네 시대인 기원전 14~11세기부터 원주민이 살았는데, 당시엔 땅의 신인 가이아(Gaia 또는 Ge)가 지배하고 있었다. 기원전 11~9세기 이곳으로 이주하기 시작한 아폴론 추종 세력이 이 때문에 고통을 받자 아폴론은 가이아의 신전을 지키던 뱀인 피톤(Python)을 처단, 도시를 만들고 신전을 세우는 길을 텄다고 한다.

이후 기원전 8~7세기부터 델피에 신전들이 들어서기 시작했다. 기원전 6세기에 델피는 그리스 도시국가의 일원이 되었으며, 신탁을 받고 아폴론 신전을 주관하는 책임을 맡게 된다. 피톤에 대한 아폴론의 승리를 기념하기 위해 기원전 582년 피시안 게임(Pythian Games)을 처음 열었고, 이후 4년마다 개최되었는데, 이것이 올림픽의 기원이 되었다.

델피는 기원전 6~4세기에 전성기를 맞았다. 신탁의 공식적인 절차는 변화를 거듭하다 기원전 6세기에 최종적인 형태를 갖추고 기원후 2세기 하드리안 시대까지 변하지 않고 유지되었다. 약 800년에 걸쳐 이곳에서 공식적인 신탁이 이루어진 것이다. 이때 도시국가의 왕과 제후를 비롯한 순례자들의 발길이 끊임없이 이어지면서 신전을 비롯한 건물이 잇따라 건축되고, 이들이 방문을 기념해 세운 각종 신상과 조각품, 예술품 등이 거리를 장식했다.

델피에 얽힌 이런 이야기를 읽다 보면 어떤 것이 신화고, 어떤 것이 현실인지 혼동이 생긴다. 더 혼란스러운 것은 그 믿을 수 없는 이야기의 '증거'들이

델피 계곡 고대 그리스인들이 세계의 배꼽, 즉 옴파로스라고 여겼던 곳으로 사진 뒤쪽으로 파르나소스 산이 자리 잡고 있고 넓은 분지 끝으로 에게 해가 보인다.

유적으로 남아 있는 것이다. 고대 그리스인들이 신화를 믿고 그에 따라 신전을 짓고 신탁을 받는 등 독특한 세계관을 가졌기 때문이다. 사제가 신탁을 해석해 권력자에게 전달하고, 그것이 정책 결정에 영향을 미치는 것도 신비롭다. 그 신화와 현실을 넘나드는 것이 델피 여행의 매력이었다.

박물관에서 델피에 대한 대략적인 이해를 마친 다음, 유적지로 향했다. 델피의 지형을 다시 바라보니 그리스인들의 생각이 꼭 엉뚱한 것만은 아닌 것 같았다. 양쪽의 높은 산 뒤로는 또 다른 산이 첩첩이 이어져 그 깊음을 헤아리기가 어려웠다. 그 사이로 넓은 분지가 형성되어 있고, 아래쪽으로는 에게 해가 아스라이 보였다. 신화적 상상을 불러일으키기에 충분한 지세였다.

유적지로 올라가자 먼저 아폴론 신전(The Sanctuary of Apollo)으로 향하는 '신성한 길(Sacred Way)'이 나타났다. 과거엔 '신성한 길' 양 옆으로 그리스인들이 갖다 바친 아테나 신상을 비롯한 거대한 조각품과 건물, 신전 등이 즐비했

델피 유적지 전경 원형극장 아래 돌기둥과 기단부가 보이는 곳이 아폴론 신전의 유적이며, 오른쪽 끝에 보이는 건물이 복원된 아테네의 보물창고다.

다고 한다. 하지만 그 유물들은 모두 사라지고 지금은 돌조각만 남아 있다. 그 길 한편에 아테네 사람들이 갖다 바친 진귀한 보물을 보관하던 '아테네의 보물창고(The Treasury of Athenians)'가 복원되어 있었다.

델피 유적의 중심인 아폴론 신전엔 큰 터에 몇 개의 돌기둥만 남아 있지만, 그 규모가 매우 커 당시의 위용을 보여준다. 아폴론 신전 위쪽엔 기원전 4세기에 완성되어 각종 서사극이 공연되던 극장, 그 위로 피시안 게임 등 각종 운동경기가 열린 스타디움이 있다.

우리의 관심을 끈 것은 단연 고대 신탁의 장소였다. 아폴론 신전 위쪽에 구멍 뚫린 바위가 서 있는데, 이를 사이에 두고 신탁이 이루어졌다는 에피소드가 전해진다. 영화 〈나의 로맨틱 가이드〉에서도 신탁을 주고받는 장면이 재미있게 그려진다. 우리도 영화처럼 신탁을 주고받았다. 한 사람이 바위 앞에서 자신이 갖고 있는 고민을 던지면, 다른 사람이 신의 자리에서 신탁을 내

신탁의 바위 영화 〈나의 로맨틱 가이드〉에서 바위에 뚫린 구멍을 통해 신탁을 주고받아 유명해진 유적이다.

려주는 식이었다. 처음엔 자신의 고민을 어떻게 털어놓고, 어떻게 계시를 내려야 할지 몰라 어색해했다.

"그래, 어떤 고민이 있어서 왔나요?" "대학을 가야 하나요?" "당근! 가시오! 하하하." 유쾌하지만 뭔가 가벼워 보였다. 고민의 핵심으로 들어가지 못하고 실마리를 풀어주는 시원한 계시도 없었다. 그러다가 나와 동군이 구멍을 사이에 두고 만났다.

내가 동군에게 고민에 대해 물으니, 대학에 가고 싶다며 우물쭈물 답했다. 하지만 진심이 묻어 났다.

"왜 대학을 가고 싶나요? 남들이 가니까 가려는 건가요, 아니면 다른 목적이 있나요?"

"엉? 계시를 내려줘야지. 질문을 하면 어떻게 해!" 동군이 느닷없는 나의 질문에 부루퉁한 표정을 지으며 바위 위로 고개를 불쑥 내밀었다. 나는 쭈그리고 앉은 채 구멍을 응시하며 말했다.

"제대로 계시를 내리려면 그 사람을 잘 알아야 하지요. 그래, 왜 대학을 가고 싶죠?"

머뭇거리던 동군이 다시 쭈그리고 앉아 말했다. "역사를 공부하고 싶어서요." 고개를 삐죽 내밀고 이야기를 나누는 것과 구멍을 사이에 두고 말하는 것은 확실히 분위기가 달랐다. 분위기가 진지해진다.

"왜죠? 왜 역사를 공부하고 싶죠?"

"좋아서요. 문화재 발굴하는 것도 재미있을 거 같아요."

"대학에서 역사를 공부하고, 문화재 발굴 같은 일을 하고 싶은 거군요."

"예. 유네스코(UNESCO)에서 일하고 싶어요."

"이번에 여행하면서 역사에 대해 많이 배웠나요? 무엇이 재미있었나요?"

"예. 터키가 재미있었고요, 중국, 인도도 좋았어요. 고대 유적지, 박물관도 재미있었어요."

"좋아요. 흠, 흠. 델피의 주인이며, 우주만물을 관장하는 제우스의 이름으로 그대에게 계시를 내리노라." 여기까지는 나름대로 생각한 문구였는데, 다음 문구가 잘 떠오르지 않았다. "잠깐만, 제우스가 계시를 내려야 내가 그 말을 전하는데, 잠깐 화장실에 갔나봐."

"에이, 그게 뭐야." 동군이 좀 허탈한 듯 소리를 빽 질렀다.

"오, 그대, 한국의 청년에게 제우스의 이름으로 계시를 내리노라." 내가 다시 목소리를 가다듬고 말을 이었다. "역사란 과거와 현재의 끊임없는 대화이며, 현 시대를 살아가는 지혜를 얻는 중요한 분야니라. 청년 동군에게는 역사를 공부할 자질과 잠재력이 풍부하다. 자신감을 갖고, 목표를 향하여 쉬지 말고 도전하라. 그렇게 한다면 대학도 가고, 역사도 공부하고, 젊은이의 꿈을 이룰 수 있을 것이다. 도전하는 그대에게 제우스가 길을 활짝 열어줄 것이다. 그대에게 자신감과 도전이라는 제우스의 신탁을 내리노라. 꽝꽝꽝!"

"감사합니다. 히히." 동군이 삐죽삐죽 웃으며 고개를 숙였다.

신탁이 이런 식으로 이루어졌는지는 잘 모르겠지만 각자 돌아가며 질문과 답변을 주고받았다. 가족과 직장, 세계 여행에 대한 아빠와 엄마의 질문에 아들이 해답을 제시하고, 학업으로의 복귀를 비롯한 진로와 자신의 꿈에 대한 질문에 동생과 형, 부모가 신탁을 내려주었다. 장난과 덕담이 절반이었지만, 가슴 속에 담긴 고민의 한 조각을 드러내고, 사랑과 신뢰 가득한 답변을 주었다. 영화에서 그랬던 것처럼 델피 여행의 맛은 그 신화와 현실의 혼돈과, 그 혼돈을 뚫고 나오는 신의 지혜, 즉 신탁이었다.

진정한 자유를 향한 여정

니코스 카잔차키스(1883~1957)는 '자유'의 표상이다. 그는 우리가 그리스를 여행하면서 만난 사람 가운데 삶에 대한 영감을 가장 강하게 준 사람이었다. 카잔차키스는 전체주의와 국가주의의 광풍이 몰아치던 1900년대 전반기, 잠들지 않는 '영혼의 자유'를 표현한 작가다. 국가나 종교 등 기존 관념에 얽매이지 않는 자유를 노래하고, 세상을 방랑자처럼 주유한 작가다. 그리스 정교회로부터 파문을 당하기도 했지만, 그 어떠한 사회적 관습과 법률도 그의 영혼의 자유를 막을 수는 없었다. 그의 대표작 《그리스인 조르바》는 수많은 사람들에게 지금도 영감을 주는 작품으로 널리 읽히고 있다.

카잔차키스의 고향은 지중해 동쪽의 한복판에 자리 잡은 크레타 섬이다. 우리는 델피에서 신의 계시를 받은 후 크레타로 향했다. 버스를 타고 아테네로 돌아와 호텔에 맡겨 놓았던 배낭을 찾은 다음, 택시를 타고 피레우스 항구로 향했다. 《그리스인 조르바》에서 작가가 조르바를 만났던 곳도 바로 이 항구 어딘가의 선술집이었다. 그때엔 항구에 비가 내리고 있었지만, 우리가 도착했을 때엔 비가 올 듯 말 듯한 모호한 날씨였다.

저녁 9시 30분 피레우스를 출발한 페리는 지중해를 미끄러지듯이 달려 다음 날 아침 6시 30분 크레타 섬의 가장 큰 도시이자 카잔차키스의 고향인 이라클리온에 도착했다. 9시간이나 걸렸지만 파도나 배의 일렁임은 느끼기 어려웠다. 배도 생각보다 깔끔하고 모든 시설이 완벽했다. 식당과 매점, 휴게실이 구비되어 있고, 캐빈(침대칸)엔 시트가 깨끗하게 깔려 있었다. 뷔페식 식당에서 푸짐한 저녁식사를 하고, 카페에 앉아 책을 보기도 하는 등 페리 특유의 여유와 편안함에 흠뻑 빠졌다.

이라클리온 항구는 아직 옅은 어둠에 잠겨 있었고, 관광객이나 승객도 별로 없었다. 섬이라 그런지 바람도 심하게 불고, 비도 약간 뿌렸다. 숙소를 아직 예약하지 않은 상태라 어디로 어떻게 움직여야 할지 결정을 해야 했다. 마침 대합실 렌터카 부스에 한 아줌마가 앉아 있는 것을 보고 밑져야 본전이라는 심정으로 가격을 알아보았다. 지금이 비수기여서 평소 가격에서 20~30% 정도 할인해줄 수 있다고 했다. 대여료는 3일간 오토매틱 자동차가 140유로(약 21만 원), 수동은 100유로(약 15만 원)였다. 그저 가격이나 알아보려는 것이었는데 갑자기 구미가 당겼다. 곧 가족들과 논의에 들어갔다. 우리가 다녀오려는 크레타 서쪽의 하니아(chania)까지 네 명의 교통비가 80유로(1인당 20유로)여서 자동차 렌트비가 그리 비싼 것은 아니었다. 자동차를 렌트할 경우 신속하게 이동할 수 있고, 가고 싶은 곳을 마음대로 갈 수 있다는 장점도 있다.

가족들 모두 렌터카가 좋겠다고 이구동성이었다. 이에 3일간 소형 푸조 매뉴얼 승용차를 100유로에 렌트했다. 기름값 45유로를 포함해 총 145유로 정도가 들었지만, 훌륭한 선택이었다. 이것으로 첫 렌터카 여행 코스가 시작되었다. 처음에는 생각지도 않았는데, 지중해변을 신나게 질주하며 아름다운 경치를 마음껏 감상할 수 있었다. 수동 자동차에 익숙하지 않아 시동을 꺼뜨려 당황하기도 했지만, 금방 익숙해졌다.

먼저 해변에 면해 지어진 박물관으로 향했다. 박물관은 크게 특색을 찾아보기 어려웠지만, 별도의 공간에 카잔차키스가 생전에 작성한 육필 원고와 그가 즐겨 읽던 책들, 그의 책상 등이 전시되어 있었다. 벽면엔 마치 자유로운 삶을 대변하는 듯한 모습의 그의 사진도 걸려 있었다. 웃옷 셔츠를 반쯤

풀어헤치고 휴양지나 해변에 어울
리는 비스듬한 의자에 기댄 상태
에서 발을 책상에 올린 채 책을 읽
고 있는 모습이었다. 유럽은 물론
아시아 지역을 여행하면서 글을
써온 그의 삶을 요약적으로 보여
주는 사진이었다. 그 아래엔 그의
삶을 간단히 소개하고 있었다.

니코스 카잔차키스 이라클리온 박물관에 전시된 사진
으로, 헐렁한 셔츠에 편안하게 앉은 모습이 자유인의 표
상답다.

카잔차키스는 1883년 크레타 섬 이라클리온에서 태어나 오스만 투르크의
지배가 약화되던 시기에 어린 시절을 보냈다. 아테네에서 법학을 공부하면서
문학 활동을 시작했으며, 1907년 프랑스 파리에서 대학원을 다니면서 당대
의 철학과 문학사조를 접하게 된다. 그때부터 카잔차키스는 영혼의 진정한
자유와 인간의 구원이라는 본질적인 문제에 대한 정신과 육체의 여행을 멈
추지 않았다. 실제 그는 유럽과 아시아 지역을 두루 여행하면서 신문과 잡지
에 여행기와 산문을 실었으며, 이를 통해 작품의 모티프도 얻었다. 2차 세계
대전이 끝난 후 1947년 프랑스에 정착했으며 1957년 백혈병으로 독일 프라
이부르그의 대학병원에서 눈을 감을 때까지 작품 활동을 멈추지 않았다.

여행을 통해 자신의 작품 세계를 형성한 카잔차키스는 우리에게 큰 인상
을 남겼다. 영혼의 자유를 찾아 세계를 주유하고, 그 과정에서 다양한 글을
남긴 카잔차키스는 어쩌면 세계를 떠돌고 있는 우리 가족, 특히 나와 올리브
의 롤 모델인지도 모른다.

이라클리온은 큰 도시가 아니어서 웬만한 곳은 걸어서 돌아볼 수 있다. 라
이온 광장이라고도 불리는 베니젤로 광장(Plateria Venizelou)이 이라클리온의 중
심이다. 그 주변엔 대성당과 시청 등이 자리 잡고 있고, 상가와 카페가 밀집해
있다. 날씨가 쌀쌀해서 그런지 시장에 물건을 사러 나온 주민들을 제외하고

이라클리온 항구의 베네치아 성벽 16세기 초 베네치아 공화국이 이라클리온 항구 입구에 세운 성채로 방어 진지는 물론 방파제 역할도 했다.

는 사람이 거의 눈에 띄지 않았다. 여름이면 많은 관광객들이 몰려드는 모로시니 분수대(Morosini Fountain)도 작동을 멈추고 앙상한 뼈대를 드러내고 있었다.

시내를 관통해 걸어 이라클리온 항구로 향했다. 항구 끝에는 베네치아 시대에 만들어진 견고한 성채가 바다까지 이어져 있었다. 바다에는 이라클리온에 도착할 때부터 심상치 않던 바람이 더욱 거세지고 있었다. 파도가 성채에 부딪치며 하얀 포말을 만들어 냈다. 날씨가 좋지 않아서인지 찾는 사람도 거의 없었고, 우리도 성채에는 올라가지 못하고 멀리서 바라보아야만 했다.

항구까지 이라클리온을 한 바퀴 돈 다음 서쪽 하니아로 향했다. 2차선 도로가 해안 절벽을 따라 이어졌고, 오른쪽에선 푸른 지중해가 우리를 따라왔다. 아름다운 풍경이었지만 새벽잠을 설친 가족들은 꾸벅꾸벅 졸더니 아예 잠에 빠져들었다. 나는 운전을 하다가도 멋진 풍경이 나타나면 혼자 보기 아까워 가족들을 깨웠다. 가족들은 눈을 게슴츠레 뜨고는 "와~ 멋있다" 일장 탄성을 토해내고 또다시 꾸벅꾸벅 졸기 시작했다. 아쉬웠지만 어찌하랴.

지중해변을 신나게 달려 레팀노(Rethymno)에서 식사도 하고, 멋진 풍경이 펼쳐진 곳에 차를 세우고 지중해를 바라보다 하니아에 도착하니 오후 4시 가까이 되었다. 하니아는 아주 작고 도로가 좁은 도시여서 차를 끌고 시내를 돌아다니며 숙소를 알아보기 어려웠다. 주차장에 차를 세우고 기다리는 동안 올리브와 아이들이 구시가지를 샅샅이 뒤져 가장 마음에 드는 브라나스 스튜디오스(Vranas Studios)를 예약하고 돌아왔다. 부엌이 갖추어져 있어 올리브와 아이들이 인근 슈퍼에서 쌀과 야채, 고기 등을 잔뜩 사가지고 와 만찬을 즐기고, 아침에는 샌드위치 도시락까지 만들었다.

크레타에서는 이라클리온 박물관에 걸려 있는 카잔차키스의 사진처럼 지중해를 즐기는 여유 있는 일정이 이어졌다. 아침에 일어나 창문을 여니 밝은 햇살이 구시가지와 숙소 옆의 대성당을 환하게 비추고 있다. 어제의 비바람 몰아치는 날씨가 언제 그랬냐는 듯 따뜻하고 투명한 햇살이 만개한 전형적인 지중해 날씨가 펼쳐졌다. 하루 종일 따뜻하고 강렬한 햇살과 친구처럼 지내면서 지중해의 낭만에 흠뻑 빠졌다. 휴양지에 온 듯한 느낌이었다.

하니아에 도착한 다음 날 해변으로 나오니 햇볕이 쨍쨍 내리쬐는 가운데, 카페에서 커피를 마시며 햇볕을 즐기는 주민들이 많았다. 우리도 햇볕이 잘 내리쬐는 카페의 야외 테이블에 자리를 잡고 최대한 편안한 포즈로 차도 마시고, 책도 읽고, 졸기도 하면서 한가한 시간을 즐겼다.

그리고 다시 지중해변을 천천히 달렸다. 하니아 서쪽 끝으로 가자 방파제에 아주 작은 교회가 보였다. 사람이 들어가기조차 힘들 정도로 작은 '미니 교회'였다. 교회 앞에 놓인 벤치에 앉아 미리 준비해온 샌드위치를 꺼내니 소풍을 온 기분이었다. 지중해 반대편의 산에는 며칠 전 내린 눈이 하얗게 덮여 있었다. 한쪽에서는 봄을 알리는 따뜻한 햇살이 내리쬐고, 반대편에는 설산이 버티고 있는 지중해변 방파제 끝 미니 교회에서의 식사는 아주 단출

하니아의 카페 거리 에게 해 해변을 따라 카페들이 끝없 이 이어져 있다.

했지만 꿀맛 같았다.

다시 차를 몰고 하니아 서부해변을 달렸다. 해변은 끝없이 이어져 있었지 만 해안으로 가는 건 만만치 않았다. 해변의 집들이 바닷가로 가는 곳에 펜 스를 쳐 놓아 해변을 사실상 사유화해 버렸기 때문이다. 한참을 달려 마을이 끝나는 곳에 이르러서야 해변으로 가는 길을 찾을 수 있었다. 차를 세워둔 채 나와 올리브는 해변을 거닐고, 창군은 바위에 앉아 책을 보고, 동군은 차 안에서 단잠에 빠졌다. 우리가 가질 수 있는 최고로 여유 있는 시간이었다.

지중해변 드라이브를 마치고 하니아로 돌아오니 해변 카페는 만원이었다. 날씨가 좋으니 햇볕을 즐기기 위해 사람들이 모두 밖으로 나온 것 같았다. 그리스가 금융위기로 심한 몸살을 앓고 있지만, 지금은 그것을 잊고 주말 오후를 즐기는 듯했다. 아테네에서도 햇볕이 나고 날씨가 따뜻해지니 사람 들이 카페와 식당에 몰려들어 차와 와인과 맥주를 마시며 흥겨운 시간을 보 내더니 여기서도 마찬가지였다.

어쩌면 이것이 금융위기를 넘어서는 방법인지도 모른다. 걱정하고, 한탄하 고, 절망한들 금융위기를 넘어설 수 있는 것은 아니다. 오히려 흔들리지 않 고, 일상 생활을 지속하는 것이 실질적인 도움이 될 것이다.

카잔차키스의 자유가 재해석되어야 할 이유

크레타에서 카잔차키스처럼 자유를 마음껏 누리면서 하루를 푹 쉰 다음 날 귀로에 올랐다. 다시 차를 몰아 레팀노를 거쳐 이라클리온으로 향했다. 이번엔 왼쪽으로 해변이, 오른쪽으로 산이 펼쳐졌다. 지중해변을 한참 달리다 한 무리의 오토바이족(族)을 만났다. 그리스판 폭주족(?)이라고나 할까. 우리가 작은 휴게소에 들러 차를 한잔 마시려 할 때 이들이 들이닥쳤다. 젊은 청년들은 물론 탄력 있는 몸매에 건강미가 철철 넘치는 여성, 나이가 지긋한 중년에 이르기까지 다양한 사람들이었다. 40~50명에 이르는 큰 팀이었는데, 아주 멋진 오토바이에 가죽 점퍼와 바지, 헬멧을 착용하고 있었고, 모두 쾌활했다.

기분이 고조된 우리도 그 폭주족처럼 지중해변 도로를 신나게 질주해 이라클리온의 크노소스(Knosos) 유적지로 향했다. 당초 우리는 크노소스 유적지를 간단히 둘러본 다음 카잔차키스의 무덤을 돌아보고 아테네로 돌아가는 페리에 탈 계획이었으나, 크노소스에서 의외의 귀인을 만나 제대로 돌아볼 수 있었다. 마침 일요일이어서 입장은 무료였다. 입구에 들어서다 중년의 현지인 가이드를 만났다. 애초 가이드는 생각하지 않았는데 그 노신사는 아주 적극적이었다. 처음엔 1인당 10유로씩 40유로를 요구하다가, 우리가 결정을 하지 못하자 30유로로, 최종적으로는 "가격이 문제라면 20유로까지 해주겠다"고 했다. 우리끼리만 둘러보는 것보다는 가이드 투어가 나을 것이라 생각하고, 가이드를 요청했다. 덕분에 1시간 동안 크노소스 유적을 알차게 돌아보았다. 고마워서 팁을 포함해 25유로를 지불하였다.

크노소스는 그리스의 아테네 문명이 형성되기 1000~2000년 전인 기원전 3000~2000년 '크레타 문명'이 활짝 꽃피었던 곳이다. 약 1000년에 걸쳐 주변 지역과 전쟁을 벌이지 않고 평화를 유지했다고 한다. 그런 가운데 활발히 이

고대 그리스 문명의 모태가 된 크레타 섬 크노소스 유적지 기원전 3000년경 형성된 크레타 문명의 원형을 간직한 곳으로, 인근 지역이 아직도 발굴 예정지로 남아 있다.

루어진 해상교역을 바탕으로 번영을 누렸으며, 이것이 이후 그리스 문명의 모태가 되었다. 이 유적은 두 차례 지진에다 2000년이 넘는 세월의 무게에 흔적을 찾아보기 어려울 정도로 폐허가 되었지만, 1800년대 앨런 경이 발굴하면서 모습을 드러냈다.

크노소스 유적이 얼마나 오래되었는지는, 당시 건축물을 짓기 위해 사용한 바위가 비바람에 풍화되면서 수정으로 바뀌고 있는 데에서 확인할 수 있었다. 단단하던 바위 가운데 연한 부분이 수천 년 동안 진행된 풍화로 깎여나가고 단단한 부분만 뾰족뾰족하게 모습을 드러내고 있었다. 그런 바위는 유적지 곳곳에서 볼 수 있었다.

가이드는 크노소스 문명, 넓게 보면 크레타 문명에 대한 자부심이 아주 강했다. 그는 특히 크레타 문명이 고대 그리스 문명의 발원지였음은 물론 중세 암흑기 이후 르네상스의 원류 역할을 했다고 강조했다. 처음에는 의아했지만, 흥미로운 설명이었다.

"1400년대 중반 그리스가 오스만 투르크에 점령되면서 본토의 많은 학교들은 문을 닫았어요. 하지만 크레타 섬에는 학교가 남아 고대의 문화와 예술에 대한 연구와 교육이 지속되었지요. 본토에선 고대 그리스 문화가 거의 사라졌어요. 하지만 오스만 투르크가 쇠퇴하면서 크레타의 학교와 기관에서 연구하고 축적해온 그리스 문화와 학문적 성과가 해상 교역로를 통해 베네치아에 전해졌고, 그게 르네상스를 일으킨 겁니다. 크레타가 르네상스의 원조예요." 노신사는 설명했다.

"크레타가 르네상스의 원조라는 것은 처음 듣습니다. 하지만 아주 흥미롭네요." 내가 그의 설명에 반신반의하며 말했다.

"크레타가 르네상스의 기원 역할을 했다는 것은 학문적으로도 입증이 되었어요. 크레타는 고대 그리스 문명의 모태이면서 르네상스의 기원이 된 곳이에요. 넓게 보면 유럽 문화와 문명의 시원(始原) 같은 곳입니다. 크레타가 없었으면 고대 그리스 문명은 물론 르네상스도 없었을 겁니다." 노신사 가이드는 확신을 갖고 말했다.

노신사의 설명을 듣고 나니 크레타가 다시 보였다. 크레타에 대해 강한 자부심을 갖고 가이드를 하는 노신사도 깊은 인상을 남겼다.

유서 깊은 크레타에서의 마지막 일정은 카잔차키스의 묘지였다. 그의 묘지는 이라클리온을 감싸고 있는 베네치아 성벽의 중앙 가장 높은 곳에 자리 잡고 있었고, 소박하지만 잘 정비되어 있었다. 카잔차키스는 살아서는 신성을 모독했다는 이유로 그리스 정교회로부터 파문당하고, 사후에는 그의 시신조차 성 안으로 들어오지 못했다. 그의 시신이 성 안의 공동묘지에 묻히는 것을 정교회에서 반대했기 때문이다. 그래서 성벽 위에 묘지를 쓴 것이다. 하지만 이제는 상황이 바뀌어 그를 찾는 사람이 늘어나 묘지 주변을 깔끔하게 단장하고, 가까운 곳에 별도의 기념관도 짓고 있었다.

이라클리온을 감싸고 있는 베네치아 성벽에 있는 카잔차키스의 묘지 그리스 정교회의 반대로 그의 시신이 성 안에 묻히지 못하고 성벽 위에 묘소를 마련해야 했지만, 그는 영원한 자유의 화신으로 추앙받고 있다.

우리가 도착했을 때에는 주민으로 보이는 가족이 묘지 근처에서 공놀이를 하고 있었다. 휴가 시즌이 시작되기 전이어서 그런지 관광객은 보이지 않았 다. 나무 십자가가 지키고 있는 묘지는 조금 쓸쓸해 보였다. 그의 묘비명은 휘갈겨 쓴 그리스어로 쓰여 있었다.

"나는 아무것도 바라지 않는다.

나는 아무것도 두려워하지 않는다.

나는 자유다."

세상 사람들의 자유에 대한 열망을 가장 잘 함축한, 자유에 대한 그의 절 규를 느끼게 하는, 유명한 묘비명이다. 묘지 옆 안내문에는 이 글이 그의 작 품 《오딧세이》에 나오는 문구에서 따왔다고 설명하고 있었다. 영원한 영혼 의 자유를 꿈꾸었고, 그러했기에 죽어서도 고국에 돌아오지 못했던 카잔차 키스의 고독이 전해지는 것 같았다.

그의 대표작 《그리스인 조르바》에 나오는 조르바는 자유의 화신이다. 이 작품은 전 세계 독자들에게 어떠한 구속이나 압제가 없는, 진정한 자유의 가치와 그에 대한 열망에 불을 붙였다. 작품이 처음 발표된 후 반세기가 훌쩍 지났지만 지금도 독자들이 끊이지 않고 찾는 20세기의 고전이다. 이 작품에서 카잔차키스는 조르바를 이렇게 묘사했다.

"나는 조르바의 말을 들으면서, 세상이 다시 태초의 신선한 활기를 되찾고 있는 기분을 느꼈다. 지겨운 일상사가 우리가 하느님의 손길을 떠나던 최초의 모습을 되찾는 것이었다. 물, 여자, 별, 빵이 신비스러운 원시의 모습으로 되돌아가고 태초의 회오리바람이 다시 한 번 대기를 휘젓는 것이었다."

조르바야말로 관념이나 관습, 종교, 국가, 사회라는 말에 가려진 인간 본연의 원초적인 모습을 되찾게 하는 힘과 열정을 지닌 존재였다. 문명이나 문화라는 이름 아래, 또는 사회적 지위와 체면, 이성과 관념의 지배를 받으면서, 원초적인 인간 본성을 상실해 가는 현대인에 대한 통렬한 비판이기도 했다. 그 원초적인 생명력의 원천은 영혼의 자유였다.

"그와 함께 있으면 일은 포도주가 되고 여자가 되고 노래가 되어 인부들을 취하게 했다. 그의 손에서 대지는 생명을 되찾았고 돌과 석탄과 나무와 인부들은 그의 리듬으로 빨려 들어갔다."

《그리스인 조르바》에서 작가는 탄광 사업이 수포로 돌아간 다음, 자신에게 가해지는 정신적 압박에 몸서리를 치고 조르바를 떠올리면서 이렇게 되뇐다.

"내 영혼에는 들어오지 못해. 문을 열어 주지 않을 거니까. 내 불을 끌 수도 없어. 나를 뒤엎는다니. 어림없는 수작!"

영혼의 자유야말로 그가 진정으로 찾던 광맥이었던 것이다. 아무리 상황이 바뀌고, 살아가기가 힘들고, 곤궁한 처지가 되어도 놓칠 수 없는 소중한 가치가 바로 자유다. 그것은 인간의 존재 이유이자 본질이기도 하다. 독립적으로 사고하고, 주체적으로 판단하고 행동할 수 있어야 진정으로 살아 있다고 할 수 있는 것 아닌가. 공부를 하는 것도, 돈을 버는 것도, 궁극적으로는 자유의 성취, 자아 실현을 위한 것이다. 그 자유를 제약하는 유무형의 장애물과 압박으로부터 벗어나는 것이 인간의 궁극적인 희망이며, 그걸 위해 싸워온 것이 인간의 역사이기도 하다.

이라클리온 시내의 중국식 뷔페에서 거창하게 식사를 하고, 지중해변의 마리나 카페에서 진한 커피 향을 맡으면서 석양을 즐기고, 3일간 크레타 여행의 동반자였던 푸조 승용차를 반납하고, 크레타에 어둠이 찾아올 즈음 피레우스 행 페리에 오를 때까지 카잔차키스의 잔영은 오랫동안 떠나지 않았다. 우리가 여행을 하고 있는 것도 어쩌면 카잔차키스가 찾고자 했던 자유에 대한 갈망 때문 아닌가.

카잔차키스가 추구했던 자유는 20세기 전반기 사람들의 삶을 옥죄기도 하고, 혼란에 빠뜨리기도 하고, 피를 흘리게 만들기도 했던, 종교와 전체주의와 국가주의로부터의 벗어남이었다. 그로부터 수십 년이 지난 오늘날, 전체주의나 제국주의, 물리적 폭력은 많이 사라졌다. 하지만 아직도 진정한 자유를 누리지 못한다. 사회구조가 더욱 복잡해지면서 오히려 더 많은 제약을 받고 있다. 특히 신자유주의의 광풍 속에서 '이윤 극대화를 위한 자본의 자유'는 극단적으로 확대되었지만, 인간은 오히려 그 자본의 사슬에 얽매이는 존재가 되어 버렸다. 카잔차키스가 추구했던 자유는 형태만 달리하고 있을 뿐 아직도 미완의 과제로 남아 있는 것이다. 자유를 향한 여정은 계속되어야 한다.

폐허에서 되살아난 꿈

지중해를 횡단하는 2박 3일의 여정

지중해는 고대 유럽 문화의 시원과 같은 곳이다. 고대 크레타 문명에서 출발해 그리스, 로마로 이어지면서 서구문명의 원형이 만들어졌다. 지중해에서도 크레타 섬과 그리스 동남부, 터키 서부로 둘러싸인 에게 해에서 이탈리아 남부의 이오니아 해로 이어지는 지중해 중부는 서구문명이 태동하고 이동한 핵심 루트였다. 우리 가족도 바로 그 루트를 따라 지중해를 횡단했다. 그것을 미리 구상하고 건넌 건 아니었다. 비록 우연일지 몰라도, 그렇게 이동할 수밖에 없었다. 고대인들도 마찬가지였을 것이다. 딱 어디로 가겠다고 생각하고, 목표를 정하고 떠난 것은 아니었지만, 그들도 그렇게 지중해를 건넜을 것이다. 지중해를 건넌 것은 사람만이 아니었다. 문화와 문명이 함께 건넜다. 그리고 지중해를 건너면서 서구문화의 원형질이 만들어졌다.

페리는 예정대로 어둠이 내려 깔린 저녁 9시 30분 이라클리온 항구를 출발해 아테네의 피레우스 항구로 향했다. 우리 가족은 크레타를 여행하면서부터 움베르트 에코의 《장미의 이름》에 빠져들었다. 터키를 함께 여행한 동생 가족에게 부탁해서 갖고 온 책이었다. 앞으로 여행할 이탈리아를 비롯해 유럽의 문화를 이해하기 위해선 역사적 상상력이 필요하며, 이를 위해 에코의 이 작품이 제격이라 생각하고 돌려가면서 읽었다. 나는 한국에 있을 때도 이 작품을 읽으려고 여러 번 시도했다가 번번이 실패했는데, 이번에 그리스에서 이탈리아로 넘어가면서 이 작품에 완전히 몰입했다. 독서, 특히 조금 난해한 책이나 고전은 장기 여행의 훌륭한 동반자다. 이동 시간이 많은데 마땅히 놀 거리가 없을 경우 책을 친한 친구로 만들 수 있기 때문이다.

페리는 잔잔한 에게 해를 미끄러지듯 횡단해 다음 날 오전 6시 아테네 남쪽의 피레우스 항구에 도착했다. 피레우스에선 인터넷으로 예약한 이탈리아 바리 행 페리 티켓을 받아야 했는데 블루스타(Blue-Star) 페리 회사 사무소를 찾아 티켓을 수령했다. 동시에 아테네에서 항공우편으로 받은 글로벌 유레일패스를 사용하기 시작했음을 알리는 날짜를 적고 페리 사무소의 스탬프를 받았다. 이른바 유레일패스를 처음 사용하면서 거쳐야 하는 '액티베이트(activate)' 절차다. 이로써 나와 동군은 앞으로 3개월 동안, 올리브와 창군은 2개월 동안 유럽 23개국의 철도를 무료로 무제한 이용하고 페리 등을 할인받을 수 있게 되었다.

이탈리아 바리로 가는 페리를 타기 위해선 피레우스에서 자동차로 2시간 이상 떨어진 파트라(Patra)의 신항(新港)으로 가야 했다. 다소 복잡했다. 피레우스 항구에서 시내버스를 타고 키피수 버스터미널로 가 시외버스로 갈아타고 2시간 정도 떨어져 있는 파트라 버스터미널로 이동한 다음, 다시 신항으로 갔다. 신항 여객선 터미널에 도착한 것이 오후 1시. 페리는 오후 6시에 출발하니 5시간을 더 기다려야 했다. 작정을 하고 대합실에서 각자 편할 대로 시간을 보냈다.

나는 또다시 에코의 《장미의 이름》에 푹 빠져들었다. 중세 수도원에서 일어난 연쇄 살인사건을 둘러싸고 벌어지는 흥미진진한 팩션으로, 중세 사회 구조와 사람들의 실제 생활을 이해하고 상상력을 키우는 데 최적의 소설이다. 역사적 사실과 허구가 혼합된 팩션의 백미가 바로 《장미의 이름》이라 할 만했고, 아리스토텔레스의 《시학(詩學)》에 나오는 웃음의 의미를 둘러싼 논쟁

슈퍼패스트 호 이오니아 해
를 가로질러 그리스와 이탈
리아를 연결하는 배로, 파트
라에서 바리까지 16시간 정
도가 걸린다.

등 스토리가 책을 읽어갈수록 흥미진진했다. 철학자이면서 기호학자이고,
역사학자이면서 종교학자이기도 한 이탈리아의 석학 에코가 펼치는 지적 향
연과 역사적 상상력의 극치를 보여주는 작품이었다.

그렇게 《장미의 이름》에 빠져 있는 사이 4시가 넘자 탑승이 시작되었다. 대
합실 한편에 쌓아놓았던 큰 배낭과 작은 가방들을 챙겨 슈퍼패스트(Superfast)
호에 올랐다. 이오니아 해를 통과해 이탈리아 바리까지 운항하는 국제 여객
선이다. 사납게 몰아치던 비바람도 거의 멎고 바다가 조용해졌다.

고대 서양문화의 원류이자 천년제국 로마를 건설한 전설적인 로물루스
형제의 조상 아이네아스가 건너간 바로 그 지중해다. 항로는 다르지만 바로
그 바다다. 터키 서부 트로이의 영웅 아이네아스는 그리스와의 전쟁에서 패
해 폐허가 된 트로이를 떠나 크레타 섬과 카르타고를 거쳐 온갖 고난을 극
복하고 이탈리아 서부 테베 강가에 새로운 터전을 잡았다. 그것이 기원전 13
세기였으며, 그로부터 500여 년이 지난 기원전 753년 아이네아스의 후손 로
물루스와 레무스 형제가 도시 로마를 세우고 초대 왕이 되었다. 이것이 호머
의 《오디세이》와 베르길리우스의 《아이네아스》를 통해 확립된 로마의 건국
신화다. 바로 그 아이네아스가 항해한 곳, 고대 유럽 문화의 뿌리가 이동하

던 지중해를 건너가고 있다고 생각하니 감격적인 기분마저 들었다.

그리스 크레타 섬을 왕복할 때에는 침대칸인 4인실 캐빈을 선택했지만 이번에는 앉아서 가는 에어 시트(Air Seats) 석을 이용했다. 가격이 크게 차이가 났다. 캐빈은 유레일패스로 25% 할인을 받은 네 명의 왕복 요금이 336유로로 50만 원에 달했다. 하지만 에어 시트는 유레일패스를 적용받아 예약비와 세금 등 1인당 12유로씩 48유로(약 7만 2000원)만 내면 되었다. 비행기 좌석 같다고 해서 에어 시트로 불리지만, 좁아터진 비행기 좌석보다는 훨씬 편안하다. 앞뒤 간격이 충분해 발도 쭉 뻗을 수 있고, 의자 등받이도 뒤로 많이 젖혀진다. 좌석 사이의 팔걸이를 들어올려 의자를 침대처럼 사용할 수도 있다.

페리에 있는 레스토랑에서 식사를 하고 나니 어느덧 해가 지중해로 넘어가고 어둠이 찾아왔다. 밖에는 그리스 해안의 불빛만 보일 뿐이다. 우리는 텅 빈 에어 시트 석에 자리를 잡고 영화 〈장미의 이름〉을 컴퓨터로 다운받아 함께 보았다. 에코의 소설을 영화로 만든 수작으로, 살인사건의 실마리를 풀어나가는 숀 코너리의 연기도 압권이었다.

슈퍼패스트 호는 밤새 지중해를 달렸다. 파도의 일렁임을 거의 느낄 수 없었고 기관실 엔진이 내는 작은 울림만 전해졌다. 새벽에 일어나 바람을 쐬려고 갑판으로 나오니 여명이 서서히 밝아오고 있었다. 사위는 아직 짙은 어둠에 휩싸여 있지만, 바다와 하늘, 구름의 윤곽을 흐릿하게 식별할 수 있을 정도의 빛이 하늘 저편에서 막 퍼지고 있었다. 아이네아스가 지중해를 건널 때에도, 역사의 수레바퀴가 돌아갈 때에도 그러했으리라.

오전 9시 30분 드디어 이탈리아 바리 항에 도착했다. 그리스 파트라에서 16시간 반이 걸렸다. 버스를 타고 바리 역으로 와 나폴리 행 기차 티켓을 끊고 출발 시간을 기다렸다. 우리에겐 장기 배낭여행자의 풍모가 풍겼다. 나와 올리브는 책도 보고 여행기도 정리하면서 여유 있는 시간을 가졌고, 창군과 동군은 바리 시내를 구경하겠다며 한참 돌아다니다 돌아왔다.

이탈리아 반도를 동에서 서로 횡단하는 바리~나폴리 행 열차는 오후 4시에 출발했다. 우리가 탄 1등석은 한 칸에 여섯 명이 서로 마주보고 앉을 수 있도록 설계되어 있다. 다른 칸과는 완전히 구분되어 있고, 깔끔하고 편리하고 안락했다. 의자를 앞으로 당기면 등받이가 뒤로 넘어가면서 편히 쉴 수 있다. 1등석 열차 1량에 탄 승객은 우리 가족 네 명과 이탈리아인 서너 명이 전부였다. 본격적인 휴가철인 6~9월에는 상황이 다르겠지만 우리는 1등석의 한 칸을 독차지하고 편안하게 여행할 수 있었다.

승차감도 탁월했다. 우리가 숱하게 탔던 중국과 인도의 열차와는 비교 자체가 불가능했다. 선로를 미끄러지듯이 달리는 것이 마치 비행기를 탄 듯했다. 해가 서녘으로 기우는 가운데 차창 밖으로 이탈리아 남부의 평원이 끝없이 펼쳐졌다. 그런데 가도 가도 보이는 건 포도밭뿐이다. 어쩐지 그리스 남부의 올리브 경작지만큼이나 끔찍해 보였다. 이걸 보면 오늘날 지구촌을 위협하는 식량난은 식량이 부족해서가 아니라 생산 작물의 종류와 분배 시스템 때문이라는 게 확실하다. 이 어마어마한 농토는 포도주를 즐기는 일부 서구인들의 기호를 위해 경작되고 있다. 이걸 모두 밀이나 감자 같은 식량 작물로 바꾸면, 곡물 가격을 떨어뜨리고 식량난도 해결할 수 있을 텐데 말이다.

바리를 출발해 4시간 만에 이탈리아 남단을 동~서로 횡단해 카세르타 역에 도착하여, 다시 나폴리 행 열차로 갈아탔다. 카세르타에서 나폴리까지는 40분 정도 걸려 저녁 9시가 되어서야 나폴리 중앙역에 내렸다. 가리발디 광장을 가로질러 만치니 호스텔(Mancini Hostel)에 여장을 푸니 그리스 크레타에서 시작한 2박 3일의 대장정이 드디어 마무리되었다. 무거운 배낭을 짊어지고 배~버스~배~기차 등 다양한 대중교통 수단을 이용하며 이동한 여정이었다. 몸은 피곤했지만, 고대 서구문명의 이동 통로였던 에게 해와 이오니아 해를 횡단했다는 뿌듯함이 우리를 감쌌다.

폼페이의 신비와 함께 살아난 동군

나폴리에 도착한 다음 날 동군이 노래를 부르던 폼페이로 향했다. 나폴리에서 폼페이까지는 기차로 30분밖에 걸리지 않기 때문에 당일로 다녀오기에 충분하다. 나폴리를 출발한 기차는 지중해를 오른쪽에 두고 남쪽으로 신나게 달렸다. 지중해와 해안 마을, 항구 등 멋진 풍경이 차창 밖으로 지나갔다. 폼페이 유적지는 역에서 그리 멀지 않았다. 역 앞의 신시가지를 지나 유적지로 가면서 신화와 전설의 도시로 간다는 흥분이 전해졌다.

폼페이는 기원전 8세기부터 휴양지로 개발되어 한때 번영을 누리던 도시인데, 기원후 79년 8월 24일 베수비오(Vesuvio) 화산이 갑작스레 폭발하면서 한순간에 잿더미가 된 비극적인 역사를 갖고 있다. 불행인지, 다행인지, 폼페이를 덮은 것이 이글거리는 용암이 아니라 화산재와 돌이어서 당시의 가옥과 건축물, 조각, 그림 등이 상당 부분 원형 그대로 보존되었다. 하지만 그 후 1500년 동안 폼페이는 4~6m 두께의 화산재에 묻힌 상태에서 전설 속에만 존재하는 '사라진 도시'가 되었다. 그러다 1599년 유적이 처음 발견되었고, 1748년 발굴이 시작되었다. 고고학에 대한 관심이 높아진 19세기에 체계적인 발굴이 이루어지면서 2000년 전 사람들의 생활 모습과 화산 폭발 당시의 극적인 순간이 드러나 세계는 경악했다.

실제로 유적지에 다다르자 입이 딱 벌어졌다. 말로만 듣던 신비의 고대도시가 구릉지 위에 폐허가 된 채 그대로 남아 있었다. 현대인들의 생활 공간 사이에 듬성듬성 유적이 산재해 있는 아테네나 로마와 달리, 아예 한 도시가 통째로 보존되어 있었다. 에페소스나 페르게, 시데, 아스펜도스 같은 터키의 고대 유적지도 폐허가 된 옛 모습을 간직하고 있지만, 폼페이는—물론 나무와 같이 불에 타거나 썩는 것은 모두 없어지고 남은 것은 돌로 만들어진 건물 뼈대와 조각 등이었지만—화산이 폭발할 당시의 모습을 그대로 보여주

폼페이 유적지 기원후 79년 베수비오 화산이 폭발한 당시의 거리와 주택, 신전, 원형극장 등이 그대로 남아 있고, 길에는 수레바퀴 자국이 선명하다.

고 있었다. 어느 순간 시간이 멈추었다가 2000년 후 다시 홀연히 나타난 것 같았다. 지적인 흥분에 빠진 상태에서 본격적인 고고학 발굴에 들어갔다. 동 군은 연신 감탄사를 쏟아내며 책을 펼치고 폼페이 탐험을 주도했다.

　폼페이는 놀랍게도 도시 주민들의 생활에 필요한 요소들을 모두 갖추고, 동서남북으로 반듯반듯한 도로를 내 구역을 정리한 도시였다. 마을이 자연스럽게 형성되면서 길이 구불구불하게 이어지고, 거기에 집들이 불규칙하게 들어선 형태가 아니었다. 일반 주민들의 주택은 물론 상가와 시장, 식당, 극장, 목욕탕, 신전, 체육관, 심지어 도시 외곽의 공동묘지까지 필요한 시설이 주민들의 동선에 따라 체계적으로 배치되어 있었다. 도로엔 돌을 깔아 포장을 했고, 깊숙한 수레바퀴 자국과 물 흐른 자국은 당시의 도로와 배수 시스템을 보여주고 있었다. 도로변 인도는 단을 높게 만들고 징검다리도 놓아 비가 올 때에도 젖지 않고 길을 건널 수 있도록 했다. 2000년 전에 이렇게 잘 계획된 도시를 만들었다는 것이 놀라울 뿐이었다.

화산 폭발 당시 약 2만 명이 살았던 한 도시를 몇 시간 만에 돌아본다는 것은 그리 쉬운 일이 아니었다. 헷갈리지 않고 효과적인 탐방을 위해선 가이드가 필요했다. 그 역할을 동군이 맡았다. 비슷비슷한 건물들이 늘어서 있는 골목을 헤맬 때마다 책을 들고 있던 동군이 외쳤다.

"이쪽이야, 이쪽. 이쪽에 목욕탕이 있어."

"저쪽으로 가면 극장이 나온대. 저쪽으로 가보자."

동군 덕분에 책에 나와 있는 '핵심 유적'을 제대로 돌아볼 수 있었다.

먼저 도시 외곽의 공동묘지였던 네크로폴리스를 돌아 원형극장(Amphi-theatre)으로 갔다. 약 2만 명을 수용할 수 있으며, 3단으로 나뉘어 관중들이 관람할 수 있도록 자리를 배치했다. 가운데 원형 무대에 들어갈 수 있는 문이 두 개로, 하나는 노예나 죄수들로 구성된 검투사, 즉 글래디에이터가, 다른 하나는 사망하거나 부상당한 사람이 나가는 문이다. 모양은 웅장하고 장대하지만, 거기에서 검투사가 실제 창과 칼을 들고 피를 흘리며 싸움을 벌이고, 관중석에선 그 피를 보면서 환호성을 지르던 곳이다. 끔찍하고 처절한 '전쟁'의 장소였던 것이다.

원형극장 건너편에는 청소년들의 운동 공간인 팔라에스트라(Great Palaestra)가 있다. 가운데에 수영장이, 주변에는 긴 회랑이 있었다. 청소년들이 체력을 단련하던 공간인데 나중에는 신전으로도 활용되었다고 한다. 팔라에스트라와 이어진 길 주변엔 폼페이 주민들이 생활하고, 연극을 보고, 물건을 팔고, 목욕을 하고, 신에게 제사를 지내던 생활 공간이 이어졌다. 정교하게 만들어진 타일과, 그것을 이용한 모자이크 벽화 등이 상당 부분 그대로 보존되어 있었다. 2000년 전에도 예술을 가까이하고 즐겼다는 것이 놀라웠다.

다른 쪽에는 아폴로 신전(Temple of Apollo), 주피터 신전(Temple of Jupiter) 등 주요 신전과 다양한 신상들이 당시 폼페이 주민들의 정신 세계를 보여주고 있고, 신전과 멀지 않은 곳에 폼페이 중심 시장인 마첼룸(Macellum)이 있다. 농산물과 수공예 제품, 항구를 통해 들여온 수입품 등을 사고팔던 공간이다. 지금은 상품을 진열하기 위해 돌을 쌓아 만든 진열대만 광장 이곳저곳에 남아 있지만, 2000년 전엔 거기에 차양을 치고, 상품을 진열하고, 손님들을 부르고, 흥정을 하고, 토가를 걸친 시민들이 두리번거리며 거닐었을 것이다.

도시 중심지엔 대극장(Great Theatre)도 자리 잡고 있다. 기원전 2세기에 건축되어 약 5000명을 수용할 수 있으며, 무대 앞의 벽을 대리석과 석상으로 화려하게 장식해 예술적 효과와 함께 울림판 역할을 하도록 했다. 플라우투스와 테렌티우스 등의 희극 작품을 공연하는 등 2000년 전에도 예술이 활기를 띠었음을 보여주고 있었다.

폼페이 유적지를 탐방하는 이탈리아 어린이들 교사의 인솔에 따라 핵심 유적을 관람하고 있다.

폼페이 유적엔 관광객들도 꾸준히 몰려들었다. 단체관람을 온 이탈리아 초등학생들도 보였다. 모두 타임머신을 타고 베수비오 화산이 폭발하기 직전의 폼페이 거리를 거니는 흥분에 빠진 듯, 재잘거리며 폐허의 거리를 돌아다녔다. 이들 역시 유적의 '핵심'을 찍어가며 탐방했다. 사실 유적을 모두 돌아보는 것은 불가능하고, 천천히 거리를 거닐다 역사적 의미가 있는 곳에 몰려 설명을 듣고 다시 이동하는 형태였다.

폼페이 유적에는 목욕탕 자리도 여러 곳 있는데, 공중목욕탕(Forum Baths)의 규모가 가장 크고, 남녀가 따로 목욕을 할 수 있도록 설계되어 있었다. 입구로 들어가면 옷을 벗어놓는 드레싱 룸에서부터 냉탕~온탕~열탕의 순으로 탕이 배치되어 목욕을 즐길 수 있도록 했다. 다양한 집들도 있는데, '파운의 집(House of Faun)'은 폼페이에서 가장 컸던 집으로, 그리스계 권력자의 집이었다. 영화 〈폼페이 최후의 날〉의 모델이 되었다는 '비극 시인의 집(House of the Tragic Poet)'에는 집 안에 '비극'의 연습 장면을 묘사한 모자이크가 있다.

가장 인기를 끈 집은 매춘부의 집으로, 사람들이 많이 몰려 한참 기다려야 관람할 수 있었다. 색깔은 퇴색했으나 에로틱한 장면을 담은 벽화가 당시 생활상의 한 단면은 물론 매춘의 역사가 아주 오래되었음을 보여주고 있었다. 이제 한창 성에 눈을 뜨기 시작하는 아이들은 뭔가 좀 부끄러운 듯 쭈뼛쭈뼛하면서도 눈동자를 반짝였다. 상당히 퇴색했을지라도 벽화의 보존을 위해 가까이 다가가 만질 수 없도록 철저히 관리하고 있었다. 전문가들은 매춘부들이 대부분 그리스나 동양 출신의 노예들이었을 것으로 보고 있다.

마지막으로 들른 곳은 폼페이 유적에서 발굴한 조각과 토기류, 생활용품 등에 대한 분류 및 복원 작업을 벌이고 있는 전시관이었다. 발굴된 작은 조각들이 무엇을 의미하는지 분석하고 연구해 거기에 생명력을 불어넣는 곳이었다.

미라 복제품 화산 폭발 당시의 고통이 전해지는 듯하다.

거기에는 화산 폭발 당시 고통 속에 죽어가던 주민의 모습도 전시되어 있었다. 마지막 순간 아비규환 속에서 뜨거운 불길과 숨통을 막는 유독가스에 사지를 비틀고, 몸을 웅크리고, 서로 부둥켜안으면서 고통을 호소하던 모습이 당시의 급박하고 비참했던 상황을 웅변하고 있었다. 지금은 연간 260만여 명의 관광객이 방문하는 유네스코가 지정한 세계문화유산이지만, 사실은 끔찍한 사건이 벌어졌던 현장이다. 당시 베수비오 화산의 폭발은 신의 계시였으며, 폼페이 최후의 날은 지옥 그 자체였을 것이다.

3시간에 걸친 폼페이 유적 탐방은 우리를 2000년 전의 세계로 가져다 놓았다. 한 도시를 이곳저곳 돌아다니는 것은 힘든 일이었지만, 모두 호기심에 눈을 반짝이며 고대 로마 시대의 도시를 흥미진진하게 돌아보았다. 하지만 우리가 머문 과거의 시간이 우리의 의식에 약간의 혼란을 일으켰다. 과거와 현재가 묘하게 중첩되면서 충돌을 일으켰다. 2000년 전에도 사람들은 지금처럼 상가에서 물건을 팔고, 흥정을 하고, 극장에서 공연을 보고, 예술을 사랑하며 살았다. 물론 그 상품이나 기술, 특히 사회구조가 근본적으로 바뀌었지만, 당시 사람들이 가졌던 삶의 요소가 지금과 얼마나 차이가 있는지 혼란이 일었다. 그것은 나폴리에 와서도 계속되었다.

폼페이에서 출토된 유물들은 나폴리 고고학박물관에 전시되어 있다. 우리는 폼페이를 둘러본 다음 날 이 박물관에 들렀다. 1층엔 주로 고대 로마 시대의 조각과 신상, 황제상 등이 전시되어 있고, 2층에 18세기 이후 본격적으로 발굴된 폼페이 유물들이 전시되어 있었다. 특히 각종 조각과 유물이 거의 대부분 온전한 형태를 유지하고 있어 놀라웠다. 베수비오 화산 폭발 이후 시간이 흐르면서 폼페이를 덮은 흙과 자갈과 모래의 두께가 20m 이상으로 높아지고 건조한 상태가 유지되어 유물이 사람에 의해 훼손되지 않고 그대로 보존된 때문이다. 특히 고대 그리스나 로마의 조각들은 대부분 손이 잘리거나 목이 부러지는 등 온전한 형태를 유지하지 못하고 있는데 폼페이 유물들은 거의 손상이 되지 않았고, 그림들도 퇴색한 것을 제외하면 옛 모습 그대로였다. 2000년 전의 그림과 조각, 모자이크 등이 살아 움직이는 것 같았다. 영화가 아니라 실제 '폼페이는 살아 있다'는 말을 실감할 수 있었다.

그처럼 놀랍고 흥미로운 유물들임에도 불구하고, 고고학박물관을 돌아보면서 느낀 감동은 폼페이 유적을 돌아볼 때에 비해 훨씬 떨어졌다. 역시 역사적 유물은 원래 있던 그 자리에 그대로 있는 것이 훨씬 좋았다. 보기에 험하고, 헤지고, 낡아 보이고, 볼품 없을지 모르지만, 원래 있던 그 자리에 그대로 있어야 상상력을 자극하고 감동을 줄 수 있는 것이다. 사람들이 먼 길을 마다하고 유물을 찾는 것도 바로 그 '현장'을 보기 위함이 아닌가.

나폴리 누오보 성 중세시대 나폴리 왕국의 왕궁이자 요새로 보존 상태가 뛰어나며 현재는 박물관으로 사용되고 있다.

우리는 얼마나 더 행복해졌을까

폼페이가 강한 인상을 남긴 것과 달리 나폴리에 대한 느낌은 달랐다. 나폴리는 낮과 밤이 확실히 다른 도시였다. 우리가 도착한 날과 폼페이 방문 후 돌아본 저녁의 나폴리는 음산한데다 불량기까지 느껴졌다. 하지만 낮의 나폴리는 고색창연하고 웅장한 건물들이 곳곳에 보석처럼 박혀 있는 멋진 도시였다. 본격적인 관광 시즌이 시작되는 4~5월부터 9~10월까지 따뜻하고 투명한 햇살이 비추는 노천 카페에서 에스프레소 향을 맡으며 항구 도시 특유의 낭만과 깊은 역사, 시간의 무상함을 음미하기에 딱 맞을 것 같았다.

나폴리의 대표 유적인 누오보 성(Castel Nuovo)은 깊은 해자를 파고 그 너머에 성채를 쌓아 올린 전형적인 중세 축조 방식의 장엄한 성이었다. 1279년 프랑스 앙주 가문이 처음 건설하기 시작했으며, 이후 수없이 증축이 이루어졌다. 1800년대 초 나폴레옹이 이곳을 점령했을 당시 그의 집무실로 사용되는 등의 역사를 간직하고 있다.

나폴리 구시가지의 중앙엔 플레비스치토 광장(Piazza del Plebiscito)이 자리 잡고 있다. 넓은 광장 한편엔 1846년 건립된 프란체스코 디 파올라(San Francesco di Paola) 성당이, 그 반대편엔 리알레 궁전(Palazzo Reale)이 마주보듯이 서 있다. 리알레 궁전은 1602년에 건축되어 부르봉 왕조 시절인 1734년부터 왕궁으로 사용되었다고 한다. 역대 나폴리 왕의 석상 여덟 개가 웅장함을 더해주는 궁전이다. 웅장한 두 건물이 양편에 서 있고, 가운데 커다란 광장이 있는 형태다. 멀리 산 위에선 산 엘모 성(Castel Sant' Elmo)이 나폴리를 굽어보고 있다.

단테 광장(Piazza Dante)은 서점의 거리로 인상적이었다. 중고서점이 다닥다닥 붙어 있어 있는 것이 1980년대 최대 번영을 구가하던 한국 서울의 청계천 중고서점가를 보는 듯했다. 한국에선 개발 바람에 밀려 옛 정취를 상실했지만, 이탈리아에선 유지되는 것이 놀라웠다.

세계 3대 미항의 하나인 산타루치아 항은 생각보다 작은 항구였다.

"창공에 빛난 별~ 물 위에 어려~ 산~타~루~치~아~, 산타~루치~아~"

관광 시즌이 시작되기 전이어서 항구 근처엔 사람들이 별로 없어 큰 소리로 노랫가락을 뽐어내면서 항구로 향했다. 하지만 그렇게 노래할 정도로, 그리고 이것이 세계 3대 미항의 하나로 꼽힐 정도로 아름다운지는 확인이 어려웠다. 그럼에도 지중해를 항해하고 들어오면서, 웅장하고 화려한 건축물들이 즐비한 항구를 볼 때의 느낌은 다를 것이다. 항구에서 바라보는 지중해는 잔잔했고, 그 위에 크고 작은 배와 요트들이 시즌이 시작되기를 기다리는 듯 정박해 있었다. 멀리 보이는 흰 구름이 봄기운을 몰고 올 것 같았다.

낮에는 활기가 느껴지고 지중해와 맞닿은 항구나 웅장한 건축물들이 화려했던 날들을 보여주었지만, 해가 기운 저녁이 되니 불안한 도시로 바뀌었다. 유럽을 휩쓸고 있는 경제위기 때문이기도 했지만, 많은 건물들이 제대로

산타루치아 항 세계 3대 미항의 하나로 꼽힌다. 요트들이 정박한 항구와 나폴리 시내 너머로 서기 79년 화산재를 내뿜어 폼페이를 사라지게 한 베수비오 산이 보인다.

관리되지 않고 있었고, 어디를 가나 골목에는 불량한 기운이 느껴졌다. 3월 초의 날씨도 음산했다.

특히 우리가 머문 나폴리 역 주변엔 상가의 대형 유리창이 깨진 채로 방치되어 있는가 하면, 골목으로 들어가기만 하면 스프레이로 휘갈겨 놓은 낙서가 곳곳에 눈에 띄었다. 도시엔 나무 한 포기 볼 수 없었고, 시민들의 휴식 공간도 없었다. 우리가 도착한 날부터 떠나는 날까지 숙소 앞의 주차장에선 밤늦게까지 흑인들이 축구를 하며 시끄럽게 떠들었다. 저녁이 되면 밖에 나가기가 망설여지는 그런 곳이었다. 나폴리에 늦게 도착한 우리가 식사를 하기 위해 밖으로 나가려 하자 호스텔 주인이 당부한 첫 주문도 "주머니를 조심하라"는 것이었다.

아무리 그래도 나폴리의 명물 피자를 빼놓을 수는 없다. 나폴리는 어디를 가나 피자 레스토랑이 널려 있다. '나폴리 사람들은 피자만 먹나?'는 생각이

들 정도다. 특히 구시가지의 미켈레(Da Michele)엔 항상 사람들로 붐볐다. 우리가 도착한 첫날 저녁에도 밤 10시가 넘은 시간이었지만 밖에서 기다리는 사람이 20명은 족히 넘어 보였다. 한 판에 5유로로 가격이 아주 저렴했다. 맛이 어떻다고 평가하긴 어렵지만, 창군은 최고의 맛이라며 격찬을 아끼지 않았다. 가격대비 효율성은 최고로, 나폴리 여행의 필수코스라 할 만했다.

고속열차를 타고 나폴리를 떠나 로마로 향하면서 복잡한 생각이 끊이지 않았다. 폼페이는 죽었지만 살아 있는 도시인 반면, 나폴리는 살아 있지만 죽어가는 도시와 같았다. 폼페이가 준 시간에 대한 인식의 혼란에다 나폴리의 화려함이 '과거의 일'이란 생각이 들었기 때문이다. 그리고 '이들의 삶의 질은 과연 어떠할까'라는 의문으로 이어졌다. 경제가 성장하고, 소득이 늘어나더라도 도시화 문제로 주거 및 생활 환경이 악화되고, 물가가 오른다면 무슨 소용이 있을까. 2000년 전 고대인들도 즐겼던 문화와 예술의 향기를 잃고, 사람들의 표정은 더 굳어지고, 더 경쟁적이고 스트레스가 가중되는 환경에서 살아간다면 경제성장이란 과연 어떠한 의미를 가질 수 있을까.

지금의 나폴리 사람들, 지금의 이탈리아 사람들은 2000년 전의 폼페이 사람들보다 얼마나 더 행복할까? 그때에 비해 소득은 얼마나 늘었고, 그 소득이 늘어난 만큼 행복도 커졌을까? 만족도나 행복이 소득만큼 늘지 않았다면 경제개발과 소득증대의 효과는 어디로 간 것일까? 과거의 폼페이와 현재의 나폴리가 중첩되면서 의문이 꼬리를 물었다.

그럼에도 우리 가족은 다시 살아나고 있었다. 터키를 떠나면서 몰아쳤던 허전함과 외로움을 떨쳐 버리고 여행자 특유의 호기심이 발동하기 시작했다. 특히 동군은, 말로는 표현하지 않았지만, 역사와 고고학에 대한 관심과 흥미를 마음껏 발산하고 있었다. 동군이 흐릿해졌던 자신의 꿈을 폐허의 고대도시에서 되찾고 있었던 것이다.

이탈리아 나폴리~로마

성장하는 아이들과 고독해진 가장

"내가 행복해야 가족도 행복하다"

어느 부부든 싸우지 않는 부부가 없겠지만, 우리 부부도 싸움을 많이 했다. 특히 아이들이 어린이집, 초등학교에 다니던 30대 중반에서 40대 초반 사이에 엄청 많이 싸웠다. 이유도 다양했다. 시댁이나 처가와의 관계, 아이들 교육 문제, 집 문제, 돈 문제에서부터 가사 분담 문제, 반찬, 아무 곳에나 방치된 옷이나 책에 이르기까지, 어떻게 보면 주변의 모든 사람 관계와 사물, 현상이 부부 싸움을 위해 존재하는 것처럼 보일 때도 있었다.

그 가운데서도 아이들 문제는 가장 빈번하게 등장하는 소재였다. 나나 올리브 모두 아이들에게 공부를 강요하고 남과의 경쟁에서 이기도록 몰아붙이는 스타일이 아니었지만 세세한 부분에서 자주 충돌했고, 수시로 '국지전'은 '전면전'으로 확전되었다. 예를 들어 퇴근하고 집으로 돌아오면 아이들은 천방지축으로 날뛰고 집안은 엉망이 되어 있는 경우가 많았다. 공부는 도외시하고, 인사도 제대로 하지 않고, TV와 컴퓨터 게임에 몰입해 있는 아이들을 보면 속이 뒤틀렸다. 어쩌다 일찍 퇴근해 들어오면 영락없이 화를 냈고, 그것이 부부 싸움으로 번졌다. 아이들에게 화를 내면 올리브는 그걸 자신에 대한 책망 비슷한 것으로 받아들이며 아이들을 옹호했다. 한바탕 야단을 맞은 아이들이 자기 방으로 휙 들어가고, 아이들 교육 방법에 대해 아내와 이야기를 나누다 싸움으로 번지기도 했다. 당시 나는 직장이나 사회, 가족에 대한 불만으로 가득 차 있었고 항상 화가 난 얼굴이었다.

부부 싸움을 할 때는 아무리 좋은 말, 타당한 말을 해도 그 말이 귀에 잘 들어오지 않는다. 공자님 말씀이라도 부부 싸움을 할 때엔 상대를 공격하고 상대에게 상처를 주기 위한 무기로 사용되기도 했다. 이런 이전투구를 할 때마다 올리브가 던지는 말이 있었다.

"당신부터 잘하세요."

올리브는 천방지축으로 날뛰는 아이들보다 항상 화난 얼굴의 나 때문에 더 힘들어했다. 찡그리지 않고 즐거워하는 내 모습을 보고 싶었던 것이다.

"당신부터 즐겁게 지내세요. 당신이 즐거워야 가족도 즐거워요."

그건 직장 생활에 힘겨워하면서 끊임없이 탈출을 꿈꾸는 나의 혼란스런 모습에 대한 올리브의 생각이었다. 가족과 사회에 대한 책임감에 짓눌려 지내지 말고 내가 하고 싶은 일을 마음껏 하면서 즐겁게 살길 원하는 올리브의 바람이기도 했다. 그럴 때면 오히려 더욱 화가 나서 흥분하곤 했지만, 시간이 흐르면서 나 자신을 다시 돌아보게 되었다. 사실 나이가 30~40이 되어도 자신이 진정으로 원하는 삶, 가슴 뛰는 삶이 무엇인지 모르고 방황하고 갈등하는데, 이제 초등학생 또는 중학생인 아이들에게 어떤 모범적인 상(像)을 정해놓고 그것을 기준으로 이래라저래라 하는 것도 앞뒤가 맞지 않는 것이다. 아이들은 부모의 말보다 행동이나 표정, 평소의 습관에서 더 많은 것을 배우는데, 나는 과연 아이들에게 어떤 모습을 보이고 있는가 되돌아보기도 했다. 나는 행복한 삶을 살고 있는가, 불행하다고 생각한다면 그것은 무엇 때문인가, 내가 화를 내는 것은 나 때문인가 아니면 아이들 때문인가, 여러 문제를 생각했다. 많은 문제의 근원은 다른 무엇보다 나 자신에게 있었던 것이다.

하지만 그때까지 내 관심의 중심은 역시 내가 아닌 가족이었다. 가장으로서 아이들 교육에 책임을 져야 하고, 가족의 안위도 돌보아야 하는 것 아닌

가. 내가 가족에게 관심을 갖지 않고 나만의 즐거움과 행복을 위해 산다면 과연 가족은 어떻게 될 것인가. 나 자신의 내면 깊숙한 곳에 웅크리고 있는 욕망의 '화산'을 찾고, 책임감에 억눌려 외면해 온 나 자신의 근본적인 욕구를 위해 살아간다면 가정은 혼돈에 빠지고 말 것 아닌가.

나는 자신의 자유와 욕망에 충실하고 싶다는 생각과, 가정에 대해 책임을 져야 하는 현실 사이에서 끊임없이 갈등했다. 그 두 가지의 조화에 대해서도 생각이 미치지 못했다. 그 갈등을 해결할 실마리를 이번 여행이 제공했다. 로마를 여행하면서 나 자신의 욕망을 향해 일탈을 시도했는데, 가족에게 아무런 문제도 발생하지 않았다. 오히려 나의 자유가 가족에게 더 큰 자유를 주고, 가족은 훨씬 더 즐겁고 행복해했다. 나의 우려는 기우였다. 내가 나 자신의 욕망을 드러내도 세상은 아무 문제없이 잘 돌아갔다.

나폴리를 출발한 기차는 1시간 10분 만에 로마 테르미니 역에 도착했다. 거리가 210km를 넘는 걸 감안하면 시속 200km 정도의 고속으로 달린 것이다. 테르미니 역은 우리 가족이 7년 반 전에 여행했을 때와는 다르게 완전히 현대식으로 바뀌어 있었다. 로마의 콜로세움을 연상시키는 거대한 역사가 신축되어 있었고, 많은 사람들이 바쁘게 오고 갔다.

우리가 묵은 테르미니 역 인근의 팝-인 호스텔(Pop-Inn Hostel)은 이름으로 알 수 있듯이 일종의 대중 여관이다. 평일 기준으로 1인당 하루 15유로(약 2만 2500원)의 숙박비에는 아침식사가 포함되어 있다. 하지만 식사는 숙소에서 제공하는 것이 아니라, 투숙객들에게 쿠폰을 주어 인근 식당에서 먹도록 하는 방식이다. 로마에서 첫 아침을 맞은 우리는 식사 쿠폰을 받아들고, 들뜬 마음으로 숙소 옆에 있는 치르치(Circi) 레스토랑으로 향했다.

하지만 식사를 주문하면서 어이가 없었다. 쿠폰으로 먹을 수 있는 것은 크로와상이나 작은 빵 하나, 차와 커피가 전부였다. 아침식사로 빵 한 조각과 차 한 잔이라니! 그동안은 최소한 시리얼과 토스트, 햄, 치즈에 차를 곁들였

콜로세움 경기장과 바닥 경기장 아래에 검투에 나갈 동물과 죄수들을 가두었던 수용 시설이 보인다.

었는데, 간소해도 너무 간소했다. 인도 콜카타의 테레사 센터에서도 빵 하나와 짜이 한 잔에 바나나 한 개가 추가되지 않았던가.

이탈리아 사람들이 아침을 아주 간소하게 먹는다는 이야기는 이미 여러 차례 들었지만, 호스텔에서 제공하는 레스토랑 쿠폰이 이 정도일 줄은 생각하지 못했다. 문화의 차이라고 해야 할지, 아니면 이탈리아 사람들의 '삶의 질'이 취약하다고 해야 할지 혼란스러운 순간이었다.

'부실한' 아침식사를 마치고 테르미니 역의 인포메이션 센터에서 로마 패스를 구입했다. 두 개의 박물관이나 유적의 입장료와 교통카드를 겸하는 것으로 1인당 30유로(약 4만 5000원)나 되었다. 1년 전 발행된 최신판 론리 플래닛에 20유로, 한국어 가이드북에 25유로로 나와 있었는데 최대 50%가 오른 셈이다.

로마에서 가장 먼저 찾은 콜로세움은 역시 웅장했다. 고대 로마의 위용을 실감할 수 있는 유적이다. 콜로세움은 이번으로 세 번째지만, 볼수록 거대했다. 취재차 방문했던 1996년이나, 가족과 함께 방문했던 2004년과 마찬가지로 관람객들로 붐볐다. 인류 역사가 존재하는 한 이곳을 방문하는 관광객은 끊이지 않을 듯싶었다. 하지만 이곳은 그리 낭만적인 곳이 아니었다. 진짜 창과 칼을 들고 싸움을 벌였던 검투사들은 전쟁에서 잡혀온 포로나 노예, 또

비너스 신전 앞에서 바라본 콜로세움 콜로세움의 전체 모습을 가장 잘 바라볼 수 있는 곳이다.

는 사형수들이었다. 그들은 바로 여기에서 목숨을 걸고 피를 흘리며 싸웠고, 로마인들은 그 피를 보면서 흥분했던 곳이다.

5만여 명을 수용한다는 관중석은 4층으로 되어 있고, 가운데 원형경기장 아래엔 돌로 쌓은 작은 방들이 드러나 있었다. 지하의 방은 실제 전투를 앞둔 검투사는 물론 사자와 같은 맹수들이 대기하던 곳이다. 콜로세움엔 경기장의 건축 과정과 검투가 벌어지는 모습에 대한 상상도, 맹수를 가둔 우리와 이를 경기장에 풀어놓을 수 있는 장치 등에 대한 상세한 설명과 그림이 전시되어 있었다. 피 흘리는 검투는 기독교가 로마에 전파된 후인 5세기에 금지되었다. 이후엔 사실상 방치되어 여기에서 뜯어낸 바위와 조각들이 교회나 건물을 짓는 데 사용되는 등 수난을 겪었다.

콜로세움에서 시간을 많이 보낸 탓에 유적지 포로 로마노(Foro Romano)를 돌아보기 전에 콜로세움이 바로 눈앞에 내려다보이는 비너스 신전 앞의 풀밭

포로 로마노 승전 행사와 선거, 대중집회, 재판까지 열렸던 고대 로마의 중심으로 널브러진 바윗돌 하나 하나에 그 역사가 담겨 있다.

에서 슈퍼에서 산 샌드위치로 점심을 해결했다. 주변엔 점차 따뜻해지는 봄 햇살을 받아 데이지 꽃이 무더기를 지어 피어나고 있었다. 크레타 섬에서처럼 마치 먼 곳으로 소풍을 온 것 같은 여유와 한가로움을 느끼는 시간이었다.

포로 로마노와 팔라티노 언덕의 고대 유적으로 향하면서 7년 반 전 이곳을 방문했을 때가 떠올랐다. 나와 창군이 1년간의 영국 유학 생활을 마치면서 2004년 여름 한국에 있던 올리브와 동군이 합류해 유럽을 20여 일 동안 자동차로 여행할 때였다. 그때 창군은 중학교 1학년, 동군이 초등학교 5학년이었다. 콜로세움이나 포로 로마노, 팔라티노 언덕의 유적들은 그때나 지금이나 변함없지만, 지금의 우리는 많이 달라져 있었다. 여행도 그때는 나와 올리브가 주도했는데, 지금은 창군과 동군이 이끌고 있다. 로마 역사에 대해서도 잘 알고 있어 굳이 우리가 설명해줄 필요도 없었다. 아이들은 가이드북과 유적지의 설명문을 확인해 가면서 잘 돌아다녔다.

포로 로마노와 팔라티노 언덕을 돌아본 다음, 올리브와 아이들은 카피톨리노 미술관으로 향했다. 그 미술관에 별로 관심이 없었던 나는 조용히 혼자만의 시간을 갖고 싶어 이들과 떨어졌다. 카페에서 커피나 한잔 하며 쉴까 하고 베네치아 광장을 한 바퀴 돌았지만 마음에 맞는 곳을 찾지 못했다. 이래저래 몸만 피곤했다.

신이 난 아이들, 공허해지는 가장

다음 날 아침 일찍 산타마리아 마조레 성당으로 향했다. 바티칸 투어를 위해 그리스를 여행할 때 인터넷으로 한국의 한 여행사를 통해 한국어 가이드 투어를 예약했다. 1인당 1만 8000원이었다. 책을 보고 바티칸을 돌아볼 수도 있지만, 그 역사와 의미를 제대로 이해하고 싶어서였다. 마조레 성당에서 조금 기다리니 다른 관광객들과 가이드가 나타났다. 오전 9시부터 오후 5시까지 하루 종일 바티칸 박물관과 시스티나 성당을 관람했다.

예전의 가족 여행 때에는 전시된 그림과 조각, 벽화, 천장화 등을 가이드북과 대조하며 우리끼리 돌아보았다. 스스로 보물을 찾은 것 같은 발견의 기쁨도 있었지만, 역시 무언가 빠진 것 같은 허전함이 있었다. 하지만 이번에 가이드와 함께 한 바티칸 투어는 이전과는 비교할 수 없을 정도로 흥미진진했다. 가이드의 설명도 훌륭하여 우리는 모두 가이드의 설명 한 마디 한 마디에 집중했다. 미켈란젤로의 〈천지창조〉와 〈최후의 심판〉, 조각상 〈피에타〉, 라파엘로의 〈아테네 학당〉, 〈성모 승천일〉 등 교과서에 나오는 예술사의 걸작들을 온전히 이해할 수 있었다.

특히 중세 이후의 각종 그림이나 조각에서 표현된 성인들의 표상 및 상징에 대한 설명은 매우 유용하여 유럽 여행 때 많은 도움이 되었다. 성인들을

바티칸의 성 베드로 대성당 현대 기독교의 중심이자 최고의 성당으로, 교황이 집전하는 대부분의 의식이 여기에서 열린다.

이해하는 열쇠인 이 도상학(圖像學)을 기초로 하여 중세 이후의 서양 회화에서 성인들을 구분해내는 재미가 쏠쏠했다.

예를 들어 베드로의 경우 거꾸로 된 십자가와 열쇠를, 사도 바울은 칼을, 세례자 요한은 광야의 복장을, 성 프란체스코는 다섯 가지 상처인 5상(五傷)과 세 개의 매듭이 달린 수도복을, 제롬은 사자와 함께 그리스와 라틴어로 된 두 종류의 책을 들고 있는 모습으로 표현되어 있다. 성경을 쓴 마태와 누가, 마가, 요한은 책을 들고 있고, 로마 황제의 근위대장으로 기독교로 개종했다가 화살을 맞아 순교한 성 세바스찬 그림엔 예외 없이 화살이 들어가고, 가브리엘 대천사는 수태고지 그림의 백합으로 각각 표현되어 있다. 유럽을 여행하는 사람들은 이러한 도상학의 기본을 알아두면 유명한 카테드랄에서 그림이나 조각을 지루하지 않고 재미있게 감상할 수 있을 것이다.

마지막으로 돌아본 성 베드로 대성당은 웅장하고 화려하기가 극에 달했다. 이전에 로마를 여행할 때에는 크게 느끼지 못했는데, 중국에서 인도, 터키, 그리스를 돌아보고 와서 그런지 다른 종교 건축물과도 비교가 되었다. 베드로 성당은 터키 이스탄불의 아야소피아나 그리스 아테네에 있는 파르테논 신전의 옛 모습을 보는 듯했다. 인류 역사가 변화유전하면서 지배적인 종교가 바뀌어 왔고, 바티칸은 오늘날 유럽의 지배적인 종교의 성전인 것이다.

바티칸을 돌아보면서도 기자 정신이 되살아났다. 의문은 두 가지였다.

하나는 지금의 종교가 현대인들에게 과연 무엇인가 하는 문제였다. 사실 기독교에 대한 서양인들의 신뢰는 점점 떨어지고 있다. 인류의 위기, 지구의 위기, 그리고 인간적인 삶에 대한 우려가 점증하는 오늘날, 과연 종교의 역할은 무엇인가. 지금의 종교는 점증하는 위기에서 사람들을 구원할 해법을 제시하고 있는가. 아니면 중세 시절처럼 그 권위적 명맥만 유지하고 있는가.

교황은 기독교계를 이끄는 인물로, 세계 질서에 가장 강력한 영향력을 행사하는 사람 중 하나다. 교황 요한 바오로 2세는 세계 평화와 분쟁의 종식, 인권 향상을 위해 많은 일을 해왔고, 그래서 성인으로 추대하자는 이야기도 나오고 있다(우리가 바티칸을 여행할 때에 그런 논의가 있었는데, 나중에 결국 성인으로 추대되었다). 이런 훌륭한 사람도 있지만, 세속적 권력을 향유하는 성직자도 많다. 지금의 종교가 해야 할 일, 할 수 있는 일은 과연 무엇인가. 세계 최대의 건축물이자 엄청난 보물을 갖고 있는 바티칸은 과연 인류에게 무엇인가. 여러 가지 질문이 떠나지 않았다.

둘째는 바티칸의 레스토랑이었다. 바티칸 레스토랑의 형편없는 메뉴와 넘쳐나는 일회용품은 눈에 심하게 거슬렸다. 매일 전 세계의 관광객들이 바티칸을 찾고, 거기서 차도 마시고 식사도 하는데, 사용하는 물품은 놀랍게도 모두 일회용이었다. 메뉴는 피자와 파스타가 대부분이었고, 생각보다 비쌌다. 바티칸 한가운데엔 위기의 지구를 형상화한 조각품이 환경 재앙을 경고하고 있고 오늘날 종교계도 이를 심각하게 받아들이고 환경보호 운동을 펼

위기의 지구를 형상화한 바티칸의 조형물

치는데, 바티칸이 환경 오염의 주범인 일회용품을 사용하는 건 의외였다.

네팔에서 마지막으로 방문했던 룸비니 성지가 떠올랐다. 부처 탄생지인 룸비니의 한국 사찰인 대성석가사에서는 일회용품을 엄격히 제한하고, 자기가 사용한 그릇은 직접 설거지 하도록 했다. 그릇을 씻을 때도 화학세제를 쓰지 않도록 했다. 모두 환경 문제를 고려한 것이었다. 이러한 체험을 통해 순례자든, 관광객이든 환경 문제를 한 번 더 깊이 생각하는 계기가 되었고, 그것이 오히려 성지의 경건함을 더 돋보이게 했다. 그러나 바티칸에서의 느낌, 특히 식당에서의 느낌은 정반대였다. 그런 경건함이나 신성함보다는 편의성만 좇는 자본주의와 상업주의의 역겨운 냄새가 진동했다.

바티칸 관람을 마치고 나오는데, 바티칸의 보물들을 '제대로' 탐방했다는 만족감에 기분이 고조되었다. 아마 우리처럼 가이드의 설명에 집중하는 여행자도 없었을 것이다. 지금까지 스스로 찾아가는 여행을 하면서 '우리가 핵심을 빠뜨리지는 않았는가' 하는 의구심이 남곤 했는데, 바티칸에선 그런 생각이 전혀 들지 않았다. 가이드는 투어를 마치면서 우리 가족이 귀를 쫑긋해서 듣고 자주 질문을 해서 자신도 많은 보람을 느꼈다고 말했다.

해가 기울면서 날씨가 제법 쌀쌀해졌는데도 올리브와 아이들은 로마의 명물 아이스크림인 젤라또를 빠뜨릴 수 없다며 들떠서 아이스크림 가게를 찾아갔다. 내키지 않았던 나는 따로 인근 카페로 들어갔다. 3유로(약 4500원) 하는 카푸치노를 한 잔 앞에 두니 실체 모를 허전함, 외로움 같은 복합적인 감정이 몰려왔다. 가족이 함께 별 탈 없이 즐겁게 여행하고 있는데 외로움이라니. 사실 이런 감정은 그리스를 여행하면서 조금씩 나타나기 시작했는데, 지금은 가족의 울타리에서 좀 벗어나고 싶다는 생각까지 들었다.

한참 망연히 앉아 있는데 올리브와 아이들이 싱글벙글하며 나타났다. 하나같이 젤라또 찬사를 늘어놓았다.

숙소에서 거의 1주일 만에 인터넷을 연결해 보니 많은 일이 지나갔다. 지난주엔 아버님 생신도 있었는데 음력 날짜를 그만 깜박하고 못 챙기고 말았다. 아무 생각 없이 여행을 하고 있는 건 아닌지 하는 자괴감이 몰려왔다. 가족 여행은 잘 진행되는데, 그에 반비례해서 내 마음은 왜 텅 비어가는 느낌일까.

혼자서 로마 시내를 하염없이 걷다

우리는 로마에 4박 5일 머물렀다. 로마를 샅샅이 보려면 일주일도 부족하겠지만, 웬만한 곳들은 돌아볼 수 있는 일정이다. 더구나 우리 가족은 과거에 로마를 방문한 적이 있어 4박 5일로도 충분하다고 생각했다. 고대 유적 탐방에 대한 가족들의 호기심과 지적 흥분은 로마에서도 계속되었다. 바티칸을 돌아볼 때엔 그 흥분이 최고조에 달했다.

하지만 다른 한편으로 나는 여행의 피로감에 젖기 시작했다. 사실 온 가족이 1년을 붙어서 여행한다는 건 힘겨운 일이다. 혼자 사색하고 쉴 수 있는 자기만의 시간과 공간, 다른 사람의 눈길을 피해 숨을 곳이 없기 때문이다. 이는 가족 여행의 성격이 변한 것과도 관련이 있다. 가족 구성원, 특히 내가 돌보며 이끌어야 한다고 생각했던 아이들이 독립적인 주체로 바뀌면서 나의 정체성에도 혼란이 생겼다. 나 스스로 나를 돌봐야 할 시간이 된 것이다. 그것을 깨달은 순간, 여행의 성격도 바뀌어야 한다는 생각이 스치고 지나갔다.

로마에 도착한 지 나흘째, 그동안 돌아보지 못한 다른 명소들을 순례하기로 했다. 먼저 지하철을 타고 보르게세 미술관으로 향했다. 이탈리아에서 바티칸 다음으로 소장품이 풍부하고, 특히 귀중한 중세 회화 작품이 많은 미술관이다. 올리브와 아이들이 앞장서고 내가 그 뒤를 따랐다. 그런데 다음 날 오전까지 관람 예약이 모두 끝난 상태였다. 사실 그때까지 나는 보르게세 미술관에 대해 잘 알지 못하고 있었고, 예약제도 도착해서야 알았다. 그만큼 나는 여행의 수동적인 참여자로 바뀌어 있었다.

　미술관엔 들어가지 못하고 보르게세 공원만 산책했는데, 목적지를 상실한 내가 먼저 숙소로 돌아가겠다고 했더니 의외로 올리브와 아이들은 크게 놀라는 눈치가 아니었다. 내가 연 이틀 가족과 떨어져 혼자 있는 모습을 보여서인지 약간은 예상했다는 반응이었다.

　내 말에 이의를 달지 않았지만 "그래. 피곤하면 가서 쉬어"라고 하는 올리브의 목소리에는 묘하게 싸한 분위기가 감돌았다. 아이들을 올리브에게만 떠넘긴 것 같아 미안했다.

　그렇게 가족과 떨어져 혼자서 걷기 시작한 것이 스페인 광장으로, 트레비 분수로, 베네치아 광장으로, 판테온 신전으로, 나보나 광장으로 이어졌다. 지도도 보지 않고 무작정 걷다가 도도한 물결처럼 흘러가는 여행자 무리에 섞였고, 그러다 보니 자연스레 주요 관광지로 발걸음이 옮겨진 것이다.

　스페인 계단과 트레비 분수 주변은 물론 인근 골목의 작은 가게들은 옛 모습 그대로였다. 트레비 분수에 동전을 던지는 것도 여전하였다. 영화 〈로마의 휴일〉은 아직 끝나지 않았다. 새로운 여행자들이 새로운 이야기를 만들고, 그것이 또다시 새로운 여행자들을 불러 모을 것이다.

　나보나 광장을 거쳐 64번 버스를 타고 테르미니 역으로 와 숙소 옆의 노천 카페에 자리를 잡고 우리 가족 여행을 다시 돌아보았다. 혼자 하는 여행은 아무 곳이나 마음 끌리는 대로 가고, 쉬고, 일정을 조절할 수 있다는 장점이

스페인 계단 스페인 광장에서 위쪽의 트리니타 데이 몬티 교회까지 이어진 계단으로 로마의 대표적인 관광지이자 만남의 장소여서 항상 관광객과 연인들로 붐빈다.

있다. 하지만 외롭고, 여행하면서 갖게 되는 생각을 나눌 상대가 없다는 단점이 있다. 그 점에서 여럿이 함께하는 여행은 장점을 갖지만 마음 내키는 대로 어디든지 가기가 어렵고, 매번 행선지나 여행 속도를 조절해야 한다는 단점이 있다. 특히 함께하는 여행은 자신이 원하는 바를 마음껏 하지 못해 일종의 결핍감을 느낄 수 있다. 이러한 두 스타일의 여행이 지닌 장점과 단점을 결합할 수 있는 방법은 없을까?

나의 위치와 역할에 대해서도 생각이 깊어졌다. 나에게는 가족을 잘 이끌어야 할 책임이 있지만, 이제 아이들도 여행에 대해 나름대로의 입장과 목적을 갖고 움직이고 있다. 따라서 그걸 실질적인 목표와 결부시켜야 하고, 나도 나 자신의 여행 목적에 충실해야 한다. 과연 그것이 어떻게 이루어질 수 있을까. 시간만 남으면 여전히 컴퓨터에 몰입하는 아이들, 일기도 제대로 쓰지 않는 생활 태도, 이런 것들이 눈에 거슬리지만 그렇다고 일일이 간섭할 수도

트레비 분수 1762년에 완공된 아름다운 분수. 가운데 바다의 신인 넵투누스 조각상 아래로 분수가 솟아나 흘러내리며 어깨 너머로 동전을 던져넣으면 로마를 다시 방문한다는 속설이 전해 내려온다.

없다. 관광지 중심으로 흘러가는 여행도 곤란하다. 여행을 통해 배운 것을 자신의 꿈과 희망으로 연결시켜야 한다.

우리 여행은 분명 중요한 분기점을 맞고 있다. 따라서 여행을 중간 점검하여 이런 혼란을 수습하고, 다양성 속의 통일을 이루어야 한다. 그것이 어떻게 가능할까. 첫째는 좀 유연해질 필요가 있다. 너무 조급히 생각하지 말고, 올리브와 아이들도 좀 거리를 두고 바라볼 필요가 있다. 둘째는 짐을 줄여야 한다. 필요한 것만 콤팩트하게 챙기고 나머지는 버려야 한다. 셋째는 더 많은 대화가 필요하다. 세심히 관찰하고, 작은 변화에도 민감하게 반응할 줄 알아야 한다. 넷째는 그럼으로써 우리 모두, 특히 아이들이 여행의 즐거움을 자신의 꿈으로 연결시킬 수 있도록 도와주어야 한다. 이렇게 하면 과연 모든 것이 해결될까.

이런저런 생각으로 마음이 복잡한데, 올리브와 아이들이 만족스런 표정으로 나타났다. 아빠 눈치를 볼 필요가 없어져 신나게 돌아다닌 모양이었다. 확인해 보니 그들도 보르게세 공원에서 스페인 광장으로, 트레비 분수로, 판테온 신전으로 돌아다녔다. 내가 다녀온 코스와 비슷했다. 같은 곳을 서로 떨어져서 여행한 꼴이었지만, 서로에게 오히려 더 만족스런 여행이 되었다. 내 생각과 달리 가족은 벌써 저만큼 앞으로 나가고 있는 게 분명했다.

그날 저녁, 나는 인도를 여행하면서 기르기 시작했던 수염을 밀어 버렸다. 한국에 있을 때부터 소원했던 '소중한' 수염이라 아쉬움이 남았지만 무언가 변화가 필요하다는 생각에 깔끔히 정리했다. 덥수룩했던 코밑과 턱이 말쑥해지고 훨씬 단정해졌다. 다른 사람이 된 것 같았다.

올리브와 창군도 머리를 손질했다. 내가 갖고 다니던 작은 가위를 사용했는데, 창군의 머리는 나와 올리브가 다듬어주었다. 올리브의 머리는 솜씨가 확인되지 않은 창군이 맡았는데, 아니나다를까 앞머리를 가위로 싹둑 잘라버리는 바람에 1970년대 시골에서 막 상경한 처녀 같아졌다. 그런데 그게 훨씬 젊어보였다.

서로의 달라진 모습을 보면서 웃음보를 터뜨렸다. 이제 나와 올리브, 창군과 동군은 거의 동등한 여행자가 되고 있었다. 그렇다. 이제 내가 아이들을 끌고 가는 게 아니라 아니라 나에게 스스로 물어야 할 때가 된 것이다.

"당신부터 잘하세요!"

가족은 이미 저만큼 달려가고 있는데, 나 혼자 가족에 대한 책임감에 매달려 있다면 가족과는 더 멀어질 것이다. 이젠 '나'라는 존재를 찾아야 한다. 내가 나 자신의 욕망과 즐거움에 충실할 때 가족들이 더 즐겁고 행복해질 것이다. 내가 자유로워지면 가족도 자유로워질 것이다. 여행이 보다 근원적인 그 무엇으로 향해 가고 있었다.

이탈리아 로마~오르비에또~피렌체~아시시

중부 이탈리아 3대 희망의 도시

절벽 위의 중세 도시 오르비에또

이탈리아 남부 폼페이와 나폴리에 이어 로마를 여행하면서 '삶의 질'에 대한 질문이 떠나지 않았다. 경제난과 대도시 로마의 번잡함이 겹친 탓도 있겠지만, 이들의 경제적 성취에 비해 삶의 질이 취약해 보였기 때문이다. 피자 중심으로 이루어진 단조로운 레스토랑 메뉴도 그렇고, 로마의 숙소가 제공한 아침식사 쿠폰도 그러했다. 레스토랑 카운터에 서서 빵 한 조각과 카푸치노 한 잔으로 아침을 때우고 황급히 사무실로 향하는 로마인들이 과연 얼마나 행복할까 하는 의문도 몰려왔다. 낭만과 정열, 미각(味覺)의 나라라는 이미지도 무참히 무너져 내렸다.

이런 상태에서 오르비에또를 다음 여행지로 선택한 것은 어쩌면 당연한 귀결이었다. 오르비에또는 한국에 잘 알려지지 않았지만, 유럽 여행자들 사이에서 중세 모습을 거의 그대로 간직한 마을로 알려지며 새롭게 주목받고 있다. 특히 1990년대 말 이곳에서 슬로푸드와 이를 지원하는 도시 네트워크인 슬로시티, 즉 치타슬로(Citaslow) 운동이 시작되면서 관심 도시가 되었다. 나와 올리브는 바로 그 '슬로 운동'의 본거지를 찾아 이들이 추구하는 '대안'이 무엇인지를 확인하고 싶었다. 오르비에또는 그런 우리를 실망시키지 않았다.

중세 도시의 모습에 관심이 큰 대부분의 여행자들은 로마에서 아침 일찍

절벽 위의 도시 오르비에또 성 안쪽에 타운이 형성되어 있고, 오른쪽 절벽 아래로 도로와 경작지가 보인다. 주민들은 차량을 절벽 아래 주차장에 세워 놓고 엘리베이터를 이용하거나 걸어서 타운으로 오른다.

출발해 당일치기로 오르비에또를 다녀오지만, 우리는 이곳에서 하루를 묵으면서 천천히 살아가는 것을 느껴보기로 했다.

로마에서 오르비에또까지는 120km로, 테르미니 역에서 기차로 1시간 15분 정도 걸린다. 유레일패스가 있어 열차는 그냥 타면 되었다. 열차는 아침을 맞는 이탈리아 중부를 신나게 달렸다. 높고 낮은 구릉과 산이 끝없이 펼쳐진 가운데 산 중턱과 언덕 위의 마을들, 밀밭과 초지, 포도밭이 이어졌다. 이탈리아 중부의 평화롭고 아름다운 모습이다.

오르비에또 역은 시골의 작은 역 같았다. 그런데 역에서 시가지가 보이지 않았다. 알고 보니 중심지가 깎아지른 절벽 위에 자리 잡고 있고, 그 절벽 아래의 분지에 마을들이 흩어져 있었다. 역이 절벽 아래에 있으니 당연히 시가지가 보이지 않았던 것이다.

언덕 위의 시가지—시가지라기보다는 타운(town)—로 올라가기 위해선 절벽을 급경사로 연결한 철로의 일종인 푸니꼴라레(Punicolare, 푸니쿨라)를 이용해야 했다. 흥미로운 시설이었다. 푸니꼴라레는 깎아지른 절벽에 비스듬히 터널을 뚫어 만든 철로를 타고 올라갔다. 한 대가 올라가면 쇠줄로 연결된 다른한 대가 위에서 내려오는 시스템이다. 1유로의 티켓을 구입하면 푸니꼴라레와, 마을의 중앙에 있는 두오모(Duomo)까지 연결하는 셔틀버스를 모두 이용할 수 있다. 우리도 푸니꼴라레와 셔틀버스를 번갈아 타고 마을로 이동했다.

두오모 광장의 인포메이션 센터에서 오르비에또 지도를 받고 숙소들을 정리해 놓은 작은 책자도 챙겨 기본 정보를 얻었다. 먼저 인포메이션 센터에서 소개해준 두오모 바로 옆의 수도원을 방문해 숙박이 가능한지 확인했다. 수도원에서도 숙박은 가능하지만 가격이 2인실 70유로, 4인실 120유로로 생각보다 비쌌다. 아쉽지만 다른 숙소를 알아보기로 했다. 무거운 배낭을 메고넷이서 움직이는 건 무리여서 내가 광장에서 짐을 지키고 있고, 올리브와 아이들이 숙소를 찾기로 했다.

올리브와 아이들이 숙소를 찾아 골목으로 사라지고 10시가 넘자 관광객들이 본격적으로 몰려들었다. 로마에서 온 단체 관광객들이 많았는데, 일본과 유럽인이 대부분이었다. 셔틀버스가 도착할 때마다 20~30명의 관광객들이 쏟아져 나왔다. 관광객들은 일단 두오모 앞에서 두오모와 타운에 대한소개를 듣고는 골목으로 흩어졌다.

두오모 성당은 1290년 교황 니콜라스 4세에 의해 건립되기 시작한 유서 깊은 건축물이다. 지어진 지 700년이 넘었음에도 웅장함과 화려함을 그대로간직하고 있다. 1263년 예수의 피로 제단의 천이 얼룩진 이른바 '볼세나의 기적'을 기념해 지어졌다고 한다. 뾰족뾰족 솟은 첨탑은 중세 고딕 양식의 건물임을 보여주고, 정면에는 황금색 바탕에 성모 마리아 승천 등을 묘사한 모자이크가 있는데, 아침 해가 비치니 황금색으로 번쩍번쩍 빛났다. 성당이 완성되기까지 300년이 걸렸고, 33명의 건축가, 15명의 조각가, 68명의 화가, 90

오르비에또 구시가지 미로 같은 중세 골목을 따라 작은 상점들이 아기자기하게 들어서 있다.

명의 모자이크 장인이 참여했다고 하니 그 화려함이 하늘을 찌르는 듯했다.

하지만 마을이 언덕 위에 자리 잡고 있고 광장이 뻥 뚫려 있어 바람이 강했다. 더구나 3월 중순 초봄의 아침 바람은 매우 찼다. 30~40분이 지나자 온몸이 얼어붙기 시작했다. 손도 비비고 발도 구르고 제자리에서 뜀뛰기도 하며 한참을 기다리니 올리브와 아이들이 밝은 표정으로 나타났다. 4성 호텔의 4인실을 100유로(약 15만 원)에 예약했다며 아주 좋아했다.

배낭을 메고 골목골목을 돌아 숙소로 향하는데, 창군과 동군은 중세시대에 만들어진 복잡하기 그지없는 미로를 하나도 헷갈리지 않고 거침없이 찾아갔다. 언 몸을 녹인 후 정신을 차리고 보니, 방도 아주 널찍하고 깨끗했으며 모든 시설이 아주 잘 관리되어 있었다. 그랜드 호텔 이탈리아(Grand Hotel Italia), 오르비에또에서 가장 좋은 숙소였다.

오르비에또는 수백 년 전의 모습을 그대로 간직한 작은 중세 마을이다. 두오모 성당과 큰 광장을 중심으로 골목이 미로처럼 펼쳐져 있고, 곳곳에 작은 광장들이 자리 잡고 있다. 타운에선 차량 통행이 금지되어 차량을 마을 아래 입구의 주차장에 세우고, 사람만 올라오도록 하고 있다. 그래서 골목의 아기자기한 상점들을 걸어서 구경하는 데 안성맞춤이다. 작은 서점도 있고, 식당,

카페, 수공업제품, 기념품, 의류 판매점 등이 들어차 있다. 전통을 가진 상점이 빼곡하고 공동체가 살아 있는 이곳에 스타벅스나 맥도널드 같은 '세계적으로 유명한' 패스트푸드점은 없다.

슬로푸드 운동은 단순한 먹거리 운동이 아니다

마을을 한 바퀴 돌아본 다음 우리의 중요한 목적지인 국제 슬로시티 연합(Cittaslow International) 사무국을 방문했다. 사무국은 지방정부 건물 안의 사무실에 있었다. 사무실은 크지 않았고 직원 한 명과 사무총장이 근무하고 있었다. 우리는 오르비에또와 이 협회 사무국의 방문을 통해 슬로푸드와 슬로시티 운동의 현황과 앞으로의 전망 등을 제대로 알고 싶었다.

슬로시티 운동은, 현대 산업사회의 삭막한 음식문화의 아이콘으로 자리 잡은 패스트푸드에 대항하기 위한 단순한 먹거리 운동이 아니었다. '패스트푸드'로 상징되는 자본주의 문화, 생산성과 효율성 및 경제성장에만 집착해 삶의 위기를 부채질하고 있는 자본주의 생활양식을 뛰어넘어 삶의 질을 높이기 위한 총체적인 변혁운동이었다. 이 운동은 특히 지역 음식과 전통적인 지혜를 간직하고 있는 장인 및 공동체를 복원하고 네트워크화하는 것이 궁극적인 변화의 출발점이 될 것으로 보는 데에서 다른 운동과 차별성을 지니고 있다.

슬로푸드를 지원하는 도시들의 네트워크인 국제 슬로시티 연합은 1999년 10월 창립되었다. 당시 오르비에또의 스테파노 치미치 시장을 비롯한 네 명의 이탈리아 중소도시 시장이 '슬로푸드 운동을 지방정부 차원으로 확산하고 도시생활에 접목한다'는 목표를 내걸고 연합체를 구성했다. 그리고 그 사무국을 오르비에또에 둔 것이다.

창립 선언에는 이 운동의 목표를 이렇게 밝혔다.

"우리는 과거를 재발견하고, 장인들을 파괴하지 않고, 이들을 지원하는 광장과 극장, 일터, 카페, 레스토랑, 종교 시설, 아름다운 미관을 간직한 타운들이 유지되기를 원한다. 사람들이 천천히 생활하고, 상호간의 성공을 공유하고, 지역 고객들에게 각 시즌에 맞는 음식과 건강한 생산품을 제공하면서, 서로 감사하는 곳을 지향한다."

사무국 직원은 2012년 3월 현재 치타슬로에 21개 국가 140여 개 도시가 참여하고 있으며, 참여를 희망하는 도시도 많다고 했다. 이들의 지향점은 다양하지만 일관적이다. 첫째는 공동체(community)의 정체성이다. 공동체 정신이 글로벌화로 파괴되지 않고 근대성과 결합해야 한다는 것이다. 둘째는 자연과 다음 세대에 대한 책임(responsibility)이다. '어머니 지구(Mother Earth)'의 한계를 인식하고 검소하게 살아야 미래의 생존을 보장할 수 있다는 것이다. "천천히 산다는 것은 우리 자신의 풍부한 미래와 다른 사람들에 대한 연대의 정신을 찾는 것"이라고 치타슬로는 설명한다. 셋째는 지속 가능성(sustainability)이다. 자연을 보존하고 생태발자국을 줄이며 자원을 재활용함은 물론, 자연과 조화를 이루며 살아온 전통의 노하우를 발견해야 한다는 것이다. 넷째는 지역 음식과 장인 및 공동체가 간직하고 있는 풍부한 지혜를 되찾는 것이다. 다섯째는 생태적 다양성으로, 이는 자연과 씨앗에만 한정되는 것이 아니며, 언어와 문화, 음식 역사에도 적용되어야 한다고 본다. 이 밖에 자원봉사와 주민의 자발적 참여도 중요한 원칙이다. 최종적인 목적은 성장이 아닌 개발을 지속하는 것이고, 인간이 자연을 약탈하는 것이 아니라 자연과 인간, 인간과 인간 사이의 평화를 유지하는 것이다.

치타슬로는 이 운동을 지원하는 도시에 인증 마크를 부여하는데 놀랍게도 이 마크를 받으려면 6개 범주의 52개 조건을 충족해야 한다. 그 중 몇 가지만 보면, 환경보호 조건에 재생 가능한 에너지와 대중교통의 지원 여부, 자원 재활용 여부가 포함되어 있다. 지역우선 조건에는 지역에서 생산한 농산

오르비에또 주차장과 성벽 광장 아래가 주차장이며 정면의 바위 속에 엘리베이터를 설치해 주차장에서 바로 절벽 위의 타운으로 올라가고 내려갈 수 있도록 했다.

물과 공예품의 사용 여부와 유기농 여부가, 삶의 질 측면에서는 대안적 교통 수단, 자전거 도로, 노인에 대한 서비스 여부를 측정한다. '슬로우'에 대한 인식 과 사회적 통합에 대한 책임 등도 인증 조건이다. 한마디로 공동체를 회복하 고 지속 가능한 삶과 사회를 위한 진보적 조건들이 대부분 녹아들어 있다.

치타슬로 사무국은 인원이 많지 않은 상태에서 일을 해야 하기 때문에 모 두 바쁘게 움직였다. 불쑥 찾아온 우리의 질문에 차근차근 답변해 주었지만 약속도 없이 왔기 때문에 많은 이야기를 나누기에는 한계가 있었다. 기본적 인 현황을 물어보고 관련 자료를 챙기는 수준에서 방문을 마무리했지만, 한 줄기 서광이 이 작은 마을 한 귀퉁이에서 뿜어져 나오는 것 같았다. 출발은 미약해도 이런 시도가 지속되고 관심이 높아지는 한, 희망이 있는 것이다.

사무실을 나와 마을 탐방을 계속하다 아주 인상적인 시설을 하나 발견했 다. 깎아지른 절벽의 바위를 뚫고 만든 엘리베이터였다. 절벽 아래에 대형 주차장을 만들어 주민들이 거기에 차를 세우도록 하고, 그 주차장에서 엘리베이터를 타고 절벽을 오를 수 있도록 설계되어 있다. 물론 사용은 무료다. 지하 주차장 위는 공원으로 조성되어 있고, 엘리베이터는 절벽 속에 만들어 있어, 밖에서 보면 아무것도 없는 것처럼 보인다. 그래서 멀리서 보면 차들과 사람들이 절벽 아래로 들어가 홀연히 사라져 버린다. 주차장과 연결된 엘리베이터는 바로 성 위의 마을로 연결된다. 자연과 환경, 미관과 편의성을 고려한 오르비에또의 세심한 배려가 정말 놀라웠다.

그런데 낮에만 해도 조용하다 못해 적막감까지 감돌던 이 마을이 오후 6시를 전후로 갑자기 부산해지기 시작했다. 낮에는 보이지 않던 젊은이들이 마을 중앙의 펍으로 몰려나와 차와 맥주를 마시면서 왁자지껄 떠들어댔다. 낮에는 일하러 일터에 나갔다가 퇴근하고 광장에 모여 대화를 즐기는 것이었다. 마을 한편에 마련된 작은 운동장에선 야간 조명 아래에서 축구를 즐기는 주민들도 있었다. 활기 넘치고 정감이 가는 풍경이었다.

나중에 호텔 직원에게 이 지역의 핵심 산업에 대해 물어보니, 중심은 전자 부품 생산이며 농업과 와인 생산도 주요 산업이라고 했다. 절벽 위 마을에 약 7000명이 살고 있고, 아래에 흩어져 있는 마을의 인구까지 합하면 2만 명 정도라고 했다. 낮에는 각자 일터에서 일하고 퇴근 후 주민들이 함께 어울리는 모습이 인상적이었다. 지역공동체가 살아 있고, 경제가 활기를 띠며, 이웃과 어울리는 문화가 있다면, 이것이 바로 행복이 아니고 무엇이랴.

7시가 넘어 이탈리아 음식을 '제대로' 맛보기 위해 슬로푸드 인증 식당을 찾았다. 저녁 영업 시간이 오후 7시 30분부터 10시까지지여서 식당 앞에서 한참을 기다려야 했다. 직원이 갖다 준 메뉴를 한참 보고 있는데 문 열 시간이 되자 손님들이 몰려들었다. 제법 널찍한 식당은 손님으로 금방 찼다.

우리는 슬로푸드의 고향에 온 만큼 제대로 된 식사를 하기로 하고, 스프와 파스타, 양고기, 멧돼지고기, 비둘기 요리에 화이트 와인까지 주문했다. 지금까지 6개월째 여행을 하면서 주문한 식사 가운데 최고로 호화로운 것이었다. 음식은 아주 맛있었다. 이 지역의 전통과 장인이 간직해온 요리 노하우, 그리고 정성이 들어간 음식이었다. 비용은 무려 101.50유로(약 15만 원)나 나왔다. 기꺼이 지불했다.

제대로 대접을 받으며, 품격 있는 식사를 한 후 숙소로 돌아왔다. 750ml짜리 와인 한 병을 다 비웠으니 취기도 올랐다. 기분이 좋았다. 나폴리와 폼페이, 로마에서 옛 유적을 돌아보면서 가졌던 허전함, 여행자라기보다는 관광객이 되어버린 것 같다는 자괴감, 수동적인 여행자 입장으로 바뀌면서 생긴 공허함, 경제는 성장하지만 삶의 질은 갈수록 떨어지는 현대인의 모습이 주는 비애에서 벗어날 수 있었다. 서양 중세 마을에서 새로운 미래의 모습을 발견한 지적인 쾌감이 몰려왔다. 슬로시티 운동 같은 움직임이 살아 있다면 세계에도 희망이 있을 것이다. 오르비에또는 희망의 씨앗을 남겨주었다.

다음 날 피렌체로 출발하기에 앞서 오르비에또 타운과 절벽 아래 마을을 돌아보았다. 역시 조용하고 평화로운 시골 마을이다. 초미니 서점이 눈에 띄었는데, 이런 곳에 서점이 있다는 것도 인상적이었다. 시골의 낮 시간이라 거리엔 사람이 거의 없었다. 마을 중앙에는 사회협동조합(SocioCoop) 매장도 있었다. 생활협동조합에 관심이 많은 올리브의 호기심이 발동했다. 한국 생협은 주로 유기농산물을 판매하지만, 이곳에선 유기농산물 이외의 제품도 판매하는 대규모 슈퍼체인과 비슷했다.

오후 2시 41분 기차가 피렌체를 향해 출발했다. 절벽 위에 자리 잡은 오르비에또가 점차 멀어졌다. 오르비에또는 긴 여운을 남겼다. 작지만, 미래를 위한 '슬로 운동'이 한 걸음 한 걸음 진전한다면 이 세상은 좀 더 살기 좋아질 것이다. 치타슬로 선언의 한 문구가 다시 가슴으로 다가왔다.

"오로지 깨어 있고 공부하는 시민들과 공동체만이 '슬로(slow)'를 채택하고 높은 삶의 질을 향하는 것을 선택할 것이며, 그것이 위기에 빠진 지구에 희망을 돌려줄 수 있다."

슬로푸드와 슬로시티 운동은 자본주의적인 생활방식의 총체적인 변화를 요구하는 운동이다. 오르비에또는 속도와 편리함을 좇는 현대의 생활방식과 경제성 및 효율성을 앞세운 경쟁 우선의 사회구조를 넘어서기 위해 새로운 각성이 필요하다고 조용히 이야기하고 있었다. 또 자신의 삶을 비롯해 우리 주변의 작은 변화부터 시작해야 한다고 말하고 있었다. 성장 만능주의로 인해 뒷전으로 밀려났던 '삶의 질'을 사회개발 지표의 중심으로 놓고 작은 실천부터 시작하라고 말하고 있었다.

피렌체를 살린 메디치 가문의 혜안

영국의 역사학자 E. H. 카는 역사를 "과거와 현재의 끊임없는 대화"라고 말했다. 역사가 현실과 관계 없는 과거의 사실로 존재하는 것이 아니라 끊임없이 재해석되면서 현재의 사람들에게 새로운 상상력과 영감, 깨우침을 주는 것이란 얘기다. 여행도 비슷한 측면이 있다. 대부분의 여행, 특히 유럽 여행은 과거의 유물이나 유적, 거기에 얽힌 스토리, 정치나 경제, 종교, 예술, 문학 등 각 분야에서 큰 족적을 남긴 사람들, 말하자면 '과거'를 만나는 일이다. 하지만 과거는 현재의 우리에게 끊임없이 말을 걸어온다. "너는 잘 살고 있느냐", "너는 대체 누구냐" 등등 질문을 던지고, 여행자는 거의 동시적으로 대화를 나눈다. 그러므로 역사만이 과거와 현재의 대화가 아니라, 여행도 과거와 현재의 끊임없는 대화인 것이다.

과거와 현재의 대화는 오르비에또를 떠나 중부의 아름다운 도시 피렌체와 성 프란체스코의 고향 아시시, 운하의 도시 베네치아를 거치며 계속되었다. 관광 측면에서 본다면 중세와 르네상스 시대의 아름다움을 간직한 도시들이지만, 그 도시들이 여행자인 우리들에게 수많은 질문을 던졌다. 피렌체에서는 메디치 가문이, 아시시에선 성 프란체스코가 '의미 있는 삶'에 대한 질문을 던졌다. 동시에 우리가 가야 할 길, 우리의 희망에 대해 질문을 던졌다.

오르비에또를 떠난 기차는 이탈리아 중부의 평원과 구릉지를 3시간 가까이 신나게 달려 오후 4시 50분 피렌체 산타마리아 누오보(Santa Maria Nuovo) 역에 도착했다. 숙소는 작은 아파트를 개조한 호스텔이었는데, 5인실 도미토리와 2인실 방으로 이루어져 있었다. 여행 비수기라 손님은 우리밖에 없었다. 작은 아파트에 우리만 들어와 있으니, 마치 우리 집에 온 듯한 기분이었다. 주방에서 식사도 만들어 먹을 수 있었는데, 가격은 1인당 9유로(약 1만 3500원)로 매우 저렴했다. 여기에 1인당 하루에 1유로의 세금(City Tax)을 추가로 지불해야 했다. 세금은 5성 호텔에 머무는 경우 1인당 하루 5유로, 4성 호텔은 4유로, 3성은 3유로가 적용되는데, 우리가 머문 호스텔엔 1유로가 적용되었다.

그리스에선 영화 〈나의 로맨틱 가이드〉가 훌륭한 가이드 역할을 했다면 피렌체의 가이드 영화는 〈냉정과 열정 사이〉였다. 여장을 풀고 식사 후 가족이 함께 〈냉정과 열정 사이〉를 다운받아 노트북 모니터에 머리를 맞대고 보았다. 피렌체와 밀라노를 배경으로 한 일본인의 애틋한 사랑 이야기를 담은 영화였다. '피렌체는 연인 간의 사랑을 약속하는 곳'이라는 새로운 신화를 낳은 이 영화를 '우리도 이곳에서 얼마나 아름다운 기억을 남길까' 생각하며 재미있게 보았다.

피렌체에 도착한 다음 날은 두오모와 우피치 미술관(Uffizi Gallery)을 시작으로 본격적인 피렌체 탐방에 나설 계획이었다. 그런데 아침에 아이들이 늦게까지 잠에 푹 빠져 있길래 깨우려 했더니 올리브가 막고 나섰다.

"아이들이 좀 지친 것 같아. 이젠 아이들도 스스로 여행을 어떻게 해야 할지 알고 있으니 굳이 시간에 꼭 맞추어 가려 할 필요는 없을 것 같아."

쉬고 싶을 때에는 쉬게 하자는 말이기도 했다.

그렇게 해서 느지막이 찾은 두오모 주변엔 인파가 몰려 있었고, 두오모는 '목욕' 중이었다. 밖에 새카맣게 낀 때를 벗겨내고 있었는데, 청소를 한 곳과 그렇지 않은 곳이 큰 차이를 보였다. 청소는 천천히 진행되었고, 거대한 성당의 청소를 모두 끝내려면 상당한 시간이 필요해 보였다. 청소를 하고 나면 하얀 대리석이 빛을 반사하면서 더욱 아름다운 모습을 보일 것 같았다.

성당 내부로 들어가니 크기가 사람을 압도했다. 바티칸 성당에 버금가는 규모였다. 하지만 의외로 썰렁했다. 천장에는 유명한 〈최후의 심판〉이 그려져 있었지만, 너무 높아 제대로 관찰하기가 쉽지 않았다. 나중에 두오모 종탑 꼭대기로 걸어서 올라가면서 '섬뜩한' 최후의 심판 그림을 제대로 감상할 수 있었지만, 아래에선 까마득할 뿐이었다. 안에서도 청소를 한 스테인드 글라스의 모자이크가 청소를 하지 않은 곳과 선명하게 대조를 이루었다.

두오모를 돌아보면서 아이들은 활기를 되찾아가고 있었는데, 이번엔 올리브가 비실거리기 시작했다. 열은 없지만 약간의 감기 몸살 기운 때문에 힘을 쓰지 못했다. 그도 그럴 것이 우리는 그리스에서 지중해를 횡단해 바리~나폴리~로마~오르비에또~피렌체까지 거의 쉬지 않고 강행군 중이었다. 중국 레스토랑에서 점심식사를 하면서 팀을 나누었다. 나와 올리브는 숙소에 들어가 쉬기로 하고, 아이들은 현대미술관으로 향했다.

창군과 동군은 로마의 바티칸을 둘러본 다음부터 박물관과 미술관에 소위 '필'이 꽂혔다. 특히 그림에 등장하는 성인들의 표식과 그 내용을 알고 난 후부터는 흥미가 부쩍 높아졌다. 올리브는 숙소로 돌아오자마자 내가 갖고 있던 감기 몸살 약을 먹고 바로 드러누웠다. 아무래도 푹 쉬면서 에너지를 보충하는 게 필요한 때였다.

3시간 가까이 지나자 아이들이 돌아왔다. 현대미술관에는 〈다비드 상〉 말고 특별한 게 없었다며 기대에 못 미친 듯 약간 심드렁한 표정이었다. 아무래도 창군이나 동군이나 유럽의 역사나 유물, 예술에 대해 어느 정도 이해하고 있다고 해도, 올리브가 옆에서 예술과 역사, 그에 얽힌 이야기를 풀어놓는 것과 아이들끼리 예술품을 감상하는 건 다를 수밖에 없었을 것이다. 아이들에게 좀 미안했다. 미술관에 갔다 온 아이들이나 숙소에 머문 나와 올리브나 아쉽기는 마찬가지였다.

오후에는 내내 숙소에서 여행기를 정리하며 여유를 즐겼다. 숙소도 하루 더 연장했다. 물가가 생각보다 저렴하고, 숙소도 붐비지 않는데다, 부엌이 있어 요리도 해먹을 수 있고, 주변 여건도 괜찮았기 때문이다.

피렌체에 도착한 후 가족들의 컨디션이 저조해진 데에는 또 다른 이유가 있었다. 우리 여행이 중대한 변화를 앞두고 있었기 때문이다. 창군이 군 입대를 위해 귀국 일정을 확정하는 문제였다. 이미 창군은 5월 7일 입대하는 징집 영장을 오래 전에 받아두었고, 이보다 2~3주 정도 전에 귀국할 예정이었다. 이때 올리브가 함께 귀국해 창군의 입대를 뒷바라지하고 다시 여행에 합류하기로 했다. 로마에서 오르비에또를 거쳐 피렌체로 왔을 때에는 3월 중순으로 접어들어 올리브와 창군의 귀국 일정을 확정해야 했다.

그 귀국 일정을 확정하기 위해선 여러 가지를 고려해야 했다. 어디에서 귀국행 비행기에 오를 것인가를 결정해야 했고, 그러기 위해선 전체 유럽 여정을 어디에서 마무리할지를 확정해야 했다. 유럽 여행의 마지막 목적지를 결정하기 위해선 여행 루트를 어떻게 잡을 것인지를 확정해야 했고, 동시에 어느 공항에서 출발하는 항공편이 가장 저렴한지도 감안해야 했다. 우리는 로마를 여행하면서부터 이 문제에 대해 많은 이야기를 나누었는데, 피렌체에선 이 문제를 매듭지어야 했다.

우리 집에 온 것 같은 편안한 피렌체 숙소에서 오후 내내 뭉그적거리는 사이 창군이 한참 인터넷을 뒤져 항공편 가격을 비교하고, 가족과 이야기를 주고받은 끝에 귀국행 항공기 티켓을 예매했다. 4월 19일 스페인 마드리드에서 카타르 도하를 경유하는 카타르 항공이었다. 도하에서의 경유 시간이 좀 길지만, 마드리드에서 서울로 돌아가는 항공편이 비교적 저렴한데다, 마드리드는 유럽을 시계 반대 방향으로 한 바퀴 돌 생각인 우리의 마지막 여행지로도 괜찮았다.

올리브와 창군의 귀국행 티켓을 예매하고 나니 우리 여행이 중대한 전환점을 향해 간다는 것을 실감할 수 있었다. 유럽으로 넘어온 후 우리는 이미 큰 변화를 경험했다. 형과 동생 가족이 합류해 터키를 한 바퀴 돌았고, 중국~인도의 험지를 함께 돌아다녔던 멜론이 터키 여행을 끝으로 한국으로 돌아갔다. 이제는 창군과 올리브가 귀국한다. 그 후 나와 동군은 동유럽이나 북유럽을 여행한 다음 미국이나 남미로 넘어가고, 그때 올리브가 합류한다.

올리브와 창군의 귀국 일정을 확정하고 나니 한편으로는 허전하면서도 다른 한편으로는 하나의 매듭이 지어진 데 따른 안정감이 찾아왔다. 숙소에서 하루를 거의 통째로 쉬어 컨디션도 좋아졌다. 다음 날 〈냉정과 열정 사이〉에서 보여준 피렌체의 아름다움에 빠져들 수 있었다.

우피치 미술관은 피렌체를 가로지르는 아르노(Arno) 강과 붙어 있다. 다음 날 아르노 강을 따라 우피치 미술관으로 향했다. 약간 붉은 황토색을 띠고 흐르는 아르노 강은 흐려 보였다. 하지만 보석상들로 가득 찬 '연인들의 다리' 베키오(Vecchio) 교각을 비롯해 아름다운 다리들이 강을 가로지르고, 그 옆으로 고색창연한 건축물들이 자리를 잡아 멋진 풍광을 선사하였다.

우피치 미술관은 주로 고대의 조각품들을 전시해 놓은 세 개의 회랑(Corridor)과, 회화 작품들을 전시해 놓은 수많은 방으로 이루어져 있다. 르네상스 시기에 피렌체를 통치했던 메디치(Medici) 가문이 모은 예술품들이다. 메디치 가문은 이 작품들을 피렌체 외부로 반출하지 않는다는 조건 하에 그 관리를 시 정부에 의뢰했다고 한다. 이 의뢰에 따라 피티 궁전(Pitti Palace)에 보관되어 있던 작품들을 1589년 이후 시 정부 사무실로 이전해 박물관이 만들어졌다. 우피치(Uffizi)란 영어로 '오피스(Office)', 즉 사무실을 의미한다. 박물관

우피치 미술관 이탈리아 르네상스 형성에 결정적인 역할을 한 메디치 가문이 수집한 세계 최고의 예술 작품이 전시된 르네상스 예술의 보고다.

이름치고는 참 기묘한데, 그런 속사정이 있었다.

우피치 미술관은 명성 그대로 놀라웠다. 먼저 3개 회랑에 전시되어 있는 고대 로마 시대의 조각 작품들이 입을 벌어지게 했다. '우피치' 하면 르네상스 회화를 연상할 정도로 그림이 유명하지만, 조각품도 압권이었다. 메디치 가문이 로마의 골동품 시장에서 수집한 것들인데, 주로 그리스 원작품을 모방해 로마 시대에 만들어진 것들이 많다. 특히 대부분의 작품이 팔이나 다리가 잘려나간 고대 예술품과 달리 원형 그대로 보존되어 있었다. 완벽한 고대 예술품을 보는 것만으로도 깊은 인상을 주는 미술관이었다.

회화는 더욱 흥미진진했다. 교과서와 도록에서 보았던 보티첼리의 〈비너스의 탄생〉, 〈봄〉, 레오나르도 다빈치의 〈수태고지〉 등 세계적인 명화들을 비롯해 유럽의 르네상스를 가져온 작품들이 줄줄이 걸려 있었다. 한마디로 중세 말~르네상스 시기 예술 작품의 보고(寶庫)였다. 중세에서 르네상스로 넘어오는 시기의 예술 흐름을 이해하는 데 최고의 미술관이었다.

예술 작품도 작품이지만 우피치 미술관을 보면서 여러 가지 생각이 들었다. 예술에 대한 한 가문의 전향적인 사고가 사회나 역사에 얼마나 큰 영향을 미치는지, 생산 확대와 상업의 발달을 기반으로 형성되기 시작한 신흥 상업자본의 자유로운 사고가 '암흑기' 중세에서 '여명기' 근대로 넘어가는 데 얼마나 중요한 영향을 미쳤는지 많은 생각이 교차했다.

첫째는 메디치 가문의 문화와 예술에 대한 사랑이었다. 메디치 가문은 12세기 이후 무역을 통해 막대한 부를 축적한 후, 르네상스 시기에 피렌체를 300년 동안 통치한 핵심 지배층이었다. 이 기간 동안 교황을 네 명이나 배출했다고 하니, 사실상 정치 권력과 종교 권력은 물론 경제까지 장악한 가문이었다. 그런 막강한 권력이 바탕이 되었겠지만, 문화 예술에 대한 사랑이 결국 피렌체와 이탈리아의 문화를 살찌우고 르네상스를 열었던 것이다.

둘째는 메디치 가문이 기존의 중세 권력과 달리 상업을 통해 부를 축적하면서 형성된 새로운 권력이었기에 르네상스 탄생에 결정적인 영향을 미쳤다는 점이다. 기존의 중세 권력은 교황으로 대변되는 종교 권력과 각 지역의 제후와 왕으로 대변되는 정치 권력이었으며, 특히 종교 권력이 우선했다. 중세시대엔 문화 예술에 대한 지원도 주로 교황과 성당 중심으로 이루어졌기 때문에 예술 작품도 편협한 종교 이념에서 벗어나지 못했다. 하지만 권력의 중심이 상업으로 성장한 신흥 부르주아로 넘어오고, 이들이 문화 예술에 대한 지원에 나서면서 예술에서도 자유로운 분위기가 넘치기 시작했다. 드디어 예술이 종교에서 독립하는 전환점을 맞았던 것이고, 그러한 역사의 수레바퀴를 돌리는 데 메디치 가문이 큰 역할을 했던 것이다.

셋째는 신흥 부르주아의 성장과 자유로운 학문 분위기가 그리스와 로마의 문화 예술에 대한 재해석을 낳았다는 점이다. 중세시대에만 해도 그리스와 로마의 문화와 예술을 우상숭배의 한 모습으로 받아들여 귀중한 문화유산을 파괴하기도 했다. '중세 암흑기'가 바로 여기에서 나온다. 그러던 것이 이를 하나의 예술 작품으로 인식하고 자신의 문화 전통으로 받아들인 것은 대단히 혁신적인 사고였다. 그러한 탁월한 식견을 가졌던 메디치 가문이 골동품 시장을 뒤져 조각품들을 사들인 것은 참으로 다행스런 일이 아닐 수 없었다. 작은 차이라고 할 수 있지만, 근본적인 변화가 나타난 것이다.

넷째는 장인(Craftsman)에 대한 유럽 사회의 지원 전통이다. 유럽에서 미술가, 조각가, 건축가, 수공업자 등을 지원하는 전통은 오랫동안 이어져왔다. 중세시대에는 교회가, 르네상스 시기에는 신흥 부르주아가 지원했다. 이런 지원이 전통과 문화·예술을 유지·계승·발전시키고, 훌륭한 작품을 생산할 수 있는 토양이 되었다. 그리고 이 전통은 이후 과학기술 발전과 산업혁명, 그리고 현재 유럽의 다양한 문화의 기반이 된 것이다.

메디치 가문의 이러한 역할은 사회 지도층 인사나 부자들의 도덕적 의무를 말하는 '노블리스 오블리주'의 원형이 되었다. 막대한 권력과 재산을 모은 지도층 인사들이 개인적 이익이나 재산의 축적을 뛰어넘어 사회발전과 통합에 기여하는 것은 보다 따뜻한 사회를 만드는 데 반드시 필요하다. 더욱이 신자유주의의 기세 속에 인간의 탐욕이 무한 확장하고 있는 오늘날이야말로 더욱 필요하다. 과연 오늘날 한국의 지도층과 재벌들은 어떠한가.

우피치 미술관을 돌아보고 나니 벌써 오후 2시였다. 비싼 입장료와 한참을 기다려 들어간 것이 전혀 아깝지 않았다. 점심을 먹고 아르노 강을 건너 미켈란젤로 광장으로 향했다. 이 광장은 언덕 위에 있어 피렌체 시가지 전경을 한눈에 내려다볼 수 있는 곳이다. 12세기 무렵으로 성장하기 시작해 메디치 가문이 다스리던 15세기에 전성기를 구가하며 르네상스의 기원이 되었던 도시, 지금은 인구 37만 명에 매년 1000만 명이 넘는 관광객이 몰려드는 도시. 미켈란젤로 광장의 계단에 앉아 아름다운 피렌체를 내려다보면서 아이스크림도 먹고, 커피도 마시며 여유를 만끽했다. 창군은 어느샌가 작은 노트

미켈란젤로 광장에서 본 피렌체 시가지 아르노 강 너머 피티 궁전과 두오모 성당을 중심으로 중세 도시가 펼쳐져 있다. 건물의 고도를 제한해 도시 전체가 옛 모습을 간직하고 있다.

를 꺼내 아르노 강과 멀리 보이는 두오모를 스케치하고 있었다.

해가 서녘으로 기울기 시작할 때 두오모 전망대로 향했다. 중간까지는 널찍한 계단으로 올라가다 중간 이후부터는 첨탑 속의 좁고 가파른 계단을 힘겹게 올라가야 했다. 피렌체에서 가장 높은 곳이다. 입구에는 심장이 약한 사람은 올라가지 말라는 안내판도 걸려 있다.

계단이 과연 몇 개나 될지 궁금했다. 어떤 책에는 414개, 다른 책에는 464개로 나와 있었다. 열심히 계단을 세면서 올라간 동군은 자신이 센 숫자가 467인데, 중간에 숨이 차 숫자를 놓쳐 약간 틀릴 수도 있다면서 살짝 웃었다. 어쨌든 우리는 동군의 계산에 의하면 467개의 계단을 하나도 빠뜨리지 않고 꾹꾹 밟으며 올랐다.

전망대에 서자 해가 서녘으로 막 넘어가면서 멋진 풍경을 선사했다. 붉은 피렌체가 한눈에 들어왔다. 하얀 회벽에 붉은 지붕을 한 오래된 건물들이 토

스카나 평원으로 넘어가는 햇살에 비스듬한 그림자를 드리웠다. 멀리 아르노 강이 흐르고 베키오 궁전과 피티 궁전, 교회의 첨탑이 우뚝우뚝 솟아 있고 다른 건물들은 모두 그 아래에 있다. 고도를 철저히 제한함으로써 스카이라인과 미관을 유지하고 있다.

전 세계 모든 도시가 치솟는 마천루와 현대적 빌딩으로 채워지고 있지만, 피렌체는 옛 모습을 그대로 간직하고 있어 더욱 매력적이다. 여기에 철제와 유리, 콘크리트로 된 초고층 빌딩이 들어선다면 문화와 예술의 도시, 르네상스의 도시, 연인들의 도시라고 부르지 않을 것이다. 오래된 건물들과 거리, 교회와 궁전 등은 시간이 흐를수록 더욱 강한 매력을 발산하면서 새로운 스토리를 만들고, 거기에 사람들은 더욱 진한 감동을 받는다.

아시시의 성인 프란체스코의 큰 울림

이탈리아 중부지역 여행의 마지막 여정은 프란체스코 성인의 고향인 아시시(Assisi)였다. 피렌체와 로마의 중간 정도 지점에 있는 작은 마을로, 이탈리아 중부를 왔다 갔다 하는 꼴이 되었지만, 또 다른 영감을 주는 곳이었다. 사실 우리는 2004년에도 이곳을 방문하였다. 당시 우리는 아시시가 성 프란체스코의 고향이자, 그가 성직자로 활동한 곳이라는 정도만 알고 있었는데, 실제 돌아보면서 깜짝 놀랐다. 아주 작은 시골 마을이지만, 마치 타임머신을 타고 온 듯 중세의 골목과 집들이 그대로 보존되어 있어 큰 감동을 받았다. 이번에 그걸 다시 느끼고 싶었다.

피렌체에서 아시시로 가는 열차에서 밖을 보니 만개한 벚꽃이 본격적인 봄을 알리고 있었다. 나무에선 겨우내 거칠어진 껍질을 뚫고 노랗고 파란 싹이 돋아나고, 산등성이나 언덕도 연두색으로 물들어가고 있다. 작년 여름이 막 끝나갈 때 여행을 시작해 겨울을 지내고 벌써 세 번째 계절을 맞고 있다.

아시시 역에서 성 프란체스코 성당까지는 3km 정도로 제법 거리가 멀다. 게다가 성당은 한참 올라가야 하는 높은 언덕에 있다. 우리는 아시시를 제대로 느끼기 위해 걸어가기로 했다. 따뜻한 봄 햇살에 반짝거리는 밀밭들을 가로질러 천천히 걸어갔다. 흙과 봄 냄새가 싱그러웠다. 농부들은 밭을 고르고, 집을 손질하고, 밭 주변 나뭇가지를 치느라 분주했다. 관광지만 다니는 여행으로는 경험하기 어려운 이탈리아의 진짜배기 농촌 풍경이었다.

우리가 찾아가는 프란체스코 성인은 중세 교회사에 한 획을 그은, 진정한 성인의 한 사람이다. 당시 고루한 종교적 도그마와 허영에 휩싸인 기독교 사회를 비판하며, 청빈과 검약과 절제, 복종의 덕목 아래 직접 농사를 짓고 자급자족과 '소박한 삶'을 실천해 성인으로 추앙받은 인물이다. 그의 사상은 유럽 전역에 걸쳐 엄청난 권력을 향유하던 종교계에 신선한 충격을 주었고, 1000년이 지난 지금도 여전히 빛을 발하고 있다.

프란체스코는 중세 기독교가 전성기를 누리던 1182년, 그러니까 12세기 말 이탈리아 아시시에서 한 부유한 상인의 아들로 태어났다. 청년기엔 방탕한 생활을 하기도 했지만, 23세 때인 1205년 종교에 귀의하면서 인생의 전환점을 맞았다. 깊은 성찰과 수도 끝에 28세 때인 1210년 청빈과 검약, 절제의 계율과 평화의 사상을 정립하고 실천에 나섰다.

당시 종교전쟁의 광풍이 몰아치는 가운데서도 1219년에는 이집트에서 십자군과 이슬람교도를 상대로 평화와 사랑의 중요성에 대해 설교했다. 44세 때인 1226년 영면에 들 때까지 주로 아시시에서 종교 활동을 했고, 직접 밭을 갈며 소박한 삶을 실천했다. 그가 사망한 4년 후 지금의 성 프란체스코 성당이 건설되어 그의 묘지도 이곳으로 이전되었다고 한다.

프란체스코가 세상에 나왔을 때 이탈리아 종교계는 각종 분파로 갈가리 찢어져 이전투구를 벌이고 있었다. 소수자들은 다수자들의 압제에 당하지만 않았고, 각 도시들은 도시들대로, 시민들은 시민들대로 권력투쟁을 벌였다. 그런 상태에서 평화에 대한 염원이 불타올랐다. 젊은 프란체스코는 특히 전쟁의 고통을 보면서 새로운 평화의 사상을 정립했다.

그의 사상은 '모든 사람이 형제(brother)'라는 말로 요약된다. 부자에서 가난한 사람, 성직자에서 죄수, 심지어 비기독교인까지 형제라고 주장하며 복음을 전파해야 한다고 말했다. 성직자들을 이슬람 통치지역인 사라센 등 비기독교 지역으로 파견하고 스스로도 실천했다. 지금으로선 '탁월한' 사상 정도로 생각하기 쉽지만, 기독교계가 십자군으로 무장하고 이슬람을 비롯한 이교도들과 피비린내 나는 전쟁을 펼치던 당시로서는 '혁명적인' 사상이었다.

그는 당시의 십자군 광풍에 대해서도 "정복하지 말고, 그리스도의 사랑으로 자유롭게 소통해야 한다"고 주장했다. 자칫 이교도로 몰릴 수도 있을 급진적인 주장이었다. 성 프란체스코 교회의 안내문에는 "아시시는 신과 인간, 자연이 조화롭게 살던 지역으로, 심지어 태양과 달, 별, 불, 물, 바람까지도 편안함을 느끼는 지역이다. 성 프란체스코는 그들을 '형제' 또는 '자매'라고 부르고, 새와 동물에게도 복음을 전파했다"고 소개하고 있었다.

의미심장한 것은 그가 기존 교회에 대해 비판하거나 실망하거나, 눈물을 흘리지만 않고, 성서에 대한 새로운 해석을 바탕으로 '실천'했다는 점이다. 성공에 대한 유혹과, 권력과 재산에 대한 유혹을 물리치고, 낡은 옷을 기워 입고, 곡괭이를 들고 농사를 지으며 복음을 전파하는 등 스스로 가난과 복종, 자비의 덕목을 행동으로 옮겼다. 그렇기 때문에 후세에 그가 성인으로 추앙받고, 프란체스코회가 이후 종교계에 확산될 수 있었던 것이다.

우리는 프란체스코의 생애와 의미를 되새기면서 교회를 돌아보았다. 교회에는 그의 묘지도 있었고, 그의 유품도 보존되어 있었다. 마치 걸승이 입었을 듯한 누덕누덕 기워 입은 옷은, 그가 얼마나 검소하게 살았는지를 그대로 보여주었다. 온갖 장식으로 치장해 화려하기 그지없는 중세 성직자의 모습과

아시시 성당과 순례자의 조각상 이곳을 지나던 순례자가 프란체스코 성인에게 경의를 표하는 듯하다.

비교할 수 없는 남루한 차림이었다. 하지만 그 허름하고 낡은 옷이 금은으로 장식된 의상보다 더 화려하게 빛나는 듯했다.

2004년 여름에 방문했을 당시 아시시는 중세의 작은 마을에 온 듯한 착각을 불러일으킬 정도로 아기자기하고, 아름답고, 소박하고, 고색창연하고, 정감이 가는 마을이었다. 골목을 돌 때마다 경이와 감탄의 연속이었다. 그로부터 7년 반이 지나 다시 돌아보니, 아시시는 관광지로 '개발'되어 있었다. 길도 새로 포장되어 예전과 같은 경이는 사라졌다. 차도 많고, 건물의 색도 새로 칠해져 있었다. 원래의 맛이 사라진 아쉬움이 많이 남았다. 그럼에도 프란체스코를 만난 뿌듯한 마음은 그때나 지금이나 변함이 없었다.

프란체스코 성인은 '풍요와 탐욕의 시대'를 살아가는 오늘날의 우리에게 절실히 필요한 덕목을 가르쳐주고 있다. 그가 강조한 청빈과 검약, 절제의 생활 태도와, 주변의 소외된 사람들을 돌아보는 자비의 정신이야말로 우리

아시시 성당 앞의 상가 도로와 건물들이 깔끔하게 단장되어 있지만 골목으로 들어서면 중세시대의 모습이 살아 있다.

시대의 고통을 구원할 정신이 아닐까. 특히 프란체스코의 특별한 점은 스스로 소박한 삶을 '실천'했다는 데 있다. 행동하지 않으면 바로 이 탁자에 있는 작은 컵 하나도 저쪽으로 옮길 수 없다. 작더라도 희망을 잃지 않고 실천하는 것만이 우리 자신과 사회를 구원할 수 있는 것이다.

이렇게 해서 오르비에또~피렌체~아시시로 이어진 이탈리아 중부 도시 여행을 마쳤다. 이들 도시는 중부 이탈리아의 3대 희망의 도시라고 할 수 있는데, 보다 따뜻하고 살기 좋은 사회를 만들기 위해 필요한 덕목들을 보여주고 있다. 오르비에또에선 전통과 공동체의 가치를, 피렌체에선 사회 지도층의 도덕적 의무를 말하는 노블리스 오블리주의 원형을, 아시시에선 소박하고 평화로운 삶의 실천의 중요성을 각각 보았다. 우리 가족이 관광지 중심의 여행이 아니라 새로운 가치와 희망을 찾고 있다는 데에서 보람도 느낄 수 있는 여정이었다.

이탈리아 베네치아~오스트리아 빈~잘츠부르크~
할슈타트~빈

예술과 자연이 어우러진 힐링 로드

힘들어하는 '물의 도시'

베네치아는 우리 가족에게 한(恨)이 맺힌 곳이다. 2004년 여름, 이곳 베네치아에 들렀지만, 주요 관광지만 쓰윽 훑어보고 떠났기 때문이다. 당시 올리브와 창군, 동군은 여기서 곳곳을 돌아다니고 명물인 곤돌라도 타보자고 했지만, 내가 "비싸기만 하고 특별한 게 없다"고 우기며 끝내 1박도 하지 않고 떠나버렸다. 이후 "아빠 때문에 그 유명한 베네치아 구경을 제대로 못했다"는 원성이 자자했다. 그래서 이번에는 2박 3일을 머물며 실컷 구경하기로 했다.

피렌체 산타마리아 누오보 역을 출발한 기차는 이탈리아 북부의 아름다운 들녘을 가로질러 2시간 만인 11시 30분 베네치아 산타루치아(Venezia Santa Lucia) 역에 도착했다. 역 바로 앞 대운하를 가로지르는 다리를 건너 미로 같은 골목을 이리저리 통과해 숙소에 여장을 풀었다. 두 사람이나 겨우 지나갈 수 있을 것 같은 좁은 골목 안에 있는 숙소는 방이 세 개 딸린 작은 B&B(Bed & Breakfast)로, 깔끔했다. 섬 한복판에서 묵게 되었다며 낭만적인 기분에 휩싸였지만, 실제 숙소에선 운하가 보이지 않아 아쉬웠다. 물론 운하가 보이는 고풍스런 호텔이야 많지만, 가격이 비싸 우리에겐 그림의 떡이었다.

피렌체에 있을 때부터 비실비실하던 올리브를 숙소에 두고, 나와 창군, 동

물 위의 도시 베네치아 해수면의 점진적 상승과 해풍으로 어려움이 있지만 끊임없는 보수를 통해 아름다움을 유지하고 있다.

군이 본격적인 베네치아 미로 탐방에 나섰다. 베네치아는 118개의 섬이 400여 개의 다리로 연결되어 있는 '바다 위의 도시'다. 고대 로마 시대 인근 주민들이 외적의 침입에 대비해 이곳 섬을 피난처로 개발하면서 형성되기 시작했다. 섬에 파일을 박고 건축물들을 세우고 배를 교통수단으로 활용했다. 중세시대에는 비잔틴 유럽과 이슬람권을 연결하는 해상무역의 중심지로 큰 번영을 누렸고 이때 교회와 궁전 등 대형 건축물이 들어서 본격적으로 성장했다. 중세시대 최전성기에는 베네치아에 3만 6000명의 선원과 3300척의 선박이 있었다고 하니 얼마나 번성했는지 상상할 수 있다.

베네치아는 모든 건물들이 바다에 떠 있는 것처럼 건설되어 언뜻 보기에도 신비롭다. 바다 또는 운하에 접해 지어진 건물들은 각각 하나의 예술 작품처럼 아름답고 웅장하다. 교회와 궁전 등 거대한 건축물들은 오랜 기간 해풍을 받아 색이 바래기는 했지만, 건축 당시의 위용을 그대로 간직하고 있다.

리알토 다리 앞의 상가 가면과 의류, 악세사리 등을 파는 상점들 사이로 관광객들이 물밀듯이 몰려오고 몰려간다.

대부분의 집들이 배를 현관에 대고 집으로 들어갈 수 있도록 설계되어 있는데, 어떻게 이런 건물을 지을 생각을 했을까 놀라움을 안겨준다.

대운하를 건너는 리알토(Rialto) 다리엔 기념품 상점과 레스토랑, 카페가 줄지어 있고, 거리 가운데에는 베네치아의 명물인 가면을 파는 노점들이 빼곡했다. 관광객도 흘러넘쳤다. 지도를 하나씩 든 관광객들이 마치 물결을 이루듯이 골목골목으로, 밀려가고 밀려왔다. 상가도 들썩였다. 리알토 다리를 건너 골목을 한참 돌아나가자 중심 광장인 산 마르코(San Marco) 광장이 나타났다.

산 마르코 광장과 교회, 그 옆에 있는 두칼레(Dukale) 궁전은 가장 인기 있는 곳이다. 노천 식당에서 연주하는 모차르트와 베토벤의 교향곡이 광장에 잔잔하게 내려 깔렸다. 날이 어두워져서 그런지 그 많던 비둘기들은 광장에서 만날 수 없었지만 교회 앞과 두칼레 궁전 주변은 사람들로 들끓었다. 우리도 두칼레 궁전과, 그 옆의 옛 감옥을 연결하는 탄식의 다리, 끝없이 이어진 운하를 돌면서 베네치아의 저녁을 즐겼다.

그런데 돌아오는 길에 숙소를 바로 찾지 못해 한참을 헤맸다. 미로 같은 길, 작은 골목과 끊임없이 나타나는 다리와 운하는 그곳이 그곳 같아 스마트폰의 GPS가 없었다면 더 헤맸을 것이다.

다음 날에는 나와 올리브가 한 팀이 되고, 창군과 동군이 다른 한 팀이 되어 '따로 또 같이' 여행했다. 나와 올리브는 거의 하루 종일 숙소에 머물며 밀린 여행기에 매달렸고, 특히 올리브는 송고해야 할 글도 있었다. 숙소가 편안하고 조용해 휴일을 즐기는 기분이었다.

창군과 동군은 12시간 동안 베네치아 페리를 마음대로 이용할 수 있는 1일 교통카드(1인당 16유로)를 끊어 섬을 일주했다. 오전 9시 30분 숙소를 나서 신나게 구경하고 오후 5시가 되어서야 돌아왔다. 형제끼리 여행하고 돌아오더니 평소에 티격태격하던 둘이 더 친해진 듯했다. 이들은 배를 타고 돌아다니는 게 아주 재미있었다며 교통카드를 우리에게 건넸다. 저녁 10시까지 사용할 수 있으니 그걸로 베네치아를 유람하라는 것이었다.

아이들이 건넨 교통카드를 받아들고 올리브와 함께 숙소를 나섰다. 배를 타고 운하로 나서자 해풍에 칠이 벗겨지고, 이전보다 더 낡은 듯한 건물들이 눈에 들어왔다. 지구 온난화의 영향으로 해수면이 조금씩 상승해 베네치아가 '힘들어' 한다고 했다. 여행자들은 끊임없이 몰려들어 경제적으로는 괜찮을지 몰라도, 실제 이곳에 사는 주민들의 생활은 어떨지 궁금했다.

곳곳에선 보수공사도 진행 중이었다. 해풍에 벗겨진 그림을 복원하고, 페인트를 다시 칠하고, 각종 조각과 건물 외벽에 시커멓게 낀 때를 벗겨내고, 지붕을 보수하고, 창문을 다시 달고 있었는데, 보수한 곳과 그렇지 않은 곳이 극적인 대비를 이루었다. 마침 해가 지면서 건물들이 불을 밝히기 시작했다. 파도가 밀려와 바다에 면한 건물들을 쓰다듬었다. 신비스럽고 아름다운 이 도시가 자연의 풍화 속에서 언제까지 건재할지 의문이 몰려왔다.

우리가 머문 로마 광장~리알토 다리와 산 마르코 광장을 잇는 주변에선 나무를 거의 찾아볼 수 없었는데, 산 마르코 광장에서 한참 배를 타고 남동쪽으로 나가니 다른 풍경이 나타났다. 섬이 아니라 내륙의 작은 마을에 온 듯한 느낌이 들었다. 나무도 있고, 공원도 있었다. 비엔날레가 열리는 카스텔로 지역으로, 산 마르코 못지않은 관광지로 인기를 끌 것이 분명해 보였다.

베네치아에 도착할 때엔 비실비실하던 올리브도 카스텔로에서 산 마르코 쪽으로 천천히 걸으면서 기력을 회복했다. 내 손을 꼭 잡고, 팔짱을 끼고 걸으면서 가진 둘만의 달콤한 시간이 행복했다. 숙소로 돌아오는 길에 피자집에 들러 매운맛 피자와 비엔나 소시지 피자, 멸치 피자인 앤초비를 샀다. 피자 세 판 가격이 21.4유로(약 3만 1900원)로 한국에서의 피자 가격과 비슷하거나 저렴했다. 그런데 앤초비는 생각보다 많이 짜서 올리브와 아이들도 한 입 베어 물더니 고개를 절레절레 흔들었다. 베네치아의 이색적인 음식으로 한번 맛보는 건 괜찮겠지만, 계속 먹으면 건강에 문제가 생길 것 같았다.

운하에 '풍덩' 하는 대형 사고

베네치아에서의 마지막 날, 미로 같은 골목을 천천히 탐방하면서 베네치아의 아름다움을 만끽하기로 했다. 12시 넘어 짐을 숙소에 맡기고 산책에 나섰는데 그만 대형 사고가 발생했다. 베네치아를 구경하면서 운하에 나 있는 계단을 걸어 내려가던 올리브가 미끄러져 운하에 '풍덩' 하고 빠진 것이다.

날씨도 차가운데, 물이 깊어 허리까지 흠뻑 젖어버렸다. 다행히 다친 데는 없었다. 나와 창군이 달려들어 수건과 휴지를 꺼내 닦아주면서 안심시켰지만, 흙탕물은 바지를 타고 줄줄 흘러내리고, 신발도 완전히 젖어 물이 찌걱찌걱 흘러나왔다. 바지와 신발에 묻은 흙을 닦아내면서 여권과 휴대폰 등 중요한 물건이 물에 젖지는 않았는지 확인했다.

"엄마, 괜찮아? 미안해, 미안해." 함께 운하의 계단을 내려가다가 잡았던 손을 놓는 바람에 엄마가 미끄러지면서 운하에 빠진 것에 창군은 연신 미안함을 감추지 못했다. 올리브의 얼굴은 당혹감과 곤혹스러움으로 가득했다.

곤돌라 베네치아의 명물로, 주민들의 주된 운송 수단에서 이젠 최고의 관광 상품이 되었다.

"자자, 이 수건으로 흙 털어내고, 가방에 있는 휴지 다 꺼내."

골목의 한적한 곳에서 옷의 흙과 물기를 닦아내 급한 대로 겉모양만 수습한 채 급히 숙소로 돌아왔다. 올리브의 모습에 깜짝 놀란 숙소 직원에게 양해를 구하고 화장실로 들어가 샤워를 하고 옷을 갈아입었다. 그러는 사이 갑자기 천둥과 번개가 치고 비가 쏟아지기 시작했다. 소나기였다. 베네치아에서 잊을 수 없는 추억을 제대로 만든 셈이었다.

흙투성이 옷을 간단히 빨아 짐을 정리한 다음 숙소를 나서 산타루치아 역으로 향했다. 이번엔 다리를 건너고 운하 옆의 길을 지나치며 신중에 신중을 기했다. 올리브는 걸으면서도 방금 전 참변의 악몽이 가시지 않은 듯, 자꾸만 자신의 팔과 옷에 코를 들이대고 냄새를 맡았다.

비누를 흠뻑 묻혀 깨끗하게 샤워를 하고 옷도 갈아입었으니 이상이 있을 리 없었다. 운하에 빠진 옷도 빨아서 비닐에 담아 가방에 잘 챙겨 넣었다. 그럼에도 운하에 빠졌던 것이 너무 충격이었던지 자꾸만 뒤를 돌아보았다.

이제 13박 14일에 걸친 이탈리아 여정도 끝나가고 있었다.

아침으로 에스프레소 한 잔과 크로와상 하나를 먹는 나라, 피자와 스파게티가 메뉴를 장악하고 있는 나라, 레스토랑에서 제대로 식사를 하려면 20유로 이상을 지불해야 하는 나라, 그런 가운데 중국 음식점이 급속히 확산되고 있는 곳, 이탈리아의 먹거리는 해결되지 않는 미스터리였다.

반면 독자적인 브랜드와 문화에 대한 자긍심이 아주 강했다. 스타벅스나 시티은행, HSBC 같은 외국 브랜드들은 찾아보기 어렵고, 독자 브랜드와 작은 토종 가게들이 주종을 이룬다. 뚜렷한 지방색을 유지하고, 전통을 유지하기 위해 도시 개발에도 많은 제한을 가한다. 이탈리아의 아름다움이 유지되는 이유다. 특히 이탈리아는 세계 최고 디자인의 나라였다. 고대 로마 이후 서양과 유럽을 호령해온 웅대하고 섬세한 건축, 회화, 조각 등을 보고 자란 그들이 디자인에서 강한 경쟁력을 갖는 것은 이상한 일이 아니다.

우리에게도 꽤 많은 변화가 있었다. 여행의 매너리즘에 빠지는 듯하던 창군과 동군이 고대 유적에 부쩍 흥미를 느끼면서 여행을 이끌어 갔고, 그러면서 나의 위치에 대한 정체성 혼란도 겪었다. 오르비에또와 아시시는 어떻게 살아가는 것이 진정 가치 있는 것인가를 다시 한번 되새기게 했다. 여행이 5개월 이상 지속되면서 신선감도 떨어지고 서로 짜증도 늘었지만 그럴 때마다 일정을 늦춘다거나 자기만의 시간을 갖는 형태로 그 시간들을 넘기는 방법도 터득해 가고 있었다.

저녁 9시, 기차가 산타루치아 역을 출발하였다. 처음 타보는 유럽의 야간 침대열차는 쾌적했다. 우리는 6인이 한 칸을 쓰는 침대칸을 예약했는데, 우리 가족 넷이 아르헨티나 출신의 젊은 남녀와 함께 사용했다. 침대엔 깨끗하게 세탁된 시트가 덮여 있었고, 각 침대칸은 다른 칸과 구별되어 잠을 잘 때는 문을 잠글 수 있어 편리했다.

신고전주의 예술의 본고장 빈

터키에서 그리스, 이탈리아를 여행하면서 각 국가의 이미지와 거기에서 얻은 우리 가족의 여행 주제는 우리가 의도하였든 의도하지 않았든, 뚜렷했다. 터키가 동양과 서양, 이슬람과 기독교의 만남의 땅이듯이 우리로서는 가족과의 만남의 나라였고, 그리스에서는 위기를 의연히 헤쳐 나가는 역사와 전통의 힘을 확인하였다. 이탈리아는 과거와 현재가 끊임없이 대화를 나누는 역사의 땅이었다. 그렇다면 다음 행선지인 오스트리아는 어떤 곳일까.

오스트리아는 문화와 예술의 향기가 흘러넘치는 힐링의 땅이었다. 문화와 예술, 그리고 자연이 사람의 감성을 치유하고 영혼을 정화하는 힘을 갖고 있다는 사실을 확인하고 싶은 사람에게는 오스트리아 여행을 권하고 싶다. 인간이 만든 언어 이전의 감성에 푹 빠져들 수 있는 곳이다. 오스트리아에는 알프스와 영화 〈사운드 오브 뮤직〉의 무대가 되기도 했던 호수지역의 수려한 경관 등 볼거리가 많지만, 우리는 빈을 기점으로 잘츠부르크와 할슈타트(Hallstatt)를 다녀왔다. 빈에서 이틀, 잘츠부르크와 할슈타트에서 각각 하루씩 머물렀다. 빈에서는 빈 필하모닉 오케스트라에 빠지고, 잘츠부르크에선 모차르트와 대화를 나누고, 알프스 호수마을의 진수인 할슈타트에선 자유여행자의 여유에 흠뻑 빠졌다. 힐링의 여정이 따로 없었다.

베네치아를 출발한 기차는 밤새 알프스 산맥을 통과해 오전 8시 22분, 빈 서역(Wien Westbahnhof)에 도착했다. 11시간 이상이 걸렸다.

역 근처의 매우 크고 저렴한 움바트 호스텔(Wombat Hostel)에 여장을 풀고, 바로 시내로 나갔다. 48시간 대중교통을 무제한 이용할 수 있는 2일 교통카드를 1인당 10유로(약 1만 5000원)에 끊어 전철을 타고 미술사박물관(KHM, Kunsthistorisches Museum)으로 향했다. 빈에서 가장 유명한 박물관으로, 올리브와 아이들이 모두 가고 싶어 했다. 어느새 여행 일정을 짜는 데 뒷전으로 밀

빈 미술사박물관 합스부르크 왕가의 예술품을 전시하기 위해 1891년 완공된 박물관으로 유럽 미술사를 장식한 최고의 작품들을 전시하고 있으며, 자연사박물관과 마주보고 있다.

린 나는 올리브와 아이들의 설명을 들으며 졸졸 따라갔다.

　빈은 확실히 17~18세기 이후 근대 유럽의 중심지다운 풍모를 보였다. 빈 서역의 현대적인 역사가 로마나 피렌체, 베네치아의 역과 확실히 다른 느낌을 주더니 거리도 달랐다. 이탈리아의 도시, 특히 구시가지의 도로는 좁고, 오래된 건물들이 다닥다닥 붙어 있고, 낡은 느낌을 준 반면, 빈은 널찍하게 쭉쭉 뻗은 도로에 웅장한 건물들이 계획적으로 들어서 있었다. 근대 이후 과학과 엔지니어링 기술의 발달에 힘입어 도시를 계획적으로 설계하고 건설했기 때문이다. 도로 양편으로는 바로크와 신고전주의 양식의 거대한 석조 건물들이 넓은 정원을 배경으로 규격화된 형태로 자리를 잡고 있다.

　미술사박물관은 그 명성에 걸맞게 기원전 3000년 이전의 고대 이집트에서부터 그리스와 로마, 중세 유럽의 조각과 회화, 르네상스와 바로크 시대의 미술품을 시기별로 구분해 전시해 놓았다. 엄밀히 말하면 동양이나 아프리카, 중동, 아메리카 등의 주요 미술품은 빠진 '유럽 미술사박물관'이지만, 유럽 중세와 르네상스 미술의 보고라 할 만했다.

전시물은 모두 둘러보기 힘들고, 유명한 작품을 중심으로 보아야 한다. 가이드북에도 그렇게 설명해 놓았고, 박물관에서도 '명작(masterpiece)'을 표시한 지도를 배부해 관람객들이 참고하도록 하고 있었다. 베키오의 〈카인과 아벨〉, 〈목욕하는 님프〉, 브뤼겔의 〈바벨탑〉, 라파엘의 〈초원의 성모 마리아〉, 과일과 곡물, 나무, 생선 등으로 사람 얼굴을 형상화한 아르킴볼도의 〈봄〉, 〈여름〉, 〈가을〉, 〈겨울〉 연작 등 미술사의 한 페이지를 장식한 작품들이 전시관에 보석처럼 박혀 있었다. 지도를 보고 이들 작품을 찾아내는 게 관람의 포인트다.

미술사박물관을 포함해 여러 박물관이 모여 있는 뮤지엄 쿼터(MQ, Museum Quater)에는 젊은이들이 따뜻한 봄 햇살을 즐기고 있었다. 뮤지엄 쿼터 주변에도 웅장한 건물들이 즐비하고, 연주회와 오페라가 열리는 극장, 요하네스 브람스를 비롯한 유명한 예술가들의 동상도 곳곳에 있다. 현대와 비교적 가까운 18세기 전후 음악, 미술 등의 문화와 예술이 활짝 꽃을 피운 신고전주의 도시 빈은 그야말로 낭만이 흐르는 도시다.

박물관 거리를 지나 빈의 랜드마크인 스테판 성당을 돌아보고 극장으로 향했다. 빈에서의 문화 체험으로 빈 필하모닉 오케스트라 연주회를 감상할 계획이었던 우리는 많은 극장들 가운데 빈 필하모닉이 출연하는 뮤지크베라인(Musikverein) 극장의 입석을 예매했다. 좌석에 앉아서 보는 것이 최상이지만, 가격이 워낙 비싸 입석을 택할 수밖에 없었다.

연주회 입장권을 예매하고 나서 저녁식사를 위해 동군이 가이드북에서 발견한 유명한 '갈비집'을 찾아 나섰다. 한국식 '갈비집'이 아니라 갈비 스테이크(rib steak)를 전문으로 하는 립스 인 비엔나(Ribs in Vienna)라는 레스토랑이다. 골목골목을 돌아 어렵게 찾았는데, 안으로 들어가 보고 눈이 휘둥그레졌다.

밖에서는 작은 간판만 달랑 하나뿐이어서 찾기도 쉽지 않았고, 1층에는 홀도 없어 '이게 레스토랑이 맞나?' 하는 의심까지 했다. 하지만 지하 2층으로 내려가니 카운터와 넓은 홀이 나타났고, 그 대형 홀은 지하 3층으로 이어졌다. 넓은 홀은 빈 주민들은 물론 관광객들, 수학여행을 온 듯한 고등학생들로 떠들썩했다.

우리도 자리를 잡고 갈비 스테이크와 와인, 콜라를 주문했다. 스테이크는 양도 푸짐했고, 명성에 맞게 맛도 최상이었다. 옆 자리의 현지 고등학생들은 식사를 하다 우리와 얼굴이 마주치자 까르르 웃음을 터트렸다.

방랑자의 귀를 씻어 준 세계 최고의 화음

빈에서 빼놓을 수 없는 쉔브룬 궁전(Schonbrunn Palace)은 18세기 유럽의 맹주였던 합스부르크 왕가의 여름 궁전이지만, 궁전 그 자체보다 언덕에 올라 궁전과 그 너머의 시내를 보는 것이 훨씬 멋있다. 빈에 도착한 다음 날, 느지막이 숙소를 나섰다.

쉔브룬 궁전은 어느 모로 보나 프랑스 파리 베르사유 궁전의 복사판이다. 사실 베르사유 궁전을 모방해 만든 궁전이다. 시가지 중심에서 조금 떨어진 외곽에 자리 잡은 것이나, 드넓은 부지에 궁을 짓고 넓은 정원과 호수를 만든 것이나, 정원의 나무들을 재단하듯 잘라놓은 것 등 모두 다를 바 없다. 7년 전 베르사유를 돌아보면서 "이렇게 주민들과 떨어진 곳에 왕이 살면, 국민들이 실제 어떻게 사는지 알 수 없겠다"고 생각했는데, 쉔브룬 궁전을 보면서 마찬가지 생각이 들었다. 절대왕정 시대의 왕처럼 고독한 궁전이었다.

넓은 정원을 거쳐 한참 걸어 들어가니 저쪽에 궁전이 웅장하게, 하지만 왠지 좀 외로운 모습으로 서 있었다. 궁전 앞으로는 수십 대의 마차가 한꺼번에 지나갈 수 있는 대로가, 그 옆으로는 또다시 넓은 정원이 배치되어 있었

쉔브룬 궁전 뒤편의 언덕 잔디밭에서 휴식을 취하는 가족 두 아들은 잔디밭에 드러누워 MP3와 책을 보고 있고, 가운데 올리브는 쉔브룬 궁정과 그 너머 빈 시내를 바라보고 있다.

다. 궁전과 정원은 아기자기한 맛은 찾아보기 어렵고 절대주의 시대의 왕궁이 주는 위압감이 지배하고 있었다.

정원 가운데를 관통한 대로 끝에는 장엄하면서도 화려한 넵튠 분수(Neptune Fountain)가 자리 잡고, 그 뒤로 언덕이 이어진다. 궁전에서 넵튠 분수까지는 한참을 걸어가야 한다. 베르사유처럼 쉔브룬 궁전도 돌아보는 데 많은 인내를 필요로 한다. 건축물들 사이가 멀기도 할 뿐만 아니라, 뜨거운 햇볕을 피할 그늘조차 찾을 수 없기 때문이다.

넵튠 분수 옆에서 햇볕을 피해 잠시 쉰 후 다시 언덕으로 올라가자 쉔브룬 궁전과 그 너머의 빈 시내가 한눈에 들어왔다. 전망도 좋았고, 봄 햇살도 따사로웠다. 언덕에는 그것을 즐기는 사람들과 잔디밭을 구르며 신나게 노는 어린 학생들이 많았다. 쉔브룬 궁전에서 최고의 조망을 자랑하는 곳이라니 우리도 풀밭에 자리를 잡고 앉아 시원하게 트인 전망을 감상했다. 창군은 햇볕을 쬐면서 책을 보다가 꾸벅꾸벅 졸더니 아예 잔디밭에 드러누워 잠들어 버리고, 나와 올리브, 동군은 좀 쉬다가 언덕 꼭대기까지 산책을 했다.

정원과 주변의 공원엔 관광객과 빈 주민들이 꾸준히 몰려왔다. 유모차를 끌고 산책하는 사람들도 있고, 조깅을 하는 사람들도 많았다. 궁전 옆에는 동물원도 있어 주민들이 소풍하듯 하루를 즐기기엔 안성맞춤이었다. 이제 쉔브룬 궁전은 왕가의 영화와 위엄을 과시하는 공간이라기보다 평화롭고 여유가 있는 '시민공원'으로 바뀌어 있었다.

쉔브룬 궁전에서 유유자적한 시간을 보내고 난 후, 각자 하고 싶은 일을 한 후 뮤지크베라인 극장 앞에서 만나기로 했다. 창군은 얼마 전부터 노래를 부르던 바지를 구입하겠다며 시내 쪽으로 가고, 올리브와 동군은 빈 대학을 돌아보러 전철을 타고 떠났다. 나는 마음에 드는 카페를 찾지 못해 맥도널드에서 커피를 마시며 혼자만의 시간을 즐겼다. 몇 시간이지만 각자의 시간을 갖게 된 것이 좋았다.

세 갈래로 헤어졌던 가족은 6시 30분 뮤지크베라인 극장에 정확하게 나타났다. 창군은 매장을 몇 군데 돌아다녔지만 마땅한 걸 찾지 못했고 올리브와 동군은 빈 대학을 잘 구경하고 돌아왔다며 만족해했다. 나중에 빈 대학 사진을 보니, 대학 건물과 정원이 궁전을 연상케 했다. 모두들 낮에 봤을 때보다 활기 있는 모습이었다.

낮에만 해도 인적이 드물었던 극장 앞 광장은 해가 넘어가면서 정장 차림을 한 사람들이 하나둘 나타나더니 7시를 전후로 갑자기 붐비기 시작했다. 모두 오케스트라 공연을 보러 온 사람들이었다. 그러고 보니 우리처럼 입석을 끊은 일부 여행자들만 운동화에 청바지, 잠바나 티셔츠 차림이었다.

우리가 구입한 스탠딩 석은 1층 맨 뒷부분에 서서 볼 수 있도록 만들어 놓은 곳으로, 좌석 티켓을 구입하지 못하는, 음악을 사랑하지만 가난한 사람들을 배려한 자리다. 극장은 무대 앞에 1층 플로어 좌석, 그 뒤에 입석이 마련되어 있으며, 입석 위쪽에 2층 좌석이 있는 형태다. 플로어 좌우엔 발코니 석도 있다. 대략 1000명 정도 들어갈 수 있는 고풍스럽고 품위 있는 극장이었

뮤지크베라인 극장의 빈 필하모닉 연주회

다. 극장으로 들어가자 드디어 고전음악의 본고장에서 최고의 화음을 보여주는 빈 필하모닉 오케스트라의 명연주를 듣게 되었다는 설렘이 몰려왔다.

관중들은 대부분 70대 이상이었고. 50대 이하는 10% 정도 될까 할 정도였다. 정장 차림으로 음악회 나들이를 한 오스트리아인들이 멋지게 보였다. 자리는 만석이었다. 매일 공연이 이루어지는데, 평일 저녁 공연이 꽉 찬 것이 아주 인상적이었다. 공연은 특별한 설명이나 사회 없이 진행되었다. 연주자들이 자리를 잡고, 지휘자가 우레와 같은 박수를 받으며 등장하는 것으로 자연스럽게 장내 정리가 이루어지면서 연주회가 시작되었다.

은은한 선율이 울려 퍼지고 우리도 그 선율 속으로 점점 빠져들었다. 선율은 은은하다가 장엄하게, 때로는 격정적으로 바뀌었다. 평소 음악회를 자주 다니지 않아 다른 악단과 비교하긴 어렵지만, 최고의 지휘자와 연주자들이 선사하는 최고의 화음이었다. 40명 가까운 연주자로 이루어진 교향악단은 젊은 연주자부터 머리가 희끗희끗한 베테랑 음악가에 이르기까지 고루 포진되어 있었는데, 신예의 패기와 베테랑의 노련함이 완벽한 조화를 이루었다.

방랑자처럼 반년째 세계를 떠돌고 있는 우리도 모처럼 귀와 마음을 깨끗하게 씻었다. 누가 그랬던가. '어떠한 인간의 언어나 실제 형상을 사용하지 않고도 가장 강력한 메시지를 전달하는 예술이 바로 음악'이며, 그 음악이야말로 예술의 최고 경지를 보여주는 것이라고. 사실 그랬다. 교향악단은 어떠한 인간의 언어도 사용하지 않고, 첼로와 바이올린, 비올라, 트럼펫, 클라리넷, 드럼과 같은 악기에서 흘러나오는 소리와 화음으로 모든 감정과 희로애락을 표현했고, 극장을 메운 관객들의 마음을 깨끗이 씻어주었다.

음악을 들으면서, 그동안 여행했던 그리스와 로마, 피렌체, 베네치아, 빈의 고색창연한 건물과 아름다운 전원 풍경이 떠올랐다. 로마 바티칸과 피렌체의 우피치 미술관, 빈의 미술사박물관에서 보았던 세계적 거장들의 명화도 떠올랐다. 그랬다. 우리는 지금까지 인류가 성취한 최고의 건축물들과 예술 작품을 보았고, 지금 세계 최고의 음악을 현장에서 즐기고 있다. 그 모든 것들이 조화를 이루고 있는 빈은, 말 그대로 '예술의 도시'였다.

7시 30분에 시작된 공연은 15분 정도의 휴식 시간을 빼고 9시 30분까지 매끄럽게 이어졌다. 우리는 가장 좋은 입석, 말하자면 입석 중에서도 맨 앞자리여서 상대적으로 편안하게 관람하였다. 앞에는 좌석과 입석을 구분하는 낮은 펜스가 있어서 그것에 살짝 기댈 수도 있었다. 하지만 입석 플로어의 중앙에 서 있는 사람들은 앞 사람의 뒤통수를 바라보며 기댈 곳도 없이 2시간을 서서 버텨야 했으니 고통이 말이 아니었을 것이다. 그 고통을 감내하면서 '비싼 공연을 싸게 보는' 게 바로 입석임에랴.

공연을 보고 나오는 모두의 표정이 밝았다. 빈 필하모닉을 바로 현장에서 들었다는 뿌듯함과 만족감, 환상적인 화음이 준 감동의 여운이 남아 있는 듯했다. 어제는 세계 최고의 미술 작품을 감상하고, 오늘은 최고의 화음에 빠진, 짜릿한 감동을 선사한 빈에서의 예술 순례였다.

삶의 열정을 일깨운 모차르트

빈에서 잘츠부르크까지는 기차로 2시간 반이 걸린다. 큰 배낭을 빈의 움바트 호스텔에 맡겨 놓고 가방 하나씩만 들고 기차에 올랐다. 빈에서 잘츠부르크를 거쳐 스위스 취리히까지 가는 열차는 9시 30분 빈을 출발해 봄빛으로 물들어가는 오스트리아 중부지역을 신나게 달렸다. 철로 주변으로 숲과 들판이 펼쳐졌고, 그 사이에 그림 같은 작은 마을들이 스쳐 지나갔다.

우리가 잘츠부르크에서 머문 마이닝거(Meininger)는 유럽의 호스텔 체인이다. 현대적인 시설, 편리성과 접근성, 가격 우위를 바탕으로 주머니가 가벼운 여행자를 주요 목표 고객으로 삼는 숙소다. 가격이 저렴한 10인 도미토리에서부터 트윈, 싱글 등 다양한 숙박을 제공했는데, 그만큼 규모도 컸다. 전통적인 호스텔이나 게스트하우스가 중소 규모로 운영되면서 여행자들이 다양한 정보를 공유하는 일종의 '백 팩커스 문화'를 형성하는 구심점 역할을 하는 것과 달리, 마이닝거는 경제성과 효율성에 초점을 맞춘 '패스트푸드형' 호스텔이다. 그러다 보니 아무래도 전통적인 호스텔에 비해 정감은 떨어진다. 우리는 가격과 접근성 등의 요소를 감안해 이곳을 선택하고, 서양의 남녀 여행자들과 함께 9인 도미토리에 묵었다.

잘츠부르크는 한 시대를 불꽃처럼 살다 간 천재 음악가 모차르트의 고향이다. 마이닝거에 체크인을 한 다음, 바로 모차르트 생가와 탄생지 겸 박물관이 자리 잡고 있는 구시가지로 향했다. 구시가지의 미라벨 공원(Mirabell Park) 옆 모차르트 생가(Mozarts Wohnhaus)를 간단히 돌아본 다음 잘츠부르크를 관통해 흐르는 잘차크 강의 마카르트(Makart) 다리를 건너 박물관으로 개조한 모차르트 탄생지(Mozarts Geburtshaus)로 향했다. 아주 소박하게 꾸민 이 박물관은 모차르트의 일생과 그의 음악을 일목요연하게 소개하고 있었다.

모차르트는 1756년 1월 잘츠부르크에서 태어났다. 5세 때 바이올린과 피아노를 연주하고, 6세 때 대중 앞에서 공연을 할 정도로 탁월한 재능을 보였다. 아버지는 그의 천재성을 알리기 위해 7세 때인 1762년 순회연주에 나섰다. 8세 때 처음으로 작곡을 하고 11세 때엔 무대공연을 위한 곡을 작곡한 그는 이탈리아에서 큰 인기를 누리며 천재 음악가로서 명성을 떨쳤다.

청소년기인 16세 때 잘츠부르크 궁중 오케스트라를 맡아 이후 9년간 그곳에서 연주와 작곡, 지휘 등 활발한 활동을 펼쳤다. 그러다 25세 때인 1781년

모차르트 탄생지 지금은 박물관으로 개조되어 35년간 불꽃 같은 삶을 살다 간 그의 인생과 예술혼을 일목요연하게 보여주고 있다.

상업도시로 번영을 누리던 빈으로 이주해 새로운 음악활동에 들어갔다. 이주한 다음 해인 1782년에는 결혼하여 여섯 명의 자녀를 낳았다(이 중 네 명은 어려서 죽고, 두 명만 살아남았다).

32세 때인 1787년 빈의 조셉 2세(Joseph II)에 의해 궁중 음악가로 임명되었다. 당시 빈은 권력과 상업, 무역의 중심으로 번영을 누리고 있었고, 이를 바탕으로 음악과 예술이 활짝 피어났다. 그 속에서 모차르트는 음악적 영감을 발휘하며 음악은 물론 사교계에서도 인기 있는 인사가 되었다.

하지만 말년은 불우했다. 음악적인 성공에도 불구하고 계약을 파기한 채 방랑자 같은 삶을 살았다. 1780년대 후반 빈에 불어닥친 금융위기로 음악에 대한 지원이 줄어들면서 그도 큰 시련을 겪었다. 1791년 35세의 나이에 숨을 거둔 그는, 박물관의 설명에 따르면, 35년의 3분의 1에 해당하는 3720일 간 여행을 했고, 그 와중에도 22개의 오페라를 포함해 600곡 이상을 작곡하였다.

박물관에선 모차르트가 가난한 음악가가 아니었다고 설명해 흥미로웠다. 평생 많은 돈을 벌었고, 부유하고 호화로운 생활을 했다는 것이다. 하지만 관리가 서툴렀던데다 방탕하고 호화로운 생활과 도박 등으로 항상 빚에 허덕였다. 생의 마지막 2년은 자금 문제로 상당한 곤경에 처했지만, 사망하기 직전 1개월 동안 작곡료 등이 대거 들어오면서 갑자기 자금이 풍성해지는 등 부침이 심했다. 그의 마지막 곡인 〈레퀴엠〉이 빚을 갚기 위해 자신의 피를 찍어 작곡한 것이라는 얘기는 이래서 나온 것이었다.

모차르트 박물관은 화려하거나 볼 것이 많은 공간이 아니지만, 천재 음악가가 냉혹한 현실 세계를 걸어간 극적이고 파란만장한 일생을 담담하면서 간략하게 시기별로 설명해 놓아 이해하기가 쉬웠다.

박물관을 나서 모차르트가 240여 년 전 음악적 영감을 떠올리며 건넜을 잘차크 강을 건너 버스를 타고 숙소로 돌아왔다. 그의 인생은 짧았지만, 그의 음악은 지금도 지구촌 곳곳에서 연주되고 있다. 우리도 빈의 멋진 극장 뮤지크베라인에서 바로 그의 음악에 흠뻑 빠지기도 했다. 그래서 인생은 짧고 예술은 길다고 하는 것인가.

최고 힐링의 시간

잘츠부르크에 도착한 다음 날, 높은 산과 수정처럼 맑은 호수, 투명한 하늘로 오스트리아에서 가장 아름답다는 잘츠감머구트(Salzgammergut) 지역의 작은 마을 할슈타트에 다녀오기로 했다. 깊은 산속의 아름다운 자연과, 그 속에서 평화롭게 사는 사람들의 마을을 방문하는 것이다.

할슈타트는 잘츠부르크 동남쪽 산악지역에 위치해 있다. 구글 맵으로 잘츠부르크에서 할슈타트까지의 거리를 계산해 보니 자동차 최단 거리가 73km, 긴 노선이 91km로 나왔다. 거리상으로는 멀지 않지만, 산악지역이어서 최소한 2시간은 걸린다. 철도를 이용하면 잘츠부르크에서 빈 방향으로 1시간을 달려 아트낭-푸츠하임(Attnang-Puchheim) 역으로 간 다음, 거기에서 지역(로컬) 기차로 갈아타고 다시 1시간을 더 가야 한다. 빈에서 할슈타트로 가더라도 역시 같은 역에서 로컬 기차로 갈아타야 한다.

잘츠부르크를 출발한 기차는 산등성이로 구불구불 이어진 철로를 기우뚱기우뚱 하면서 천천히 달렸다. 10시 가까이 되어 아트낭에 도착하니, 10여 분 후 할슈타트로 가는 기차가 들어왔다. 환승 승객들을 감안해 기차 스케줄을 미리 조정해 놓은 것이다. 갈아탄 로컬 기차가 알프스 산맥에 가까이 접근하면서 풍경도 시시각각 달라졌다. 하늘은 말할 수 없이 투명하고, 언뜻언뜻 흰 눈이 덮인 높은 산이 나타났다. 철로 주변으로는 침엽수림이 빽빽하고, 일부 고목들이 쓰러져 원시림을 보는 듯했다. 저쪽 평지에는 이미 봄이 왔지만, 이곳 산속엔 아직 잔설이 많고 나무도 싹을 틔우기 전이었다.

할슈타트 역은 첩첩산중 산골에 세워진, 작고 아름다운 간이역이었다. 할슈타트 마을로 들어가기 위해선 다시 보트를 타고 호수를 건너야 했다. 기차 도착 시간에 맞추어 철도역 아래쪽 정박 시설에서 대기하고 있던 보트에 오르니 아름다운 호수와 그 주변으로 깎아지를 듯 높이 솟은 산, 구름 한 점 없이 맑은 하늘이 한눈에 들어왔다. 건너편 호수 주변에는 아름다운 집들이 햇살을 받아 빛나고 있었고, 이것이 수정처럼 맑은 호수에 반사되었다. 관광객들은 낮은 탄성을 내지르며 연신 카메라 셔터를 눌러댔다. 보트는 미끄러지듯이 호수를 가로질러 10분이 채 안 걸려 할슈타트 마을에 도착했다.

할슈타트는 유명한 역사 유적이나 웅장한 건축물이 있는 곳은 아니다. 인구라고 해봐야 공식통계에 의하면 2012년 1월 현재 794명이다. 다만, 고대시대부터 이곳 주변의 소금광산에서 소금을 채취하면서 마을이 형성되기 시작했고, 이 소금으로 오랜 기간 번영을 누렸다고 한다. 지금으로부터 2500~3000년 전 철기시대의 소금 채취 유적이 발굴되기도 했다. 이러한 이색적인 전통과 아름다운 자연환경 및 오래된 마을로 인해 할슈타트 전체가 유네스코의 세계문화유산으로 지정되어 있다.

11시 30분 할슈타트에 도착한 우리는 마을을 천천히 돌아보았다. 작고 아

할슈타트 호수와 마을 잘츠감머구트의 청정 마을로 수정 같은 호수와 설산이 탄성을 자아내게 한다.

름다운 교회가 마을 위쪽 끝에 자리 잡고 있고, 교회를 둘러가며 묘지가 형성되어 있었다. 할슈타트엔 묘지를 만들 땅이 부족해 일정 시간이 지나면 유골을 별도 시설로 이장하고 다시 새 묘지로 쓴다고 했다. 마을은 좁은 골목과 계단으로 아기자기하게 이어져 있었다. 유명 카메라 회사나 항공사의 광고 사진이나 엽서에서 볼 수 있는 그림처럼 아름다운 마을이었다.

마을을 한 바퀴 돌아본 다음, 햇볕이 잘 들고 바람이 잔잔한 호수가의 데크에 마련된 멋진 레스토랑에서 식사도 하고 차를 마시면서 휴식을 취했다. 평소 먹는 식사에 비해 상당히 비쌌지만, 충분한 여유를 즐기고 싶었다. 식사를 천천히 마친 다음, 창군은 책을 보다가 햇볕을 받으며 잠들어 버리고, 동군은 판타지 소설에 빠졌다. 올리브는 여행의 단상을 메모하고 나는 이곳저곳을 돌아다니며 구경을 했다. 멀리 호수와 산, 파란 하늘을 바라보면서 차도 한 잔씩 마셨다. 그림처럼 아름다운 곳에서 만끽한 행복한 휴식이었다.

할슈타트 타운 인구가 1000명도 되지 않지만, 관광객들에게 최고의 힐링을 제공하는 곳이다.

언제 우리 가족이 이처럼 편안한 시간을 가졌던가. 한국에서는 일과 공부에 쫓기고, 여행에 나선 이후로도 역사 유적지와 박물관 등 봐야 할 것들이 너무 많아 정신없이 돌아다녔다. 세계에서 가장 아름다운 풍경을 배경으로 이런 여유를 누리게 된 것은, 이번 여행이 가져다준 커다란 선물이 아닐 수 없었다.

그렇게 실컷 여유를 부리다 보니 출발할 시간이 다가왔다. 이번에는 역순으로 먼저 보트를 타고 호수를 건넜다. 뒤를 돌아보니, 할슈타트 마을이 더 아름답게 빛나고 있었다. 저 아름다운 자연과 마을을 그대로 가져가고 싶을 정도였다. 할슈타트 역에서 로컬 기차를 타고 아트낭-푸츠하임 역으로 이동한 다음, 바로 빈으로 가는 기차가 있어서 올라탔다. 햇살이 서녘으로 점점 기울면서 기차가 빈으로 접근했고, 속력도 점점 빨라졌다. 여행 자체가 휴가이기도 하지만, 오스트리아 일정은 우리가 여행 중에 가진 '가장 특별한 휴가'였다.

엉킨 여정, 여행의 위기

중반에 찾아온 여행의 최대 위기

오스트리아의 빈과 잘츠부르크, 할슈타트까지 '힐링 여행'을 마쳤지만, 이후 여행 루트를 어떻게 잡을 것인가 하는 숙제가 남아 있었다. 가족들은 여행의 매너리즘에 빠지거나 조금씩 지친 모습을 보이기 시작했고, 각자 여행하고자 하는 지역도 조금씩 달랐다. 매일 함께 붙어 여행하는 것도 스트레스였다. 각자에게 하고 싶은 것을 할 수 있도록 독립적인 시간을 주기도 했지만, 역시 근본적인 해결책은 되지 못했다.

여행 일정에 대한 고민은 사실 장기 여행자에게 예견된 것이었다. 여행 초기엔 상당 부분 한국에서 준비했던 계획에 따라 움직이지만, 4~5개월 지나면서부터는 여정을 새롭게 만들면서 움직여야 했다. 장기 여행을 준비할 때 전체 여행 루트는 구상했지만, 6개월 이후의 여정까지 상세히 만들 수는 없었다. 실제로 첫 여행지인 중국은 기차나 버스 이동 시간까지 세세한 계획을 만들었지만, 시점이 멀어질수록 그 밀도가 약화되어 6개월 이후 여정에 대해선 국가 단위의 계획만 갖고 있었다. 이 계획조차 현지 사정이나 열차 시간, 숙소 상황에 따라 바뀌기 일쑤였다. 그럼에도 여행 속도는 초기와 같거나 빨라질 때도 있었다. 그러니 혼선이 빚어지고 정신적, 육체적으로 힘들 수밖에 없었다. 우리는 여행을 마칠 때까지도 그걸 깨닫지 못하고 여행에 '욕심'을 냈다.

구체적인 여행 일정을 짜는 데엔 몇 가지 변수가 있어 더욱 복잡했다. 첫째는 창군이 군 입대를 위해 올리브와 함께 1개월 후엔 귀국해야 한다는 점이었다. 때문에 그 1개월 동안 창군이 원하는 곳을 우선하고 싶었다. 둘째는 올리브와 창군의 귀국 이후 나와 동군의 일정을 감안해야 한다는 점이었다. 나와 동군은 상대적으로 시간이 충분하기 때문에 좀 더 천천히 여행해도 되지만, 창군 입장에서는 신속하게 이동하더라도 보고 싶은 것은 웬만큼 돌아보는 게 좋았다. 이런 점을 고려해 여정을 잡는 게 생각처럼 쉽지 않았다.

일정에 대한 고민은 베네치아에서부터 본격화되었다. 피렌체에서 올리브와 창군의 귀국 일정과 항공편이 확정되면서 다음 여정을 구체적으로 마련해야 했다. 베네치아에 있을 때 우리는 오스트리아 빈에 이어 체코의 프라하와 독일의 뮌헨, 쾰른을 거쳐 덴마크~영국을 여행하고 프랑스~스페인을 돌아보는 코스를 잡았다. 창군이 여행하고 싶어 하는 곳들이었다. 그런데 영국이 골치였다. 영국은 EU 회원국이지만 유레일패스가 적용되지 않고, 대륙에서 영국으로 넘어갔다 돌아오는 교통편도 만만치 않았다.

이 일정은 오스트리아를 여행하면서 바뀌었다. 목적지가 덴마크 코펜하겐으로 변경된 것이다. 오스트리아에서 우리는 올리브–창군, 나–동군으로 그룹을 나누어 여행하는 방안을 놓고 며칠 동안 논의를 거듭했다. 우리의 유레일패스는 '세이버 패스'로 올리브는 창군과, 나는 동군과 함께 여행해야 할인을 받을 수 있기 때문이다. 하지만 나와 동군의 여행 계획이 뚜렷이 잡히지 않아, 올리브와 창군이 가려던 코펜하겐 행에 합류하게 되었다.

나와 동군은 체코 프라하로 갈지, 독일 베를린으로 갈지 여러 생각을 했지만, 열정은 크게 떨어졌다. 가도 그만, 안 가도 그만이라는 생각이었다. 장기 여행자가 걸리기 쉬운 매너리즘에 빠진 것인지도 몰랐다. 더구나 나와 동군의 그런 모습을 마음에 들어하지 않는 올리브와 신경전이 자주 벌어졌다. 속으로 나와 동군으로부터 벗어나 창군하고 둘이서 좀 더 자유롭게 여행하고 싶었는지도 몰랐다. 유럽 여행이 중반으로 치달으면서 위기가 최고조에 달하는 느낌이었다.

결국 코펜하겐을 돌아본 다음, 덴마크~프랑스~영국~프랑스~스페인으로 이동하는 코스가 만들어졌다. 유럽을 시계 반대 방향으로 도는 여정이다. 올리브와 창군이 마드리드에서 귀국한 후 나와 동군은 북유럽과 동유럽, 러시아를 별도로 여행하기로 했다. 이 여정 역시 교통편을 비롯한 현지 사정 때문에 나중에 또다시 수정해야 했지만, 일단 네 명이 함께 코펜하겐으로 향했다.

오스트리아 빈은 유럽 중부 내륙에 있는 반면 코펜하겐은 북쪽 끝 발트해 너머에 있기 때문에 거리가 만만치 않다. 기차 시간표와 숙소에 대한 조사를 거쳐 빈에서 프랑크푸르트로 가서 기차를 갈아타고 함부르크까지 간 다음, 함부르크에서 1박을 하고 다음 날 코펜하겐으로 이동하기로 했다. 전체적으로 기차를 타고 가는 시간만 15시간이 넘고, 총 이동 거리가 1550km에 달하는 긴 여정이었다.

거의 30시간이 걸렸던 인도 콜카타~델리나 코치~뭄바이 노선보다 길고, 중국 시닝에서 티베트 라싸까지 24시간 달린 칭짱 열차 구간보다 약간 짧지만, 엄청난 거리다. 중부 유럽을 기차만 타고 달린다는 게 과연 어떤 의미가 있는지 가늠이 되지 않았지만, 여정이 꼬여 버려 어쩔 수 없었다.

움바트 호스텔에서 일찍 식사를 하고 체크아웃한 다음, 빈 서역에서 오전 8시 50분 출발하는 프랑크푸르트 행 기차에 올랐다. 오후 4시경 프랑크푸르트에 도착하여 1시간 30분 정도 머문 다음 다시 기차를 타고 밤 9시 함부르크 알토나 역에 도착했다. 10시간 넘게 기차를 타고 중부 유럽을 남북으로 관통하면서 유럽의 전원 풍경을 질리도록 감상했다.

깔끔하게 잘 단장된 유럽 농촌의 모습이 하루 종일 지속되었다. 넓은 숲과 끊임없이 이어진 구릉, 거기에 펼쳐진 밭과 그 사이 사이에 지어진 그림 같은

집들이 나타났다. 평화로운 풍경
이었다. 워낙 기차로 이동하는 시
간이 길어 책도 보고, 잠도 자고,
인터넷으로 다운받은 영화 〈포레
스트 검프〉와 〈천사와 악마〉도
보았다.

열차에서 노트북 컴퓨터로 다운받은 영화를 보는 가족

함부르크에서는 잘츠부르크의
호스텔과 같은 체인인 마이닝거 호스텔에 여장을 풀었다. 올리브와 창군이
귀국한 후 나와 동군의 여정은 아직도 고민중이었다. 북유럽과 동유럽, 러시
아를 보고 미국으로 넘어간다는 대략적인 구상만 있었다.

미국 일정도 고민거리였다. 그게 확정되어야 창군의 군 입대 이후 올리브
와 합류할 지역을 결정할 수 있고, 항공편도 예약할 수 있다. 그런 가운데 우
리는 동군의 어학 연수도 고려하고 있었다. 현재 고등학교를 자퇴한 상태지
만 고3 나이가 된 동군은 지금 같은 관광지 중심의 여행보다 3개월 정도 영어
연수를 하는 게 어떨까 하는 생각이었다. 동군 역시 같은 생각이었다. 모두
이번에 영어만이라도 '확실하게' 끝내는 게 좋겠다는 생각이었다.

하지만 어디서 어떻게 영어 연수를 하고 비자는 어떻게 받아야 할지 딱 맞
는 해답을 찾지 못하고 있었다. 더구나 영어 연수가 새로운 이슈로 등장하
자 그렇다면 여행은 왜 하고, 어디에서 무엇을 보려고 하는 것인지 등 근본적
인 문제까지 대두되었다. 나나 올리브, 동군 모두 갑갑하기는 마찬가지였다.

이 문제와 관련하여 올리브는 동군이 직접 방법도 찾아보고 결정도 내리
기를 바라고 있었다. 부모가 해법을 제시하고 동군은 그걸 선택하는 입장이
된다면, 비싼 비용을 들여가며 여행에 나선 의미가 없기 때문이다. 자신의 문
제를 스스로 생각하고, 고민하고, 결정함으로써 '독립적인 인간'으로 성장하
게 하는 것이 이번 여행의 주요 목표 아닌가.

기차를 놓쳐 버린 '황당한' 여행자들

함부르크에서 하룻밤을 묵고 알토나 역으로 출발했다. 호스텔에서 역까지는 5분 정도밖에 안 되고, 9시 28분 코펜하겐 행 열차는 출발 시간까지 여유가 있어 느긋하게 역으로 향했다. 그런데 앞서가던 창군이 갑자기 우리를 돌아보며 말했다.

"시간이 이상해. 지금 9시가 넘었어."

순간적으로 '오스트리아와 독일 사이에 시차가 있나?' 하는 생각이 들었다. 하지만 두 나라는 같은 시간을 쓰고 있다. 어제 저녁 함부르크에 도착해서도 혼돈이 없었다. 하룻밤 새에 무엇이 변한 것인지, 홀린 듯한 기분이었다.

역에 도착해 걸려 있는 시계를 보니 과연 8시 25분이 아니라 9시 25분이었다. 그제야 상황이 파악되었다. 오늘, 그러니까 3월 마지막 주 일요일인 오늘은 유럽에서 서머타임이 적용되는 날이었다. 그래서 시간이 1시간이 앞당겨진 것이다. 우리가 타려던 9시 28분 기차는 이미 놓쳐 버렸다. 세계와 소통하면서 꿈과 희망을 찾으려고 비싼 비용을 들여 여행을 하고 있는데, 시간도 모르고 있다니! 이를 어이하면 좋단 말인가.

다음 기차를 알아봐야 했다. 유레일 기차 시간표를 확인한 후 전철을 타고 함부르크 중앙역(Hamburg Hbf)으로 이동했다. 코펜하겐 행 기차는 오후 1시 28분 출발이라 3시간 정도를 기다려야 했다. 여유 시간이 생기자 올리브와 창군은 함부르크를 돌아본다며 시내로 나가고, 나와 동군은 맥카페에서 짐을 지키며 기다렸다. 약 1시간 후 돌아온 올리브와 창군은 오늘이 일요일이라 모든 상점이 문을 닫아 도시가 텅텅 비었다며 허탈해했다.

함부르크를 출발한 기차는 독일 북부 평원을 신나게 달렸다. 풍력과 태양을 이용한 대체에너지 시설들이 곳곳에 보였고, 특히 풍력발전 시설들이 눈에 많이 띄었다. 기존 화석연료를 대체할 에너지 개발에 가장 적극적이고, 특히

2011년 일본의 쓰나미와 후쿠시마 원전 대재앙 이후 핵 발전소의 점진적 폐기 방침을 밝힌 독일의 열정이 보이는 것 같았다.

독일 푸트가르덴에서 발트 해를 건너기 위해 페리에 올라탄 기차 페리에 레일이 깔려 있다.

기차는 함부르크를 출발한 지 1시간 반 정도 지나 발트 해로 넘어가는 관문도시 푸트가르덴(Puttgarden)에 도착했다. 여기서 덴마크로 가기 위해선 발트 해를 건너야 한다. 어떻게 건너갈지 궁금했는데 신기하게도 기차가 통째로 페리에 올라탔다. 처음 보는 광경이었다. 철도 레일이 설치된 배가 항구에 접안하면 기차가 그 레일을 타고 배에 올라타도록 하는 방식이었다. 육중한 철마를 배에 태운다는 발상 자체가 그저 놀라웠다.

기차가 페리에 올라타자 승객들은 기차에서 내려 갑판과 대합실이 있는 데크로 이동했다. 만일의 사태에 대비한 조치였다. 승객들 모두 흥미로운 표정으로 싱글벙글하면서 페리로 이동했다. 페리엔 면세점과 식당, 바, 카페 등 상업 시설과 휴게 시설이 있었다. 승객들은 면세점으로 몰려들었다.

페리가 덴마크로 접근하자 가장 먼저 우리를 맞은 것은 대규모 풍력발전 단지였다. 하얀 풍차들이 멀리 바다 위를 수놓고 있었다. 페리에도 이 시설에 대한 설명문이 붙어 있었다. 뢰드샌드2(Rødsand2) 해상 풍력발전 단지였다. 총 5억 유로를 투입해 건설된 발전 단지에는 90개의 터빈이 가동되고 있으며, 연간 800기가와트(GWh)의 전력을 생산하고 있다. 약 20만 가구가 쓸 수 있는 전력으로, 이를 통해 절감되는 탄소 배출량은 연간 70만 톤에 달한다. 별도의 에너지원 없이 오로지 풍력으로만 이 정도 전력을 생산한다는 게 놀라웠다.

덴마크는 1차 오일쇼크가 발생한 1970년대부터 화석연료의 한계를 인식하고 풍력발전에 관심을 갖고 투자, 이제 관련 기술을 선도하고 있으며 전체

국가 전력의 20% 이상을 풍력으로 충당하고 있다. 전 세계에 공급되어 있는 풍력발전 설비의 50% 정도가 덴마크 기술로 만들어진 것이라고 한다. 고유가 및 핵연료에 대한 불안감으로 대체에너지에 대한 관심이 높아지면서 더욱 주목받고 있다. 풍력발전으로 탄소 배출을 줄이면서 경제적 효과도 누리는 '녹색기술'의 현장인 셈이다.

약 45분 만에 발트해를 넘어 뢰드비(Rødby) 역을 통해 덴마크 셀란 섬에 상륙했다. 배에서 내린 기차는 코펜하겐을 향해 쏜살같이 달렸다. 들판엔 안개가 자욱했다. 오후 6시 30분, 코펜하겐에 도착하여 가장 먼저 눈에 들어온 것은 어마어마한 자전거 물결이었다. 역과 대부분의 빌딩 앞에 마련된 주차 공간에는 자전거들이 까마득하게 서 있었다. 페리에선 대규모 풍력발전 단지, 거리엔 자전거. 환경과 미래를 생각하는 덴마크의 아이콘이었다.

숙소까지는 거리가 꽤 되었지만, 창군이 귀신같이 찾아갔다. 12인 도미토리에 묵었는데 만원이다. 저녁식사를 한 다음, 숙소로 돌아와서는 다시 향후 여행 일정을 짜느라 골머리를 앓아야 했다. 모든 가능성을 놓고 현지 사정을 확인한 다음 퍼즐 맞추듯이 맞추고 나서야 하나하나 예약이 가능한데 무엇 하나 제대로 맞추어지지 않았다. 교통과 숙소 등의 정보를 확인하려면 인터넷이 연결되어야 하고 일정 시간이 필요했지만, 장거리 이동 중인 우리에겐 그럴 만한 시간이 부족했다.

덴마크 뢰트겐 풍력 발전단지

일단 나와 동군은 코펜하겐에는 하루만 머물고 다음 날 야간 열차를 타고 네덜란드 암스테르담으로 이동하는 데 의기투합한 상태였다. 원래 코펜하겐은 올리브와 창군의 여행 목적지였고, 나와 동군은 그들을 따라온 것이나

코펜하겐의 한 건물 앞에 세워져 있는 자전거

마찬가지였다. 올리브와 창군은 코펜하겐에서 하루 더 머물며 올리브가 관심을 갖고 있는 청소년 및 시민 교육기관인 포크하이스쿨(Folk Highschool)을 방문한 다음, 건축학도인 창군이 보고 싶어 하는 고딕 양식의 최고봉이 있는 독일 쾰른으로 이동하기로 했다. 그리스~이탈리아~오스트리아까지 차분하게 진행되던 여정이 갑자기 툭툭 튕겨져 나가는 느낌이었지만, 여행의 활력을 위해선 두 팀으로 나누어 여행하는 게 좋을 것이라고 판단했다.

1시간 만에 돌아본 안데르센의 고향

다음 날 아침 나와 동군은 체크아웃 후 짐을 숙소에 맡겼다. 코펜하겐 중앙역에 도착하자마자 먼저 네덜란드 암스테르담 행 야간 열차부터 예약했다. 본격적인 여행 시즌이 시작되기 전이라 표는 많았다. 오후 6시 10분 코펜하겐을 출발해 다음 날 오전 9시 59분에 암스테르담에 도착하는, 거의 16시간이 걸리는 장거리 여정이다.

그런데 중대한 변수가 발생했다. 런던 행 유레일 티켓이 바닥난 것이다. 우리는 영국을 여행한 다음 가능하면 아일랜드까지 돌아보고 프랑스로 건너오는 여정을 염두에 두고 있었는데 런던으로 가려면 비싼 일반 요금을 내야

했다. 유레일패스를 갖고 있으면서도 일반 요금을 부담한다는 게 마음에 걸렸다. 영국에서 유럽 대륙으로 넘어오는 것도 만만치 않았다. 아무래도 암스테르담에서 런던으로 가는 것은 무리라는 생각이 들었다.

올리브와 창군은 바로 옆 창구에서 따로 기차표를 예매했다. 그들도 영국행 기차표가 바닥난 것을 확인하고 즉석 회의를 열어 부산하게 움직인 끝에 런던 행 티켓은 구입을 보류하고, 일단 프랑스 파리를 다음 목적지로 정했다. 나와 동군은 이틀 후 암스테르담에서 파리로 가는 티켓을 예매하고, 올리브와 창군은 코펜하겐에서 독일 쾰른을 거쳐 파리로 이동하는 티켓을 예매했다. 영국 여행 일정은 파리에서 다시 알아보기로 했다.

이렇게 하여 두 팀으로 나누어 2박 3일 동안 따로 여행한 후 파리에서 재회하는 일정이 만들어졌다. 영국은 빈에서부터 유럽 북부를 여행하는 내내 우리의 최대 골칫거리였다. EU 회원국이면서도 유로 화를 채택하지 않고 파운드를 쓰는 나라, 동유럽에서 북유럽까지 사용할 수 있는 유레일패스가 적용되지 않는 나라, 모든 EU 회원국들이 출입국 절차를 없앴지만 입국자를 별도로 심사하는 나라, 그 '이상한 나라' 영국이 끝까지 우리를 괴롭혔다.

나와 동군이 예매한 암스테르담 행 기차는 오후 6시 10분 출발이라 아직 5시간 정도 여유가 있었다. 시청 앞에서 1시에 시작하는 코펜하겐 주요 관광지를 둘러보는 프리투어(Freetour)가 있었지만 시간상 참여가 어려워 포기하고, 기차로 1시간 15분이 걸리는 오덴세(Odense)를 신속히 다녀오기로 했다.

오덴세는 덴마크의 제2도시이자 세계적인 동화작가인 한스 안데르센(1805~1875)이 태어난 곳으로 유명하다. 시간이 빠듯하여 이 오덴세를 뛰어서 구경해야 하게 생겼다. 12시 50분행 기차가 2시 5분 오덴세에 도착하는데, 암스테르담 행 침대열차를 타려면 오덴세에서 3시 16분 코펜하겐 행 기차를 타야 한다. 그래야 코펜하겐 역에 4시 48분에 도착해서 호스텔로 가 짐을 찾아 다음 여행지로 떠날 수 있다. 결국 1시간 15분을 달려 도착한 오덴세에 머물

수 있는 시간은 겨우 1시간이었다. 기차가 연착되기라도 하면 향후 일정은 틀어지게 되어 있었다.

지금까지 이렇게 무리한 일정을 짠 적이 없는데, 즉흥적으로 행선지를 결정하고 움직이다 보니 이렇게 되었다. 기차가 옅은 안개가 긴 덴마크 평원을 질주했다. 무언가에 쫓기듯 바쁜 와중에도 안데르센의 고향을 직접 찾는다는 흥분이 몰려왔다.

안데르센은 〈인어공주〉, 〈미운 오리새끼〉, 〈성냥팔이 소녀〉, 〈벌거벗은 임금님〉 등 전 세계 어린이들을 감동시킨 주옥 같은 명작들을 남겼다. 그가 활동한 19세기는 격동과 변화의 시대였으며, 많은 작품들이 그 시대상을 반영하고 있다. 그가 쓴 동화는 꼭 아름답고 행복한 이야기만 있는 것은 아니며, 의외로 우울하고 슬프고 음산하기도 하고 때로는 허영에 가득찬 사회를 통렬하게 꼬집기도 한다. 그런 이유로 더욱 사랑받고 있다.

오덴세에서 구두 수선공의 아들로 태어난 그는 집안이 가난했던데다 어렸을 때 아버지마저 세상을 떠나 생활고에 시달려야 했다. 노래와 연기에 재능을 보여 14세 때 연기자로서의 꿈을 실현하기 위해 코펜하겐으로 떠났다. 무작정 상경이었다. 코펜하겐에선 여러 극단을 찾아가 입단을 요청했으나, 마땅한 일자리를 찾지 못해 뒷골목을 전전하며 겨우겨우 살아가야 했다. 다행히 그의 재능을 알아본 코펜하겐 실력자의 도움을 받아, 연기자의 꿈을 잠시 접고 지방의 학교로 들어갔다. 남들보다 몇 년 늦었지만, 학교에 들어가 책을 읽고 글을 쓰면서 작가로서의 새로운 재능을 발견한다. 처음에는 소설을 썼지만, 이후 어린이는 물론 어른도 읽을 수 있는 동화를 발표하면서 명성을 얻었다. 젊은 시절의 고난과 방황, 다양한 경험들이 그의 작품을 살찌우는 자양분이 되었다. 70세로 세상을 떠나기까지 평생을 독신으로 살아 이 때문에 그의 성적 정체성에 의문을 제기하는 사람들도 있다.

오덴세는 덴마크 제2의 도시지만, 작은 마을이다. 역에서 내려 웬만한 곳들

안데르센의 고향 오덴세에 있는 안데르센의 생가(왼쪽)와, 안데르센 동상과 나란히 앉은 동군과 창군(오른쪽)

은 걸어서 돌아다닐 수 있는 거리에 있다. 하지만 상황이 좋지 않았다. 가는 날이 장날이라고, 오늘이 월요일이라 박물관과 기념관, 안데르센 탄생지 등 모든 시설이 문을 닫았다. 겉에서만 구경할 수밖에 없었다. 어쩌면 기념관과 상점들이 문을 닫았기 때문에 1시간 만에 여행을 끝낼 수 있었는지도 모른다. 기가 막히지만, '하루 한 걸음' 세계 여행 가족의 '대단한' 안데르센 탐방이었다.

시간에 맞추어 다시 역으로 돌아와 슬라이딩 하다시피 기차를 타고 코펜하겐으로 돌아왔다. 코펜하겐에서 하루 더 묵기로 한 올리브·창군과 역에서 엉거주춤 작별 인사를 나눈 다음, 동군과 함께 숙소에서 짐을 찾아 헐레벌떡 다시 역으로 오니 5시 40분이었다. 역 구내에서 산 감자튀김을 들고 암스테르담 행 열차가 출발하는 7번 플랫폼으로 허겁지겁 내려갔다. 앗, 그런데 거기에 올리브와 창군이 우리를 배웅하기 위해 나와 있는 것이 아닌가. 불과 1시간 30분 만임에도 너무도 반가워하며 이별인사를 나누는데 기차가 막 들어왔다. 남은 감자튀김을 입에 털어 넣고 기차에 올랐다. 올리브와 창군이 플랫폼에서 활짝 웃어 보이며 손을 힘차게 흔들었다. 해가 서녘으로 기우는 오후 6시 10분, 기차는 정확히 24시간을 머물렀던 코펜하겐을 떠나 암스테르담으로 향했다.

어제 독일에서 셀란 섬으로 넘어올 때에는 기차가 페리에 올라탔지만, 이번에는 셀란 섬 서쪽의 반도로 이어진 발트 해 밑의 긴 터널을 통과했다. 낮에 오덴세를 여행할 때 지나갔던 터널로, 다시 오덴세를 거치는 코스다. 결국 아침에 즉흥적으로 오덴세 여행을 결정하는 바람에 약 170km에 달하는 코펜하겐~오덴세 구간을 세 번째 달리는 꼴이 되고 말았다.

어쨌든 전쟁 같았던 여정을 마치고 야간 열차를 타니 마음에 여유가 생기기 시작했다. 기차 승객은 많지 않았다. 우리는 6인용 침대칸에 탔는데, 모든 시설이 깔끔하고 청소도 잘 되어 있었다. 시트도 깨끗하게 세탁되어 있었다. 우리 앞 침대에는 루마니아 태생의 덴마크 신사가 탑승했다. 아침까지만 해도 축 처져 있었던 동군은 빈 객실을 왔다 갔다 하면서 책도 보고, MP3로 소설도 보면서 활기를 보였다.

오스트리아 빈에서 출발, 독일을 남에서 북으로 횡단해 코펜하겐까지 오는 데 이틀이 걸렸지만, 정작 코펜하겐에 와서는 안데르센의 고향인 오덴세를 1시간 동안 돌아본 것으로 끝낸 셈이 되었다. 그렇게 여행을 할 수 있었던 것은 유레일패스가 있었기 때문이다. 우리는 이렇게 장거리를 이동하면서도 교통비는 거의 들지 않았고, 야간 열차를 이용할 경우 숙박비까지 절감할 수 있었다. 하지만 일정을 치밀하게 짜지 않고 움직이는 바람에 짜임새 있는 여행을 못하고 많은 시간을 기차에서 보내는 재앙 수준의 여행이 되고 말았다.

네덜란드 암스테르담~프랑스 파리~스페인 포르부
문학청년의 열정을 되찾은 가장

여행의 활력을 준 고흐

'사람을 찾아가는 여행'은 문화재 탐방보다 훨씬 더 큰 즐거움을 주고 지적 호기심을 유발한다. 문화재는 지금까지 중국과 인도에 이어 유럽으로 와서도 터키와 그리스, 이탈리아 등에서 질리도록 보았기 때문에 사실 '그게 그것' 같지만 사람은 각각 독특한 스토리를 간직하고 있다. 더욱이 회화나 조각 같은 예술품의 경우 그 분야에 대한 조예나 이해가 깊지 않으면 감동을 느끼기 힘들지만, 역사적 인물들의 삶엔 극적인 스토리가 있기 때문에 그걸 알아가는 게 새로운 즐거움을 준다.

실제 우리는 그리스 크레타 섬에서 영원한 자유의 화신 카잔차키스를 만났고, 이탈리아 아시시에선 가난한 성인 프란체스코를, 피렌체에선 메디치 가문을, 오스트리아 잘츠부르크에선 격정적인 인생을 살다간 천재 음악가 모차르트를, 덴마크 코펜하겐에선 비록 스쳐 지나가는 수준이었지만 세계 최고의 동화작가 안데르센을 만났다. 네덜란드 암스테르담에선 근·현대 서양미술의 신기원을 연, 전설 같은 사나이, 반 고흐를 만났다. 그것이 매너리즘에 빠져 위기로 치닫던 여행에 새로운 빛과 활력을 안겨주었다.

코펜하겐을 출발한 기차는 밤새 덴마크를 동에서 서로 횡단한 후 남쪽 독일로 넘어왔다. 기차는 함부르크에서 방향을 서쪽으로 틀어 네덜란드 암스

고흐 미술관이 있는 암스테르담 뮤지엄플레인 광장 정면에 설치된 'I amsterdam' 글자로 만든 조형물이 암스테르담의 엠블럼이 되었다.

테르담을 향해 힘차게 달렸다.

코펜하겐을 출발한 지 16시간 만인 오전 10시 네덜란드 암스테르담 센트럴 역에 도착했다. 암스테르담은 '물의 도시', '운하의 도시'답게 운하가 거미줄처럼 연결되어 있다. 운하가 부채꼴 모양으로 도시를 연결하고 있고, 그 운하에는 관광객을 태운 보트와 화물선이 쉴 새 없이 다닌다.

암스테르담은 14세기부터 도시가 형성되기 시작해 유럽의 식민지 개척이 활발히 이루어진 17세기 이후 상공업의 중심지로 전성기를 구가하였다. 이후 유럽의 산업혁명과 근대화, 무역의 발달과 함께 지속적으로 번영을 누렸으며, 지금도 유럽의 교통 및 무역 요충지로 자리 잡고 있다. 이런 역사를 반영해 암스테르담 곳곳엔 고색창연하고 웅장한 유적들이 산재해 있다. 하지만 우리, 특히 나의 관심은 반 고흐 미술관(Van Gogh Museum)이었다.

시내 한가운데 있는 레이즈플레인 호스텔(Leidseplein Hostel)에 여장을 푼 후, 바로 고흐 미술관을 찾았다. 뮤지엄플레인(Museumplein)의 고흐 미술관엔 그의 일생 연대기에 따라 작품을 진열하고, 그의 삶과 예술을 자세히 설명해 놓았다. 막연하게만 알고 있던 그의 삶과 작품세계가 어떻게 변화했는지 제대로 이해할 수 있었다. 특히 이곳은 그의 작품을 가장 많이 소장한 곳으로, 암스

고흐 자화상(1889년) 고갱과 말다툼을 벌인 후 귀를 자른 모습으로, 그의 격정적인 성격을 보여준다.

테르담의 보물이라고 할 만한 미술관이었다.

37세의 젊은 나이로 사망한 빈센트 반 **고흐**(Vincent van Gogh)는 놀랍게도 예술가로 활동한 기간이 10년에 불과하다. 짧은 시간이지만 그는 독창적인 예술 세계를 개척해 인상파 예술을 꽃피우고, 이후 상징주의, 표현주의 등 서양미술의 새 사조인 모더니즘의 토대를 만든 예술가였다. 그의 보헤미안적이고, 열정적이고, 극적이며, 불우한 삶은 '진정한 예술가'의 초상이다.

1853년 네덜란드 남부의 작은 마을에서 태어난 고흐는, 숙부가 운영하는 헤이그 화랑의 딜러로 활동하면서 미술계에 발을 디딘다. 그러면서 한때 전도사로서의 꿈을 꾸기도 하고, 선교를 위해 하층민과 어울려 생활하는 등 종교에 심취하기도 했다. 하지만 운명은 그를 예술가의 길로 이끈다. 26세 때인 1881년 미술 작품을 상품으로 거래하는 딜러 일에 싫증을 느끼고 예술가의 길을 가기로 결심, 스스로 드로잉 연습과 습작에 몰두하기 시작한다.

고흐는 32세 때인 1885년 이후 벨기에 앤트워프와 프랑스 파리로 이주해 작품을 발표하면서 독창적인 기법을 선보였다. 사물을 사실적으로 묘사하는 데에서 벗어나 사물의 특징을 강렬한 색채와 과감한 터치로 표현하는 새 기법을 구사했으며, 산업혁명 이후 고단한 삶을 살아가던 민중의 삶을 그렸다. 파리에서 작가들과 교류하면서 작품 활동을 했지만 평가는 엇갈렸고, 대체로 '문제 작가'로 취급되었다.

1887년 프랑스 남부 아를로 이주해 작품을 발표하면서 비로소 창조적인 예술혼을 활짝 꽃피웠지만, 간질을 앓기 시작하면서 불운의 그림자가 그를 엄습했다. 절친한 친구 폴 고갱과 말다툼을 벌이고 나서 귀를 잘라버린 것은 유명한 일화로 남아 있다. 1889년 5월에는 세인트-레미(Saint-Remy)의 보호시설에 스스로 입원하지만, 완전히 회복하지 못해 괴로워하다 1890년 7월 27일 가슴에 권총을 쏘아 자살함으로써 격정적인 생을 마감한다.

그가 화가로 활동한 기간은 1881~90년 사이 10년이었지만, 그가 근대 이후의 미술계에 미친 영향은 거의 절대적이라 할 만했다. 그는 900여 점의 회화작품과 1100여 점의 드로잉, 900여 통의 편지를 남겼고, 고흐 미술관은 200여 점의 그림과 500여 개의 드로잉, 750여 통의 편지를 전시하고 있다.

동군이 주로 고흐 작품을 감상하는 데 집중한 데 비해 나는 그의 삶의 여정에 더 집중했다. 미술에 대한 심미안보다 그의 삶과 작품 세계를 일목요연하게 정리한 것이 나에게 더 큰 인상을 주었다. 그런 다음 미술관을 돌아보니 작품에 대한 이해도 훨씬 수월하였다.

감동을 안겨준 고흐 미술관을 나서면서 방명록에 "현대미술은 반 고흐의 그림자와 같다"라고 썼다. 동군이 왜 그런 과장된 표현을 하느냐는 듯이 약간 눈을 흘겼지만, 현장에서 확인한 예술가로서 고흐의 열정적인 삶과 독창적인 작품은 신선한 충격을 주었다. 예술이든, 문학이든, 기술이든, 다른 어떤 것이든, 새로운 것을 창조하는 사람만이 역사를 만들고 영원히 기억된다. 새로운 것을 향한 도전이 아름다운 인생을 만드는 것 아닌가.

3시간 가까이 고흐 미술관을 관람한 다음 동군은 렘브란트 작품으로 유명한 국립박물관으로 향하고, 나는 인근 뮤지엄 파크를 산책했다. 동군은 빈 여행 이후 기운이 좀 빠졌지만 박물관과 미술관에는 여전히 관심이 많았다. 아무래도 풍부한 독서량과 역사와 문화에 대한 관심이 그를 이끄는 것 같다. 그런 동군이 원본 예술 작품과 문화재를 보면서 꿈을 키워가고, 구체화하기를 바라는 마음뿐이었다.

시민정신을 실험하는 암스테르담

미래를 향한 변화의 물결 자전거가 암스테르담의 주요 교통수단으로 자리를 잡아가고 있다.

자전거의 도시 암스테르담에 왔으니, 어찌 자전거를 타지 않을 수 있겠는가. 숙소의 소개로 대여점인 그린 바이크(Green Bike)를 찾았다. 하루 빌리는 데 대당 11.5유로의 대여료에 3유로의 보험료가 붙어 총 14.5유로였다. 숙소 소개에 따른 할인을 받아 1인당 13.8유로(약 2만 700원)를 지불했다. 24시간 교통카드(1인당 7유로)보다 두 배 정도 비싸지만 환경보호에도 참여한다는 마음으로 기꺼이 지불했다.

자전거 대열은 코펜하겐에서도 아주 인상적이었다. 아침엔 자전거 행렬이 도로를 가득 메웠고, 각 건물 앞에는 엄청난 규모의 자전거가 세워져 있었다. 도시 전역엔 자전거 전용도로가 있었고, 교통 시스템도 자전거와 보행자 중심으로 구축되어 있었다. 자전거가 자동차를 슬며시 밀어내는 양상이다.

1994년 중국을 처음 여행했을 때 상하이와 베이징에서 아침에 출근하는 어마어마한 자전거 행렬을 보고 기겁한 적이 있는데, 이젠 선진국 북유럽에서도 자전거가 대세를 이루고 있다. 중국은 '자전거의 나라'라는 별명까지 얻었지만, 지금은 이 자전거가 자동차에 밀려나고 도로도 자동차 중심으로 재편되고 있다. 하지만 코펜하겐과 암스테르담에서는 그 정반대 현상이 펼쳐지고 있다. 도시교통 체계가 보행자와 자전거 중심으로 재편되면서 자동차 운행이 불편한 일이 되고 있지만, 주민들은 지금과 미래 세대를 위해 필요한 것으로 받아들이며 즐기고 있다. 근대적인 '성장'과 '개발'을 뛰어넘는 '진보'의 발걸음을 내딛고 있는 것이다.

자전거를 탄 나와 동군은 먼저 암스테르담 중심인 담(Dam) 광장으로 향했다. 가장 대표적인 관광 명소로, 암스테르담의 이정표이기도 하다. 국가적인 주요 행사가 열리는 담 광장과 그 주변엔 2차 세계대전 당시의 사망자들을 기리는 위령탑과 왕궁(Palace), 신교회 등 중심 유적들이 몰려 있다.

담 광장에 이어 안네 프랑크 하우스와 렘브란트 광장, 구교회, 도크, 운하 등을 돌아보았는데, 역시 가장 인기 있는 곳은 안네 프랑크 하우스였다. 우리가 도착했을 때에도 입장을 기다리는 사람들이 건물을 한 바퀴 휘감아 돌 정도로 긴 줄을 만들고 있었다. 안네에 대한 한국인의 인기를 반영하듯,《안네의 일기》주요 대목까지 발췌해 놓은 한글 안내문도 보였다.

안네 프랑크 하우스는 2차 세계대전 당시 독일군을 피해 안네 가족이 숨어 지내던 벽장 속 은신처 등을 당시의 모습 그대로 재현해 놓고, 일기의 관련 대목들도 발췌하여 전시해 놓았다. 당시의 긴장감과 그곳에서 매일 일어난 일들을 기록하며 저널리스트(언론인)로서의 꿈을 키워가던 순수한 소녀의 모습이 생생하게 전달되었다. 하지만 나치의 검열이 심해지고 누군가의 밀고로 은신처가 발각되어 강제 수용소로 끌려가 모진 고초를 당하다 가족들이 하나둘 세상을 떠나는 대목은 더없는 슬픔을 안겨주었다. 전쟁의 참혹함과 인간 존엄에 대한 이보다 더 생생한 교육장은 없을 것 같았다. 암스테르담을 방문한다면 꼭 들러야 할 곳이었다.

그런데 자전거 일주가 처음에는 생각보다 만만치 않았다. 차와 트램, 행인들로 시내가 복잡했고, 자전거 주행과 관련한 규정을 잘 몰라 조심할 수밖에 없었다. 동군은 규정보다는 직관에 의존했다. 차량이 있는지 없는지 주변 상황을 파악할 후 교차로에 진입하고 도로를 쌩쌩 달렸다. 나는 교통 상황이나 일방통행 여부 등을 파악하기 위해 교차로에서 도로 표지판을 보며 한참을 서 있기도 했다. 그러다 보니 자연 행동이 굼떠 동군에게 자주 뒤처졌다.

"뭐 해. 빨리 와. 건너도 돼!" 내가 우물쭈물할 때마다 동군이 나를 보챘다.

"잠시만! 여기 일방통행 구간 아니야?" 나는 시간이 걸리더라도 판단이 서야 움직였다.

"자전거에 일방통행이 어디 있어? 차 없으면 달리면 되지!"

"아무리 그래도 그렇지, 확인해 보고 가야지."

"그냥 와. 일방통행 아니야."

이렇게 동군과 티격태격하기도 했지만, 현지 교통과 도로 사정을 파악하고 보니 자전거 주행이 아주 편리하도록 설계되어 있고, 자전거에 우선권이 많았다. 그걸 파악한 다음부터는 나도 망설임 없이 신나게 도로를 질주했고, 동군의 보챔도 사라졌다.

이러한 상황은 자동차가 모든 도로의 주인인 한국에서는 상상하기 어렵다. 암스테르담에서도 불과 20여 년 전만 해도 상상하기 어려운 일이었다. 미래를 위한 시 당국의 계획과 시민들의 참여가 만들어 낸 것이었다. 이런 변화는 많은 사람들에게 새로운 영감을 주면서 다른 도시로 확산되고 있다. 변화를 받아들이는 일이 처음에는 불편할 수도 있다. 자동차 키 대신 자전거 핸들을 잡고 자동차의 가속 페달 대신 자전거 페달을 밟는 일도 마찬가지였을 것이다. 하지만 그 처음의 불편을 감수하고 나면, 새로운 상황에 익숙해지고 더 편안해지는 법이다. 변화를 받아들이는 사람과 사회, 국가가 미래를 먼저 열어가는 것이다.

암스테르담은 무엇보다 자유로운 분위기, 자전거와 트램, 공원 등 환경과 미래를 고려한 새로운 도시 개발이 인상적이었다. 전체적인 방향과 도시설계, 말하자면 도시의 하드웨어는 물론 운영 시스템 등 소프트웨어도 선진적이고 미래 지향적이지만, 성숙한 시민들의 참여가 그 운명을 결정할 것 같았다.

암스테르담은 그 시민의식의 성숙도와 가능성을 시험하는 곳이었다. 다른 도시에서는 '범죄' 또는 '금기'로 취급되는 마약과 매춘도 합법화되어 있다. 시민들 스스로 판단하고 결정하도록 허용하고 있는 것이다. 시민들의 '건강한 의식'을 신뢰하기 때문에 이런 정책이 가능했을 것이다. 암스테르담은 물질에 이어 정신적인 측면의 선진화를 시험하고 있는 땅이란 생각도 들었다.

하지만 현실은 꼭 낙관적이지만은 않다. 우리가 묵은 레이즈플레인 호스텔은 암스테르담 중심

암스테르담 거리의 체스판 시민들과 관광객들이 발길을 멈추고 체스 경기에 빠져 있다.

지에 자리 잡고 있는데, 청년들이 떠드는 요란한 소리가 밤새도록 들려왔다. 새벽에는 앰뷸런스 소리도 들렸다. 아침에 일어나 숙소 밖으로 나가 보니 지난 밤의 열기를 반영하듯 쓰레기가 산더미처럼 쌓여 있었다. 이 쓰레기를 치우는 청소차와 청소부들로 광장과 골목이 무척 부산했다.

"오늘 저녁엔 또 광란의 밤으로 쓰레기가 가득해지겠지. 그러면 내일 아침 일찍 청소부들이 다시 쓰레기를 치우고…."

이게 암스테르담의 일상이라고 생각하니 한편으로는 씁쓸했다.

암스테르담은 '금기 사항'을 허용하고, 성숙한 시민의식을 시험하고 있지만, 암스테르담이 '선진화된 도시'라기보다는 '마약과 매춘이 가능한 도시', 그래서 '막 행동해도 되는 도시' 또는 '위험한 도시'라고 인식되고 있는 것도 사실이다. 이런 실험이 심각한 사회문제를 야기한다면 다시 근대적인 '규제'로 돌아가야 할 것이다. 그럴 경우 시민의식에 대한 '신뢰'는 떨어지고, 그만큼 사회도 후퇴하게 된다. '악화가 양화를 구축하는' 일이 벌어지지 않기를, 그래서 암스테르담이 변화의 발상지가 되길 희망해 본다.

암스테르담을 신나게 돌아다닌 다음 오후 5시 16분 암스테르담 중앙역에서 프랑스 파리 행 기차에 올랐다. 기차는 네덜란드의 들판과 브뤼셀, 프랑스의 동부 평원을 3시간 넘게 달려 저녁 8시 35분 프랑스 파리 북역(Gare du Nord)

창군이 감명깊게 보고 온 쾰른 대성당 외벽의 청소가 진
행 중이어서 외벽 색깔의 차이가 선명하다.

에 도착했다. 역에는 올리브와 창
군이 미리 도착해 플랫폼에서 우
리를 반갑게 맞아주었다. 눈물 나
도록 반가웠다. 오스트리아 빈에
서부터 프랑스 파리까지 거리를
계산해 보니 3000km에 달했다.
하룻밤 야간 열차를 이용한 걸 포
함해 4박 5일 동안 그야말로 주차
간산(走車看山)을 한 셈이었다.

　파리 행 기차에서 동군은 영어
책을 읽기도 하고, 글도 쓰는 등
평소와 다른 모습을 보였다. 나중
에 알고보니, 그때 MP3에 저장해
둔 판타지 소설을 모두 삭제했다
고 한다. 동군이 가장 좋아하는 소설인데 그걸 지우다니, 동군이 뭔가 결심
한 것이 분명해 보였다.

　동군에게는 스스로 생각하고 판단할 '시간'이 필요했을 것이고, 이번 여정
이 그것을 제공한 게 아닌가 싶었다.

최고의 역사 여행지, 파리의 공동묘지

　파리는 영원한 예술의 도시이면서 상상력과 낭만을 자극하는 도시였다.
중세 암흑기와 르네상스 이후 유럽의 문화와 예술, 문학, 철학과 사상의 중
심지 역할을 하면서 남긴 전통과 다양한 유적들이 그런 역할을 했다. 나에게

도 내면 깊숙이 자리하고 있던 문학에 대한 열정을 불러 깨웠다. 여행의 성격이 바뀐 것도 한몫했을 것이다. 아이들이 독립적으로 여행을 진행하면서 개인 시간을 갖게 되어 나도 내 내면의 소리에 귀를 기울일 수 있는 시간과 공간이 생겼다.

우리 가족은 7년 전 파리를 방문했을 때 루브르 박물관과 오르세 미술관, 노트르담 대성당, 샹젤리제 거리, 에펠 탑, 센 강, 몽마르트 등 시내의 명소들은 물론 베르사유 궁전을 포함한 근교 일대를 1주일에 걸쳐 샅샅이 돌아다녔다. 그래서 이번엔 일정을 3박 4일로 짧게 잡았는데 올리브와 아이들은 박물관과 미술관에 관심이 많았고, 특히 건축학도인 창군은 파리의 건축물에 끌려 있었다. 나는 이들과 떨어져 혼자서, 또는 올리브와 둘이서 여러 곳을 돌아다녔다. 이젠 두 팀으로 나누어 여행하는 것이 아주 자연스러워졌다.

한인 민박집인 '파리 가자'에서 속도 편하고 입도 즐거운 한식으로 식사를 마치고 창군과 동군은 루브르 박물관, 나와 올리브는 파리 북역으로 향했다. 나와 올리브는 우선 다음 여행지, 특히 우리를 괴롭히던 영국행 교통편을 해결하는 게 우선이었다. 창군은 그동안 지하철이나 버스의 티켓 구입, 숙소 찾아가기 같은 일들을 도맡아 왔는데, 이제는 '훈련이 필요하다'며 동생에게 그것을 맡기는 경우가 많았고, 동군도 기꺼이 받아들이면서 한 단계 나아가고 있었다. 아이들과 함께 지하철을 타고 가다가 환승역에서 헤어졌다.

북역에서 먼저 영국행 교통편을 확인했다. 우리는 파리에서 런던으로 넘어가 영국과 아일랜드를 여행한 다음 스페인으로 건너오는 코스를 염두에 두고 있었다. 하지만 영국으로 넘어가는 유로스타는 유레일패스로 할인이 가능한데, 영국에서 유럽 대륙으로 넘어오는 티켓이 바닥난 상태였다. 파리에서 런던으로 가는 티켓도 유레일패스를 적용받더라도 1인당 89유로(약 13만 3500원)로 만만치 않아 결국 영국과 아일랜드 여행은 아쉽지만 접어야 했다. (끝까지 우리를 괴롭혔던 영국은 결국 2016년 6월 국민투표에서 유럽 연합 탈퇴를 결정하는 '사고'를 쳤다.)

즉석에서 제2의 방안으로 파리에서 스페인 바르셀로나로 가는 티켓을 알아보았다. 유레일 기차 스케줄에는 파리~바르셀로나를 연결하는 침대열차가 있어 그걸 탈 생각이었다. 그때 창구 직원의 환상적이고 완벽한 안내로 저렴하고 편안한 다른 기차 티켓을 살 수 있었다.

파리에서 바르셀로나를 연결하는 직행노선은 사설 야간 열차로, 유레일 패스를 갖고 있더라도 1인당 75유로, 4인이 300유로(약 45만 원)를 추가로 지불해야 한다. 하지만 파리에서 야간 열차로 프랑스 남부로 내려가 스페인 국경 마을인 포르부(Portbou)까지 간 다음, 거기서 스페인 기차로 갈아타고 바르셀로나로 가는 방법이 있었다. 이 '갈아타는 노선'을 선택할 경우 1인당 24.5유로, 4명 합계 98유로(약 14만 7000원)만 내면 된다. 금액 차이가 세 배다.

창구 직원은 침대열차의 모습을 담은 사진까지 보여주며 우리에게 충분한 정보를 주었다. 도움을 필요로 하는 고객에게 최선을 다하는 모습이 아름다웠다. 업무를 빨리 처리하고 다음 손님을 맞으려는 것이 아니라, 지금의 손님이 만족할 수 있도록 정성을 쏟는 모습이 프랑스를 다시 보도록 했다. 망설임 없이 '갈아타는 노선'을 예매했다. 연신 "땡큐~"를 외치며 바르셀로나행 티켓을 받아들고 나니, 영국행 포기의 아쉬움이 눈 녹듯이 사라졌다.

열차 티켓을 예매하고 아이들과 다시 만나기로 한 시간까지 여유가 많아 파리 최대의 공동묘지인 페르라쉐즈(Cimetière du Père Lachaise)로 향했다.

"묘지를 찾아가는 여행이 가장 훌륭한 역사 여행이야."

역사학자인 올리브가 묘지 여행의 묘미를 설명하며 흥분한 모습을 보였다. 사실이 그러했다. 평범한 시민에서부터 정치가, 예술가, 사상가, 혁명가 등 역사에서 명멸한 사람들이 모두 거기에 있고, 그들이 걸어온 발자취가 있고, 그 발자취가 남긴 역사가 거기에 살아 있었다. 묘역은 끝이 없었다. 탐방객도 꾸준히 몰려들었다. 안내문을 보니 1840년에 조성된 페르라쉐즈엔 80만 명이 묻혀 있다고 했다. 그야말로 현대판 '네크로폴리스(고대 그리스와 로마의

파리 페르라쉐즈 묘지 유럽 근대사를 수놓은 역사적인 인물은 물론 평범한 시민, 레지스탕스까지 80만 명이 묻혀 있어 최고의 역사 관광지가 되고 있다. 입구에선 유명 인사의 묘역을 표시한 안내문도 나누어 준다.

공동묘지)'다. 안내문에는 주요 인물들의 묘역을 표시해 놓아 탐방객들은 그걸 들고 하나하나 찾아다니면서 그들의 삶을 되새길 수 있다.

페르라쉐즈는 단순한 공동묘지가 아니었다. 수많은 사람들이 잠들어 있지만, 그들은 지금 여기의 사람들과 여전히 소통하고 있었다. 그들이 남긴 문학 작품이 세계 곳곳에서 읽히면서 사람들의 꿈과 사랑, 상상력을 자극하고, 그들이 남긴 연극과 음악은 세계 곳곳의 공연장에 올려지고 있다. 그들의 사상은 끊임없이 재해석되고 있다. 페르라쉐즈에 역사가 있고, 그들은 현시대의 사람들에게 어떻게 살아가야 하는지 끝없는 질문을 던지고 있는 것 같았다. 삶과 죽음, 순간과 영원, 과거와 현재가 교차하는 환영(幻影)의 땅이 바로 페르라쉐즈였다.

파리 최대 공동묘지에서의 지적·감성적 흥분을 뒤로 하고 루브르 박물관 앞으로 가니 아이들도 박물관을 돌아본 후의 뿌듯함으로 상기되어 있었다.

파리 루브르 박물관 앞에서 포즈를 취한 '하루 한 걸음' 가족 왼쪽부터 올리브, 창군, 동군, 필자

박물관 앞에서 사진을 찍으며 재회의 기쁨을 나눈 후 콩코드 광장, 대통령궁인 엘리제 궁을 거쳐 샹젤리제 거리를 걸었다. 콩코드 광장에서 개선문까지 이어지는 샹젤리제는 각종 명품 의류, 신발, 가방 등의 브랜드 숍과 맥도널드나 피자헛 같은 패스트푸드점이 지배하고 있었다.

샹젤리제를 장악한 상업주의에 고개를 저으며 옆 골목으로 방향을 틀어 에펠 탑이 보이는 센 강으로 향했다. 1889년 파리에서 열린 만국박람회의 기념물로 세운 에펠 탑은 가까이 갈수록 그 위용을 드러냈다. 차갑고 멋없는 것으로 느끼기 쉬운 철재로 이토록 멋진 조형물을 만들어 세계적인 명소이자 '로망'의 장소로 탈바꿈시켜 놓은 데 혀를 내둘렀다. 쇠에 생명을 불어넣은 것은 구스타프 에펠(Gustave Eiffel)이다. 우리 가족은 이미 2003년 겨울에 에펠 탑에 올라가 파리 시내를 조망한 적이 있어서 이번엔 에펠 탑 아래를 통과해 걸어가는 것으로 만족했다.

에펠 탑 앞의 광장에서 군사박물관과 군사학교를 거쳐 유네스코 본부까지 걸었다. 유네스코는 역사와 고고학에 관심이 많은 동군에게 특별히 의미가 있는 곳이었다. 동군은 어렸을 때부터 역사에 관심이 많아 앞으로 진출할 수 있는 분야에 대해 많은 이야기를 했는데, 그 가운데 하나가 유네스코였다. 세계 문화유산의 발굴 및 보존에 큰 역할을 하고, 특히 분쟁지역의 위기에 처한 문화재를 보호하는 데 많은 역할을 하고 있기 때문이다. 동군은 유네스코 건물을 보며 눈을 반짝였지만 이미 업무 시간이 끝나 입장이 불가능했다. 경비원이 내일 근무 시간엔 방문할 수 있다고 해서, 내일 다시 방문하기로 하고 발길을 돌렸다.

문학의 열정을 자극하는 '묘한' 파리

숙소 '파리 가자'는 파리 동남부 외곽의 조용한 주택가 한가운데 자리 잡고 있다. 파리 동남부의 시민 휴식처인 뱅생 숲(Bois de Vincennes)과 멀지 않아 산책에도 그만이다. 아침에 올리브와 함께 돌아보니 파리의 전형적인 중산층 주거지역이었다. 잘 정비된 길과 공원이 조화를 이루고 있고, 100~200평 정도의 부지에 30여 평의 2~3층짜리 주택들이 들어서 있었다. 주택에는 정원이나 텃밭이 딸려 있어 주민들이 각종 화초와 야채들을 가꾸었다. 도로는 깨끗하고, 공원과 강, 산책로, 자전거 도로 등도 잘 갖추어져 있었다.

이 시대의 삶은 어느 곳이나 비슷하다. 주택과 자동차와 가전 제품 및 가전 도구들이 생활필수품이 되어 있고, 일정한 직업과 직장이 있으면 평균적인 삶을 영위할 수 있다. 최소한 한국과 유럽을 비롯해 1인당 국민소득 2만 달러 이상의 사회에서는 이러한 삶이 보편적이다. 그렇게 본다면 좀 더 크고 값비싼 상품을 갖는 것보다 중요한 것은 자신이 어떠한 삶을 살고 있고, 무엇을 지향하며 살아가느냐의 문제가 아닐까 하는 생각이 들었다.

이날 일정은 오르세 미술관이었다. 올리브와 아이들은 미술관으로 들어갔지만, 나는 주변 카페에서 한적한 시간을 갖기로 했다. 8년 전 오르세 미술관을 방문했을 당시 인상파 화가들의 작품에서 받은 감동이 아직도 생생했지만, 혼자만의 시간을 갖고 싶었다.

카페에 앉아 거리를 바라보고 있자니, 애써 외면해 온 문학에 대한 열망이 주체할 수 없을 정도로 솟아올랐다. 지금까지 여행을 하면서 엄청난 양의 여행기를 메모하고, 컴퓨터에 입력하고 있지만, 뭔가가 부족했다. 페르라쉐즈에 잠들어 있는 작가들처럼, 불꽃 같은 인생을 살다간 반 고흐와 모차르트처럼, 창조적이고 독창적인, 이 시대의 이야기가 될 수 있는 글을 쓰고 싶다는 생각, 20여 년을 꾹꾹 눌러놓았던 욕망이 되살아나고 있었다. 그것이 성공하든 실패하든, 그것은 중요하지 않다. 도전해야 삶의 불꽃이 만들어진다.

10대 시절의 나는 문학을 꿈꾸는 청년이었다. 중학교 때에는 계림문고, 고등학교 때에는 삼중당문고 책을 읽으며 문학의 꿈을 키웠다. 대학을 선택할 때에도 국문학과 이외엔 관심이 없었고, 학력고사 성적으로 갈 수 있는 대학의 국문학과를 선택했다. 다행히 합격이 되었고, 입학 후 문학에 대한 열정이 불꽃처럼 타올랐다.

하지만 1980년대의 엄혹한 현실이 문학에의 몰입을 허용하지 않았다. 경찰이 자유와 학문의 전당인 대학을 유린하고, 민중의 삶과 민주주의가 압살당하는 현실은 문학의 역할에 대해 의문을 제기했고, 젊은 혈기는 나를 학생운동으로 이끌었다. 대학을 마친 후 방황을 거듭하다 신문사에 입사하고 결혼도 하면서 문학에 대한 꿈은 계속 멀어져 갔다. 이따금씩 문학에 대한 갈망이 수면 위로 올라와 나를 괴롭히기도 했다. 특히 현실의 벽이 두껍게 느껴질 때마다 몰려오는 문학에 대한 향수가 나의 정체성을 혼돈스럽게 했다.

하지만 현실은 바쁘게 돌아갔고, 그럴 때마다 괴로움의 술잔을 들이부으며 마음 깊은 곳에서 주기적으로 꿈틀대는 진짜 나의 꿈을 외면했다. 이번 여행은 이런 혼돈스런 나의 정체성을 되찾아보려는 시도이기도 했는데, 파리에서 드디어 억눌러 온 문학에 대한 꿈이 튀어나온 것이다. 물론 아직은 이 욕망의 덩어리를 어떻게 현실로 만들지 막연하지만 말이다.

카페를 나와 오르세 미술관 앞에서 올리브와 아이들을 다시 만났다. 역시나 오르세는 사람들에게 감동을 주는 공간인가 보다. 모두 '굉장했다'며 만족감을 표시했다. 하루 종일 보아도 충분하지 않을 정도로 풍부한 소장품과 예술적 성취를 자랑하는 미술관이니 그럴 만도 하다.

오르세를 나서 어제 저녁 아쉽게 발길을 돌려야 했던 유네스코 본부를 다시 찾았다. 그런데 평일 업무 시간엔 방문이 가능하다고 했던 어제 말과는 달리 유네스코 본부 직원과 사전 약속이 안 되어 있으면 들어갈 수 없다고 했다. 게다가 오늘은 금요일이라 문도 일찍 닫는단다. 어이가 없었지만, 할 수 없었다. 동군의 얼굴엔 실망한 표정이 너무 역력했다.

좀 쉬고 싶다는 창군과 동군을 숙소로 돌려보내고 올리브와 나는 바스티유 감옥 유적과 인근의 빅토르 위고 기념관으로 향했다. 1789년 프랑스 혁명의 도화선이 되었던 악명 높은 바스티유 감옥은 사라지고 지금은 감옥 이름을 딴 지하철역에 그 초석 일부만이 남아 있었다. 감옥 자리엔 오페라 하우스와 카페들로 가득한 바스티유 광장이 자리 잡고 있다. 지하철역에는 혁명 당시 성난 시민들이 바스티유 감옥을 파괴하는 장면을 담은 그림과 바스티유의 역사를 소개한 설명문을 전시해 놓았다. 세계사에 한 획을 그은 역사적 현장이 홀대받는 것 같아 아쉬웠다.

바스티유 역을 나와 빅토르 위고 하우스로 향했다. 위고 하우스는 마레지구의 유명한 광장이자 정원인 보주 광장(Place des Vosges)을 둘러싸고 지어진 왕실 저택으로, 나중에 호텔로 개조된 건물 2층에 위치해 있었다. 위고는 프랑스 시민혁명이 한창이던 1832년부터 1848년까지 16년간 이곳에서 살았다. 아내와 네 명의 자녀와 함께 지냈다는데, 생각보다 아주 널찍했다. 안내문에 그 규모가 280m²라고 적혀 있어 계산을 해보니 대략 90평이나 되었다.

위고는 이미 30대에 소설 《노트르담의 꼽추》로 대성공을 거두어 유명작가가 되어 있었고, 이곳에 자리를 잡은 이후 혁명을 이끄는 한편 주요 저작들을

자유롭고 여유가 넘치는 보주 광장 파리에서 가장 오래된 광장으로 젊은이들의 만남과 휴식의 공간이며, 광장 옆에는 빅토르 위고 하우스가 있다.

집필했다. 불멸의 명작 《레 미제라블》을 구상하고 집필한 곳도 바로 이곳이었다. 그가 사용한 책상은 매우 높고 의자도 없었는데, 글을 서서 썼기 때문이라고 한다. 위고는 반혁명의 물결이 일면서 이곳에서 추방되어 1856년부터 1870년까지 호트빌(Hauteville)로 거처를 옮겨야만 했다.

이 박물관은 위고 탄생 100주년인 1902년 그의 오랜 친구인 폴 뫼리스(Paul Meurice)의 지원으로 박물관으로 개조되어 일반에 개방되었다. 프랑스 혁명의 거친 소용돌이 속에서도 작가정신을 잃지 않고 치열한 창작의 불꽃을 피워올린 위고의 숨소리가 들리는 듯했다. 박물관엔 위고의 초상이 시대별로 전시되어 있었는데, 꾹 다문 입, 잘 다듬은 수염, 부릅뜬 눈이 마음에 남았다.

위고 박물관 앞의 보주 광장엔 많은 주민들이 몰려나와 봄날 오후의 따뜻한 햇볕을 즐기고 있었다. 우리도 보주 광장 인근의 노천 카페에 자리를 잡고 파리지앵들의 카페 담소 문화에 흠뻑 빠졌다. 치열한 작가정신의 상징인 위고도 이 거리의 어느 카페를 드나들며 작품을 구상하고 토론을 벌였을 것이라 생각하니 가슴이 뜨거워졌다. 그는 격렬한 역사의 소용돌이 속에 뛰어들어 혁명을 이끌면서도 문학을 포기하지 않았다.

"글 쓰고 싶지?" 올리브가 나의 마음을 빤히 들여다보듯 빙긋이 웃으면서 말했다.

"응. 파리에 오니 내 심장이 되살아나는 것 같아. 파리는 정말 묘해. 사람의 마음을 심란하게 만들어." 내가 올리브와 거리를 응시하며 말했다.

"꼭 써. 당신은 글을 쓸 때 살아 있는 사람 같아. 그럴 때가 제일 멋있어."

"고마워. 그래야지. 글 써야지…." 내가 말끝을 흐리며 올리브에게 미소를 보냈다.

애써 외면해 왔던 꿈이 살아나다

나의 '낭만 여행'은 파리를 떠나는 날에도 지속되었다. 파리지앵들의 산책 겸 운동 공간인 뱅셍 공원을 산책한 다음, 가족과 시내로 나갔다. 파리의 대표적인 현대 건축물인 퐁피두 센터에 이어 노트르담 대성당과 프랑스 최고의 소르본 대학이 있는 시테 섬 등을 둘러보았다.

퐁피두 센터는 역발상이 빛나는 건축물이었다. 기존 상식을 뒤집고 모든 건축물들이 애써 감추려고 하는 수도관과 공조 시스템, 전화 및 전기 선 등을 모두 드러내도록 건설함으로써 건축물에 대한 새로운 인식을 심어주는 건물이었다. 파리의 중심부를 관통해 흐르는 센 강 안의 시테 섬에 자리 잡은 노트르담 대성당은 규모가 사람을 압도했다. 멀리서 볼 때는 그저 크기에 감탄할 뿐이었지만, 가까이 다가가서 보니 크고 작은 조각품으로 화려하게 장식했다. 1163년에 건축을 시작해 170년 만에 완공되었다는 노트르담, 나폴레옹의 대관식을 비롯해 국가적인 주요 행사가 열린 노트르담, 프랑스 고딕 양식의 최고봉인 노트르담, 위고의 명작 《노트르담의 꼽추》로 더 유명해진 노트르담은 규모도 규모지만 섬세한 조각이 압권이었다.

센 강을 넘어 소르본 대학 입구의 '먹자 골목'에서 달팽이 요리와 스테이크 등으로 파리에서의 화려한 오찬을 즐기고, 오래된 서점 지베르 조셉(Gibert Joseph)에 들렀다. 프랑스어 책뿐만 아니라 웬만한 영어 책도 많아 현지인들은 물론 관광객들에게도 명소가 되어 있는 곳이다. 서점 근처엔 카페들이 수없이 늘어서 있었는데, 책을 읽고, 차를 마시며 담소를 나누거나 토론을 벌이는 사람들로 빈자리를 좀체 찾을 수가 없었다.

그런 풍경이 또다시 나를 자극했다. 저 사람들의 물결 속에서 문학과 예술, 역사와 철학을 이야기하고, 진정한 삶의 가치가 무엇인지 찾고 싶은 욕망이 불타올랐다. 나는 올리브와 아이들을 먼저 들여보낸 후 나만의 시간을 갖기 위해 조용한 카페를 찾아 시테 섬 북쪽 라이트 뱅크와 마레 지역의 골목까지 샅샅이 훑고 다녔지만 가는 곳마다 인산인해였다. 토요일 오후여서 그런지 어디를 가나 마찬가지였다.

파리에서 프랑스 중부와 남부의 대평원을 가로질러 지중해와 면한 스페인의 남부 국경도시 포르부까지 가는 야간 침대열차는 밤 9시 53분 오스테리츠 역에서 출발했다. 거리가 930km에 달하고, 이동 시간만 10시간이 넘는다. 기차에 오르자마자 각자 침대를 차지하고 누웠다. 침대칸은 4인용으로 우리 가족 네 명이 함께 써 마치 우리 집 같았다.

언제, 어떻게 실천으로 옮길지는 모르지만, 내가 그동안 외면하며 살아왔던 나의 꿈을 되찾게 한 파리가 멀어졌다. 황당하고, 이상하고, 다른 사람의 눈으로 보면 미친 짓처럼 보일지 모르지만, 이제는 더 이상 나 자신의 내면의 소리를 억누르면서 살고 싶지 않았다. 나 자신을 속이고 싶지 않았다. 경제적으로나 현실적으로 성공 가능성이 적으면 어때랴, 그것이 자신의 꿈이라면 마음껏 펼쳐 보아야 멋진 인생이라고 할 수 있는 것 아닌가. 내가 아이들에게 '너의 꿈을 펼쳐라' 하고 이야기하듯이 나 스스로 실천해야 하는 것 아닌가. 파리는 지쳐 있던 가장의 오래된 꿈을 일깨워준 도시였다. 그러기에 꼭 한번 더 찾고 싶은 도시였다. 파리의 낭만이 레일 소리와 함께 어둠 속으로 퍼졌다.

3부

길을 찾아가는 가족들

Paris
Barcelona
Madrid
Granada
Lisbon
Coimbra
Porto
Mondragon
Berlin
Potsdam

프랑스 파리~스페인 바르셀로나~마드리드

'천재 건축가' 가우디에 빠진 창군

건축물에 대한 상식을 깬 가우디

프랑스 오스테리츠 역에서 밤 9시 53분 바르셀로나 행 기차에 올라탄 우리는 곧바로 잠에 빠져들었다. 그 사이 밤새 중부와 남부 평원을 달려 프랑스를 남북으로 횡단한 열차는 우리를 다른 세상으로 데려다 놓았다. 이것이 야간 열차의 매력이다. 기차가 프랑스 남부 지중해변에 자리 잡은 세베르(Cerbère)에 도착했을 때 막 떠오른 해가 투명한 햇살을 역으로 비스듬히 비추고 있었다. 잠시 정차한 열차는 피레네 산맥 동쪽 끝의 해변과 터널을 통과해 프랑스~스페인 국경을 넘었다.

오전 8시 20분 스페인의 조그만 마을 포르부에 도착하여 스페인 기차로 갈아타고 2시간여를 달려 12시 스페인 카탈루냐(Cataluña) 주의 수도인 바르셀로나 산츠(Barcelona-Sants) 역에 도착했다. 올리브와 창군이 노래를 부르던 곳이다. 바르셀로나는 명문 축구 구단 바르셀로나FC로 유명할 뿐만 아니라 카탈루냐 자치·독립 운동의 중심지다. 특히 1930년대 중반 스페인 내전의 중심지로 많은 작가들이 이곳을 배경으로 작품을 썼다. 《동물농장》과 《1984년》을 쓴 영국의 조지 오웰이 쓴 작품으로, 세계 3대 르포 문학의 하나로 꼽히는 《카탈로니아 찬가》도 이곳을 무대로 하고 있다. 특히 이곳은 '천재 건축가' 가우디의 도시이기도 하다. 건축학도인 창군은 건축 기법과 예술적 상상력의 보고라 할 수 있는 가우디 작품을 직접 눈으로 확인하고 싶어 했다.

바르셀로나 탐방은 도착하고 바로 시작되었다. 숙소인 헬로 바르셀로나 호스텔(Hello BCN Hostel)에 도착해 숙소에서 소개해준 라 폰다(La Fonda) 식당으로 향했다. 구시가지 한가운데 피카소 미술관 근처에 위치한 바르셀로나 최고의 레스토랑이었다. 스페인의 명물인 해물 볶음밥 '파에야'를 주문했는데, 맛과 양, 가격 모두 만족스러웠다. 항상 손님이 몰리는 데에는 이유가 있다.

식사를 마친 다음 피카소 미술관으로 향했다. 피카소가 바르셀로나에서 보낸 10~20대 시절에 그린 작품들이 주로 전시되어 그의 초기 예술 세계를 이해하기 좋은 곳이다. 1881년 스페인 남부 안달루시아(Andalusia)의 말라가에서 화가의 아들로 태어난 피카소는 바르셀로나에서 고등학교를 다니며 그림 수업을 받았다. 주로 초상화를 비롯한 인물화를 많이 그렸으며, 마드리드에서 대학을 다니면서 본격적으로 미술 수업을 받았다. 청소년기를 보낸 바르셀로나에서는 인물화와 풍경화 및 사물을 사실적으로 표현하는 사실주의 경향의 작품들을 그렸다.

피카소는 마드리드에 이어 파리로 건너가 본격적으로 작품 활동을 했는데, 당시 미술계를 휩쓸던 인상파와 표현주의 등 아방가르드 사조를 접하면서 그의 작품도 변화하기 시작한다. 이른바 전위 예술의 시대로 피카소도 반 고흐와 같은 인상주의 경향을 보였으며, 점차 새로운 기법을 시도한 끝에 1930~40년대엔 입체파와 해체파 경향의 새로운 작품들을 선보였다.

피카소는 천재적이거나 천부적인 기능의 소유자라기보다는 끊임없이 새롭고 독창적인 그림을 추구한 결과 큐비즘(Cubism), 즉 입체주의라는 새로운 영역의 미술 세계를 창조해냈다. 앞서 특유의 예술혼을 바탕으로 불꽃 같은 인생을 살다간 반 고흐나 모차르트와 달리 피카소가 장수하면서 독창적인 예술 세계의 깊이를 심화시킨 것도 이를 반영한 것으로 생각되었다. 피카소가 입체파의 대가라는 단편적인 이해에서 벗어나 그의 예술 세계가 잉태되던 초기 작품과 예술가로서의 성장 과정을 살펴볼 수 있는 귀중한 미술관이었다.

피카소를 만난 것이 일종의 예고편이었다면 다음 날 만난 안토니 가우디(Antoni Gaudi, 1852~1926)는 바르셀로나 여행의 하이라이트였다. 바르셀로나는 '가우디의 도시'라고 할 정도로 그의 예술혼이 깃든 건축물들이 많다. 필생의 역작이자 현대 건축사에 빛나는 '사그라다 파밀리아'를 비롯해 '구엘 공원' '카사 밀라', '카사 바트요' 등이 다 여기에 있다. 유네스코는 그의 작품 일곱 개를 세계문화유산으로 지정했고 이것을 보기 위해 전 세계 관광객들이 이곳으로 몰려온다.

사그라다 파밀리아 성당은 아주 독특한 형상의 건축물이다. 책에서 보기는 했지만, 이게 진짜 성당인가 싶을 정도로 비현실적인 모양을 하고 있어 건축물이라기보다는 기묘하고 거대한 예술 작품 같았다. 지금까지 중국과 인도를 비롯해 터키, 그리스, 이탈리아 등을 여행하면서 동서양의 유적들을 숱하게 봤지만, 이런 건축물은 처음이었다. 성당 앞에는 많은 관람객들이 성당을 한 바퀴 돌 정도로 장사진을 친 채 입장을 기다리고 있었다.

가우디는 1852년 바르셀로나에서 남서쪽으로 멀지 않은 타라고나(Tarragona) 근처의 한 작은 마을에서 태어났다. 어려서부터 류머티즘을 앓는 등 건강이 좋지 않아 다른 아이들과 어울려 놀지 못하고 외톨이로 지냈고, 초등학교도 남들보다 늦게 입학했다고 한다.

그는 건축을 체계적으로 공부하기 위해 17세 때 바르셀로나 건축학교에 입학, 독특한 건축물을 설계하고 아이디어를 제시해 교수들을 놀라게 만들었다. 가우디가 건축학교를 졸업할 당시 학장은 그에게 학위를 수여하면서 "우리는 학위 증서를 바보이거나 천재에게 주었다. 시간이 (무엇이 맞는지를) 알게 해줄 것이다"라고 했다고 한다. 이에 대해 "그 말은 내가 건축가라는 얘기야"라고 한 가우디의 응수도 압권이다.

학교를 마친 후 어렵게 작품 활동을 하던 가우디는 당시 스페인의 경제적

사그라다 파밀리아 성당 건축물에 대한 고정 관념을 뒤흔든 가우디의 역작으로, 착공된 지 130년이 지난 지금도 건축 공사가 진행 중이다.

성장과 함께 직물로 대성공을 거둔 실업가 구엘을 만나면서 전환점을 맞는다. 그의 천재적인 소질을 알아본 구엘은 구엘 공원, 구엘 궁전 등을 의뢰해 가우디가 독창적인 건축을 꽃피울 수 있는 계기를 마련해 준다.

가우디 작품의 최고봉인 사그라다 파밀리아 성당은 산업혁명과 경제성장의 소용돌이 속에서 교회에 대한 존경심이 떨어지자 이를 우려한 출판업자 호세 마리아 보카벨랴가 아이디어를 내면서 시작되었다. 첫 설계와 착공은 교구 건축가에 의해 이루어졌지만, 1년 만에 사임하면서 가우디가 넘겨받았다. 그의 나이 31세 때인 1883년이었다. 가우디는 성당 전체 설계를 바꾸고 독창성을 불어넣어 74세로 사망할 때까지 40여 년 동안 여기에 매달렸다.

성(聖) 가족에 봉헌하기 위해 십자가 모양으로 설계된 이 성당은, 예수의 탄생과 수난, 영광을 형상화한 3개의 파사드로 구성되어 있다. 하지만 규모가 워낙 커 가우디는 '탄생의 파사드'가 완공된 것밖에 보지 못했다. 1926년 가우디 사망 이후 스페인 내전과 2차 세계대전 등으로 공사가 중지되었다가 1950년대에 재개되어 지금도 진행 중이다. 130년째 공사가 진행 중인 셈인데, 설계대로 모두 완공하려면 아직도 200년이 더 걸려야 한다고 한다.

가우디는 이 건축물에 혼신을 바치면서 평생 독신으로 살았다. 자신의 재능을 신을 위해 사용한다는 신념 아래, 말년에는 성자처럼 검소하고 소박한 생활로 일관했다. 그는 매일 기도하는 성당으로 가다가 전차에 치여 의식 불명 상태가 되었는데, 초라한 행색 때문에 거지로 오인받아 한참을 방치되었다가 병원에 옮겨졌으나 끝내 깨어나지 못했다. 나중에 이 사실이 알려져 바르셀로나 종교계는 물론 예술계와 건축계가 큰 충격을 받았다. 그의 유해는 이 성당 지하에 묻혔다.

사그라다 파밀리아 성당 안으로 들어가자 입이 딱 벌어졌다. 외부의 옥수수 모양을 한 첨탑이나 정면의 예수와 성 가족의 조각상들도 기존의 건축 기법을 뛰어넘는 것이었지만, 성당 안은 마치 숲속의 거대한 나무 아래에 들어와 있는 듯한 느낌을 주었다. 돌로 만들어진 기둥은 가지를 뻗은 나무 모양을 하고 있었고, 천장은 나무가 팔을 벌려 떠받치고 있는 듯했다.

성당의 스테인드 글라스 창문으로 빛이 쏟아져 들어오면서 성당 내부를 환하게 비추었다. 밖에서 볼 때는 이게 성당일까 싶었지만, 안으로 들어오자 거대한 구조물이 관람객을 압도했고, 말로 표현하기 어려운 어떤 성스러운 기운과 숭고함이 성당 안에 퍼져 있었다.

어떻게 이런 건축물과 조각들을 생각해냈을까. 혀를 내두르면서 성당을 관통해 첨탑으로 올라갔다. 첨탑에는 옥수수와 포도, 밀과 같은 농작물은 물론 꽃과 나무 등 자연을 형상화한 조각들이 피어나고 있었다. 모든 것을 돌로 만들었다는 것이 믿기지 않았다. 첨탑에 올라가자 바르셀로나 시가지가 한눈에 들어왔다. 멀리 바르셀로나의 성장을 보여주는 고층 빌딩도 보였다.

성당이 완공되면 100m 이상의 높이를 가진 모두 18개의 탑이 들어서게 된

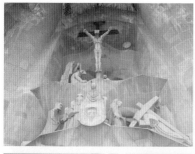
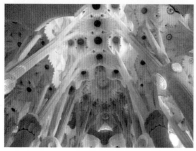

사그라다 파밀리아 성당 기하학적 스타일의 예수상(왼쪽 위)과 마치 나무가 천장을 떠받치듯이 설계한 성당의 내부 모습(왼쪽 아래와 오른쪽)

다고 한다. 세 개의 파사드에 네 개씩 들어설 12개의 탑은 12사도를 상징하며, 다른 네 개의 탑은 4대 복음서의 저자를, 한 개는 성모 마리아를, 중앙의 가장 높은 170m 첨탑은 예수를 상징한다. 지금도 화려하고 장엄하기가 말할 수 없는데, 모두 완공되면 어떨까 상상하기가 어려웠다.

성당 한편엔 가우디의 삶과 예술 세계를 정리해 전시해 놓았다. 생전의 가우디는 어린 시절을 이렇게 회상했다.

"꽃병을 바라보고, 포도나 올리브 밭에 둘러싸여 지내고, 닭 울음 소리를 들으며 기뻐하고, 새들의 노래와 곤충들이 붕붕거리는 소리를 듣고, 멀리 산을 바라보면서, 나는 가장 순수하고 기쁨에 넘치는 우리의 영원한 여왕인 자연의 이미지를 보았다."

전시관의 설명에 따르면 그의 이러한 "어린 시절 경험이 아주 독창적이고 자연주의적이며 유기적인 건축 스타일을 창조하는 데 결정적인 영향을 미쳤

동화와 환상의 나라에 온 듯한 착각을 불러일으키는 구엘 공원 돌과 타일을 소재로 조형물들을 직선을 배제하고 부드러운 곡선으로 처리해 초현실적인 느낌을 준다.

다." 가우디는 "자연은 항상 열려 있으면서도 그 속의 비밀을 탐구하도록 독려하는 가장 위대한 교과서"라고 자연을 예찬했다. 우리가 일상적으로 만나는 자연이 그의 독창적인 예술과 건축적 영감의 원천이었던 셈이다.

사그라다 파밀리아 성당을 살펴본 다음 다시 메트로를 타고 방문한 구엘 공원은 동화의 나라, 환상의 나라였다. 바르셀로나 시가지가 내려다보이는 고지대에 위치한 구엘 공원에는 돌과 타일로 장식된 계단과 기둥, 직선을 배제하고 곡선으로 처리한 건축물들과 조형물들이 초현실적인 세계를 만들어내고 있었다. 사그라다 파밀리아에서 받은 충격 이상이었다.

가우디가 만든 것을 건축물 또는 공원이라고 부르는 것이 과연 정확할까? 가우디가 창조해낸 세계는 기존의 언어로 표현하기 힘든 새로운 것이었다. 숙소로 돌아오는 길에서도 그가 창조한 환상의 세계와, 기묘하고 극적이었던 그의 삶이 긴 여운을 남겼다.

가우디에 매료된 한국의 건축학도

건축물에 대한 창군의 열정은 바르셀로나에 머문 3박 4일 내내 이어졌다. 사그라다 파밀리아와 구엘 공원을 돌아본 다음 날 아침, 우리는 모두 피로를 호소했다. 그도 그럴 것이, 이틀 전 야간 열차를 타고 밤새 이동해 피카소 미술관부터 강행군을 한 때문이다. 흐린 날씨에 비까지 뿌리자 이럴 땐 잠시 쉬는 게 상책일 것 같았다.

오후에 바람을 쐬기 위해 바르셀로나 시내를 거닐었다. 가우디 작품에 '필'이 꽂힌 창군 덕분에 옥수수 같기도 하고, 오이 같기도 한 둥근 원뿔 모양의 악바르 탑(Torre Agbar)을 구경할 수 있었다. 스페인 수도회사를 운영하는 악바르 그룹의 본사 건물로, 2005년에 완공되어 바르셀로나의 새 랜드마크로 부상한 건물이었다. 총 38층으로 높이가 144m에 이르는데, 이를 설계한 프랑스 건축가는 바르셀로나 인근의 몬세라토 산과 수증기를 하늘로 뿜어 올리는 간헐천에서 영감을 얻었다고 한다. 바르셀로나 첨단 건축의 상징이다.

바르셀로나 여행 마지막 날에는 올리브가 창군의 열정에 이끌려 가우디의 또 다른 기념비적인 건축물인 카사 밀라를 돌아보러 나가고, 나와 동군은 숙소 인근의 몬주익 공원으로 향했다. 이틀째 비가 부슬부슬 내리고 있어 우산을 챙겼다. 몬주익은 1992년 바르셀로나 올림픽에서 한국의 마라토너 황영조 선수가 소위 '몬주익의 기적'을 일으킨 그곳이다. 공원은 해발 173m로 그리 높지 않지만, 언덕길을 한참 올라가야 했다. 공원을 올라갈수록 바르셀로나 시가지와 지중해에 면한 항구, 항구와 접한 공업지대가 한눈에 들어왔다. 사그라다 파밀리아 성당도 시내 끝에 우뚝 서 있었다.

몬주익 공원 가운데 가장 높은 곳에는 멋진 몬주익 성(Castell de Monjuic)이 자리 잡고 있었다. 여기서 카탈루냐는 물론 스페인 역사에서 중요한 인물을 만났다. 예상하지 못한 만남이었다. 카탈루냐의 2대 대통령으로 이 지역의 자

몬주익 성 17세기 바르셀로나의 군사 기지로 건설되었으며, 1930년대 스페인 내전 당시 카탈루냐 자치와 독립의 표상인 유이스 콤파니스가 수감되었다 처형된 곳이다.

치·독립과 민주주의를 위해 프랑코 독재정권에 대항해 투쟁하다 처형당한 유이스 콤파니스(Lluis Companys, 1882~1940)였다.

유이스 콤파니스는 1934년 집권 후 '카탈루냐 (독립)국가'를 선포하면서 자치·독립 운동을 주도한다. 하지만 1936년 스페인 내전이 발발하고, 1939년 프랑코 군이 바르셀로나를 점령하면서 카탈루냐는 자치권을 박탈당하고, 그는 프랑스 파리로 망명한다. 1940년 8월 파리에서 독일 나치에 의해 체포된 그는 프랑코 정권에 신병이 인도되어 이곳 몬주익 성에 수감되었다. 그리고 극히 형식적인 재판 절차를 거쳐 그해 10월 이 성의 정원에서 총살되었다. 그는 지금까지 이어지고 있는 카탈루냐의 자치와 분리 독립운동의 표상과 같은 인물이었다.

몬주익 성은 유이스 콤파니스의 기념관이라 할 정도로 자치와 민주주의를 위한 그의 투쟁과 발자취를 상세히 설명해 놓고 있었다. 몬주익 성에서 대통령 취임식을 비롯한 집권 당시의 주요 행사가 열렸기 때문에 그의 흔적이 곳곳에 남아 있다. 특히 그가 수감되었던 방을 박물관으로 조성해 당시의 사진과 자료들을 전시해 놓고, 처형당한 정원에는 표식을 남겨 비극적인 역사를 되새기도록 하고 있었다.

몬주익 성을 한 바퀴 돌아본 다음 1992년 올림픽이 열렸던 바르셀로나 스타디움으로 향했다. 스타디움의 이름도 이곳의 '진짜 주인'이었던 유이스 콤파니스의 이름을 따 '유이스 콤파니스 몬주익 올림픽 스타디움(Estadi Olimpic Monjuic Lluis Companys)'이다. 이 스타디움은 시민과 관광객들에게 무료로 개방되어 우리도 안을 돌아볼 수 있었다.

바르셀로나 올림픽은 1988년 서울 올림픽 다음에 열려 당시 한국인들의 올림픽에 대한 관심이 매우 높았고, 마라톤 영웅 황영조 선수가 '몬주익의 기적'을 일으키며 금메달을 땄던 곳이기도 해서 감회가 깊었다.

올림픽 스타디움을 지나 카탈루냐 미술관과 스페인 광장을 거쳐 숙소로 돌아와 쉬려는데 올리브와 창군이 숙소로 들어섰다. 카사 밀라도 이틀 전 돌아본 사그라다 파밀리아 못지않게 멋있었다며 하루 종일 구경해도 질리지 않을 것 같다고 칭찬을 늘어놓았다. 가우디에 흠뻑 빠진 것 같았다.

그런데 계획했던 그라나다 행 야간 열차 티켓은 매진이 되어, 바르셀로나에서 마드리드로 간 다음, 마드리드에서 하루 자고 내일 그라나다로 가야 한다고 했다. 바르셀로나에서 서부의 지중해변을 따라 그라나다로 바로 갈 수 있는 것을 중부 마드리드로 갔다가 다시 남부 그라나다로 가는 코스를 선택할 수밖에 없었던 것이다. 표를 미리 예매해 두지 않은 대가였다.

서둘러 짐을 챙겨 바르셀로나 산츠 역으로 향했다. 바르셀로나를 떠나면서 건축학도인 창군이 여기에서 받은 자극을 바탕으로 꿈꾸는 건축의 길을 걸어가기를 바라는 마음이 간절했다.

한밤중에 시작하는 마드리드의 야간 투어

바르셀로나를 출발한 기차는 2시간 반 만에 마드리드 아토차(Atocha) 역에 도착했다. 지하철을 타고 중심가인 솔(Sol) 역으로 와 마드리드 이퀴티-포인트 호스탈(Madrid Equity-Point Hostal)에 여장을 풀었다. 스페인 최대 도시 중심가의 숙소답게 매우 붐비고 활기가 넘쳤다. 호스텔 직원에게 물으니 침대가 300개나 된다고 한다. 4인실에 아침식사를 포함해 1인당 숙박료가 18유로(약 2만 7000원)로, 마드리드에선 아주 저렴했지만 가장 상업적인 곳이었다.

체크인을 마치고 숙소 근처의 유명한 식당인 햄 박물관(Museo del Jamon)으로 갔다. 생맥주 한 잔, 햄 샌드위치, 햄을 넣은 크로와상 등이 각각 1유로로 아주 저렴하고 맛도 괜찮아 유명한 식당이다. 주문을 하면 즉석에서 음식을 만들어 주고, 사람들은 그 자리에 서서 먹고 마시며 담소를 즐겼다. 우리가 도착할 때에도 발 디딜 틈이 없을 정도로 많은 사람들로 붐볐다.

동군은 특별히 소 내장을 야채와 함께 푹 끓인 스튜(탕)를 주문했는데, 조금 떠먹더니 나에게 넘겼다. 책에서 우리의 내장탕 비슷한 요리가 있다고 소개되어 있어 주문했는데, 생각만큼 맛깔스럽지 않았던 모양이다. 짠 것이 흠이기는 했지만 난 그런대로 먹을 만했다. 온 가족이 이것저것 맛있고 배부르게 먹었는데도 가격은 모두 23.4유로(약 3만 5100원)로 비교적 저렴했다.

활력이 넘치는 마드리드는 낙천적인 스페인의 진면목을 보여주는 듯했다. 금융위기라고 하는데 그것을 체감하기는 쉽지 않았다. 1유로짜리 생맥주와 1유로짜리 샌드위치만 갖고도 한참 동안 맛을 음미하며 수다를 떨고 즐기는 나라, 스페인은 그런 멋과 낭만을 가진 나라였다.

호스텔로 다시 돌아와 보니 로비에 포스터가 하나 걸려 있었다. 디스코 투어를 알리는 포스터였는데, 젊은이들이 몰리는 두 곳의 바를 들러 각각 음료수 한 잔씩을 제공받고 참가비는 15유로(약 2만 2500원)였다. 놀라운 건 이 투어의 출발 시간이 밤 11시 30분이라는 것이었다. 그럼 새벽 2~3시가 되어야 돌아올 터다. 한밤중에 투어를 시작하는 나라, 이렇게 유쾌하게 즐기는 나라는 스페인이 유일하지 않을까?

호스텔의 휴게실은 휴게실대로 들썩이고 있었다. 어제는 바르셀로나와 AC밀란이 유럽 챔피언스 리그 8강전을 벌여 바르셀로나가 이겼는데, 오늘은 레알 마드리드가 8강전을 치르기 때문이었다. 마드리드가 키프로스의 아포엘을 상대로 5대2로 대승을 거두어 4강전에 올라갔는데, 창군과 동군은 이 리그가 돌아가는 상황이며 팀과 선수 이름, 선수의 특징까지 줄줄이 꿰고 있었다. 축구에 워낙 관심이 많은 창군이야 그렇다 치고, 한국에 있었다면 고등학교 3학년인 동군까지 유럽 축구에 그렇게 밝은지 처음 알게 되었다. 한국에서 같이 생활하면서도 전혀 몰랐던 사실이다. 대화할 기회가 없었으니 어쩌면 당연한 건지도 모른다.

수많은 배낭여행자로 붐비는 마드리드 이쿼타-포인트 호스탈에서 하룻밤을 자고 필수적인 짐만 챙겨 숙소를 나섰다. 안달루시아의 그라나다에 이어 나와 동군은 포르투갈을, 올리브와 창군은 산티아고 순례길을 여행한 다음 다시 마드리드로 돌아올 예정이라 굳이 무거운 짐을 모두 짊어지고 돌아다닐 필요가 없었다. 큰 배낭은 숙소에 맡겼다. 숙소 직원은 10일이라는 오랜 기간 짐을 보관하려는 우리에게 고개를 갸우뚱했다. 안전을 보장할 수 없다는 것이었다. 그럼에도 우리는 무거운 짐에서 해방되고 싶었다. 네 개의 큰 배낭에 각각 열쇠를 채운 다음, 그걸 다시 체인으로 묶고, 그 체인에 열쇠를 또 채웠다. 누구든 우리 짐에 손을 대려면 세 개의 배낭과 한 개의 캐리어를 동시에 움직여야 하기 때문에 그 정도면 안전할 것이었다.

그라나다로 떠나기 전에 꼭 들러야 할 곳이 있었다. 프라도(Prado) 미술관이었다. 스페인은 영국과 프랑스가 유럽의 패권을 장악하기 이전인 15~16세기에 세계를 제패했던 국가다. 특히 1492년 콜럼부스의 아메리카 대륙 발견 이후의 '대항해 시대'를 통해 중남미 거의 전역을 지배하였다. 그 역사를 반영하는 유적들이 곳곳에 산재해 있는데, 프라도 미술관은 그러한 스페인의 저력을 보여주는 대표적인 미술관이다.

프라도 미술관에는 볼 것이 너무 많았지만, 관람객들의 편의를 위해 미술관에서 명작 리스트를 제공해 우리는 이 작품들의 전시 위치를 하나하나 확인하면서 미술관을 돌았다. 오스트리아 빈의 미술사박물관에서도 명작 위치 지도를 제공했는데, 같은 방식이다. 사실 그런 명작 리스트 없이 짧은 시간에 미술관을 다 돌아본다는 건 불가능할 것이었다. 명작들을 찾아가 그 스토리를 확인하는 것은 보물찾기만큼 재미있고 흥미진진했다.

고야의 〈옷을 벗은 마야〉, 〈찰스 4세 가족〉, 〈1808년 5월 3일〉, 〈아들을 삼키는 새턴〉, 베라크루즈의 〈베르다의 항복〉, 〈메니나스〉, 엘 그레코의 〈신성한 트리니티〉, 〈목동의 예배〉, 〈손을 가슴에 얹은 기사〉, 루벤스의 〈세 명의 미녀〉, 렘브란트의 〈아르테미사〉, 반 다이크의 〈자화상〉, 보쉬의 〈쾌락의 정원〉, 브뤼겔의 〈죽음의 승리〉, 뒤러의 〈아담과 이브〉 등 교과서에 나오는 명화들이 즐비했고 거기에 얽힌 에피소드도 끝이 없었다. 이들 명작을 찾아가느라 다른 작품은 둘러보지 못한 것이 작품에 대한 예의가 아닌 것 같았지만, 어쩔수 없었다.

마드리드는 스페인의 수도이며 남유럽의 중심도시이지만, 스페인 이곳저곳을 여행할 때마다 들락날락하면서 듬성듬성 돌아본 곳이 되고 말았다. 나중에 왕궁, 대성당 등을 돌아보았지만, 항상 여유와 낭만이 넘치는 곳이었다. 그리스를 여행할 때 포르투갈·이탈리아·그리스·스페인 등 이른바 PIGS 남유럽 4개국을 휩쓸던 경제위기로 몸서리를 친 적이 있었는데, 스페인은 달랐다. 물론 내부적으로는 힘들어하고 있을 게 분명했지만, 여행자의 눈에는 낙천적인 분위기가 지배하고 있을 뿐이었다.

스페인 마드리드~그라나다~마드리드
슬픔을 희망으로 승화하는 축제

투명한 햇살조차 애잔한 그라나다

이베리아 반도의 최남단 안달루시아엔 무언가 애수의 그림자가 드리워져 있는 듯하다. 아프리카와 가장 가까이 붙어 있고, 이슬람 세력이 가장 마지막까지 지배하면서 이슬람 전통이 강하게 남아 있는 곳이다. 스페인에서도 가장 독특한 문화를 간직하고 있어 유럽 관광객들이 많이 찾는다. 애잔함이 뚝뚝 떨어지고 낭만이 물씬 풍기는 프란시스코 타레가의 기타 연주곡 〈알함브라(Alhambra) 궁전의 추억〉은 안달루시아를 애수 어린 곳으로 만든 세계적인 명곡이다. 심지어 작열하는 태양과 빠르고 현란한 플라멩코, 투우에조차 어떤 슬픔이 녹아 있다.

실제로 3박 4일 동안 안달루시아의 그라나다를 여행하는 동안 아련한 애수에 휩싸였다. 이슬람 세력이 최후까지 저항하며 피로 물들인 사크로몬테(Sacromonte), 그곳에 형성된 독특한 집시 문화, 이슬람의 마지막 궁전인 알함브라 궁전, 안달루시아의 민속 정서를 시와 희곡으로 만든 가르시아 로르카(Federico Garcia Lorca), 부활절 마지막 주에 열리는 안달루시아 축제, 심지어 시에스타 때문에 대낮에 정적이 흐르는 도시의 풍경까지 우리가 만난 모든 것들에서 어떤 슬픔과 비애가 느껴졌다.

바르셀로나와 마드리드에서는 날씨가 궂었는데, 그라나다에선 화창하게 개었고 오후에는 강렬한 태양이 뜨겁게 내리쬐었다. 그라나다에 도착한 다음 날 구시가지 중심인 누에바(Nueva) 광장에서 시작하는 워킹 투어에 참가했다. 구시가지를 돌아보는 이 워킹 투어는 그라나다의 슬픈 역사를 되짚어보면서 그 애수의 실체에 조금 더 가까이 다가갈 수 있는 프로그램이다. 참가 인원은 15명 정도로, 우리를 뺀 참가자는 대부분 유럽 여행자였다.

고대 로마 시대부터 번영을 누렸던 그라나다는 유럽에서 가장 오랫동안 이슬람의 통치를 받은 곳이며, 이슬람의 마지막 근거지가 있었던 곳이다. 8세기 초부터 이베리아 반도를 장악하기 시작한 이슬람 세력은 스페인의 국토회복운동인 레콩키스타(Reconquista)로 패퇴한 1492년까지 그라나다를 최후의 근거지로 삼았다. 때문에 그라나다에는 스페인의 마지막 이슬람 왕조인 나스르(Nasrid) 왕조의 알함브라 궁전을 비롯한 이슬람 유적이 많다. 유적이나 문화에서도 기독교와 이슬람 양식이 혼합되어 이색적인 정취를 자아낸다. 특히 서민과 예술가들이 많이 거주하는 알바이신(Albaicin)과 가톨릭 세력에 대한 이슬람의 마지막 항전이 펼쳐진 사크로몬테 지역이 알함브라와 함께 인기를 끌고 있었고, 워킹 투어는 바로 이곳을 돌아보는 것이다.

먼저 알함브라 궁전 건너편 언덕의 알바이신 지역을 돌았다. 알바이신 전체를 조망할 수 있는 건너편 언덕으로 올라가니 아담한 집들이 햇살에 빛나고 있다. 과거 이슬람 거주 지역으로 수백 년이 지나면서 많은 변화가 있었지만 일부 보존되어 있고, 특히 그 느낌은 그대로 살아 있다. 하얗게 색칠한 벽과 담장, 적갈색의 지붕이 파란 하늘을 배경으로 아름답게 빛났다. 유럽에서도 아주 이국적인 정취를 풍기는 곳이다.

알바이신에는 이슬람의 목욕탕 시설인 하맘 유적도 남아 있었다. 우리는 이미 터키를 여행하면서 많이 보고 안에 들어가 목욕까지 해 봤던 상태여서 새로울 것은 없지만, 유럽에 이슬람 유적이 남아 있는 것은 이색적이다. 건너편 언덕에는 알함브라 궁전이 멋지게 서 있다. 웅장하기도 하고, 산과 나무,

그라나다 알바이신 지역 전경 사진 오른쪽 위쪽의 언덕이 1492년 이슬람 세력이 기독교 세력에 패퇴하면서 최후의 전투를 치른 사크로몬테 지역이다.

석조 건축물이 파란 하늘과 조화를 이루는 궁전이다.

알바이신 뒤편 언덕에서 이어지는 '성스러운 산'이 사크로몬테 지역이다. 1492년 이슬람 세력이 기독교 세력에 밀려날 당시 최후의 전투를 벌이면서 흰 벽과 골목을 온통 붉은 피로 물들이며 장렬한 최후를 맞은 슬픈 역사가 배어 있는 곳이다. 당시 이슬람 세력은 패색이 짙어지자 최후까지 싸울 것인지, 항복할 것인지를 놓고 격론을 벌인다. 여기서 항전하는 것으로 결론이 나 결국 피비린내 나는 마지막 전투를 치러야 했다. 스페인어로 '사크리피치오(sacrificio)'는 '희생(sacrifice)'을, '사크로(sacro)'는 '성스럽다(sacred)'는 것을 의미하며, '몬테(monte)'는 산을 뜻한다. 사크로몬테란 '희생의 산', '성스러운 산'이란 의미를 갖고 있다.

사크로몬테 지역은 이슬람의 퇴진 이후 그라나다에 유입된 집시들이 거주하면서 독특한 문화를 형성했다. 특히 고대 로마 시대부터 사람들이 살았던 동굴 거주 지역에 집시들이 들어가 살기 시작했고, 당시 그라나다 정부도 이를 허용했다고 한다. 산비탈에 동굴을 파고 지은 집들은 흰 페인트로 칠해져 있고, 구불구불 이어진 골목이 옛 모습 그대로였다. 유네스코가 1994년 사크로몬테를 포함한 알바이신 지역을 세계유산으로 지정한 것은 이 때문이다.

지금도 수공예품들을 만들어 파는 집시들과, 그림이나 전통 조각품을 만들어 거리에 내놓고 파는 예술가들이 많이 거주한다. 나중에 워킹 투어를 마치고 언덕을 내려오다 보니 집시풍의 예술인들과 주민들이 언덕 아래에 텐트를 치고 시위를 벌이고 있었다. 가이드에게 물어보니 정부의 개발 계획에 반대하는 시위라고 했다. 어디를 가나 개발을 둘러싼 갈등이 벌어지고 있는데, 상업화 물결로 아름다운 유적이 훼손되지 않기를 바라는 마음뿐이었다.

2시간에 걸친 워킹 투어는 알함브라 궁전과 시내를 한눈에 내려다볼 수 있는 니콜라스 전망대에서 마무리되었다. 전망대에는 발 디딜 틈이 없을 정도로 많은 관광객들이 모여 시가지를 내려다보고 있었다. 한낮이 되면서 머리 위로 올라온 태양이 전망대를 따뜻하게 내리쬐고, 그 투명한 햇빛을 받아 그라나다 시내와 알함브라 궁전이 더욱 아름답게 빛났다. 구시가지 한복판에는 대성당인 카테드랄(Cathedral)이 우뚝 서 있고, 파란 하늘에는 흰 구름이 뭉게뭉게 피어났다.

4월 초 안달루시아의 태양은 점차 뜨거워지기 시작했고, 한낮이 되자 사람들은 거리에서 자취를 감추었다. 본격적인 시에스타 시간이 된 것이다. 하지만 우리는 그것을 어렴풋하게만 알고 있었지 실제 어떻게 이루어지는지는 잘 모르고 있었다. 니콜라스 전망대 아래의 작은 식당에서 점심식사를 마치고 대성당을 돌아본 다음, 버스를 타고 스페인의 저항시인 가르시아 로르카 박물관으로 갔다가 시에스타를 제대로 경험했다. 도착해서 보니 문이 닫혀 있었다. 게시판엔 오전 10시부터 낮 12시 30분까지 문을 연 다음, 4시간 반 동안 문을 닫는다고 알리고 있었다. 그게 시에스타 시간이었다. 오후 개관 시간은 오후 5시부터 7시 30분까지였다. 허망하게 발걸음을 돌려야 했다.

발길을 돌려 다음 행선지의 기차표를 예매하기 위해 기차역으로 향했다. 비교적 먼 거리지만, 그라나다 시민들이 사는 곳을 돌아보자며 천천히 걸었다. 큰 길로 걷다가 좀 밋밋하면 골목으로 들어가 작은 놀이터에서 쉬다가 다시 걸었다. 하지만 시에스타 시간이어서 거리의 상점들 대부분이 문을 닫아 썰렁하기 그지없었다. 약속이나 한 듯이 모두 집이나 건물 안에 박혀 있는 듯했다. 차나 맥주를 마실 수 있는 일부 카페와 바만 문을 연 상태였다.

시에스타란 말을 수없이 들어왔지만, 사람들이 사라지고 정적이 감도는 한낮의 거리는 썰렁한 차원을 넘어 좀 을씨년스럽기까지 했다. 마치 도시가 텅 빈 듯한 느낌이었고, 활기차게 흐르던 시간이 갑자기 정지해 버린 것 같았다. 파란 하늘에 뭉게뭉게 올라간 구름이 몰려가면서 만든 그림자만이 도시를 배회하고 있었다. 슈퍼와 같은 상점은 물론 박물관조차 문을 닫고 거리의 사람들이 썰물처럼 사라지는 스페인의 한낮은 이방인에게 낯설기만 했다.

새벽까지 이어지는 안달루시아 축제

그렇게 한적했던 거리는 작열하던 태양의 열기가 한풀 꺾이면서 다시 활기를 찾기 시작했다. 태양의 열기가 수그러들수록 거리의 열기는 달아올랐고, 태양이 자취를 감추고 도시가 완전히 어둠에 잠겼을 때 그 열기가 최고조에 달했다. 그 열기는 한밤에 이어 새벽까지 이어졌다. 부활절 마지막 주간에 진행되는 안달루시아 축제의 열기였다. 우리가 그리스 아테네에 도착했을 때 부활절 사순절이 막 시작될 때였는데, 유럽을 횡단해 온 사이에 시간이 그만큼 흘러가 있었던 것이다. 우리도 역에서 숙소로 돌아와 시에스타를 즐기듯이 푹 쉰 다음 저녁 어둠이 시내를 완전히 감쌌을 때 거리로 나갔다.

그라나다의 부활절 행진 안달루시아 지역 최대의 축제로 일주일 동안 매일 저녁 때부터 각 교구 및 성당 별로 행진을 시작하여 자정을 넘겨 새벽까지 이어진다.

7시가 넘어 시내로 나가니 시내 교통은 이미 완전히 통제된 상태에서 시민들이 거리로 나와 축제 행렬을 기다리고 있었다. 행렬이 지나갈 곳과 시간은 미리 정해져 있기 때문에 시민들이 그 길목에 구름처럼 모여 있었던 것이다. 우리도 버거킹에서 햄버거로 배를 채우고 행렬이 비교적 잘 보이는 곳에 자리를 잡고 기다렸다. 주민들은 행렬을 기다리면서 해바라기 씨앗과 같은 주전부리를 먹으며 무료함을 달랬다.

축제엔 주민과 이방인의 구분이 없었다. 한 주민은 우리에게 해바라기 씨앗을 한 움큼 건네주었다.

"그라시아스!(Gracias, 고맙습니다!)"

씨앗을 받아 든 우리도 맛있게 까 먹으며 축제 행렬을 기다렸다.

이 축제는 세비야와 그라나다를 포함한 안달루시아 전역에서 대규모로 진행되고 있었다. 그라나다에서는 각 성당이 고난에 처한 예수와 비탄에 빠진 성모 마리아의 상을 앞세우고 각 성당에서 출발해 그라나다 구시가지 중심의 카테드랄까지 행진해 온 다음, 다시 교회로 돌아가는 방식으로 진행되었다. 각 성당의 행렬은 단순하지 않았다. 장중한 음악을 연주하는 악단과 함께 각 교구가 지닌 보물과 예수 또는 마리아 상을 앞세우고, 신도들은 검은 고깔모자를 쓰는 등 특이한 복장을 하고 행진에 참가했다. 행렬이 장엄하고 화려하기 이를 데 없었다.

축제의 조직도 흥미로웠다. 그라나다 시내를 포함해 인근 지역에 있는 성당별로 행진 날짜와 시간, 코스가 모두 정해져 있었는데, 대부분의 행렬이 오후 9시부터 새벽 2시 사이에 대성당에 도착하도록 스케줄이 짜여 있었다. 1주일 동안 매일 저녁~밤에 행렬이 들어오기 때문에, 축제도 1주일 내내 진행되는 것이다. 시내에 가까이 있는 성당의 경우 행진 거리가 짧아 오후 늦게 출발해도 되지만, 거리가 먼 성당은 거의 하루 종일 이동해야 한다. 하지만 이모든 과정에 성당의 사제들과 지역의 신도들 및 공동체가 함께 참여해 준비하고 즐기는 형태였다.

기다리는 행렬은 오랫동안 나타나지 않았다. 예정 시간 9시가 넘었는데도 나타날 기미를 보이지 않았다. 하지만 시민들은 전혀 동요하지 않고 차분히 기다렸고, 시종 흥겨운 분위기가 넘쳤다. 오랫동안 축제를 벌여 어느 정도 늦는 것은 당연한 것으로 받아들이는 것 같았다.

9시 30분이 지나자 저쪽에서 장중한 밴드 소리가 들리기 시작했다. 드디어 행렬이 다가오고 있는 것이다. 몇 시간 동안 도로에 서서 행렬을 기다렸던 주민들도 술렁이기 시작했다. 먼저 성당의 상징과 십자가를 앞세우고 하얀 사제복에 고깔 모양의 검은 두건을 쓴 행렬이 나타났다. 꽃가루와 촛불, 향을 든 어린 신도들과 고깔모자의 성인 신도들이 뒤를 이었다.

그 뒤로 하늘 높이 십자가에 매달린 예수상이 나타났다. 예수상은 신도들이 짊어진 가마 위에 올려져 있었고, 가마 주변은 화려하게 장식되어 있었다. 마치 예수가 십자가를 짊어지고 골고다 언덕을 올라갈 때의 느낌을 재현하는 것 같았다. 화려하면서도 장엄하고, 경건함과 숙연함까지 자아냈다. 행렬은 한 발짝 한 발짝 천천히 움직였다. 예수상 주변에 수없이 많은 촛불을 켜놓았는데, 촛불이 꺼지면 행렬을 세워 불을 붙인 다음 다시 출발했다. 모든 과정이 마치 미사를 집전하듯이 차분하고 경건하게 이루어졌다. 이어 성당의 미사 집전 도구와 각종 보물을 든 사제들이 예수상을 따르고, 맨 뒤에 밴드가 연주를 하며 따라왔다.

그 행렬이 우리 앞을 지나 대성당 방향으로 움직이고 나자 이번엔 성모 마리아 상을 앞세운 다른 교회의 행렬이 나타났다. 행렬의 구성은 비슷했다. 성모 마리아 상은 아주 화려하게 치장되어 있었는데, 그 화려한 가마 한가운데 올라앉아 있는 성모 마리아의 모습이 깊은 슬픔에 잠긴 듯했다. 성모 마리아를 태운 가마 주변은 무수한 촛불로 장식되어 있었다. 촛불에 반사된 성모 마리아는 아들 예수를 잃은 슬픔을 가슴으로 삭이는 듯한 절제된 표정이었다. 그 모습이 숙연함과 경건함을 더하는 듯했고, 내 가슴도 저절로 아련해졌다.

시민들은 이를 차분하게 지켜보았다. 어른은 물론 어린이, 청소년들, 심지어 휠체어를 탄 노인들까지 모든 주민들이 나와 축제를 즐겼다. 자신이 속한 교회의 행렬이 지나갈 때에는 환호하면서 응원을 보냈다. 유럽 전역을 휩쓰는 경제위기로 기업이 문을 닫고 직장을 잃는 사람들이 속출하고 있지만, 스페인 사람들의 축제에 대한 열망까지 식히지는 못하고 있었다.

자정이 되도록 행렬을 지켜보았지만, 축제는 끝날 줄을 몰랐다. 자정이 가까워지자 거리는 더욱 붐비기 시작했다. 저녁을 먹고 가족 단위로 나오는 사람들이 많았다. 우리는 내일 새벽에 알함브라 궁전 입장권을 사러 나가야 하기 때문에, 시에스타를 갖는 스페인 사람들처럼 밤을 새울 수는 없는 처지였다. 숙소인 그라나다 인(Granada Inn) 호스텔 주인이 "축제가 새벽 4~5시까지 지속된다. 모두 축제에 미쳤다(crazy)"고 말하며 살짝 웃어 보이던 것이 떠올랐다.

이 축제는 우리가 그라나다에 머무는 내내 쉬지 않고 이어졌다. 이 축제야말로 경제위기로 인한 스페인 사람들의 시름을 덜어주고, 현재의 어려움과 절망에서 벗어나 미래의 희망을 갖게 하는 제의요 기원이었다. 원래 축제란 바로 그런 것이다. 비록 경제위기가 몰아치고 있다 하더라도 그것이 세상의 끝이 아니지 않는가. 위기가 몰아쳐도 삶은 지속되어야 하고, 축제도 지속되어야 한다고 스페인 사람들이 소리 없이 외치는 것 같았다. 부활한 예수, 절제된 슬픔에 잠긴 성모 마리아 상을 메고 가면서 그들은 새로운 부활의 노래를 부르고 있었다.

시민들이 모두 참여하는 이러한 축제의 전통을 유지하는 나라가 행복한 나라가 아닐까. 삶이 아무리 힘들더라도 절망하기보다는 함께 준비하고 참여하는 축제를 통해 활력을 얻는 것, 이것이야말로 동서고금을 막론하고 수천 년의 역사 속에서 발견한 삶의 지혜인 것이다. 경제가 급성장한다 하더라도 이런 전통을 잃어 버리는 사회는 그만큼 삶의 지혜를 잃는 것이다. 안달루시아 축제는 슬픔을 새 삶으로의 부활로 승화시키는 공동체의 제의였다.

알함브라 궁전이 인기 있는 이유

"아빠, 엄마. 얼렁 일어나. 벌써 6시 반이야!"

새벽잠에 빠져 있다가 창군의 독촉에 화들짝 일어났다. 서둘러 숙소를 나서 먼동이 트기 시작한 그라나다 시내를 지나 7시 10분 알함브라 궁전 티켓 판매소에 도착했다. 이미 많은 사람들이 긴 줄을 만들고 있었다. 알함브라는 하루 입장객 수를 엄격히 제한하고 예약제를 실시하는데, 예매하지 못한 사람들을 위해 당일 입장권을 매일 오전 8시에 판매한다. 하지만 당일 티켓의 경쟁도 치열해 사람들이 새벽부터 미리 나와 기다리고 있었던 것이다.

우리는 어제 워킹 투어에 참가하기 전에 스페인 은행인 카하(Caja) 은행의 ATM을 통해 알함브라 입장권 예약을 시도했으나 이미 매진되어 있었다. 그래서 새벽에 나올 수밖에 없었다. 긴 줄의 맨 끝에 가서 섰다. 그러자 우리 뒤로 금세 긴 줄이 더 만들어졌다. 4월 초 그라나다의 새벽 대기는 생각보다 차가웠고, 찬 공기는 옷깃을 파고들었다. 한참 기다린 끝에 8시 정각이 되자 티켓 오피스 문이 열리고 티켓 판매가 시작되었다. 우리 순서가 돌아오기까지 1시간을 더 기다려 1인당 13유로씩, 모두 52유로(약 7만 8000원)를 지불하고 오후에 입장할 수 있는 티켓 네 장을 받았다. 새벽잠을 설치고 추위에 떨면서 힘겹게 구입한 입장권이었다.

알함브라 티켓을 받아 쥐고 숙소로 돌아오니 10시 30분이 되었다. 새벽부터 3시간 동안 부산을 떤 끝에 결국 숙소 주인이 불가능할 것이라고 하던 입장권을 구입한 것이다. 숙소에서 빵과 잼, 과일, 차 등으로 늦은 식사를 한다음, 나와 올리브는 어제 시에스타로 허탕을 친 로르카 박물관을 다시 찾았다. 숙소에서 쉬겠다는 창군, 동군과 12시 반에 만나기로 했다.

로르카 박물관은 가이드 투어를 통해서만 관람이 가능했다. 매 시간 투어가 진행되는데 마침 11시 투어가 막 시작되기 전이었다. 모두 17명이 함께 관람을 했는데, 나와 올리브 이외엔 모두 스페인 사람들이었다. 처음에 스페인어로만 설명해 전혀 알아들을 수가 없었다. 우리가 영어로도 해달라고 하자, 주요 지점마다 영어로 요약해 알려주었다.

페데리코 가르시아 로르카(1898~1936)는 삶과 죽음, 사랑을 노래한 자유주의적 시인이자, 스페인 고전 연극의 부활에 큰 영향을 미친 극작가다. 그의 작품은 지금도 세계 곳곳의 무대에 올려지고 있으며, 우리가 방문했을 당시 그라나다에서도 그의 작품이 공연되고 있었다.

그는 그라나다 인근의 작은 마을에서 태어나 그라나다 대학에서 철학과 법률을, 마드리드에서 문학을 공부했다. 20세 때인 1918년 출간한 여행기이자 산문집인 《풍경과 인상들》을 통해 풍부한 시적 감수성을 보여주었으며, 30세 때인 1928년 《집시 이야기 민요집》으로 세상에 이름을 알렸다. 이후 시와 희곡을 쓰고, 연출까지 맡아 스페인 전역에서 순회공연을 했다. 안달루시아를 비롯한 스페인 남부의 민속적인 전통을 되살리는 작품으로 큰 인기를 끌었다.

하지만 당시는 2차 세계대전을 앞두고 전체주의와 국가주의, 파시즘이 득세하던 때였고, 극우 세력은 로르카의 자유로운 영혼을 그대로 두지 않았다. 로르카가 작품을 통해 정치색을 노골적으로 드러내지 않았지만, 파시즘으로 치닫는 현실에 대한 풍자와 그의 인기는 극우 세력에게 큰 부담이었다. 위협을 느낀 로르카는 1934년 마드리드에서 고향인 그라나다로 내려왔으나, 2년 후 스페인 내전이 발발하기 직전 프랑코를 추종하는 극우주의자들에 의해 체포되어 사살되었다. 이는 마르크스주의자들을 포함한 반파시즘 세력에 대한 대대적인 탄압을 알리는 신호탄이었다.

그런데 로르카의 집안은 생각과 달리 매우 부유했다. 이 박물관은 로르카 가족의 여름 생활 공간, 말하자면 별장이었던 곳이다. 그 집을 개조해 기념관을 겸한 박물관을 만들어 일반에 개방하고 있었다. 넓은 부지에 잘 가꾸어진 정원을 가진 멋진 주택이었다.

로르카 박물관은 그와 그의 가족이 지내던 생활 공간을 재현해 놓았고, 로르카가 그라나다의 전원 풍경을 그린 반투명의 수채화도 전시되어 있었다. 초현실주의 화가인 살바도르 달리가 보내준 그림도 있었다. 자연의 아름다움과 애잔한 민속 정서를 노래하고 영혼의 자유를 꿈꾸며 독신으로 지내온 로르카와, 그를 둘러싸고 있던 광기의 파시즘이 대조를 이루었다. 그라나다에 서린 애수의 정서가 로르카 박물관에서도 그대로 이어지는 것 같았다.

알함브라는 유럽의 가장 대표적인 이슬람 유적이며, 그라나다의 애수가 집약된 곳이다. 로르카 박물관을 돌아본 다음, 아이들과 함께 알함브라로 향했다. 그라나다 최후의 이슬람 왕조인 나스르의 보아브딜은 알함브라를 내주고 북아프리카로 도주하다 알함브라를 보며 그 아름다움에 눈물을 흘렸다고 한다. 이때가 1492년으로, 가톨릭 세력이 이슬람 세력을 몰아내고 콜

계곡 건너편 알바이신 지역에서 바라본 알함브라 궁전 유럽에 남아 있는 가장 대표적인 이슬람 건축물로, 자연과 조화를 이루는 아기자기한 공간 구성과 섬세한 조각이 인상적이다.

럼부스가 아메리카 대륙을 발견하면서 '대항해 시대'의 막을 연 해이기도 하다.

알함브라는 착공에서부터 완공까지 100년 이상의 세월이 걸렸다. 나스르 왕조를 세운 알 갈리브가 1238년 건축을 시작했으며 1333년 즉위한 7대 유스프 1세 때 내부가 대부분 완성되었다. 1492년 레콩키스타 이후 스페인 왕조가 성채와 왕궁으로 사용하기도 했으나, 점차 잊히면서 황폐해졌다. 그러다 19세기 유럽 역사학자와 여행자들에 의해 '재발견'되면서 복원이 이루어졌고, 지금은 스페인 최고의 관광지로 유럽인들로부터 사랑을 받고 있다.

우리는 오후 내내 궁궐을 둘러보고, 햇볕이 잘 비추는 곳의 벤치에 앉아 졸기도 하면서 여유를 즐겼다. 알함브라 궁전은 동양이나 유럽의 다른 궁전이 보여주는 것 같은 웅장함과 장엄함보다는 아기자기한 공간 구성과 섬세한 조각이 인상적인 곳이었다. 파리의 베르사유나 빈의 쇤브룬 궁전과 같은 많은 유럽의 궁전들은 넓은 부지에 웅장하고 거대한 건물을 배치했지만, 알함

알함브라 궁전의 아라야네스 정원(위)과 파르텔 정원(아래) 연못과 수로가 궁전의 온도와 습도를 조절함은 물론 사람의 마음을 씻어주는 듯하다.

브라는 좁은 공간을 효율적으로 사용하고 있었고, 그것이 색다른 맛을 선사했다.

궁전은 여러 영역으로 나뉘어져 있다. 메인 궁전인 나스르 궁전은 메수아르 궁, 코마레스 궁, 라이온 궁 등 3개 궁으로 구성되어 있지만, 이들이 거의 붙어 있어 가이드북을 보면서 하나하나 살피고 대조해보지 않으면 구분하기 어렵다. 메수아르 궁엔 기도실이 있는데, 기도실 창으로 거주 지역인 알바이신이 한눈에 들어왔다. 코마레스 궁의 안뜰인 아라야네스 정원엔 이슬람 건축에 어김없이 등장하는 연못이 잘 조성되어 있고, 라이온 궁엔 돌기둥이 숲을 이루듯이 도열해 있는 가운데 중앙에 궁전 곳곳으로 물을 공급하는 분수가 있다.

나스르 궁전을 지나면 자연 환경을 감안한 이슬람 건축가들의 지혜를 엿볼 수 있는 공간이 나온다. 궁전 바로 위쪽은 귀족들의 저택과 정원이었던 파르탈 정원이다. 크고 작은 연못과 정원 곳곳으로 물을 공급하는 수로, 잘 가꾸어진 조경수가 편안한 느낌을 준다. 가장 위쪽은 왕조의 여름별장으로 사용되었다고 하는 헤네랄리페가 있다. 산에서 내려온 물을 이용한 수로와 분수가 곳곳에 설치되어 시원함을 더해주고 있었다. 여름별장다웠다.

알함브라는 천천히 음미하면서 돌아보아야 할 곳이다. 위압적이지 않은 공간 구성이 '사람'이 살기에 훨씬 좋아 보였다. 황제가 막강한 권력을 휘두르는 유럽의 권위적인 궁궐과 달리 하늘과 구름과 바람, 건물과 자연이 조화를 이루는 공간이었다. 여름이면 뜨겁게 달구어지는 대기와 시원하게 흘러내리는 물까지 고려해 사람이 편안하게 지낼 수 있도록 만들었다. 유럽인들이 열광하는 이유도 바로 이 때문이다. 인간적인 규모와 장식이 〈알함브라 궁전의 추억〉과 같이 애수 어린 음악과 어울리면서 감성을 자극하는 곳이다.

알함브라에서 다시 시내로 걸어 내려오니 또 부활절 가두 행진이 준비 중이었다. 차량이 통제된 거리엔 시민과 관광객들이 가득 들어차 축제를 기다리고 있었다. 스페인이 금융위기로 어려움을 겪고 있지만, 시민들의 얼굴에서 이로 인한 어두운 그림자를 찾아보기 어려웠다. 오히려 이베리아 반도를 점점 달구는 태양의 열기처럼 축제의 환희에 빠져 들어가는 듯했다.

그라나다에 맴도는 애수는 단순한 슬픔이 아니라 인간의 삶에 근본적으로 내재해 있는 힘겨움과 슬픔이었다. 한국의 〈아리랑〉에 배어 있는 한(恨)의 정서와도 일맥상통하는 것이다. 어느 누구의 삶이 힘겹지 않을 것이며, 어느 사회가 고난을 겪지 않았겠는가. 그것은 인간과 사회의 본질이다. 알함브라와 사크로몬테에 짙게 배어 있는 애수가 오히려 축제의 기쁨을 더해주는 곳, 삶의 애환을 축제를 통해 승화하고 정화하는 곳, 그곳이 안달루시아였다.

두 팀으로 나누어진 가족

그라나다 일정을 마친 다음, 우리 가족은 다시 두 팀으로 나누어 나와 동군은 포르투갈을, 올리브와 창군은 스페인 북서부 산티아고 순례길을 여행하기로 했다. 이탈리아 로마에서부터 듬성듬성 진행했던 '따로 또 같이' 여행은 이젠 자연스러운 여행 스타일로 자리를 잡았고, 이번 포르투갈과 산티아고 순례길 여정은 그 하이라이트였다. 따로 하는 여행은 자신에 더 몰입할 수 있는 시간과 공간, 즉 자기 성찰의 계기를 더 많이 가질 수 있다는 장점을 갖고 있다. 우리 가족에게도 이 여정은 지금까지의 여행을 되돌아보고 중대한 결정을 내리는 계기가 되었다.

우리는 일단 그라나다에서 1인당 17유로씩 68유로(10만 2000원)를 내고 고속버스를 타고 마드리드로 이동했다. 안달루시아 축제로 마드리드 행 기차표가 매진되었기 때문이다. 미리 예매를 하지 않아 기차를 무료로 사용할 수 있는 유레일패스를 갖고도 고속버스를 타야 해 아쉽기가 이만저만이 아니었다.

버스는 예정 시간보다 1시간 정도 늦은 오후 4시 마드리드 버스터미널에 도착했다. 여기까지가 우리 가족 네 명의 '함께 여행'이었고, 이젠 '따로 여행'에 나서야 할 시간이었다. 1주일 후 마드리드 숙소에서 다시 만나기로 하고, 올리브와 창군은 산티아고 행 기차를 타기 위해 차마르틴(Chamartin) 역으로 떠났다. 포르투갈 리스본으로 가는 야간 열차를 이미 예매해 놓은 나와 동군은 남은 시간 동안 마드리드를 돌아보기 위해 전철을 타고 중심지인 솔 역으로 향했다.

며칠 전에도 들렀던 '햄 박물관'에서 샌드위치와 햄, 음료로 간단히 식사를 하고 광장으로 나오니 거기서도 부활절 축제가 펼쳐지고 있었다. 동일한 티셔츠를 입은 사람들이 대형 십자가를 짊어지고 광장을 행진하는가 하면, 전통음악을 연주하기도 하고, 예수의 부활을 찬양하는 노래와 춤을 추기도 했다. 광장에는 수많은 시민들과 관광객들이 어울려 축제를 즐겼다.

하지만 그라나다에서와 같은 장중함이나 화려함, 활력을 느끼기 어려웠고, 시민들도 한마음으로 참여하는 것 같지 않았다. 학생이나 교회, 또는 단체 구성원들이 축제를 준비하고 시민들은 구경꾼이었다. 공동체가 살아있는 도시의 축제와 공동체가 사라진 도시의 축제는 확실히 달랐다. 지방 소도시의 축제는 성당을 중심으로 지역공동체가 함께 준비하고 구성원 모두가 참여하는 반면, 대도시의 축제는 언뜻 보아도 형식적이었다.

솔 광장의 축제를 뒤로 하고, 각종 의식과 축제, 투우까지 열렸다고 하는 마드리드의 중심 광장인 마요르 광장에서 대성당을 거쳐 로얄 팰리스, 오페라 극장을 차례로 돌아보았다. 마드리드 구시가지 중심이다. 곳곳에 들어선 카페와 레스토랑은 물론 광장에도 휴일을 즐기는 시민과 관광객으로 북적였다. 과거에 세계를 제패했던 스페인의 영화를 반영하듯 모든 건물들이 웅장하게 지어져 있고, 오페라 극장에선 각종 공연이 쉬지 않고 열리고 있었다.

마드리드 시내의 명소들을 휘~익 돌아본 다음, 전철을 타고 차마르틴 역으로 오니 오후 7시가 조금 넘었다. 밤 10시 26분에 출발하는 포르투갈 리스본 행 야간 열차 시간까지는 3시간 정도가 남아 있었다. 역 구내의 카페에서 크로와상과 커피를 주문하고 TV의 축구 중계를 보면서 시간을 보냈다.

동군과 단둘이 하는 이번 포르투갈 여행에서 과연 무엇을 얻을 수 있을 것인지 여러 생각이 스쳐 지나갔다. 유라시아 대륙의 서쪽 끝에 있는 포르투갈, 한때 스페인과 함께 세계를 제패했지만 지금은 유럽의 변방이 된 포르투갈, 여행을 계획할 때 동군이 남미의 우유니 소금사막과 함께 가장 가고 싶어 했던 리스본, 그곳에선 무엇이 우리를 기다리고 있을까….

짐을 챙겨 리스본 행 야간 열차를 타러 플랫폼으로 향하는데, 무언가 허전한 느낌이 가슴을 파고들었다. 아까 낮에 마드리드 시내 이곳저곳을 돌아볼 때에도 그랬는데. 그때였다.

"짜~잔~." 올리브가 우리 눈앞에 나타났다.

"히히, 놀랐지? 우리도 야간 열차로 바꿨어. 저기 창군도 있어." 올리브가 웃으며 말했다.

동군도 반가운 표정이 역력했다. 창군은 대합실 저쪽 구석에 있는 벽의 전기 코드에 컴퓨터 전원을 연결하고 바닥에 퍼질러 앉아 컴퓨터를 만지작거리고 있었다. 완벽한 배낭여행자 모드가 따로 없었다.

"이미 산티아고로 떠난 줄 알았는데…." 나도 반가움에 올리브의 손을 잡았다. 그러면서 앞서거니 뒤서거니 창군이 있는 대합실 구석으로 움직였다.

뜻밖에 올리브와 창군을 보니 너무 반가웠다. 때로 짜증도 내고 신경질도 부리지만 역시 가족은 우리가 의지하고 기댈 수 있는 소중한 언덕이었다.

하지만 정말 헤어질 시간이었다. 10시 가까이 되어 나와 동군이 먼저 열차에 올랐다. 우리 침대칸에까지 와서 배웅하는 올리브와 창군의 얼굴에도 이별의 아쉬움이 흠뻑 묻어났다. 서로 서로 아쉬움을 달래며 손을 흔들었다.

나와 동군이 탄 침대열차는 2층 침대 두 개가 마주보고 있는 형태로, 네 명이 한 칸을 쓰도록 되어 있었다. 침대칸에는 작은 세면대가 있어 양치질이나 간단한 세수도 할 수 있었다. 유럽, 아니 아시아를 포함한 유라시아 대륙의 서쪽 끝에서 대서양을 맞대고 있는 나라, 포르투갈을 향해 열차가 어둠을 갈랐다.

우리 침대칸에는 일본인 여행자가 함께 탑승해, 모두 세 명이 같은 칸을 썼다. 도쿄에서 5년간 부동산업에 종사하다 상황이 악화되자 일을 잠시 접고 3개월 간 여행을 하고 있다는 청년이었다. 그는 프랑스 리옹에서 친구와 1개월을 거의 빈둥빈둥 보내고 이제 1개월 반 동안 포르투갈과 스페인, 이탈리아 등을 여행할 예정이라고 했다. 그와 이런저런 이야기를 나누고, 세수도 하고 주변을 정리하고 나니 밤 11시를 넘었다. 철커덕철커덕 흔들거리는 침대에 몸을 뉘였다. 새로운 여정이 시작되고 있었다.

스페인 마드리드~포르투갈 리스본

유라시아 대륙의 끝은 끝이 아니다

"아빠, 공부 좀 해!"

나와 동군의 포르투갈 여행에는 동군의 의지가 많이 작용했다. 동군은 한국에서 여행을 계획할 때부터 포르투갈에 관심이 많았다. 명확하게 말로 설명하지는 않았지만, '대항해 시대'에 대한 동경 같은 것이 있었던 것 같다. 원래 나는 올리브와 창군이 떠난 산티아고 순례길도 꼭 가보고 싶었다. 하지만 5일이라는 짧은 기간에 순례길 중 일부분을 걷는다는 것이 왠지 아쉬움으로 남을 것 같아, 그럴 바에야 나중에 충분한 시간을 갖고 여행할 '목록'으로 남기고 동군과 포르투갈을 여행하기로 했다.

사실상 동군이 이끌며 여행한 포르투갈은 나나 동군, 특히 동군에게 아주 큰 의미를 남긴 곳이 되었다. 그가 여행만 이끈 것이 아니었다. 그 스스로 그의 삶을 이끌어가는 전환점을 만든 곳이 바로 포르투갈이었다. 리스본에서 유라시아 대륙의 서쪽 땅끝 마을을 거쳐 대학의 도시 코임브라, 대항해 시대의 기점 역할을 한 포르투까지 돌아보면서 동군은 자신의 진로를 결정했다. 그동안 그가 조금씩 보여주었던 변화 과정의 한 매듭이 지어진 것이었다.

밤새 달린 기차가 오전 7시 30분, 스페인 시간으로는 8시 30분, 포르투갈 리스본의 산타 아폴로니아(Santa Apolonia) 역에 도착했다. 마드리드에서 10시간이 걸렸다. 기차가 출발하자 차장이 티켓을 회수해 가더니, 도착하기 30분 전에

238

되돌려주었다. 야간 열차를 타고 한밤중에 내려야 하는 승객들을 제 시간에 깨워주기 위한 배려였다. 기차가 리스본 외곽에 진입하자 아침 햇살을 받은 아름다운 전원 풍경이 펼쳐졌다. 포르투갈이 잠에서 막 깨어나는 듯했다.

아폴로니아 역 구내에서 샌드위치로 간단히 요기를 하고 숙소로 향했다. 동군이 1일 교통카드를 구입해 함께 메트로를 탔다. 그가 이끄는 대로 몇 정거장 떨어지지 않은 아베니다(Avenida) 역에서 내려 골목으로 이어진 언덕을 한참 올라갔다. 지도와 아이폰을 이용해 구불구불 이어진 골목을 한참 올라가 어렵게 숙소를 찾았다. 그런데 문제가 발생했다.

우리는 당초 랜드스케이프 호스텔(Landscape Backpackers Hostel)에 이틀을 예약했는데, 도착해 보니 예약이 과도하게 이루어져 우리가 머물 침대가 없었다. 인터넷 예약 시스템에 문제가 있었다는 것이다. 호스텔 직원은 다른 호스텔을 소개해주면서 이틀 간의 차액(16유로)을 현금으로 지불해주었다. 말하자면 조금 더 비싼 호스텔을 소개하고 그 차액을 보상해준 것이다. 할 수 없이 몇 블록 떨어진 칠라우트 호스텔(Chillout Hostel)로 옮겨 어렵게 방을 잡았다. 칠라우트 호스텔에도 빈 방이 없을 정도로 만원 상태였지만, 예약자들의 침대를 이리저리 재배정해 4인실에 우리가 쓸 침대 두 개를 만들어냈다. 랜드스케이프 호스텔보다 16유로 비쌌다. 현금으로 받은 차액 보전 금액이 딱 맞았다.

어렵게 숙소를 확정했으니 이제 리스본 탐방에 나서야 했다. 포르투갈은 동군이 워낙 원했던 곳이고 어느 곳을 여행할지도 이미 많이 생각을 해온 상태여서 그에게 코스를 정하도록 했다.

"리스본 관광지는 시내에 몰려 있어 하루면 돌아볼 수 있대. 제로니모스 수도원은 좀 떨어져 있어서 따로 일정을 잡아야 하고. 일단 시내로 가요."

동군이 나름대로 코스를 정해 앞장섰고, 나는 동군의 뒤를 졸졸 따라서 움직였다. 숙소에서 나와 리스본 시내를 남북으로 관통하는 '자유 대로'라는 이름의 리베르다지 대로로 나왔다. 넓은 도로 양 옆으로 공원이 조성되어 있는 길이었다. 가로수가 터널을 이루고, 아름드리 나무들이 줄지어 서 있는 가운데 보도에는 각종 문양을 새긴 타일 모자이크가 운치를 더해주었다.

그런데 동군이 여행을 이끌어야 한다는 것에 대해 심리적 압박감을 심하게 느꼈던 모양이다. 리베르다지 대로를 따라 시내로 내려오면서 자기 뒤만 졸졸 따라오며 자꾸 질문을 퍼붓는 아빠에 대한 불만이 폭발하였다.

"아빠! 공부 좀 해! 기본적인 것도 모르고, 따라다닌다고만 하면 어떻게 해!"

동군이 조르제 성, 제로니모스 수도원, 알깐따라 전망대, 바이루 알뚜 지구 등 리스본의 몇몇 지명과 유적지를 거론하며 어디로 가면 좋을지 이야기를 하는데도, 내가 잘 모르겠다며 "그게 뭔데?" 하고 자꾸 질문을 하자 그가 불만을 터뜨린 것이다.

"아빠도 책을 봤는데, 복잡한 이름을 다 기억 못해서 그래." 내가 변명하듯이 말했다.

"그건 기본적인 거지. 응? 베이징에 가서 자금성도 모른다고 얘기하는 거나 마찬가지 아냐? 그것도 모르면 어떻게 해…" 동군은 화가 풀리지 않은 듯 눈을 부라렸다.

"야, 그래도 그 정도는 아니지. 리스본하고 베이징하고 비교하는 건…"

"뭐가! 같은 거 아냐? 공부하면서 여행하라며, 아빠는 공부도 안 해? 나한테만 공부하라고 하고, 아빠는 '그게 뭔데?' 하고 묻기만 하고…" 동군은 전혀 물러설 기색이 없었다.

아빠한테 거칠게 대드는 동군이 한편으론 좀 괘씸한 생각도 들었지만, 갑자기 동군에게 너무 많은 짐을 지운 것은 아닌가 하는 생각도 들었다.

"그래, 알았어. 미안해. 아빠도 노력할게." 내가 말했지만 동군의 얼굴은 펴지지 않았다.

나와 동군 사이의 냉랭한 기운은 한동안 지속되었다. 둘이서만 나선 포르투갈 여행이 첫걸음부터 삐걱거리는 게 아닌가 하는 불안감도 들었다. 리베르다지 대로를 따라 내려와 포즈 궁전을 돌아보고, 고풍스럽고 정감 넘치는 노란색의 푸니쿨라를 타고 상 페드로 알깐따라 전망대에 올라갈 때까지 동군은 씩씩거렸다. 그는 아무 말도 하지 않았다.

전망대에 오르자 리스본 전경이 한눈에 들어왔다. 세계를 주름잡던 전성기를 뒤로한 배우의 화려하진 않지만 우아한 자태를 보는 것 같았다. 건물들은 대체로 5~6층 높이로, 세련되지는 않았지만 고풍스런 멋을 풍겼다. 건물들의 흰 벽과 그것을 덮고 있는 적갈색 지붕이 하늘에서 무차별적으로 내리쬐는 투명한 햇살에 속살을 드러내고 있었다. 그 뒤로 바다처럼 넓은 테주 강 하구가 보였고, 시가지 너머 언덕엔 상 조르제 성이 시내를 굽어보고 있었다.

그때까지도 동군은 무뚝뚝한 태도로 뚜벅뚜벅 앞으로 걸어갔고, 나는 동군의 뒤를 따랐다. 그런 동군을 그저 버릇없다고도 볼 수 있겠지만, 이는 동군의 변화를 보여주는 행동이기도 했다. 내가 너무 긍정적으로만 생각하는지 모르겠지만, 그의 독립심이 그만큼 커지고 스스로 책임감을 느낄 정도로 성장한 것 같기도 했다. 우리 사이의 냉랭한 기운은 부자(父子) 관계의 변화와 관련해 많은 것을 함축하고 있었다.

동군이 부모에 대한 의존에서 벗어나 독립적인 인간으로 성장하길 바라는 것은 이번 여행의 목표였다. 부모로부터의 독립은 자신이 부모와 동등한, 자주적 인격체라는 사실을 인식하는 것에서부터 출발한다. 부모가 넘을 수 없는 벽이자 벗어날 수 없는 그늘이라는 인식을 갖고 있는 한 독립은 어려운 일이다. 체력적으로 성장해 팔씨름으로 부모를 이기든, 특정 분야의 지식으로 부모를 앞서든, 어떤 것이든 상관없다. 부모의 벽을 한번이라도 넘게 되면 그때부터 자주성이 생겨나고, 독립적 인격체로 펄쩍 뛰어오르게 된다.

이런 면에서 동군이 나에게 대들 듯이 "공부 좀 해!"라고 말한 것은 큰 변화를 보여준 것이었다. 사실 그 말은 내가 동군에게 숱하게 던졌던 말이 아니던가. 아빠에게 따지듯이, 약간 훈계하듯이 말을 한 것도, 어쩌면 자신을

리스본의 트램 아직도 주민들의 교통수단으로 이용되는 트램은 리스본을 더욱 낭만적이고 매력적인 도시로 만드는 요소다.

아빠와 동등한 존재로 인식하고 있거나 인식하고 싶어 하는 것을 보여주는 징표가 아닐까. 어쨌든 동군이 이번 여행을 통해 부쩍 성장하고, 그것이 한 단계 비약하고 있다고 애써 위안을 삼았다.

꼭 다시 오고 싶은 도시

알깐따라 전망대에서 리스본 시내를 한참 바라보다가 주택가 골목을 지나 큰 길로 나오니 따스한 햇살이 내리쬐는 가운데 노란색의 멋진 트램이 "땡! 땡! 땡!" 소리를 내면서 천천히 지나갔다. 리스본 중심지와 양편의 언덕 및 주요 관광지를 잇는 트램이었다. 주민과 여행자의 발 역할을 하는 리스본의 명물로, 여유와 낭만이 물씬 풍겼다. 다른 유럽의 도시들과 달리 상대적으로 덜 개발되어 마치 18~19세기 거리를 걷는 느낌이었다.

그렇게 움직이다 보니 12시 30분을 넘어 배가 출출해졌다. 내가 주변의 식당을 턱으로 가리키며 물었다.

"뭐 좀 먹고 가자. 이제 점심 먹어야지?"

철제 탑인 엘레바도르 산타 후스타에서 바라본 리스본 시내 하얗게 회칠을 한 건물들과 적갈색 지붕 너머로 상 조르제 성이 보인다.

"제대로 된 거 먹고 싶어. 조금 더 내려가 보자." 동군은 손에 든 가이드북을 들여다보면서 앞으로 뚜벅뚜벅 걸어갔다. 그러다 작은 로컬 식당을 발견하고 동군이 눈짓을 보냈다. 나도 고개를 끄덕이며 식당으로 들어갔다.

생선과 양고기 요리를 주문했는데 생수를 포함해 모두 16유로(약 2만 4000원)로 저렴하고 맛도 괜찮았다. 주인도 친절했다. 양도 푸짐해 든든하게 배를 채웠다. 배가 두둑해지니 확실히 여유가 생겼다. 동군도 그때까지의 뾰로통했던 인상을 펴고, 여행자 모드로 돌아왔다.

식사를 마치고 상 로께 성당을 지나 엘레바도르 산타 후스타로 올라갔다. 구시가지 중심부 길 한복판에 우뚝 서 있어 시내를 내려다볼 수 있는 철제 탑이다.

"저 아래쪽이 바이샤 지구고, 이쪽 높은 곳이 바이루 알뚜 지구야. 이 탑은 30m인데, 파리 에펠 탑을 만든 구스타프 에펠이 1902년에 설계했대." 동군이

로시우 광장 리스본 구시가지 중심부에 자리한다. 가운데에 동 페드로 4세의 동상이 우뚝 서 있고, 그 뒤쪽으로 정면이 보이는 건물이 국립극장이다.

가이드북을 보면서 말했다.

"그렇구나. 그리고, 저쪽에 있는 게, 음, 그러니까….."

"상 조르제 성이야. 아빠는 그것도 기억 못해? 응?"

"그래, 맞아 조르제 성. 저거는 테주 강이구나. 하하하."

약간 쏘아붙이듯이 말했지만 동군의 어투에서 이제 화는 거의 사라져 있었다. 동군은 가이드북을 손에서 한시도 떼지 않고 꼼꼼히 읽어가면서 가끔 설명도 해주었고, 나도 열심히 맞장구를 쳤다.

탑에서 내려와 리스본의 중심 광장인 로시우 광장으로 향했다. 광장 한쪽엔 화려한 분수가 물을 뿜고 있고, 중앙에 브라질 초대 총독이었던 동 페드로 4세의 동상이 위엄 있게 서 있다. 발걸음은 국립극장, 피게이라 광장을 지나 테주 강으로 이어졌다. 거리에는 노란 트램뿐만 아니라 빨간 트램도 "땡! 땡!" 경적을 울리며 달렸다. 옛 정취가 물씬 풍겼다.

구시가지와 이어지는 테주 강변엔 '상업의 광장'이라는 의미의, 리스본에서 가장 큰 꼬메르시우 광장이 있다. 그 광장을 마주보고 한편엔 시청사가, 맞은편엔 재무부와 해군본부가 있다. 과거 대양을 항해하던 범선들로 가득했을 강 하구엔 컨테이너를 가득 실은 초대형 선박들이 떠 있고, 광장엔 사람들이 봄날 오후의 여유를 즐기고 있었다. 우리도 강변에 앉아 한참 쉬었다.

그런 다음 대성당을 거쳐 오후 5시가 넘을 즈음 낭만이 가득한 노란색 트램을 타고 상 조르제 성으로 향했다. 트램은 내부가 나무로 만들어져 있어 더욱 운치가 넘쳤다. 약간 덜컹거리며 흔들거리는 트램이 '땡! 땡!' 하고 경적을 울리며 골목을 돌아 언덕 위로 올라갔다.

상 조르제 성에는 리스본과 포르투갈의 역사가 배어 있다. 처음 성을 건설한 것은 고대 로마 시대까지 거슬러 올라가지만, 8세기부터 12세기 중반까지 이곳을 지배했던 북아프리카 이슬람 세력이 방어 기지로 성을 건축한 것이 이 성의 원형이 되었다. 1147년 포르투갈 초대 왕인 알폰소 엔리케가 무어인들을 물리치고 리스본을 장악한 이후 16세기까지 왕궁으로 황금기를 누렸다. 그러다 1580년 포르투갈이 스페인에 통합된 후 20세기 초까지 중요한 군사 기지로 역할을 했다. 리스본 시가지와 테주 강 하구까지 굽어볼 수 있는 천혜의 군사 요충지였다.

조르제 성에서 내려다본 오후의 리스본 풍경은 환상적이었다. 해가 서녘으로 뉘엿뉘엿 기우는 가운데 흰 구름이 둥둥 떠다니는 하늘과 오래된 건물들의 붉은 지붕이 완벽한 조화를 이루었다. 멀리 테주 강 하구의 다리도 가까이 보이는 듯했다. 성곽을 따라 성을 돌아갈 때마다 풍경이 달라졌다. "와, 멋있다." 좀처럼 감정을 드러내지 않는 동군도 조르제 성에서는 탄성을 질렀다. 뾰로통했던 동군의 표정도 이젠 평소 모습으로 돌아왔다. 느릿느릿 성을 돌아보면서 동군은 아이스크림을, 나는 커피를 마시는 여유도 즐겼다.

오후 7시가 가까이 되어 상 조르제 성에서 내려와 1828년부터 5대째 운

상 조르제 성에서 바라본 리스본 시내 멀리 현대적 고층 빌딩들이 보이지만, 성 아래 구시가지엔 적갈색 지붕을 한 오래된 건물들이 멋진 풍광을 선사하고 있다.

영하고 있다는, 리스본에서 가장 유명한 콘페이타리아 나시우날(Confeitaria Nacional)에 들렀다. 로시우 광장 한쪽 끝에 자리 잡은 제과점으로, 동군이 이곳을 꼭 가봐야 한다며 나를 이끌었다. 제과점엔 많은 손님들로 붐비고 있었다. 작은 빵을 하나씩 사먹어 봤는데, 명성에 비해 특별한 맛은 느끼기 어려웠다. 그래도 180년이 넘는 제과점의 역사가 주는 느낌은 특별했다.

리스본은 전통 건축물들이 비교적 잘 보존되어 있고, 깨끗하게 잘 정비된 아름다운 도시였다. 유럽의 서쪽 끝에 있어서 그런지 미국식 자본주의의 때도 덜 묻은 것 같은 인상을 주었다. 본래의 모습이 완전히 탈색된 관광지 이탈리아나 프랑스, 스페인보다 사람 냄새가 풍겼다. 상점도 예전의 모습을 지니고 있고, 물가도 저렴하고, 사람들도 특유의 친근감을 보였다.

리스본은 상대적으로 비대하지 않고, 그러니까 붐비지도 않아 여행자에게 낭만과 여유를 전해주었다. 노란색, 빨간색 트램이나 약간 낡은 상점 등은 좀 덜 세련되었을지 모르지만 오히려 그게 더 깊은 맛을 주었다. 리스본은 내리쬐는 강렬한 태양과 바다―정확히 말하면 테주 강이 바다와 만나는 하류―를 끼고 있는 도시, 대서양을 접하고 있는 도시라는 점도 매력적이다.

10년 후 꼭 다시 오고 싶은 유럽 도시가 있다면 리스본을 꼽고 싶었다. 거기에다 이전과 크게 달라진 동군이 여행을 주도하니 나의 만족감은 더욱 컸다. 처음에는 티격태격하며 분위기가 썰렁했지만, 시내와 조르제 성을 돌아보고 멋진 저녁식사를 하며 동군의 얼굴도 활짝 펴졌다. 그렇게 한 번 충돌한 것이 오히려 아빠와 아들의 벽을 확 허물어버린 것 같았다. 부쩍 성장하는 동군과 같이한 경험이 리스본을 더욱 아름답게 만들고 있었다.

땅 끝이 아니라 새로운 항해의 출발점

리스본에 도착한 다음 날, 유라시아의 대륙 서쪽 끝으로 향했다. 트램을 타고 로시우 역에 도착, 곧바로 '땅끝 마을'로까 곶으로 가는 신트라(Sintra)행 열차에 올랐다. 유레일패스가 있어 그냥 열차를 타기만 하면 된다. 추가 요금도 필요 없다. 기차가 신트라를 향해 시원하게 달렸다.

기차 안에서 동군은 자신의 향후 일정에 대한 이야기를 꺼냈다.

"아빠, 여행을 계속하기보다 미국에 가서 영어 공부 하는 게 좋을 거 같아."

자못 심각한 표정이었다. 유럽 여행 이후 미국과 남미 여행 일정을 고민하다 생각을 정리한 것 같았다. 그동안에도 여러 차례 동군의 영어 연수에 관한 이야기가 나왔지만, 이 문제는 동군 스스로 결정해야 한다는 입장을 견지하고 있었다. 그런 상태에서 동군이 나름대로 결심을 한 것이었다.

"왜 그런 생각을 했어?" 동군의 생각을 좀 더 확실히 하고 싶어 물었다.

"이제 여행을 계속하는 건 나한테 별 의미가 없는 것 같아."

"음. 동군이 그렇게 생각하고 있구나. 근데 영어는 왜?"

"앞으로 외국에서 생활하고 싶고, 고졸 검정고시에서 좋은 성적을 받으려면 영어가 필요하잖아. 대학도 가야 하고…. 영어라도 제대로 하는 게 좋을 거 같아."

"그래. 앞으로 무엇을 해도 영어는 필요하지. 근데 외국에서 생활한다고?"

"응. 이번에 여행하면서 외국에서 살고 싶다는 생각이 들었어."

"그래, 잘 생각했어. 영어 연수한다는 거 말이야. 근데 영어 연수 방법은 좀 알아봤어?

"알아보고는 있는데, 어려워." 동군이 약간 힘이 없는 투로 말했다.

"그래, 아빠도 알아볼게. 함께 알아보도록 하자. 어쨌든 엄마하고 창군이 집으로 돌아간 다음에 우리는 미국으로 가서 동군 영어 연수하는 걸로 하고, 구체적인 방법을 찾아보자."

길지 않은 대화였지만 동군의 고민과 생각을 읽을 수 있었다. 동군은 여행이 중반으로 접어들면서 자신에게 무엇이 중요한지 생각을 했고, 이제 여행보다 대학 진학을 위한 공부의 필요성을 느끼고 있는 것이었다. 더 중요한 것은 자신의 고민을 아빠에게 이야기했다는 사실이었다.

그렇게 이야기를 나누고 있는 사이에 기차는 로시우 역을 출발한 지 45분 만에 신트라에 도착했다. 모루스 성과 페나 궁전, 로까 곶, 까스까이스 등을 연결하는 버스의 1일 탑승권을 1인당 10유로에 구입했다. 신트라는 리스본의 서쪽 해안 끝자락에 있는 작은 마을로, 로까 곶 여행의 기점이다. 전략적 요충지인 이곳엔 이슬람 성곽인 모루스 성과 아름다운 페나 궁전이 있어, 로까 곶을 여행하면서 함께 둘러볼 수 있도록 통합 티켓을 판매하는 것이다.

탑승권을 구입한 후 모루스 성으로 향하는 버스에 올랐다. 버스는 신트라 구시가지를 거쳐 구불구불 이어진 산길을 따라 올라갔다. 리스본에서만 해도 화창하던 날씨가 흐려지더니 간간이 비를 뿌렸다. 산으로 올라가니 안개

'무어 인의 성'인 모루스 성 성채가 산 위의 바위를 타면서 견고하게 건설되었고, 산 아래쪽에 대서양 연안으로 연결되는 신트라 시가지가 보인다.

인지 구름인지 연무가 잔뜩 끼어 있었다.

모루스 성은 무어인들이 이베리아 반도를 지배하면서 8~9세기에 건설한 성곽으로, 신트라는 물론 대서양을 굽어볼 수 있는 산 정상에 만들어져 있었다. 말하자면 리스본으로 통하는 요새로 전략적 요충지에 만든 성이었다. 입구부터 범상치 않았다. 산기슭에 외곽 성곽을 쌓고 거기에 성 본체로 통하는 단단한 문을 만들어 놓았다. 성 본체는 산 정상에 삐죽삐죽 솟아 있는 바위를 타고 웅장하고 견고하게 건설되었다. 위엄이 느껴졌다. 성곽으로 올라가자 신트라 일대가 그림 같은 모습을 드러냈다. 짙푸른 녹음 사이사이에 집과 마을들이 들어가 있었다. 뿌연 안개구름 사이로 멀리 대서양도 어렴풋이 보였다. 구름이 지나갈 때마다 산 위의 성채가 나타났다 사라지기를 반복했다. 동군도 "와, 멋있다"를 연발하며 성을 돌아보았다.

건너편 산기슭의 페나 궁전은 19세기 포르투갈 낭만주의 건축물의 최고봉으로, 거의 폐허로 변한 수도원을 독일 귀족인 페르디난트 공이 사들여 1850년에 완공한 궁전이다. 근대 유럽의 건축 양식에 이슬람 양식과 고딕 양식이 혼합되어 매우 낭만적인 모습을 풍긴다. 곳곳에 새겨진 이슬람식의 기하학적 문양은 독특한 분위기를 자아냈다. 궁전 안에는 당시 경제적 성공을 자랑하는 부르주아와 왕족들의 호화로운 생활을 보여주는 다양한 방들이 옛 모습 그대로 보존되어 있다.

페나 궁전까지 돌아본 다음 다시 신트라 역으로 돌아와 땅끝 마을인 까보 다 로까(Cabo da Roca), 즉 로까 곶으로 향하는 버스에 올랐다. 한국의 동해안 마을과 제주도의 해변 마을을 합한 것 같은 평화롭고 정겨운 마을들을 통과하며 약 40분 동안 구불구불한 길을 달렸다. 버스는 생각과 달리 시골 마을들을 이곳저곳 경유했다. 길이 좁아 반대쪽에서 차가 오면 교차할 수 있는 공간으로 비켜 서 있어야 했다.

6시경 로까 곶에 도착했다. 이곳이 유라시아 대륙의 서쪽 끝임을 알리는 간판과 도로 표지판, 꼭대기에 십자가를 얹은 거대한 돌탑이 서 있고, 옆에는 등대가 있다. 돌탑에는 북위 38도 47분, 서경 9도 30분이라는 표식과, 까몽이스의 시 구절이 새겨져 있다.

"여기에서 땅이 끝나고 바다가 시작된다."

포르투갈어를 몰라 제대로 읽을 수는 없었지만, 동군이 끼고 다니는 가이드북을 통해 알 수 있었다. 그 아래로는 140m의 깎아지른 절벽에 파도가 하얀 포말을 일으키며 부서졌다.

드디어 아시아 동쪽 끝에서 거대한 대륙을 횡단해 유럽의 서쪽 끝까지 온 것이다. 우리와 같은 버스를 타고 온 여행자들도 표지석을 보며 환호성을 질렀다. 한국인은 나와 동군뿐이었고, 대부분 유럽인과 일부 일본인 여행자들이었다.

유라시아 대륙의 끝에 온 감회는 남달랐다. 동군과 나는 중국과 네팔, 인

까보 다 로까 유라시아 대륙의 서쪽 끝에 위치한 이 곳의 전망대 아래가 대서양이며, 사진의 돌탑에 "여기에 서 땅이 끝나고 바다가 시작된다"는 까몽이스의 시 구절이 새겨져 있다.

도 대륙을 육로로 여행했고, 유럽의 동쪽 끝 터키에서부터 버스와 기차와 배를 번갈아 타면서 유럽 대륙을 종횡으로 누벼 서쪽 끝까지 왔다. 지구를 반 바퀴 돈 것이다. 우리 앞에는 끝이 없는 대서양이, 뒤로는 유럽과 아시아를 잇는 지구상 최대의 유라시아 대륙이 있다.

　동군은 로까 곶에서 해안을 끼고 이어진 비탈길을 따라 절벽 아래로 내려간 다음, 다시 건너편 언덕으로 올라갔다. 처음에는 절벽 아래를 구경하고 돌아오나 했는데, 그게 아니었다. 절벽 아래로 함께 내려간 사람들은 돌아오고 있는데, 동군은 혼자서 건너편 가파른 언덕의 작은 오솔길을 오르고 또 올랐다. 혼자서 아슬아슬한 바위를 타고, 크기가 무릎 정도 오는 관목으로 둘러싸인 오솔길을 통과했다. 동군의 모습이 조그만 점으로 변해 보일락 말락 할 때까지 언덕을 오르며 유라시아 대륙 끝을 탐색했다. 날씨는 여전히 구름이 낮게 깔려 있어 시야가 좋지 않고, 가끔 안개구름이 몰려오기도 했지만 멋진 풍경이었다. 나중에 동군은 "저쪽 끝에 무엇이 있는지 궁금해서 그냥 올라가 보았다"고 했다. 호기심이 넘치는 청소년이었다.

우리가 도착한 곳은 과연 대륙의 끝이었을까? 아니었다. 어떤 사람에게는 대륙의 끝이었지만, 다른 사람에게는 신대륙으로 향하는 출발점이었다. 많은 사람들이 이곳에 와서 "우리는 대륙의 끝을 보았다"고 환호하며 돌아섰지만, 호기심 많고 모험심 넘치는 사람들은 망망대해를 향해 돛을 올리고 배를 띄웠다. 그들에겐 이곳이 대륙의 끝이 아니었다. 그들은 거친 파도를 헤치고 앞으로 나아가 신대륙을 발견하고, 새로운 역사를 만들었다.

우리의 삶도 마찬가지 아닐까. 한 단계를 지나면 또 다른 새로운 국면이 시작되는 것이 우리의 삶이다. 세상의 끝이라고 생각했던 티베트 고원과 히말라야를 넘고 나니 새로운 세상이 열리지 않았던가. 이곳도 세상의 끝이 아니라 새로운 세계로 향하는 관문이다. 바스코 다 가마가 대륙의 끝에서 모험심과 도전 정신으로 거친 바다에 돛을 올려 새로운 항로와 신대륙을 발견했듯이, 까보 다 로까가 우리 가족의 새로운 출발점이 되길 바라는 마음 간절했다. 이번 여행으로 아이들은 자신의 꿈과 희망을 찾고, 나와 올리브는 우리 사회의 새로운 희망을 찾고 있다. 여행을 마친 다음에는 보다 활력이 넘치는 삶으로 돌아가는 것, 그것이 우리가 삶의 현장을 떠나 장기 여행에 나선 진정한 목적 아닌가. 로까 곶은 그런 의미를 가진 곳이었다.

리스본으로 돌아온 후 동군은 로까 곶을 다녀오면서 모종의 각오를 했는지 이날 밤 영어로 일기 쓰기를 시도하며 "매일 일기를 쓰겠다"고 스스로 말했다. 부모의 강요에 의해서가 아니라 스스로 변화하려는 것이 고무적이었다. 한국에 있으면서 수백 번도 더 강조했지만 이루지 못했던 것을, 결국 여행이 그 변화를 유발한 것이었다. 그에게도 로까 곶이 세상의 끝이 아니라 새로운 세계로 향하는 여정의 시작을 의미하는 새로운 출발의 땅이었다.

"여행 그만하고 한국으로 갈래요"

잊을 수 없는 코임브라의 '콘데' 식당

여행은 한 자리에 머물러 있는 것이 아니라 매일 새로운 현상과 문화, 사람들을 만나는 것이다. 때문에 여행 도중에는 어떤 진전을 이루고 있다거나 목표에 다가가고 있다고 느끼기 힘들다. 장소만 달라질 뿐 비슷비슷한 일상이 반복되고, 수평선 또는 평행선 상태에서 무언가를 따라 계속 가고 있다는 느낌을 강하게 받는다. 그런 속에서 내면의 변화가 일어나고 있지만, 그걸 실제로 느끼기는 쉽지 않다.

우리 가족 여행도 그러했다. 매일 비슷한 일상이 반복되었다. 하지만 유럽 여행의 중반을 넘기면서 그 변화가 본격적으로 느껴지기 시작했다. 특히 마음의 변화를 읽을 수 있었다. 스스로에 대한 자신감, 창군이나 동군에게는 진로에 대한 확신, 나에게는 나 '자신의 삶'에 대한 욕구, 세계에 대한 새로운 인식 등이 점점 자리를 잡아가고 있었다. 그것은 조급하게 생각한다고 다가오는 것이 아니라, 여행을 통해서 작지만 소중한 경험을 쌓고 끊임없이 자신을 돌아보는 시간과 공간의 결과다.

유라시아 대륙의 끝 로카 곶을 돌아본 다음 날 아침 일찍 숙소를 나섰다. 포르투갈의 대학도시인 코임브라를 거쳐, 제2의 도시이자 항구도시인 포르투까지 가는 날이다. 오전 9시 30분 리스본에서 기차로 출발해 11시 30분 코

코임브라 구시가지 중앙로
보행자 전용도로인 이 중앙
로는 물론 좌우 양편의 골
목에 식당과 카페, 상점들이
가득 들어차 있다.

임브라에 도착, 6시간 정도 머문 다음, 오후 5시 44분 코임브라에서 다시 기차를 타고 6시 45분 포르투에 도착하는 일정이다. 기차표를 보니 리스본~코임브라가 210km, 코임브라~포르투가 118km로, 330km 정도를 이동한다.

코임브라는 유서가 깊은 대학도시다. 포르투갈에서 '공부는 코임브라에서 하고, 돈은 리스본에서 번다'는 말이 있을 정도로 코임브라는 교육으로 유명하다. 학문과 문화, 젊은 학생들이 만들어내는 역동적인 분위기가 절묘하게 조화를 이룬 도시다. 포르투갈에서 가장 오래된 700년의 역사를 지닌 코임브라 대학, 중세 때 지어진 고색창연한 성당과 건축물, 작은 도시를 가로질러 흐르는 몬데구 강, 아기자기한 골목들로 정감이 넘친다. 여러 면에서 이탈리아의 피렌체를 닮았다.

코임브라에서 빼놓을 수 없는 것은 구시가지에 있는 한 식당이었다. 동군이 여행 안내 책자에서 점찍어 놓은 콘데(Adega Paco do Conde)라는 곳으로, 아주 멋진 식당이었다. 동군은 구시가지 골목의 한 모퉁이에 있는 이 식당을 귀신같이 찾아냈다. 주로 고기와 생선을 구워 파는 식당이었는데, 입구는 그다지 인상적이지 않았다. 하지만 안으로 들어가니 마당에 넓은 홀이 펼쳐져 있고, 야외 테이블이 빼곡히 놓여 있었다. 실내의 홀도 아주 넓었다.

우리는 야외 테이블에 자리를 잡고 야채와 감자튀김을 곁들인 콤보 꼬치구이와 양배추 찜, 감자를 곁들인 돼지고기 스튜를 주문했다. 각각 5유로와 6.25유로로 아주 저렴했지만 양은 푸짐했다. 동군은 자신이 주문한 꼬치요리를 다 먹지 못할 정도였다. 우리 입맛에도 딱 맞는 최고의 요리였다. 이탈리아 로마의 스페인 계단 옆 스낵코너에서 가장 저렴한 샌드위치 하나가 5.9유로였는데, 그와 비슷한 가격에 이렇게 호화로운 식사를 할 수 있다는 것이 놀라웠다.

포만감이 가득한 배를 쓰다듬으며 12세기에 세워진 산타크루즈 성당과 구 대성당을 거쳐 코임브라 대학으로 향했다. 산타크루즈 성당은 얼마나 오래되었는지 성당 앞의 동상이 비바람으로 풍화가 진행되면서 마치 바위가 삭아서 뼈대를 드러내는 고사목처럼 보였다.

코임브라 대학은 유럽 대학의 원형을 간직한 곳이었다. 이 대학은 1290년에 리스본에서 설립되어 1308년 코임브라로 이전했다가 다시 리스본으로 돌아가는 등 우여곡절을 겪다가 1537년 돈 주앙 3세가 기존의 코임브라 왕궁을 대학 건물로 제공하면서 자리를 잡아 오늘에 이르고 있다. 초기에는 사상과 법률, 의학 등을 가르쳤으나, 사회 변화에 따라 필요한 학과를 개설해 엘리트들을 양성했다. 특히 포르투갈이 대서양에서 아프리카를 거쳐 아메리카 신대륙으로 이어지는 새 항로를 개척하고 무역을 통해 전성기를 구가하던 시절, 여기에 필요한 인재들을 양성하는 교육기관으로 중요한 역할을 했다. 지금은 2만 명의 학생이 공부하고 있다.

코임브라 대학의 상징이자 아이콘인 '철의 문(Porta Ferrea)'을 통과하자 넓은 광장이 나타났다. 광장 가운데는 코임브라 대학의 성장에 결정적 역할을 한 돈 주앙 3세의 동상이 서 있고, 양 옆으로 대학 건물과 시계탑, 도서관이 서 있다. 고색창연한 석조 건축물들이 광장의 세 면을 감싸고 있었고, 탁 트인 한 면으로 코임브라 시내가 내려다보였다. 도서관에는 중세시대의 필사본을 비

코임브라 대학 700년이 넘
는 역사를 간직한 대학으로,
광장 가운데 돈 주앙 3세의
동상이 서 있다. 오른쪽 건
물은 도서관이다.

롯한 고서적들이 높은 서가를 빼곡하게 채우고 있어 신비감이 넘쳤다.

보물창고와 같은 도서관, 지하 감옥에 이어 대학 본관 건물로 들어가 강
의실을 돌아보고, 구내 식당에 가서 초콜릿과 커피를 먹으면서 여유 있는 시
간을 가졌다. 큰 대학 강당에서는 논문 발표회도 열리고 있었다. 전체적으로
조용했지만, 진지하고 전통을 느낄 수 있는 대학이었다. 지금까지 여행하면
서 베이징 대학, 이스탄불 대학 등 많은 대학을 돌아보았지만, 코임브라 대학
에서는 전통이 주는 무게감과 자부심, 그리고 지적 낭만이 물씬 풍겼다.

코임브라 대학은 몬데구 강 옆의 언덕 위에 자리 잡고 있어 대학 건물로 올
라가니 시내와 인근의 전원 풍경이 한눈에 들어왔다. 알깐따라 전망대나 상
조르제 성에서 내려다본 리스본의 풍경도 멋있었지만, 코임브라 대학에서 내
려다보는 광경도 그에 못지않았다. 몬데구 강이 유유히 흐르는 가운데 곳곳
에 나무가 빽빽하게 자란 숲이 펼쳐져 있고, 그 속에 주택과 건물들이 그림처
럼 들어서 있다. 하얗게 회칠한 건물들과 적갈색의 지붕들이 푸른 나무와 조
화를 이루고 있었다. 현대식 건물과 오래된 건물들이 자연과 잘 어울린 작고
아름다운 도시다.

코임브라에서 기차를 타고 포르투로 오니 저녁이 어스름 깔린 가운데 대

서양을 건너온 비바람이 심하게 몰아쳤다. 우산을 받쳐들었지만, 숙소를 찾느라 한참 헤매는 바람에 신발과 바지가 모두 젖고 말았다. 지도와 스마트폰의 GPS를 대조해가며 옐로우 하우스 호스텔(Yellow House Hostel)을 힘겹게 찾아 체크인을 하니 저녁 8시 가까이 되었다.

포르투에서도 숙소 인근 지역에서 멋진 식당을 하나 찾아냈다. 가족이 경영하는 작은 식당으로, 한국식으로 치면 가정식 백반집 같은 곳이었다. 생선과 돼지고기 요리가 각각 4.5유로, 2인분이 9유로로 가격과 맛, 양이 모두 만족스러웠다. 조리부터 서비스까지 담당하는 식당의 젊은 주인은 동양에서 온 이방인 부자(父子)를 진심으로 환대했다. 언제나 그렇지만 이런 로컬 식당은 가격과 맛, 서비스에서 관광객을 대상으로 한 식당과는 비교할 수 없는 만족감을 준다. 우리는 이 식당이 마음에 들어 다음 날 저녁에도 찾았다.

'대항해 시대'의 기원을 찾아

포르투는 포르투갈 북부를 가로질러 흐르는 도루 강이 대서양과 만나는 곳에 자리 잡은 포르투갈 제2의 도시이자, 최대 상업도시일 뿐만 아니라 포르투갈 역사에서 아주 중요한 역할을 한 도시다. 전성기였던 15~16세기 '대항해 시대' 때 선박 건조와 해상무역의 거점이었던 곳으로, 포르투갈이라는 나라 이름도 이 포르투에서 기원했다. 당시 서아프리카 탐험을 주도하며 대항해 시대를 연 '항해 왕자' 엔리케가 태어난 곳도 포르투다.

포르투가 중요한 역할을 하게 된 데에는 역사적 배경이 있다. 무어 인, 즉 북아프리카 이슬람 세력이 포르투갈과 스페인을 포함한 이베리아 반도를 장악했던 8~15세기 포르투는 다른 지역보다 훨씬 이른 시기에 가톨릭 세력이 지배권을 빼앗은 곳이다. 8세기 무어 인이 이베리아 반도를 장악하면서 포르투도 무어 인의 지배에 들어갔으나, 이곳에선 일찍부터 가톨릭 세력의 국토회복운동이 펼쳐져 868년에 포르투를 빼앗았다 다시 이슬람의 수중에 넘어가는 등 뺏고 뺏기는 공방전을 벌였다. 그러다 1092년 가톨릭 세력이 포르투를 완전히 장악하고, 이곳을 거점으로 국토회복운동을 펼쳤던 것이다. 가톨릭 세력이 이베리아 반도를 모두 탈환한 것은 그로부터 400년이 지난 1492년이었다. 포르투가 포르투갈의 기원이 된 것은 이런 역사에서 기인한다.

이를 반영한 역사적 유적이 많지만, 여행 안내 시스템은 아주 취약했다. 포르투에 도착한 다음 날 아침 숙소를 나서 여행의 기점 역할을 하는 시청사 여행 안내소부터 찾았다. 우리가 갖고 있는 가이드북만으로는 부족하다고 생각해 포르투에 대한 기본 정보를 얻으려 했으나, 매뉴얼이 없었다. 포르투의 인구와 핵심 산업, 최근의 경제 현황, 시정부의 주요 현안, 산업 구조에 대해 물었으나, 안내소 직원은 인터넷을 검색하며 띄엄띄엄 확인해 알려줄 뿐이었다.

"위키피디아를 보니, 포르투는 인근을 포함해 총 130만 명, 시내 인구는 24만 명이에요. 관광산업이 최근 3~5년 사이에 급성장하고 있어요. 1996년 유네스코가 포르투를 세계유산으로 지정한 이후 관심이 높아졌고, 유럽에 비해 물가가 낮아 관광객들이 많이 찾고 있어요."

"포르투를 소개하는 안내문은 없나요? 역사와 현재 상황 같은 거…."

"인터넷에 있어요. 포르투갈 정부의 통계 홈페이지를 보면 현황을 잘 알 수 있어요."

"그건 저도 아는데…. 이곳 인포메이션 센터에는 없나요? 소개문 같은 거요."

"그런 건 없어요. 포르투갈 정부 홈페이지 주소를 알려드릴까요?"

틀린 말은 아니었지만, 포르투에 대한 기초적인 안내를 기대했던 우리로선 상당히 실망스러웠다. 리스본에서도 리스본 역사에 대해 알고 싶다고 하니 책을 사 보라며 서점을 가르쳐주고, 포르투갈 역사를 살펴볼 박물관을 물으니 인터넷 구글을 검색하여 과학 및 자연사박물관을 알려주더니, 포르투에

포르투 시청사 건물 중앙에 높은 탑을 설치해 오래된 건축물처럼 보이지만 1957년 건설된 비교적 최신 건물이다.

서도 마찬가지였다. 도시를 설명하는 기본적인 매뉴얼이 없었다. 여행 안내소가 길 안내하는 곳에 불과한 것 같아 안타까웠다.

이런 상태에서 동군은 훌륭한 가이드 역할을 했다. 리스본에서부터 그랬지만, 포르투에서도 그는 지도와 가이드북을 번갈아 보며 핵심 포인트를 짚어가면서 여행을 이끌었다. 포르투는 주요 유적지가 도루 강 북쪽의 구시가지에 밀집해 있어 걸어서 하루면 충분히 돌아볼 수 있었다. 궂었던 날씨도 밤새 말끔하게 개어 걷기에 안성맞춤이었다.

시청사는 1957년에 완공된 신고전주의 양식의 신축 건물로, 웅장한 모습이 마치 오래된 건축물을 보는 듯한 느낌을 준다. 건물 중앙에 탑을 설치해 도시 어디에서도 보인다. 그 앞에는 알리아두스 대로가 광장처럼 뚫려 있어 포르투 여행의 기점 역할을 한다.

포르투의 랜드마크이자, 시내 전체를 조망하기 위해 꼭 올라가 봐야 하는 곳은 끌레리구스 타워다. 끌레리구스 성당에 붙어 있는 탑으로, 높이가 75.6m다. 6층으로 되어 있는 225개의 계단을 하나하나 밟아 타워로 올라가자 시야가 확 트이면서 시내가 한눈에 들어왔다. 포르투가 상공업의 도시라 그런지 오래된 건물 사이로 현대식 건물들이 삐죽삐죽 솟아 있었다.

끌레리구스 성당과 타워 사진 중앙의 타워에 올라가면 포르투 시내를 한눈에 내려다볼 수 있다.

수도인 리스본보다 더 현대적인 느낌이고, 시내의 건물도 더 밀집되어 있었지만, 여행자의 눈에 비친 포르투 역시 아름다웠다. 끝없이 이어진 적갈색 지붕의 주택들과 곳곳에 높이 서 있는 성당과 첨탑들, 그 너머로 삐죽삐죽 솟아 있는 현대식 고층 빌딩—고층 빌딩이라고 해봐야 20~30층이지만—이 간밤의 비에 말끔히 씻겨 햇살에 반짝반짝 빛나고 있었다.

끌레리구스 타워에서 내려와 뒤편 골목으로 빠져나가니 역사와 전통을 자랑하는 렐로 서점이 나타났다. 130년 전인 1881년 문을 연 곳으로, 세계에서 가장 오래된 서점 중의 하나다. 론리 플래닛이 세계 3대 서점으로 꼽은 곳이기도 하다. 크지 않지만, 산업화와 개발 바람에도 살아남아, 지식과 지혜의 샘 역할을 해온 것이 놀라웠다. 아무리 인터넷과 모바일이 대세로 자리를 잡아 책이 뒷전으로 밀리고 있지만, 책이야말로 인류의 문화를 형성하는 데 없어서는 안 되는 것 아닌가. 안으로 들어가니 실내 장식은 물론 2층으로 올라

포르투 강변의 야외 카페 과거 상인들의 숙소로 사용되었던 건물들에 여행자 숙소와 카페들이 들어서면서 새로운 관광 명소로 탈바꿈하고 있다.

가는 나무 계단 등에서 역사와 전통이 묻어나는 듯했다.

마치 한 건물처럼 붙어 있는 까르무 성당과 까르멜리타스 성당을 지나 도루 강 쪽으로 내려오다 만난 코르도아리아 공원도 흥미로운 곳이었다. 1865년에 조성된 공원인데, 중년 남성들이 웃는 모습을 해학적으로 표현한 조각이 압권이었다. 입을 크게 벌리거나 허리를 뒤로 젖히고 웃는가 하면, 한 사람은 아예 의자에 벌렁 드러누워 웃는 모습을 표현했다. 보는 사람으로 하여금 저절로 웃음이 나오게 하는 조각이다. '행복해서 웃는 것이 아니라, 웃어서 행복한 것'이라는 말이 생각났다. 이걸 만든 조각가도 행복했을 것 같았다.

아주 서민적인 포르투의 뒷골목을 지나 도루 강변으로 내려오니 과거의 번영을 보여주는 신(新)세관 건물이 나타났고, 그 옆으로 과거 상인들의 숙소와 주거지가 강변에 죽 늘어서 있었다. 지금은 많은 건물들이 관광객들을 위한 식당과 숙소, 서민 주거지로 바뀌어 있었고, 강변엔 노천 카페가 죽 늘어서

도루 강의 협곡 포르투를 가로질러 대서양으로 흘러가는 도루 강이 만든 깊이 45m의 협곡으로, 앞에 보이는 다리가 '왕자의 다리'다.

있었다. 따뜻한 햇볕을 받으며 진한 에스프레소 향기에 취한 관광객들도 많았고, 강변의 주택들엔 빨래들이 베란다와 창문, 건조대에서 나부끼고 있었다.

포르투 증권거래소로 사용되기도 했던 볼사 궁전 앞에는 포르투갈의 최고 영웅인 엔리케 '항해 왕자'의 동상이 서 있다. 엔리케는 포르투갈을 여행하면서 수차례 만났던 인물로, 새 항로를 개척하는 데 결정적 역할을 한 인물이다. 그는 15세기 지브롤터 해협을 넘어 북아프리카로 진출해 북아프리카 도시들이 무역을 통해 번영을 누리는 것을 직접 확인하고, 아프리카 서해안으로 많은 탐험선을 보냈다. 이에 힘입어 이후 바스코 다 가마의 아메리카 항로 개척이 이루어졌으며, 이것이 '대발견의 시대', '대항해 시대'를 열었다. 그에게 왕자(Infante)라는 칭호가 붙은 것은 셋째 아들로 왕위 계승자가 아니었기 때문이다. 그의 모험과 도전 정신이 포르투갈 역사를 새롭게 쓴 근원이었다.

도루 강변에서 가파른 언덕을 올라가 대성당을 돌아본 다음, 도루강의

도루 강변의 신세관 지역 과거 포르투 해상무역의 거점 역할을 했다. 강변 오른쪽에 줄지어 들어선 건물들이 옛 무역상들의 숙소가 있었던 곳으로, 지금은 여행자 숙소와 카페, 레스토랑이 들어서 있다.

깊은 협곡에 놓인 루이 1세 다리에 올라서자 아찔했다. 북쪽의 포르투 구시가지와 남쪽의 빌라 노바 데 가이아 지역을 연결하는 다리로 아치 길이만 172m에 달하며, 다리에서 아래까지 깊이가 44.6m에 이른다. 다리는 2층 구조로 되어 있는데, 아래층으로는 차량들이, 아치 위쪽으로는 트램이 다니도록 만들어져 있었다. 트램 철로 옆으로는 사람들이 걸어서 강을 건널 수 있도록 보도가 마련되어 있다.

45m의 깊은 협곡 아래로 도루 강이 유유히 흘러가고, 강에는 화물선과 유람선이 떠다니는 것이 환상적이다. 도루 강 북쪽에는 포르투 구시가지가, 남쪽 강변엔 포르투의 명물 와인을 만드는 와이너리들이 촘촘히 들어서 있었다. 멀리 '왕자의 다리(Ponte do Infante)'도 협곡을 아슬아슬하게 잇고 있다. 남쪽 와이너리는 언뜻 봐도 엄청난 포도주 생산기지다. 도루 강 유역의 구릉지역은 적당한 기온과 강수량에 토질, 강렬한 태양이 포도주 생산에 최적의 조건

을 제공해 1756년 세계에서 세 번째 포도 생산 보호지역으로 지정되었다.

도루 강까지 포르투 구시가지를 구석구석을 돌아보고 다시 숙소로 돌아오니 해가 뉘엿뉘엿 기울고 있었다. 하루 종일 걸어 다녀서 그런지 약간의 피로가 몰려왔지만, 포르투라는 새로운 도시와 엔리케 왕자, 과거 상공업의 중심지, 서민적인 주거지역 등을 만난 데 따른 만족감은 컸다. 멀리 유라시아 대륙의 동쪽 끝에서 출발해 서쪽 끝 도시까지 누비고 있다는 성취감도 몰려왔다. 동군이 앞장서 여행을 이끌어 힘들이지 않고 곳곳을 돌아볼 수 있었다.

"한국으로 돌아가 대입 준비할래"

코임브라를 거쳐 포르투까지 돌아본 아주 짧은 일정이었지만, 유라시아 대륙의 서쪽 끝까지 돌아보았다는 쾌감은 컸다. 포르투를 돌아본 다음 날, 포르투 깜빠냐 역으로 이동하여 리스본 아폴로니아 역으로 향하는 기차에 올랐다. 기차는 3시간 정도 걸려 오후 2시 30분 리스본에 도착했다.

아폴로니아 역의 코인 로커에 1.5유로를 넣고 짐을 보관한 다음, 교통카드에 3유로씩을 충전해 버스를 타고 벨렝 지구의 제로니모스 수도원으로 향했다. 마드리드 행 야간 열차가 밤 10시 40분에 출발하기 때문에 시간은 충분했다. 수도원 입구에 내려 먼저 점심식사를 하는데, 동군이 자신의 진로에 대한 이야기를 다시 꺼냈다.

"아빠, 이제 여행을 계속하는 건 나한테 의미가 없는 것 같아. 그만해도 될 것 같아."

"그래?"

"그래서, 미국에서 어학 연수를 하려고 인터넷으로 확인해 보니 여행하면서 연수 비자를 받는 건 어렵대. 한국으로 돌아가서 대입 준비할래. 대학은 인문계로 갈 생각이야…"

동군이 진지한 표정으로 말했다. 이틀 전 로까 곳으로 향하는 기차에서도 비슷한 이야기를 하더니, 공부 필요성을 많이 느낀 것 같았다.

"동군이 많은 생각을 했구나. 근데, 너는 동유럽과 북유럽, 남미의 우유니 소금사막도 여행하고 싶어 했잖아? 이제 여행이 재미없어서 그래?"

"여행은 재미있지만, 지금 나에겐 그곳들을 여행하는 게 꼭 필요한 것 같지 않아. 우유니 소금사막도, 지금은 아닌 것 같아. 나중에 가 봐도 돼." 동군은 자신의 생각을 또박또박 말했다.

그는 이제 여행보다는 공부와 대학 진학을 준비하는 게 필요하다고 확실히 느끼고 있는 것이다. 아무래도 이번 여행은 유럽을 끝으로 마무리해야 할 것 같다는 생각이 들었다.

하지만 그동안 여행의 대안으로 생각했던 영어 연수를 포기해야 하는 것이 마음에 걸렸다. 이탈리아 여행을 마치고 향후 여행 일정에 대해 이야기하기 시작하면서부터 동군의 어학 연수는 그 핵심 주제였다. 나나 올리브나 동군은 틈이 날 때마다 인터넷으로 미국에서의 어학 연수 방법을 알아보았지만 해법을 찾기가 쉽지 않았다. 연수 기관과 비자 문제 등이 계속 걸렸다. 물론 여행자 신분으로 미국에 입국한 다음 연수 기관을 찾아보는 방법도 있지만, 그런 불확실한 방안을 선택하고 싶지 않았다. 조기유학 바람에 편승해 상업적 이익에 몰두하는 기관에 동군을 '넘기고' 싶은 생각도 없었다. 그럼에도 동군이 어학 연수를 하겠다고 결심하면 그렇게 할 생각이었다. 그래서 동군에게 스스로 결정하도록 주문했던 것이다.

"그런데, 미국 영어 연수는? 연수를 포기하는 게 아쉽지 않아?"

"영어 연수를 하고 싶기도 했는데, 괜찮아. 지금은 대학 준비하는 게 더 필요할 거 같아."

"그래. 아빠도 미국 영어 연수 방법을 이리저리 찾아봤는데, 연수할 만한 곳을 찾거나 비자를 받는 게 쉽지 않은 거 같아. 동군 생각은 잘 알았고, 마드리드에서 엄마하고 창군 만나면 같이 얘기해 보기로 하자. 다 잘될 거야."

"알아. 걱정 안 해!"

어떤 결정이든, 동군 스스로 결정을 내린 것이 중요했다. 이번 여행 자체가 자신을 돌아보면서 진로를 모색하기 위한 것이었고, 자신이 결정을 내린다면 그것 자체로 여행은 성공한 것이 아닐까. 나는 동군의 생각과 결심에 찬사와 지지를 보냈다.

"아빠는 동군이 앞으로 무엇을 하든 잘할 거라고 생각해. 또 너의 결정을 전폭적으로 지지해. 너는 지금 학교에 다니는 다른 아이들과 달리 독서도 많이 하고, 여행으로 많은 경험도 쌓았고, 자신에 대해서도 많이 생각했잖아? 그런 다음에 진로를 선택하는 것이기 때문에 다른 사람과는 수준이 다를 거라고 생각해. 너는 무한한 잠재력이 있고, 무엇이든 할 수 있어."

나는 동군에게 자신감을 불어넣어주려 애를 썼다. 사실 그것은 나의 솔직한 심정이었다. 나는 평소 아이들이 자신에 대해 스스로 고민하는 순간, 문제의 절반 이상은 해결된 것이라고 생각해왔다. 아이들 문제를 당사자인 아이는 고민하지 않고 부모가 고민하는 것, 그래서 부모가 아이의 관심이나 상태와 관계없이 일방적으로 결정하고 이래라저래라 하는 것이 한국 교육의 가장 큰 문제라고 생각해왔다. 그것이 아이들의 창의성과 독립심을 약화시키고, 정체성의 갈등을 유발하는 것이다. 그래서 동군에게도 여행 일정과 계획에 대해 스스로 생각해 결정하도록 한 것이었는데, 이제 동군 스스로 생각하고 결정하려는 것이었다. 나의 입장도 밝혀야 했다.

"아빠는 여행을 계속할 생각이야. 동군이 귀국하고, 혼자 남더라도 지구를 한 바퀴 돌아서 한국으로 돌아갈 거야. 포기하고 싶지 않아."

"아빠는 계속 여행해. 원래 남미도 가고, 세계 일주하고 싶어 했잖아."

동군의 얼굴엔 진지함과 긴장감이 흐르면서 다른 한편으로 만족감과 후

런함 같은 게 복합적으로 교차하는 것 같았다. 자신의 진로에 대해 아빠와 이렇게 허심탄회하게 대화를 하는 것도 큰 변화 아닌가. 식당을 나오면서 그런 마음을 표현해야 한다는 생각이 들었다.

"아빠는 지금 무척 기뻐. 동군이 자신의 문제를 아빠한테 얘기한 것, 동군이 그 얘기를 하려고 용기를 낸 것, 그게 아빠를 무척 기쁘게 하고 있어. 계속 여행을 하고, 안 하고는 그렇게 중요한 게 아닐 수도 있어. 지금 동군이 보여준 용기가 중요한 거지."

동군 입가에 희미한 미소가 흘렀다. 자신의 속마음을 털어놓은 데 따른 일종의 쑥스러움과 아빠와의 교감에 대한 만족감이 동시에 느껴졌다. 동군의 어깨를 가만히 끌어안았다.

미지의 세계를 향한 모험의 땅

식당을 나서니 비가 후두둑 떨어졌다. 유라시아 대륙의 끝에서 대서양과 맞닿은 곳이라 그런지 포르투의 날씨도 변덕스럽더니 리스본의 날씨도 변화무쌍하였다. 후두둑 비가 뿌리다가, 해가 나다가, 맑다가, 흐리다가, 바람이 불다가 변덕이 죽 끓듯 했다.

제로니모스 수도원은 멀리서 보면 그저 그런 건축물 같았지만, 가까이 가서 보니 매우 화려하게 지어진 건물이었다. 특히 수도원엔 밋밋하게 만들어진 벽이나 기둥이 하나도 없었다. 모든 기둥과 벽에 예수와 12사도를 포함해 성서를 형상화한 조각이 새겨져 있었다. 파리 노트르담 성당의 외관도 화려하기 그지없었으나 제로니모스 수도원도 그에 뒤지지 않았다.

이 수도원은 포르투갈의 엔리케 왕자를 기념하기 위해 1501년 마누엘 1세의 지시에 의해 착공되어 100년 이상 걸려 완공되었다. 당시는 아프리카와 인도, 아메리카 등의 새로운 뱃길을 개척해 본격적인 대항해 시대를 열어가고 있던 때로, 아프리카 및 동양과의 무역에 부과한 세금으로 건축비를 충당했다. 화려하면서 복합적인 디자인으로, 나중에 마누엘 1세의 이름을 따서 '마누엘라인(Manueline)'이라는 새로운 건축 스타일이 탄생할 정도였다.

하지만 우리가 수도원에 도착했을 때는 이미 오후 4시가 훌쩍 넘어 있었다. 서둘러야 했다. 관람 시간은 오후 5시까지였다. 관람이 막 끝나가고 있었다. 서둘러 수도원으로 들어갔다. 수도원 내부의 높은 기둥에도 각종 조각이 섬세하고 화려하게 수놓아져 있었다. 스테인드 글라스로 햇살이 환하게 비추는 가운데 벽화가 선명하게 드러났다.

수도원의 부속 성당인 산타마리아 성당 입구 한쪽에 바스코 다 가마의 무덤이 있었다. 묘비명엔 이런 문구가 새겨져 있었다.

"1497~1498년 포르투갈과 인도의 항로를 개척한 포르투갈의 항해사로, 그가 개척한 새로운 통상로가 약 100여 년 동안 인도양에 대한 포르투갈의 지배권을 가져다주었다."

그가 세계사에 한 획을 그은 인물임에도 포르투갈의 패권을 강화한 인물로 묘사한 것이 지나치게 국가적인 이익에 매몰된 느낌이었지만, 그의 무덤을 직접 본 것만으로도 뿌듯했다. 입구 다른 쪽에는 16세기 포르투갈의 대표적인 서사 시인인 루이스 바스 데 까몽이스의 무덤이 있었다. 까몽이스는 로까 곶에 적힌 시 구절을 쓴 시인이다.

"왕보다 바스코 다 가마와 까몽이스가 더 중요하다는 이야기네."

두 사람의 무덤을 돌아보면서 동군이 나름 의미를 부여해 말했다.

제로니모스 수도원에서 바다 쪽으로 나오면 넓은 광장을 지나 '발견의 탑'이 우뚝 서 있다. 대서양을 향해 돛을 올린 엔리케 왕자와 바스코 다 가마 등 포르투갈 '대항해 시대'를 연 인물들의 조각이 역동적으로 새겨져 있는 탑이다. 바다로 나가려는 범선에 몸을 내밀고 있는 모습이 마치 과거 이들의 모

발견의 탑 대항해 시대를 연 엔리케 항해 왕자를 선두로 바스코 다 가마 등 모험가들의 모습이 역동적으로 새겨져 있다.

험과 도전을 그대로 보여주는 듯했다.

이들에게 세상의 끝은 없었다. 터키와 중동지역이 오스만 투르크의 지배 아래 있어 아시아와의 육로 교역이 봉쇄되어 있던 15세기, 지중해와 지브롤터 해협을 통해 들어오는 이슬람과 아시아 문명에 대한 호기심에 거친 바다를 넘어 새로운 항로를 개척해 역사의 새 장을 연 주인공들이었다. 보기만 해도 가슴이 뛰는 조각이었다.

"이 사람들한테는 유라시아의 서쪽 끝이 세상의 끝이 아니라 새로운 세계의 출발점이었어. 모험과 도전의 돛을 올려 새로운 역사를 만든 거지. 우리도 마찬가지야. 여행을 마치면 그게 끝이 아니야. 새로운 출발점이지. 그지?" 내가 잔뜩 의미를 부여해가며 말했다.

"아이 참, 알아. 포르투갈 입장에서는 영웅이지만, 남미에선 침략자야." 동군이 맞받아쳤다.

"그렇지. 침략자. 근데 이 사람들은 다른 세계를 본 사람들이지."

동군과 두런두런 이야기를 나누며 '발견의 탑'을 돌아보았다.

살짝 개었던 날씨가 다시 비바람이 불면서 궂어졌다. 시간도 늦어 어둠이 서서히 몰려오기 시작했다. 당초 제로니모스 수도원과 함께 보려던 벨렝 궁전은 포기하고, 수도원 앞의 유명한 제과점 안티가 콘페이타리아 데 벨렝 (Antiga Confeitaria de Belem)을 찾았다. 동군이 꼭 들러야 한다고 주장한 곳이다. 1837년부터 170여 년 동안 카스타드 타르트를 만들어온 제과점이다. 우리가 제로니모스 수도원에 도착했을 때에도 사람들이 길게 줄을 서 있었는데, 수도원과 '발견의 탑'을 돌아보고 다시 왔을 때에도 줄은 여전했다.

밖에서 보면 그리 큰 가게 같지 않았지만, 안에 들어가서 보니 홀이 끝없이 이어져 있었다. 빵은 작았지만 빵집은 엄청 컸다. 나와 동군도 1.05유로 하는 타르트를 하나씩 사서 맛을 보았다. 달착지근하고 호박 냄새도 나는 것이 간식으로 일품이었다. 섭씨 400도에서 순간적으로 굽기 때문에 겉은 바삭바삭하고, 속에는 부드러운 크림이 들어 있어 잘 어울렸다.

마드리드 행 야간 열차는 예정대로 밤 10시 40분 리스본 아폴로니아 역을 출발했다. 콜롬비아 및 러시아 여행자와 같은 침대칸을 사용했는데, 콜롬비아 여행자는 친구가 있는 다른 칸으로 가 버리고, 셋이서 4인용 침대칸을 썼다. 사업가인 러시아 중년 남성은 러시아를 여행하려면 숙소 때문에 애를 먹는다면서, 러시아에는 4성급 호텔이 대부분이고, 자신도 이번에 부인과 함께 포르투갈과 스페인을 여행하면서 4성급 호텔을 이용했다고 했다. 두꺼운 책을 들고 독서를 즐기는 활달한 신사였다. 우리는 2~3성급 호텔에도 미치지 못하는 게스트하우스와 호스텔을 전전하며 여행하고 있는데 그는 4성급 호텔을 이용한다니 돈이 얼마나 많은 것일까, 러시아가 그렇게 부유한 나라였던가, 궁금했지만 거기까진 물어보지 못했다.

러시아 신사와 여행과 관련한 대화를 나누고 난 후 발을 쭉 뻗고 침대에 누우니 몸이 침대에 착 달라붙는 느낌이다. 하지만 마음은 새털처럼 가벼워졌다. 동군과 단둘이 진행한 짤막한 여행이었지만 의미는 컸다. 특히 동군의 향후 여행과 진로에 대한 대화가 이루어진 뜻 깊은 여정이었다. 유라시아 대륙의 서쪽 끝은 우리에게도 새로운 출발의 땅이었다.

오지에서 핀 몬드라곤의 희망

다시 만난 가족, 꿈의 구장으로

밤새 달린 기차가 오전 9시 스페인 마드리드 차마르틴 역에 도착했다. 포르투갈 여행이 힘들었는지 기차에서 한 번도 깨지 않고 푹 잤다. 역에 도착하니 스페인 산티아고 순례길 트래킹을 마친 올리브와 창군이 밝은 얼굴로 기다리고 있었다. 아주 건강해 보였다. 너무 반가워 역에서 모두 뜨겁게 포옹을 하며 재회의 기쁨을 나누었다. 창군과 동군은 얼마나 반가운지 펄쩍펄쩍 뛰고 서로 발길질을 하고 몸을 부딪쳐 가면서 기쁨을 표시했다.

우리는 5일 동안 각자 여행한 것을 갖고 이야기꽃을 피웠다. 나와 동군은 리스본에서 유라시아 대륙의 끝인 로까 곶, 코임브라, 포르투를 여행한 이야기를, 올리브와 창군은 산티아고 데 콤포스텔라와 순례길에 대한 이야기를 늘어놓았다. 올리브와 창군은 3일간 70km, 하루에 길게는 30km까지 걸었는데, 생각만큼 쉽지는 않았지만 스페인의 멋진 전원 풍경을 감상하고 많은 생각을 할 수 있게 해준 길이었다고 했다. 우리의 포르투갈 여행도 만족스러웠는데, 산티아고 순례길도 만족스러웠던 모양이었다.

이야기는 자연스럽게 동군의 '결심'으로 이어졌다. 동군이 유럽을 끝으로 여행을 마치려 한다고 하자 올리브와 창군 모두 별다른 이의를 달지 않았다. 그들은 동군의 생각을 들은 다음, 그의 결심에 전적인 지지를 보냈다. 하

스페인의 땅끝 산티아고 순례길 걷기 여행을 마친 올리브가 대서양을 향해 두 팔을 벌리며 기뻐하고 있다.

피스테라의 십자가 산티아고 순례길의 대서양 쪽 끝 지점에 서 있다.

지만 그 다음 방안으로 생각했던 미국에서의 어학 연수가 연수 기관과 비자 문제 등으로 어렵다는 데 대해 모두 아쉬워했다. 그러면서 자연스럽게 동군이 유럽 여행을 마치고 귀국하는 것으로 이야기가 흘렀다. 동군도 귀국으로 마음을 굳혔다. 중대한 변화였다. 어쩌면 급격한 변화라고 볼 수도 있지만, 여행을 계속하면서 조금씩 변화해 온 동군의 마음이 결정적인 분기점을 맞은 것이었다.

가족들은 동군의 결심을 모두 기쁘게 받아들였다. 특히 앞으로 공부에 매진하겠다는 동군의 생각에 가족 모두 박수를 보냈다. 여행도 여행이지만, 여행을 통해 자신의 진로를 깊이 생각하고 결정해 가는 과정에 모두의 기분이 고조되었다. 동군의 얼굴도 어느 때보다 밝아졌다.

우리는 곧 세계 최고의 축구 선수 호날두가 소속되어 있는 레알 마드리드의 홈구장 산티아고 베르나베우로 향했다. 저녁 8시에 열리는 스포르팅 히혼과의 경기 티켓을 예매하기 위해서였다. 레알 경기장은 현대식으로 멋지게 지어져 있었다. 8만 명이 들어갈 수 있는, 세계에서 가장 큰 경기장 중 하나다. 창군과 동군은 1주일 만에 가족을 다시 만난데다 꿈의 구장 레알 마드리드 홈구장에 온 것이 얼마나 신났는지 껑충껑충 뛰면서 또다시 흥분했다.

예매창구 앞에는 벌써 많은 사람들이 티켓을 사기 위해 길게 줄을 서서 기다리고 있었다. 스페인을 비롯한 유럽의 축구 경기 티켓은 구입하기가 만만치 않다. 연간 회원이 많기 때문에 이들에게 예약 우선권을 준 다음 대체로 3일(72시간) 전부터 비회원에 대한 티켓 판매를 시작한다. 연간 회원들이 예약을 많이 할 경우 비회원들이 구입할 수 있는 티켓은 한정될 수밖에 없고, 빅게임의 경우 인터넷 예약이 시작되면서 바로 동이 나기도 한다.

여행 중이던 우리는 미리 예약할 수가 없어, 경기 당일날 경기장에 와서 구입해야 했다. 티켓의 현장 판매는 오전 10시부터 시작된다. 이번 경기는 레알이 워낙 강팀이어서 무난한 승리가 예상되었지만, 스페인의 축구 열기를 반영하듯 많은 사람들이 티켓 창구 앞에서 기다리고 있었다. 티켓이 얼마나 남아 있을지 궁금했다. 티켓 가격은 양쪽 골포스트 가장 위쪽의 50유로(약 7만 5000원)에서부터 로얄석 175유로(약 26만 2500원)까지 큰 차이가 났다.

우리가 원했던 가장 저렴한 표는 이미 매진이었고, 1인당 80유로(약 12만 원)하는 본부석 뒤쪽의 3층 좌석을 살 수 있었다. 네 명의 관람가격이 240유로(약 36만 원)로 적잖은 금액이었다. 하지만 티켓을 쥐어들고는 뛸 듯이 기뻤다.

레알 마드리드의 홈구장인 산티아고 베르나베우 경기장 1944년 처음 건설되어 한때 12만 명을 수용하기도 했으나 지금은 8만 명을 수용할 수 있도록 개조되어 있다.

유럽을 열광시키는 세계 최고의 축구 스타와 레알 마드리드 홈 경기장에서의 현지문화 체험 비용으로 기꺼이 지불했다.

티켓을 잘 챙겨 레알 마드리드 경기장을 다시 한 바퀴 돌아 구경한 다음, 전철을 타고 이전에 묵었던 솔 역 근처의 이쿼티-포인트 호스탈로 와서 체크인을 하고 맡겨둔 배낭도 찾았다. 두 번째 체크인을 하는 숙소다. 숙소는 유럽 단체 여행자들로 붐비고 있었다. 우리는 간밤에 열차를 타고 온 피로를 풀면서 향후 일정도 점검하고, 여행기도 정리하면서 보냈다.

동군은 인터넷으로 자신의 귀국행 비행기 티켓을 예약했다. 올리브와 창군이 귀국한 11일 후인 4월 30일 독일 프랑크푸르트를 출발해 중국 상하이를 거쳐 인천공항으로 가는 중국 동방항공이 가장 저렴하고 시간도 적당했다. 프랑크푸르트 공항 출발 시간은 오후 2시 40분, 다음 날 아침에 상하이 푸동 공항에 도착해 비행기를 갈아타고 오후 3시 20분 인천공항에 도착하는 항공편이었다. 푸동 공항에서의 트랜짓 시간도 5시간 30분으로 충분했다. 내 신용카드를 주고 동군 스스로 모든 것을 처리하도록 했다. 한국에 있었다면 부모가 처리해야 할 일을 스스로 처리했다. 이렇게 해서 동군의 귀국 일정까지 일사천리로 모두 결정되니 시원섭섭했다.

레알 마드리드 홈구장의 열기

저녁 나절에 레알 마드리드 경기장으로 향했다. 호스텔 직원은 경기장에 사람이 많기 때문에 오후 8시 경기를 보려면 1시간 전에 입장하는 게 좋다고 말해 일찍 출발했다. 관중들도 서서히 몰려들고 있었다. 7시 15분 경기장에 들어서니 선수들이 슬슬 몸을 풀고 있었다. 관중석은 모두 4층으로 이루어졌는데, 의외로 관중들은 듬성듬성 앉아 있을 뿐이었다. 하지만 경기 시작 10분 전이 되자 빈자리가 없이 가득 찼고, 열기도 후끈 달아오르기 시작했다.

간단한 세리머니에 이어 '휘~익~' 심판의 휘슬이 울리자 떠나갈 듯한 함성과 함께 경기가 시작되었다. 이곳저곳에서 나팔을 불고, 함성과 환호성을 지르고, 박수를 치고, 슛이 빗나갈 때는 탄성을 토해내며 선수들과 관중이 하나가 되었다. 선수들은 거친 숨소리를 토해내며 경기장을 누볐고, 관람석을 가득 메운 관중들은 이들의 동작 하나하나에 시선을 집중했다. 경기는 탐색전도 없이 박진감 있게 진행되었다. 시간이 흐르면서 관중들의 흥분이 서서히 고조되었다.

역시 최대 히어로는 호날두였다. 상대편 진영에서 슬금슬금 움직이다가 자신에게 공이 오면 비호처럼 달려가 특유의 발재간으로 수비수를 농락하면서 패스를 하고, 슈팅을 날렸다. 상대편 전담 수비수가 호날두 바로 옆에 찰싹 달라붙어 그림자 수비를 펼쳤지만, 신출귀몰하는 그의 움직임을 따라잡기엔 역부족이었다. 그런 것들을 직접 보고자 경기장을 찾는 것이다.

우리도 점차 경기에 몰입했다. 슈팅이 빗나갈 때에는 함께 아쉬움을 토해냈고, 멋진 플레이에는 아낌없는 박수를 보냈다. 우리 뒤에 있는 한 관중은 90분 내내 끊임없이 소리를 질러댔는데 그것이 하나도 거슬리지 않았다.

하프타임 때는 매점에 가서 콜라를 사다가 나누어 마셨다. 한 컵에 3유로 (약 4500원)였는데, 워낙 사람들이 많아 하프타임이 다 끝나갈 때에야 겨우 살

수 있었다. 경기장 매점에서는 음료수와 맥주, 간단한 과자류를 팔았는데, 음료수와 맥주는 모두 얇은 비닐 컵에 따라 팔았다. 경기장으로 캔이나 병을 던지지 못하게 하기 위해서였다.

하프타임 15분 내내 매점 직원은 손이 날아갈 정도로 바쁘게 움직였다. 워낙 많은 사람이 몰렸지만, 모두 자신의 차례가 돌아오기를 참을성 있게 기다렸다. 경기장에선 포악한 함성을 토해내고, 때로는 훌리건이 되기도 하지만, 그들은 잘 교육되고 훈련된 성숙한 시민이었다.

경기장은 관중들을 위해 많은 것을 배려했는데, 관중석 천장엔 전기 스토브가 설치되어 있었다. 우리는 날씨가 추울 것으로 예상하고 옷을 두껍게 입고 갔지만, 머리 위 천장의 스토브 덕분에 하나도 춥지 않았다. 겨울에도 경기가 열리는 것을 고려한 장치였다. 또 관중석은 모두 지붕이 덮여 있어 눈이나 비가 와도 편하게 경기를 관람할 수 있지만, 선수들이 뛰는 경기장 위는 그대로 하늘이었다.

"돈을 낸 관중들은 지붕이 있는 곳에서 경기를 보고, 돈을 버는 선수들은 눈비를 맞는 시스템이네. 합리적이야." 올리브가 경기장 시스템을 보고는 나름 해석을 했다.

경기는 일진일퇴의 공방전을 벌이다 히혼이 기습적으로 선제골을 넣으면서 본격적으로 뜨거워지기 시작했다. 깜짝 놀란 레알 선수들이 골을 만회하기 위해 기를 쓰고 공격을 펼쳤다. 기량 면에서 앞선 레알이 거칠게 몰아붙였지만, 히혼도 기습공격을 통해 레알의 간담을 서늘하게 했다. 그만큼 경기는 박진감이 더 넘쳤고 관중들의 흥분도 고조되었다. 맹공을 펼치던 레알이 드디어 만회골을 넣자 관중들의 흥분으로 경기장이 떠나갈 듯했다. 그 후 공세의 고삐를 늦추지 않은 레알이 추가골을 넣으면서 경기는 레알 쪽으로 완전히 기울었다. 하지만 히혼 선수들도 뒤질세라 열심히 뛰었다. 승부를 떠나 최선을 다하는 아름다운 모습이었다.

그 관중들의 함성 속에 우리도 있었다. 그들과 함께 함성을 지르고, 골이 빗나가면 탄식을 쏟아내고, 호날두를 비롯해 선수들의 멋진 플레이에는 아낌없는 박수를 보냈다. 창군과 동군의 흥분은 주변의 스페인 관중 못지않았다. 후반전에는 45분 내내 서서 소리를 지르며 경기를 관람했다.

레알 마드리드의 거대한 경기장, 스탠드를 가득 메운 관중들, 이들의 떠나 갈 듯한 함성과 흥분을 보면서 이탈리아 로마의 콜로세움과 폼페이의 원형경기장이 떠올랐다. 경기장 규모에서 보면 돌로 만든 콜로세움보다 시멘트와 철제로 만든 레알 경기장이 더 크지만, 그 함성과 열기는 2000년 전이나 지금이나 비슷할 것이다. 경기 내용이 로마 시대엔 검투사의 피 튀기는 실제 싸움이었던 반면, 지금은 양 팀이 룰을 갖고 격돌하는 축구로 바뀌었을 뿐이다.

경기를 보면서 흥분하고, 스트레스를 푸는 인간의 본성에는 변함이 없는 것이다. 그렇다면, 2000년 전과 비교해 진보한 것은 무엇일까? 무엇이 더 좋아진 것일까? 경기장 시설? 경기 규칙? 경기 내용? 테크닉? 관중들의 만족도? 행복감? 2000년이라면 엄청난 시간과 역사가 진행된 기간이지만, 레알 경기장을 떠들썩하게 만들던 인간의 본능에 가까운 함성과 격정을 보면서 2000년 전이나 지금이나 크게 다르지 않은 것 같다는 생각도 들었다.

경기가 끝나고 밖으로 나오니 지하철로 향하는 길이 사람들로 꽉 막혀서 좀처럼 움직일 줄을 몰랐다. 하지만 조금 전까지만 해도 관중석에서 흥분된 모습을 보였던 사람들이 차분하게 자기 차례가 오길 기다렸다. 경기장 안에서의 모습과는 확실히 달랐다. 스페인 사람들이 정열적이고, 쉽게 흥분하고, 특히 축구장에서는 광포해진다는 기존 인식은 수정되어야 할 것 같았다. 확실히 축구장에서는 미친 사람이 되지만, 축구장을 나서면 상대를 배려하는 낙천적이고 순수하고 잘 교육받은 유럽의 시민이었다. 축구 경기장에서의 열기가 준 감동도 감동이었지만, 스페인 사람들의 이런 모습이 또 다른 감동으로 다가왔다.

몬드라곤 협동조합 그룹의 본부 건물 한 해 매출액이 150억 유로가 넘는 스페인 4대 기업임에도 본부 건물이 소박한 느낌이다.

몬드라곤 협동조합의 '네버엔딩' 스토리

스페인에서의 마지막 일정은 북부 바스크 주 빌바오의 몬드라곤(Mondragon) 협동조합 방문이었다. 하지만 열차 티켓을 예매했어야 했는데, 피곤하고 귀찮다는 이유로 숙소에서 뭉그적거리며 그걸 미루었다가, 지불하지 않아도 될 비용을 내고 고속버스를 타고 가야 했다.

버스가 마드리드 북부로 향하자 험준한 산들이 펼쳐졌다. 산 위에는 아직 눈이 덮여 있고, 날씨도 좋지 않았다. 구름이 잔뜩 끼어 있는 가운데 비가 내리기도 하고, 고지대에선 그것이 눈으로 바뀌어 내렸다. 4월 중순, 마드리드 인근과 남부 지역에는 봄이 완연했지만, 아직 이곳은 겨울이 다 지나가지 않은 상태였다. 버스는 산등성이와 구릉으로 이어진 길을 신나게 달렸다.

빌바오에 도착하니 날씨가 매우 쌀쌀했다. 마드리드에선 날씨가 따뜻해 얇은 옷을 입고 왔는데, 슬그머니 걱정이 몰려왔다. 확실히 분리·독립 운동에 대한 열망이 강한 지역이라 그런지 주택 곳곳에 바스크 깃발을 내걸어 색다른 분위기를 자아냈다. 스페인어와 바스크어가 공용으로 사용되고 있으며, 16세 이상 주민 가운데 절반 정도가 바스크어를 할 줄 안다고 한다.

세계 최대의 협동조합, 60여 년의 역사를 거치며 거대 기업으로 성장해 사실상 하나의 도시를 만든 곳, 양극화와 공동체 파괴를 비롯해 수많은 부작용을 낳고 있는 오늘날의 비인간적인 자본주의를 대체할 대안적 시스템 및 기업 운영 모델로 부상하고 있는 곳. 몬드라곤 협동조합을 설명하는 말들이다. 몬드라곤은 나와 올리브가 스페인에서 꼭 가보고 싶었던 곳이었고, 특히 한국에서 소비자 협동조합의 이사장으로 활동해왔던 올리브는 그걸 손꼽아 기다려왔다. 그래서 미리 이메일을 보내고, 마드리드에서 전화 통화까지 해 현지 직원과 만나기로 약속까지 잡아놓은 터였다.

빌바오에 도착한 다음 날 아침 몬드라곤으로 가기 위해 숙소를 나섰다. 몬드라곤은 프랑스와 스페인 국경을 이루는 피레네 산맥 서쪽 사면의 깊은 산속에 자리 잡고 있다. 버스는 가파른 산과 계곡을 구불구불 달려 1시간 40분 만에 몬드라곤에 도착했다. 스페인어 공식 명칭은 몬드라곤, 바스크어로는 아라사테(Arrasate)라고 불리는 곳이다. 이 작은 마을에서 세계 최대의 협동조합이 만들어졌다는 것, 유럽에서도 변방 중의 변방인 바스크의 산골짜기 마을에서 지구촌의 희망이 피어오르고 있다는 것은 아이러니다. 세상의 변화는 체제의 중심부가 아니라, 이러한 변방이나 주변부, 깨어 있는 사람들의 작지만 의미 있는 실천에서 시작되는 것이다.

타운의 인구가 2만 2000여 명에 불과한 작은 마을인 몬드라곤에는 16~17세기에 건설된 교회와 시청사 등 볼거리들이 있지만, 우리의 관심은 몬드라곤 협동조합이었다. 주요 건물과 거리 모습을 스치듯이 바라보면서 협동조합을 향해 천천히 걸어갔다. 타운 곳곳엔 협동조합에서 생산한 제품을 파는 상점들이 있어 드디어 협동조합의 본고장에 왔음을 실감케 했다.

몬드라곤 협동조합 본부는 생각보다 조용하고, 오히려 한산한 느낌이었다. 입구부터 본부 건물까지 조금 걸어가야 했는데, 사람을 거의 만날 수 없었다. 잘 조성된 정원 사이에 3~5층 규모의 건물들이 들어서 있다. 이 협동조합이 세계 최대일 뿐만 아니라, 매출액이나 종업원 규모에서 웬만한 대기업을 능가한다는 점에 비추어 의외의 풍경이었다. 사람들이 분주하게 오가는 대기업 본부가 아니라, 마치 대학의 캠퍼스 또는 연구소 같은 느낌을 준다.

본부에 도착하니 미켈 레자미즈 대외협력 담당 이사가 기다리고 있었다. 그는 우리를 가족처럼 맞아주었다. 지구 반대편에서 이 협동조합에 관심을 갖고 방문한 가족이 그도 무척 반가웠던 모양이었다. 그는 우리 가족에게 영상물을 보여주면서 몬드라곤에 대해 상세히 설명해주고, 사업 현장까지 안내해 주었다. 전화로 약속을 잡을 때엔 간단히 설명해줄 것으로 생각했는데, 거의 프리젠테이션을 준비하고 있었다. 아주 고마웠다.

호세 신부의 흉상

몬드라곤 본부 건물엔 설립자인 호세 마리아 아리즈멘디아리에타(Jose Maria Arizmendiarrieta, 1915~1976) 신부의 작은 흉상이 놓여 있다. 마르고 주름진 평범한 모습이었지만, 그가 뿌린 작은 씨앗이 오늘날 자본주의의 대안으로 성장했다는 것이 경이롭다. 인도의 간디나 테레사 수녀, 이탈리아의 성 프란체스코도 가냘픈 몸을 지녔는데, 호세 신부도 마찬가지였다. 오랫동안 빛을 발하며 영향을 미치는 순수한 영혼은 이처럼 마른 몸에서 나오는 것인가.

호세 신부가 이곳에 주임신부로 부임한 것은 내전이 한창이던 1941년이었다. 그는 내전으로 인구의 80% 정도가 떠나 폐허로 변한 이곳에 들어와 희망의 씨앗을 뿌렸다. 1943년 기술학교를 설립해 젊은이들의 자립을 돕는 한편, 휴머니즘과 사회적 유대의 필요성을 가르쳤다. 그러다 1956년 다섯 명의 젊은이와 함께 석유난로를 생산하는 기업 울고르(ULGOR)

를 협동조합 형태로 만들었다. 울고르는 당시 참여한 다섯 명의 이름 머리글자를 따서 만든 것이다. 이 울고르의 시작은 미미했지만, 지금은 스페인 내 4대 세탁기 제조업체인 파고르(FAGOR)로 성장해 있다. 울고르의 탄생이 몬드라곤 협동조합 그룹(GCM)의 출발점이었다.

몬드라곤에 대한 레자미즈 이사의 설명은 흥미진진했다. 호세 신부는 울고르에 이어 1959년 노동자 금융협동조합인 '카하 라보랄(Caja Laboral)'과 자체 사회복지 협동조합인 '라군 아루(Lagun Aro)'를 창립했다. 1964년 최초의 협동조합그룹인 울라르쿠 파고르(Ularco-Fagor), 1966년 학생조합인 알레콥(Alecop), 1974년 이켈란(Ikerlan) 연구센터 등을 거쳐 1987년 협동조합 그룹을 형성하기에 이른다. 이후 국제화 사업도 활발히 펼쳐 2012년 4월 현재 유럽 전역과 미국, 남미, 중국 등 전 세계에 77개의 생산공장과 9개 협동조합 본부를 거느리고 있다.

1956년 다섯 명으로 시작한 몬드라곤 협동조합은 이제 120개 기업(협동조합)에 8만 5000명의 종업원을 거느린 조직으로 성장했다. 2011년 연간 매출 규모가 150억 유로(22조 5000억원)로, 스페인에서 네 번째로 큰 기업이다. 레자미즈 이사는 120개 협동조합이 다리(leg)라고 부르는 4개 부문으로 구성되어 있으며, 긴밀하게 연관되어 지속적인 혁신을 추구하고 있다고 설명했다. 4개 부문은 교육, 금융, 사회적 서비스, 연구·개발(R&D)이다. (이런 협동조합 그룹의 분류는 몬드라곤의 4개 기업 분야, 즉 제조업(Industry)과 금융, 유통, 지식정보와 약간 차이가 있다.)

레자미즈 이사는 이곳 본부(헤드쿼터)에는 60명이 근무하고 있다고 했다. 이들은 주로 인력 관리와 재무(금융) 관리 및 내부 협력을 지원하는 데 주력하고 있다. 거의 모든 업무에 대한 책임과 권한이 각 협동조합에 주어져 있어 본부에 많은 인력이 필요하지 않은 것이다. 그러고 보니 아까 입구에서부터 본부까지 올라오면서 본부 일대가 조용해 의아해했던 것이 이해가 갔다.

하지만 몬드라곤도 2008년부터 몰아친 미국과 유럽의 금융위기의 파장을 비켜 갈 수는 없었다. 2008년 말 미국의 서브 프라임 모기지 파동과 그에 이은 유럽의 재정위기가 수요 위축을 불러오면서 몬드라곤의 수익에 직접적인 영향을 미쳤다. 경제위기 이전에만 해도 수익이 연간 5억~8억 유로로 안정적인 성장세를 이어갔으나 2008년 이후 이의 10분의 1로 뚝 떨어졌다.

하지만 몬드라곤의 대처 방식은 달랐다. 파고르의 경우 세탁기 생산 규모를 하루 4000대에서 2000대로 줄이면서 주 5일 근무를 4일 근무제로 바꾸고, 임금 5%를 감축했다. 종업원을 해고하지 않고 재교육을 통해 이전 배치하거나 희망자는 퇴직하도록 했다. 경제난으로 몬드라곤에서 문을 닫은 기업은 2010년 1개, 2011년 1개 등 두 개였다. 레자미즈 이사는 "2008년 이후 스페인 기업의 26%가 파산했지만 몬드라곤은 1.6%에 불과하다"고 설명했다.

여기엔 독특한 기업 이념이 중요한 역할을 했다. 몬드라곤은 협력과 참여, 사회적 책임, 혁신이라는 네 가지 기본 원칙, 세부적으로는 열 가지 운영 방침을 견지하고 있다. 핵심은 투명하고 개방적인 경영과 민주적 조직, 노동자의 자치다. 노동자의 경영 참여를 보장하고, 임금의 차이를 줄여 화합과 통합을 추구하는 것이다. 교육도 중요한 원칙이다. 협동조합이 성공하려면 지식을 나누고 각 개인이 깨어 있어야 한다는 믿음 아래 1960년대 알리쿱(Alicoop)이라는 교육협동조합을 만들어 교육에 대한 투자를 확대하고 있다. 4시간 일하고 4시간 학습하는 원칙도 유지하고 있다.

몬드라곤의 가장 중요한 기업 운영 원칙은 사람이 모든 것의 중심에 있다는 점이다.

"21세기는 지식의 시대입니다. 지식을 보유한 사람과 노동자 개개인이 주인이라는 것을 모든 경영에 접목하고 있습니다. 개인이 모든 의사결정 과정에 1인 1표의 원칙으로 참여하죠."

조금이라도 지분이 많은 사람이 더 많은 영향력을 행사하고, 특히 대주주가 오너로 사실상 경영권을 쥐고 흔드는 자본주의 기업 시스템과 다르다. 종업원은 기업 지배에서부터 경영 과정은 물론, 이익의 배분 등 기업 활동의 결과에까지 참여한다. 때문에 조직은 탈중심화되고, 내부 협력을 위한 정교한 시스템을 구축해 놓고 있다.

이제는 협동조합을 소비자로 확대하고 있다. 몬드라곤의 소비자 조합원은 약 6만 5000명에 달하며, 2만 3000명은 몬드라곤 거주자다. 대부분의 몬드라곤 주민이 조합원인 셈이다.

"몬드라곤은 자본의 사회(capital society)가 아니라 사람의 사회(people society)이며 권위적인 조직이 아니라 신뢰에 기초한 조직입니다. 자본은 도구적이고 부차적인 기업의 원천이며 노동자, 즉 사람이 기업의 일차적인 원천이라는 원칙을 견지하고 있습니다."

레자미즈 이사는 이 점을 여러 차례 강조했다. 사람의 사회, 신뢰의 조직, 말은 쉽지만 어려운 일이다. 현재의 자본주의 시스템에 견주어 보면 '이상적'이라 할 수 있지만 몬드라곤은 그 이상을 지난 50여 년에 걸친 다양한 실험과 시행 착오를 통해 현실로 만들어가고 있다. 그런 점에서 '대안'을 모색하는 데 많은 것을 시사하고 있었다.

레자미즈 이사의 설명은 끝없이 이어졌다. 하긴 호세 신부가 처음 이곳에 정착한 것이 60년을 넘었고, 다섯 명의 노동자가 시작한 협동조합이 50여 년을 거치며 어마어마하게 성장했으니, 그 이야기를 모두 들으려면 며칠이 걸려도 충분하지 않을 것이다. 더욱이 몬드라곤의 경영 원칙이나 운영 방식이 일반 기업과 달라 이에 대한 것만 책 한 권으로도 부족할 터였다.

양극화와 인간 소외, 공동체의 파괴 등으로 현대인들의 삶을 위기로 몰아넣고 있는 시장과 자본 중심의 체제를 대체할 대안으로 몬드라곤 협동조합을 그대로 적용하기 힘들지 모르지만, 몬드라곤은 그 가능성을 보여주고 있었다. 몬드라곤이 유토피아는 아니며, 그들 나름대로 스트레스와 갈등이 존재할 것이다. 하지만 경쟁보다는 협력, 갈등보다는 화합, 대립보다는 유대를

몬드라곤 협동조합 그룹 본부에서 내려다본 몬드라곤 캠퍼스 몬드라곤의 주요 협동조합 기업과 대학 등이 밀집한 곳으로, 스페인 북부의 한적한 산골에 자리 잡고 있다.

지향하고 그것을 실현하는 사회가 불가능하지 않다는 것을 몬드라곤은 보여주고 있었다. 작더라도 대안을 구상하고 그것을 현실에 적용하는 실천이 지구촌 곳곳에서 펼쳐지고 있지만, 몬드라곤은 그 스케일이나 축적된 경험에서 다른 대안 운동과 달랐다.

레자미즈 이사로부터 프리젠테이션에 가까운 설명을 듣고, 홍보 영상까지 관람한 다음 본부를 나섰다. 본부 아래쪽의 분지와 언덕에 크고 작은 빌딩들이 죽 들어서 있는 것이 한눈에 들어왔다. 세탁기 업체인 파고르를 비롯한 몬드라곤 협동조합들과 대학 등이 들어선 '캠퍼스'였다. 저기에서 상호부조와 협동을 기반으로 새로운 기업 경영 모델에 대한 실험과 연구 및 교육이 실시되고 있다니 감회가 새로웠다. 외진 곳에서 미래의 희망이 자라고 있었다.

레자미즈 이사는 자신의 차를 이용해 몬드라곤 유통기업인 에로스키(Erosky)의 매장으로 우리를 안내했다. 에로스키 매장은 한국의 대형 마트처

몬드라곤의 유통부문 협동조합인 에로스키 매장

럼 몬드라곤 외곽에 자리 잡고 있었다. 넓은 주차장과 넓은 매장을 갖추고 채소, 과일, 생선, 육류 등 식품류에서부터 의류, 잡화까지 모두 갖춘 대형 쇼핑몰이었다. 매장엔 활기가 넘쳤다. 에로스키는 이런 대형 매장과 함께 작은 슈퍼마켓까지 갖추고 있다. 한국의 소비자 협동조합이 유기농산물 위주의 상품을 판매하는 데 비해 에로스키는 유기농 이외의 제품도 다양하게 취급하고 있었다. 자체 브랜드를 부착한 제품도 많아 외면상 한국이나 유럽, 미국의 대형 마트와 차이가 없어 보였다.

에로스키 매장을 둘러보는 것으로 몬드라곤 협동조합 투어(?)가 끝났다. 우리에게 상세히 안내해준 레자미즈 이사는 자신의 승용차로 우리를 버스 정류장까지 태워다 주는 친절을 베풀었다. 아주 고마웠다. 지구 반대편에서 가족을 만난 것같이 푸근했다. 피부색이나 언어가 다르고 처음 만난 사람이지만, 오래 알고 지낸 사람과 같은 친근감이 느껴졌다. 몬드라곤이 실천하고 있는 기업 운영 원칙에 대한 애정이 그를 더욱 친근하게 느껴지도록 했다.

몬드라곤 방문은 우리가 다른 세계에 들어갔다가 나온 것 같은 묘한 착각을 불러일으켰다. 확실히 그곳은 다른 세계였다. 기업 조직 원리나 운영 원칙, 인간관계, 모럴(도덕)의 기준도 달랐다. 동시에 몬드라곤은 '다른 세계'가 불가능하지 않음을 보여주고 있었다. 비정한 자본주의로부터 벗어나고자 하는 심리적 엑소더스(대탈주) 현상을 보이면서도 대안을 찾지 못해 절망하는 현대인들에게 몬드라곤은 희망을 잃지 말라고 말하는 것 같았다. 대안적 삶의 가능성을 보여준 몬드라곤, 우리 가족 여행의 마지막 코스였던 몬드라곤은 우리에게 '희망'을 선사했다.

도시 재생의 모범 사례 빌바오

빌바오에서 또 빼놓을 수 없는 곳이 있었다. 현대미술의 보고이자 빌바오의 자랑인 구겐하임(Guggenheim) 미술관이다. 다음 날 아침 숙소인 펜시옹 마르도네스(Pension Mardones)를 나서 네르비온(Nervion)이라고도 불리는 빌바오 강의 산책로를 따라 구겐하임으로 향했다.

빌바오는 1800년대 후반~1900년대 중반까지만 해도 철광석 생산과 조선업 등 제조업으로 활기를 띠던 산업의 중심도시였다. 빌바오 북부의 비스케이(Biscay) 만(灣)은 무역과 통상의 주요 거점이었다. 당시의 번영으로 빌바오는 남부 카탈루냐의 바르셀로나에 이어 스페인 제2의 공업도시로 성장했다. 하지만 급격한 인구 증가로 도시 문제가 중첩되고, 사회간접자본이 부족해진 데다 1930년대의 내전과 제2차 세계대전으로 산업이 급격히 쇠퇴했다. 특히 2차 세계대전 이후엔 철광석 고갈과 조선 산업의 경쟁력 저하로 공장과 기업들이 문을 닫으면서 어려움이 가중되었다. 불황이 심화한 1980년대엔 실업률이 25%를 넘는 등 도시 기반이 사실상 무너졌다.

위기에 처한 빌바오 시정부는 1990년대 들어 도시 재생 프로젝트를 본격적으로 추진했다. 네르비온 강과 구겐하임 미술관은 빌바오 회생의 토대이자 아이콘이 되었다. 네르비온 강에 있던 부두를 외곽으로 이전하고 강변을 시민들이 이용하기 편리한 곳으로 바꾸었다. 특히 조선소가 있던 자리에 구겐하임 미술관을 지으면서 환골탈태했다. 산업의 쇠퇴와 실업, 도심 공동화 등으로 많은 문제를 보였던 빌바오는 새로운 문화와 예술의 도시로 변화해 나갔다.

구겐하임은 1991년에 기획해 1993년 설계 공모가 이루어지고, 4년 동안의 공사 끝에 1997년 완공된 20세기 대표 건축물 가운데 하나다. 외관부터가 범상치 않았다. 캐나다 출신의 미국 건축가인 프랑크 게리가 설계한 이 미술

구겐하임 미술관 1997년에 완공된 기묘한 형상의 이 미술관은 빌바오 도시 재생의 상징으로, 쇠락해 가던 공업도시 빌바오를 현대미술의 메카로 탈바꿈시키는 '아이콘' 역할을 했다.

관은 비정형의 철골 구조에 돌과 유리, 티타늄 패널로 만들었다. 기존 건축물에서 보기 어려운 불규칙한 외관으로 미술관이 살아 움직이는 듯했다. 티타늄 패널에 반사되는 빌바오 강과 주변의 모습은 발걸음을 옮길 때마다 달라졌다. 많은 상상력을 불어넣는 건축물이었다. 건물이 완공되자 세계 건축계는 '금세기 최고의 환상적인 건축물'이라고 경탄했고, 언론의 집중 조명을 받으며 빌바오를 문화예술의 중심도시로 각인시켰다.

하지만 미술관엔 실험 정신이 강하게 느껴지는 초현실주의적 작품들이 대부분이어서 난해하기 그지없었다. 현대의 복잡성과 파편화된 사회, 전통 질서와 관념의 파괴, 공동체의 붕괴와 급격한 변화, 삶과 환경의 위기를 반영하는 작품들로, 감상하는 사람이 나름대로 상상력을 동원해 해석하거나, 그냥 보고 느끼면 되는 그런 작품들이었다. 우리는 오디오 가이드를 하나씩 신청해 이어폰을 귀에 꼽고 다녔는데, 현대미술을 이해하는 수단이라기보다는 영어 듣기 훈련에 가까웠다.

이해하기보다는 느낀다는 마음으로 구겐하임의 현대미술을 돌아본 것을 마지막으로 올리브, 창군과 함께하는 유럽 여정은 끝났다. 이제 마드리드로 다시 돌아가 유럽 여행을 정리하고 짐을 챙겨 떠나는 일만 남았다.

구겐하임에서 네르비온 강변을 따라 천천히 걸어 오후 5시 10분 기차에 올라 밤 10시에 마드리드 차마르틴 역에 도착했다. 이쿼티-포인트 호스탈에 세 번째로 체크인을 한 다음, 단골집이 된 '햄 박물관'에서 늦은 저녁을 먹고 숙소로 돌아와서는 본격적인 짐 정리에 들어갔다. 자정이 넘도록 짐을 정리하면서 이별을 준비하는 마음이 뒤숭숭했다. 올리브와 창군은 귀국 보따리를 쌌고, 나와 동군은 그 귀국 편에 보낼 '불필요한' 짐을 추려냈다.

늘 짐을 최소화하려고 노력했고 일부 짐은 솎아내 한국으로 보내기도 했지만, 그래도 짐은 엄청 많았다. 장기간 여행을 하려면 옷이며, 책이며, 세면도구 등 필요한 물건이 많지만, 여행은 불필요한 것을 버리고 가볍고 단순하게 사는 것을 연습하는 것과 같다. 잔을 비워야 새로 채울 수 있듯이 짐을 버려야 여행에 더 충실할 수 있다. 그런데 항상 이것저것 챙기다 보면 배낭이 터질 지경이 되었다. 다시 한번 '과감하게' 짐을 정리하니 쓰지 않는 짐과 옷이 산더미 같았다. 책과 여벌옷을 솎아내고 그동안 열심히 들고 다녔지만 유용하게 사용하지 못한 코펠, 여행을 하며 챙겨놓은 자료 등을 모조리 꺼냈다. 그런데도 배낭은 여전히 뚱뚱하다.

창군과 올리브의 귀국과 헤어짐을 앞두고 여행을 계속할 우리도 마음이 가라앉았지만, 올리브는 올리브대로 한국으로 돌아가 창군 입대를 뒷바라지하고 살 집을 알아보는 등 해야 할 일이 많아 마음이 복잡한 모양이었다. 나는 나대로 앞으로 동군과 단둘이 진행할 여행을 앞둔 긴장감으로 계속 허둥댔다. 새로운 변화에 적응해야 하는 일종의 압박감이 모두에게 작용하고 있었다. 몬드라곤의 감동을 지나니 싱숭생숭한 마음뿐이었다.

여행도, 삶도 지속되어야 한다

메트로 플랫폼에서의 허둥지둥 작별

싱숭생숭한 마음은 올리브와 창군이 떠나는 마지막 날까지 계속되었다. 이들이 떠나기 전날 하루의 시간이 남아 작가 세르반테스의 명작《돈키호테》의 무대가 된 카스티야 라 만차(Castilla La Mancha) 지역을 둘러볼까 했지만, 마음이 내키지 않았다. 이별의 아쉬움, 창군의 입대를 앞둔 데 따른 긴장감과 불안감, 올리브로선 여행을 중간에 마쳐야 하는 섭섭함과 한국에 있는 가족과 친구들을 만난다는 설렘 등이 복합적으로 몰아쳐 결국 여행 일정을 취소하고 숙소에 머물렀다.

나를 제외한 가족이 모두 순차적으로 귀국하고, 마지막으로 동군이 귀국하게 되면 나는 영국을 거쳐 남미로 갈 예정이었다. 나는 여행을 계속하는 것을 당연하게 생각했고, 가족들 역시 남은 여행을 마칠 수 있도록 지지해주었다. 아이들에게 자신의 길을 가도록 독려하는 것처럼, 아빠도 자신의 길을 꿋꿋하게 걸어가는 게 바람직한 것 아닌가. 더 중요한 것은 내가 남미를 여행하고 싶어 한다는 점이었다. 내가 원하는 것을 자신감 있게 실천하는 것이 나나 아이들에게도 더 좋을 것이란 생각이 들었다.

그렇다고는 해도 올리브에게는 미안했다. 원래 올리브는 창군의 입대를 뒷바라지한 후 다시 여행에 합류할 계획이었다. 하지만 동군이 귀국을 결정하면서 자연스럽게 여행에 '복귀'하지 않고 한국에 남는 것으로 결정되었다. 올리브는 나에게 남미와 미국 여행을 마치도록 독려해주면서도, 자신이 여행을 중단해야 한다는 사실에 대해선 무척 아쉬워하는 눈치였다. 그렇다고 고졸 검정고시와 대입을 준비해야 할 동군만 남겨놓고 올리브까지 여행을 위해 한국을 떠나는 것도 어려운 일이었다.

오후에 아이들은 숙소에 남고, 나와 올리브는 기념품을 사러 마드리드 외곽의 몬드라곤의 유통 기업인 에로스키 매장을 찾았다. 에로스키 브랜드가 붙은 주방용품과 차, 초콜릿 등 이른바 베이직(Basic) 상품을 구입했다. 쇼핑을 마치고 인근 미용실에서 머리도 손질했다. 동네 미용실이었는데 남성 커트가 8유로(1만 2000원), 여성 커트가 13유로(1만 9500원)였다. 덥수룩한 '장기 여행자 스타일'의 머리가 단정해지면서 '도회지 스타일'로 바뀌었다. 그러고 보니 2개월 전 터키 이스탄불에서 이발을 한 게 마지막이었고, 올리브는 이탈리아 로마의 숙소에서 밤늦게 머리를 손질한 후 1개월 반 만의 일이다. 말끔하게 머리를 단장하고, 귀국할 때 필요한 큰 가방까지 하나 사서 전철을 타고 숙소로 향했다.

올리브는 전철을 타고 이동하고, 쇼핑을 하고, 미용실에서 머리를 다듬으면서도 허둥대고 서두르기도 하는 등 불안정한 모습을 보였다. 귀국하면 가족들에게 인사를 다니고, 창군 입대 뒷바라지를 하고, 집을 새로 얻고, 전에 살던 집의 방 한 칸에 쌓아놓은 짐을 챙겨 이사를 하고, 그 다음에는 동군의 고졸 검정고시와 대입 준비까지 뒷바라지해야 하는데, 그 모든 것을 남편 없이 혼자 해야 한다는 부담감에 마음이 무거운 것 같았다.

"미안해. 나만 여행하고, 당신한테 너무 많은 짐을 넘겨서…."

"걱정하지 말고, 여행 잘 마무리해. 당신이 꼭 가보고 싶어 했던 곳이잖아. 한국을 떠난 지 아홉 달이나 되어서 나도 이젠 한국으로 돌아가고 싶어. 돌아갈 때가 되었어."

올리브는 내가 미안하다고 말할 때마다 나에게 의욕을 북돋아주는 말을 여러 차례 했다. 하지만 진짜 속마음은 복잡할 것이다. 동군 때문에 여행을 중간에 그만두어야 한다는 아쉬움이 강했지만 그것을 드러내면 동군이 부담을 느낄까 봐 속마음을 숨기고 있었다.

"다음에 당신하고 한 번 더 남미 여행하지, 뭐." 숙소로 돌아오는 전철에서 내가 말했다.

"진짜지? 좋아. 꼭이야! 나도 남미하고, 코스타리카 가보고 싶었단 말이야. 잉~" 올리브가 눈물을 떨어뜨릴 것 같은 표정으로 말했다. 그러더니 표정을 바꾸었다. "아니야. 다음에는 나 혼자 여행할 거야. 나한테도 휴가 줘, 알았지?" 올리브의 복잡한 마음이 그대로 묻어났다.

"그래, 알았어. 다음에는 당신이 여행할 수 있도록 할게." 내가 말하며 올리브의 어깨를 가볍게 끌어안았다. 올리브가 미소와 울음 사이의 미묘한 표정을 지었다.

다음 날 이쿼티-포인트 호스탈에서 마지막 아침식사를 하고 모든 짐을 챙겨 숙소를 나섰다. 나와 동군의 배낭은 조금 가벼워졌지만, 올리브와 창군은 귀국하면서 가져가야 할 짐이 하나 더 늘어났다. 이번 여행을 하면서 네 번이나 들락날락했던 마드리드와의 이별을 아쉬워하며 솔 광장 한편에 있는 곰 동상 앞에서 마지막으로 인증샷을 찍었다. 귀엽고 친근감 있게 만들어져 마드리드의 상징이 된 '곰과 마드론(Madrone) 나무' 동상이었다.

이 동상에는 흥미로운 일화가 전해 내려온다. 13세기 이 지역에는 곰이 많이 살았는데, 교회 소유인 이 땅에서 시민들이 곰을 사냥할 권한이 있는지에 대한 논쟁이 붙었다고 한다. 논쟁 끝에 땅은 교회의 소유지만, 지상의 것은 마드리드 사람들이 사용할 수 있다는 '솔로몬'의 판결이 나오면서 마드리드 시민들이 사냥을 할 수 있게 되었다. 교회와 시민들의 타협과 합의의 상징으로, 이를 기념해 곰이 마드리드의 상징이 되었으며 이 지역에 많이 자라는 마

마드리드의 상징인 '곰과 마드론나무' 동상 앞에서

드론 나무를 잡고 서 있는 곰 동상이 만들어졌다. 지금은 솔 광장에 있는 동상과 같은 모습의 엠블렘이 택시, 버스, 도로, 쓰레기통 등 시의 공공 시설물에 붙어 있다.

복잡한 세상을 살아가면서 어려운 판단을 해야 할 때가 많지만, 이렇게 솔로몬의 지혜가 담긴 판단을 내릴 수 있다면 어려움을 헤쳐 나가는 데 큰 도움이 될 것이다. 나나 올리브는 물론 앞으로 학업을 마치고 사회로 진출해야 하는 창군과 동군에게도 필요한 지혜다. 이번 여행을 통해 겪은 다양한 경험들이 앞으로 각자 자신의 길을 갈 때 그런 지혜의 원천이 되길 기대하는 마음이었다.

곰 동상 앞에서 인증샷을 찍고 메트로에 올랐다. 올리브와 창군은 두바이를 거쳐 한국으로 돌아가고, 나와 동군은 마지막 11일 동안 독일과 북유럽을 여행할 계획이다. 나와 동군이 탈 베를린 행 항공기는 11시 25분 출발로, 오후 2시에 출발하는 올리브와 창군의 두바이 행 항공기와는 시간 차이가 있어 플랫폼에서 작별 인사를 나눠야 했다.

반년 이상 좌충우돌하면서 함께 여행을 했고, 이제 앞으로 몇 개월 동안 서로 얼굴을 보지 못하게 되는 순간인데, 그냥 메트로 플랫폼에서 손을 흔드는 것으로 엉거주춤 인사를 끝내고 말았다. 내려야 할 역과 공항 터미널도 다른데다 나와 동군이 한국으로 보내는 짐이 크고 무게도 엄청나 그걸 들고 터미널을 왔다 갔다 하기 만만치 않았기 때문이다. 나중에 확인해 보니, 내가 보내지 않으려고 챙겨놓은 물건까지 올리브와 창군의 귀국행 보따리에 들어가고 말았다. 그 바람에 그들의 귀국 짐은 짐대로 무거워지고, 나는 나중에 독일에서 다시 옷을 사야 했다. 이별의 아쉬움과 허전함으로 정신이 어수선했던 모양이다.

올리브와 아이들이 필리핀 마닐라로 어학 연수를 위해 한국을 떠난 후 정확히 9개월 5일 만의 귀국이다. 마닐라에서 두 달 보름 동안의 어학 공부에 이어 홍콩과 상하이를 거쳐 중국에서 네팔과 인도로, 인도에서 터키로 넘어와 그리스~이탈리아에서부터 유럽을 한 바퀴 종횡무진 누볐다. 처음에는 길을 몰라 헤매기도 하고, 우왕좌왕하기도 했지만, 가족에 대한 신뢰와 애정을 확인하고, 새로운 변화에 도전할 수 있는 용기와 희망을 얻은 여정이었다.

특히 창군은 이번 여행을 통해 가족의 중심으로 부쩍 성장했다. 중국 여행의 중반부터 사실상 여행의 리더가 되었고, 나와 올리브는 무엇이든 창군과 상의했다. 그는 복잡한 사안들을 단순화하고 우선 순위를 정해 쉽게 판단을 내리도록 도와주었다. 여행하면서 건축학도답게 건축물에 많은 관심을 보였고, 중국이나 인도, 유럽에서 중요한 건축물의 요소요소를 모두 카메라에 담을 기세로 셔터를 눌러댔다. 강한 체력을 바탕으로 여행에서도 지치지 않는 모습을 보여 우리에게 힘을 주었다. 이제 창군이 2년 가까운 군 생활을 무사히 마치길 빌었다.

메트로 역에서 허둥지둥 작별 인사를 나눈 후 나와 동군은 공항 터미널에서 간단한 탑승 수속을 받고 베를린 행 항공기를 타기 위해 C42 탑승장으로 향했다. 지금까지 네 명이 한꺼번에 움직일 때는—물론 넷도 많은 것은 아니지만—북적거리고 어수선하기도 했는데, 동군이랑 단둘이 있으니 허전했다. 동군도 별 표정 없이 탑승장만 바라보았다. 곧 탑승이 시작되었고, 예정대로 11시 25분 이지젯 항공기가 가볍게 이륙해 베를린으로 향했다.

두 갈래 길

이지젯 항공기가 2시 30분 베를린 쇤네펠트 공항에 도착했다. 특별한 입국 수속 없이 짐을 찾고 나오니 좀 횅뎅그렁했다. 공항의 패스트푸드점 마르쉐에서 샌드위치와 파스타로 늦은 점심을 먹고 한 장에 3유로 하는 티켓 두 장을 끊어 기차를 타고 프리드리히스트라세 역에 내렸다. 역무원에게 물어보니 유레일패스가 있으면 표가 필요 없단다. 우린 그걸 또 모르고 표를 끊었다. 걸어서 슈프레 강을 건너 숙소 하트오브골드 호스텔(Heart of Gold Hostel)에 도착하니 오후 5시였다. 다국적 여행자들이 많은 다른 숙소와 달리 독일 청년들이 많고 분위기도 아주 활달했다. 나나 동군이나 올리브와 창군이 떠난 후의 허전함으로 별 말이 없이 계획했던 대로 일사천리로 움직였다.

여장을 풀고 시간에 여유가 있는데다 올리브와 창군과의 이별로 인한 허전한 기분도 전환할 겸 베를린의 가장 유명한 관광지이자 랜드마크이며, 독일의 통합과 자유의 상징인 브란덴부르크(Brandenburg) 문 일대를 돌아보기로 했다. 숙소에서 그리 멀지 않아 천천히 걸어갔다.

멀리 브란덴부르크 문이 보이는 운터 덴 린덴(Unter den Linden) 로를 따라 브란덴부르크 문과 티어가르덴(Tiergarden), 승전기념탑을 돌아보았다. 천천히 걸어 다녔는데, 걸은 길이가 6km를 넘었다. 비행기와 기차를 갈아타고 숙소를 찾느라 좀 피곤했는데 다리가 뻐근할 정도로 걷고 나니 오히려 기분전환과 함께 힘이 나는 듯했다. 조금이나마 여행의 활력을 찾았다. 역시 여행자의 허전한 마음은 여행으로 풀어야 했다.

브란덴부르크 문 앞에 서니 묘한 흥분이 몰려왔다. 독일 분단과 통일의 현장이다. 브란덴부르크 문은 1791년 프리드리히 빌헬름 2세가 베를린의 18개 도시 성문 가운데 하나로 만든 거대한 문이다. 높이가 26m 길이가 65.5m에 이른다. 문 위에는 승리의 여신이 탄 마차를 네 마리의 말이 모는 〈승리의 콰

독일 분단과 통일의 상징이 된 브란덴부르크 문 독일 분단 시절 동·서 베를린의 경계이자 유일한 통로였으며, 1989년 베를린 장벽 붕괴 당시 10만여 명의 인파가 몰려 환호한 역사를 간직하고 있다.

드리가(사두마차)〉가 서 있다. 프러시아 제국과의 전쟁에서 승리한 나폴레옹이 가져갔다가 나중에 패한 후 되돌려 놓은 독일 통합의 상징과 같은 조각이다.

이 문은 1961년 베를린 장벽이 세워지면서 동독과 서독의 경계선이자, 동서독을 잇는 관문 역할을 했다. 베를린 장벽이 붕괴되기 직전 로널드 레이건 미국 대통령이 여기에서 자유를 역설했으며, 1989년 장벽이 붕괴되자 10만여 명의 시민들이 광장으로 쏟아져 나와 장벽을 부수며 문과 장벽에 올라가 환호했던 것은 현대 세계사의 가장 극적인 장면으로 남아 있다.

넓은 공원과 대로로 이루어진 브란덴부르크 문 일대는 근현대 독일 역사의 현장이었다. 프랑스와 전쟁에서의 승리, 1871년 통일 독일제국의 형성, 19세기 말 제국주의 패권 경쟁과 1차 세계대전, 나치즘의 등장과 2차 세계대전, 패전 후 독일의 분단과 냉전, 1989년 베를린 장벽의 붕괴와 독일 통일에 이르기까지 격동의 독일 근현대 역사를 고스란히 간직하고 있다. 이곳은 또 현대 독일 정치·외교의 중심지로, 미국과 러시아 등 각국 대사관이 들어서 있다.

외교가를 통해 다시 프리드리히스트라세 역을 거쳐 숙소로 돌아가다 인도-싱가포르 음식점에 들러 저녁식사를 하며 맥주를 한잔 곁들였는데 이게 탈을 일으켰다. 다음 날 아침 일찍 일어나 보니 옆 침대의 투숙객이 매트리스를 들고 화장실에서 잠을 자고 있었다. 내가 코를 너무 심하게 골아 도저히 참지 못하고 아예 화장실로 피신을 한 것이었다. 나는 평상시에는 그렇지 않은데, 피곤하거나 술을 한잔 하면 어김없이 코를 골아 사람들을 괴롭혔다. 역시나 저녁식사 때 마신 맥주가 심한 코골이를 유발한 모양이었다. 그래도 다행히 숙소에 딸린 화장실이 매우 넓어 매트리스를 깔고 자기에 충분했다.

어쨌든 푹 자고 난 후 포츠담과 베를린을 돌아보는 강행군이 다시 시작되었다. 베를린 중앙역에서 탄 포츠담 행 열차가 막 달리기 시작하는데 '띵똥~' 메시지가 떴다.

"인천공항에 잘 도착했어요. 독일도 좋겠지." 올리브의 메시지였다.

그러고 보니 어제 마드리드에서 허둥지둥 작별 인사를 나눈 지 만 하루가 지났다. 벌써 두바이를 거쳐 인천공항에 도착했다는 소식에 반가웠다.

"수고했어요. 무거운 짐 들고 또 한참 가야겠네. 지금 포츠담 가는 중."

어제까지 티격태격하며 여행을 함께했던 우리는 이제 두 갈래의 길로 가고 있다. 올리브와 창군은 한국에서의 새로운 발걸음을 내딛고, 나와 동군은 포츠담으로 간다.

이별의 허전함을 달래는 강행군

포츠담은 베를린에서 남서쪽으로 25km 떨어진 곳에 자리 잡은 브란덴부르크 주의 주도(州都)다. 하지만 역에서 내려 포츠담 회담이 열렸던 체칠리엔

체칠리엔호프 궁 제2차 세계대전 종전 직전 포츠담 회담이 열린 곳으로, 당시 회담의 호스트 역할을 한 소련의 상징인 붉은 별이 아직도 궁전 앞 정원에 표시되어 있다.

호프(Cecilienhof) 궁으로 향하면서 본 포츠담은 도시라기보다 베를린 근교의 작고 아름다운 전원마을 같았다. 도시의 대부분이 녹지로 이루어져 있다. 도시 안내문을 보니 4분의 1 정도만이 도시로 개발되어 있다고 한다. 특히 체칠리엔호프 궁 일대는 아름다운 공원 지역으로, 이렇게 호젓하고 평화로운 곳에서 전후 세계 질서가 결정되었다는 것이 의외였다.

체칠리엔호프 궁은 하이리거 호수를 끼고 있는 아름다운 공원 노이에르 가르텐(Neuer Garten)에 자리 잡고 있다. 노이에르 가르텐은 1787년 프리드리히 빌헬름 2세가 왕궁 공원으로 처음 조성했으며, 체칠리엔호프 궁은 1917년 완공되었다. 2차 세계대전 당시 연합군의 맹폭으로 독일의 대도시 대부분이 폐허가 되는 와중에서도 파괴되지 않았다. 포츠담 회담 당시 이곳은 소련의 관할지여서 스탈린을 호스트로, 미국의 트루먼 대통령과 영국의 처칠 수상이 참석했다.

"베를린이 폐허가 되니까, 좋은 곳에 와서 회의했네." 동군이 멋진 풍경을 보며 말했다.

체칠리엔호프 궁엔 3국 정상회담장과 각국의 대표단 사무실 등을 당시 모습 그대로 재현해 박물관으로 공개하고 있었다. 2차 세계대전 종전 직전인 1945년 7월 미·영·소 대표들은 이곳에서 패전국 독일의 무장해제와 배상금 징수 등을 결의했다. 연합군이 독일을 점령하되 분할을 궁극적 방침으로 하지 않는다는 원칙도 합의했다. 독일과 같은 침략국인 일본에 대해서는 무조건 항복을 요구했다. 하지만 일본이 이에 응하지 않자 미국이 히로시마와 나가사키에 원자폭탄을 투하함으로써 항복을 받아내고 전쟁을 종식시켰다. 포츠담은 전후 세계 및 한반도 질서에 큰 영향을 미친 역사의 현장이었다.

인근 마을은 평화로웠다. 새소리가 울려 퍼지고, 노인이 텃밭을 가꾸는 전원마을이었다. 대부분의 주택이 널찍널찍하게 자리 잡고 있고, 나무를 심어놓아 마치 마을이 숲속에 들어와 있는 듯한 느낌이었다. 포츠담에서는 그 회담장을 보는 것이 주목적이었으므로, 그것만 보고 마을을 가로질러 버스와 기차를 갈아타고 베를린으로 돌아왔다.

베를린의 1차 목적지는 박물관들이 몰려 있는 박물관 섬(Museum Island)이었다. 박물관을 샅샅이 보길 원하는 동군을 위해 1일 박물관 섬 탐방권을 구입한 다음, 고대 그리스와 로마의 유물들을 전시한 알테스 박물관(Altes Museum)으로 향했다. 동군은 박물관으로 들어가고, 나는 밖에서 인근 건물들을 슬슬 돌아다니며 구경했다.

구 박물관이라고도 하는 알테스 박물관을 중심으로 한 박물관 섬은 신고전주의 양식의 거대한 건축물의 집합소였다. 1824~1930년대에 세워진 다섯 개의 박물관이 밀집되어 있어 건물을 보는 것만으로도 문화와 예술, 역사에 대한 독일인들의 사랑을 느낄 수 있다. 이 박물관들을 하나하나 돌아보려면 하루로도 부족하지만 우리는 선택해야 했다.

베를린 박물관 섬 고대 그리스와 로마의 유물을 전시한 알테스 박물관 입구에 서 있는 역동적인 조각상 너머로 베를린 대성당과 멀리 송신탑이 보인다.

가장 관심이 가는 곳은 페르가몬 박물관(Pergamon Museum)이었다. 1878~86년에 베를린 박물관이 발굴한 터키 북서부의 페르가몬 유적과 시리아, 이란 등 근동 지역의 고대 유적을 전시한 박물관이었다. 중동을 여행하지 않았기 때문에 꼭 들어가 보고 싶은 곳이었다.

페르가몬은 기원전 180~160년 전성기를 이룬 소아시아의 수도로, 박물관은 이곳의 신전 유적을 전부 뜯어다 복원해 전시하고 있었다. 이미 그리스와 로마의 고대 유적을 질리도록 보았던 상태여서 그저 그럴 것이라고 생각했으나 돌아볼수록 점점 입이 벌어지면서 박물관에 빠져들었다.

박물관의 전시 방식이 혀를 내두르게 했다. 어마어마한 건물 안에 페르가몬 제단(Pergamon Altar)을 그대로 복원해 놓아 마치 우리가 실제 그 유적지에 와 있는 듯한 착각이 들 정도였다. 또 기원전 2세기 로마 시대 건축물의 걸작품이라는 밀레투스의 문(The Market Gate of Miletus)을 복원해 전시하고 있었는데,

이것 역시 어마어마한 돌덩이들을 전부 뜯어다가 실물 모습대로 전시해 놓았다. 그뿐이 아니었다.

근동 전시실에는 메소포타미아와 시리아, 아나톨리아(터키 동남부) 지역의 고대 유물들을 전시하고 있었다. 바빌론 유적과 바벨탑 유적의 잔해들도 전시되어 있었다. 특히 기원전 6세기경에 건설된 것으로 추정되는 바빌론의 이슈타르 문(Ishtar Gate)과 그 입구를 완벽하게 복원해 놓아 입이 벌어지게 했다. 기원전 4000년경 메소포타미아의 중심지였던 우룩(Uruk) 유적도 새로웠다. 신전과 건물, 심지어 거리에 늘어선 건축물을 통째로 뜯어다 전시해 놓았다.

페르가몬 박물관을 돌아보면서 어마어마한 역사적 유적에 입이 벌어졌지만, 동시에 그 유적과 유물을 그 자리에 그대로 두고 복원하려 하지 않고, 아니면 나중에라도 돌려주지 않고 수천 km 떨어진 낯선 곳의 인공적인 건물 안에 전시해 놓은 것이 마음에 걸렸다. 독일이 역사와 문화를 사랑한다고 하지만, 남의 역사 유적을 빼앗아 갖다놓은 것 아닌가. 실제 터키에선 페르가몬 박물관에 전시된 유물의 반환을 둘러싼 논란이 지속되고 있다. 역사 유적은 발굴 후 그 자리에 복원해야 하며, 이곳의 유물도 반환되어야 한다는 게 역사학계의 주장이다. 동군과 이런 이야기를 나누며 박물관을 나섰다.

아픈 역사를 아프게 기억하는 독일

다음 방문지는 독일 분단과 베를린 장벽의 생생한 역사를 전시하고 있는 체크포인트 찰리 박물관(Checkpoint Charlie Museum)이었다. 제법 거리가 멀었지만, 베를린 시내도 구경할 겸 걸어갔다. 동군이 지도를 보면서 앞으로 휙휙 나갔고, 나는 그의 뒤를 졸졸 따라갔다.

체크포인트 찰리 박물관은 겉모습과 전시 내용이 달랐다. 대부분의 박물

체크포인트 찰리 박물관 독일의 분단과 베를린 장벽의 역사를 가장 잘 보여준다. 입구는 평범한 건물처럼 보이지만 평화의 중요성을 알리는 세계 최고의 박물관이다.

관이 거대한 외관을 하고 있는 데 반해 이 박물관은 입구가 거창하지 않았다. 건물도 시내 중심가의 평범한 건물이었다. 하지만 들어가 보니 수집해 놓은 전시물과 그 내용이 엄청났다. 입이 쩍 벌어졌다.

"이 모든 것들을 어떻게 다 수집했을까."

12.5유로(약 1만 8750원)의 입장료가 전혀 아깝지 않았다. 박물관은 자유와 인권을 향한 처절한 몸부림과 투쟁의 역사를 생생하게 전달하고 있었다. 이념의 차이와 정치적 이해관계 때문에 인위적으로 세워진 베를린 장벽을 넘어 자유를 찾기 위해 서독으로 넘어온 사람들의 생생한 이야기와 역사적 사건들을 당시의 자료를 통해 재현하고, 자유와 인권의 중요성을 일깨우고 있었다. 베를린의 대표적인 박물관인 페르가몬 박물관을 찾는 사람이 연간 110만 명을 넘는다고 했는데, 이 체크포인트 찰리 박물관을 찾는 사람도 85만 명에 이른다고 하니 놀랍다.

박물관의 기록을 보니 베를린 장벽은 총 길이가 155km에 달하며, 서베를린과 동베를린을 나눈 장벽이 43.1km, 동독과 서베를린 사이에 놓인 장벽이 111.9km였다. 금속으로 된 장벽이 66.5km였으며, 감시 초소가 302곳, 벙커가 20곳, 감시견 259마리가 장벽을 지켰다. 자동차가 달릴 수 있는 순찰로가

105.5km였고 군 병사의 순찰로가 124.3km였다. 장벽의 평균 높이는 3.6m, 폭은 1.2m였으며, 장벽 기단부의 폭은 2.1m였다. 장벽은 강화 콘크리트로 만들어졌다.

장벽이 만들어진 1961년 8월 13일부터 장벽이 무너진 1989년 11월 9일까지 5075회의 탈출 시도가 있었으며, 탈출을 시도한 사람 가운데 군인 출신이 574명이었다. 탈출 과정에서 사망한 사람은 455명에 달한다. 독일 분단 이후 동독과 서독 접경지역, 독일 북부의 발트 해, 다른 동유럽 국가와의 접경지역 등 동독 접경에서 사망한 사람은 1613명에 달한다.

박물관에는 이 과정에서 일어난 일들을 풍부한 자료와 실물을 통해 상세히 재현해 놓고 있었다. 자유를 찾아 담을 넘고, 바다를 건너고, 심지어 땅굴을 파고, 하늘을 통해 탈출을 시도했던 절박하고 처절한 몸부림은 물론, 탈출을 위해 쓰인 차량과 보트 등 도구들, 증언들이 당시 모습 그대로 생생하게 전시되어 있었다. 2차 세계대전의 발발과 종전에 이어 세계가 자본주의와 사회주의 체제로 나누어지고, 이 과정에서 독일이 분단되고, 양 진영이 으르렁거리던 냉전의 역사를 보여주고 있었다. 특히 1950년 한국전쟁 이후 냉전이 심화하면서 1961년 베를린 장벽이 세워져 멀쩡했던 가족과 친지가 생이별한 슬픈 역사와 그로 인한 고통을 증언하고 있었다.

박물관 안쪽에는 간디를 비롯해 비폭력 평화와 인권 향상을 위해 세계 각지에서 투쟁한 역사도 생생한 자료들을 동원해 되살리고 있었다. 당시의 각종 문서와 사진, 동영상은 물론 탈출의 도구, 관련 예술 작품, 신문 등 미디어 보도물까지 엄청난 자료들을 전시하고 있었다. 세계 최고 박물관인 동시에 현대 역사 및 평화와 자유의 중요성을 일깨우는 최고의 교육장이었다.

더 놀라운 것은 이 박물관이 라이너 힐데브란트(Rainer Hilderbrandt)라는 한 탁월한 인물에 의해 만들어졌다는 점이었다. 1914년 출생한 그는 베를린 장벽이 만들어진 다음 해인 1962년, 방 2.5개가 딸린 한 아파트에 박물관을 열었다. 그는 2004년 사망할 때까지 박물관 운영의 총괄 책임을 맡으면서 자료를 수집하고 그 규모를 확대하였다.

힐데브란트는 베를린 장벽을 넘어 탈출한 사람들로부터 하늘에 띄우는 고무풍선과 탈출에 쓰인 자동차와 소형 잠수함 등을 기증받고 자유와 인권 향상, 독일의 분단 해소를 위한 투쟁과 관련한 자료들은 물론 그들의 스토리를 수집했다. 예술가들의 작품과 각종 행사의 포스터와 자료는 물론 관련 뉴스가 실린 신문 잡지, 포스터 등도 모아 분류하고 정리했다.

그야말로 베를린 장벽을 뛰어넘어 자유와 인권을 위한 투쟁 현장에서 벌어지는 일들을 기록하고, 자료를 챙겨온 놀라운 인물이었다. 그는 생전에 "전 세계에는 100개 이상의 군사박물관이 있다. 하지만 지구적인 책임이 증대되는 이 시대에 더 필요한 것은 국제적인 비폭력 저항운동과 관련한 박물관들이다"고 말했다. 과연 분단 한국의 처참한 고통과 분단 철폐를 위한 투쟁들이 한국에서 잘 기록되고 있는지, 잘 관리되고 있는지 돌아보게 했다.

체크포인트 찰리 박물관을 돌아본 다음 베를린 장벽이 남아 있는 곳으로 발걸음을 돌렸다. 해도 서서히 서녘으로 기울고 있는데, 베를린 장벽은 격동기의 슬픈 역사를 보여주듯 처연하게 서 있었다. 베를린 장벽 아래엔 장벽의 역사나 스토리가 아니라 그 기원이 된 나치즘의 발원과 그 광기의 역사를 재현해 놓고 있었다. 역사를 더욱 치열하게 되돌아보게 만들었다. 역사적인 과오를 기록하고 반성하고 청산한 독일 국민들의 역사인식을 보는 듯했다.

베를린 장벽까지 돌아보니 어둠이 내리깔렸다. 오늘은 독일과 유럽 현대사의 현장들을 돌아보고, 그들의 기록 방식을 확인한 날이었다. 독일이 과거의 비뚤어졌던 역사를 딛고 오늘날 유럽의 리더로 다시 부상한 것은 바로 이러한 기록의 힘이요, 역사를 기억하는 방식의 힘이었다. 그들은 슬픈 역사를 뼈아프게 기억함으로써 참다운 가치를 회복하고 있었다.

이것을 보면서 한국과 일본의 역사 인식과 '기억 문화'가 떠올랐다. 역사에

베를린 장벽의 잔해 독일 분단의 상처를 간직하고 있는 이 장벽은 대부분 허물어지고 지금은 일부만 남아 냉전 시대의 슬픈 역사를 증언하고 있다.

대한 교육을 등한시하는 한국과, 자신의 부끄러운 역사를 애써 외면하면서 잘못을 반성할 줄 모르는 일본, 이들이 이러한 저급한 역사 인식에 머물러 있는 한 발전엔 한계가 있을 수밖에 없다. 역사를 기록하고 기억하는 방식에 따라 현재와 미래가 결정된다. 슬픈 역사를 고통스럽게 기억한다면 그걸 반복할 가능성이 적어지지만, 그걸 외면하고 합리화하는 데 집착한다면 그걸 반복할 가능성이 커지는 것이다.

하루 종일 쉬지 않고 여러 곳을 여행하면서 이별의 아쉬움을 딛고 우리는 다시 살아나고 있었다. 하지만 이런 강행군 일정은 시작에 불과했다. 우리 앞에는 동군의 귀국에 앞서 여행에 대한 마지막 욕망을 불태운 초단기 북유럽 주파 일정이 기다리고 있었다.

4부

혼자 남은
가장

Berlin
Copenhagen
Oslo
Bergen
Stockholm
Frankfurt
Heidelberg
London
Birmingham
Madrid
Lisbon

독일 베를린~덴마크 코펜하겐~노르웨이 오슬로~베르겐

실망시키지 않은 피요르드

북유럽의 풍요와 가난한 여행자

동군은 올리브와 형 창군이 귀국한 이후 나와 단둘이 여행하면서 오히려 안정감을 찾은 듯했다. 향후 진로는 물론 귀국 일정까지 확정되니 심리적 안정을 찾았기 때문일 것이다. 이젠 남은 여행을 마음껏 즐기며 귀국 이후 자신의 행로를 설계하고 실행에 옮기는 일만 남았다.

베를린과 포츠담을 쏜살같이 돌아본 다음 북유럽 노르웨이로 가는 긴 여정에 올랐다. 베를린에서 함부르크를 거쳐 덴마크 코펜하겐까지 기차로 이동한 다음, 코펜하겐에서 야간 페리를 타고 노르웨이 오슬로까지 이동하는 코스다. 이동에만 총 24시간이 걸린다.

베를린 중앙역에서 출발한 함부르크 행 고속철 ICE는 베를린을 떠난 지 1시간 40분 만에 함부르크에 도착했다. 우리는 곧 덴마크 코펜하겐 행 고속철에 올랐다. 유레일패스의 여행 기록을 보니 근 한 달 전인 3월 25일 오후 1시 28분에 출발하는 똑같은 열차를 탔다. 그 사이에 네덜란드와 프랑스 파리, 스페인, 포르투갈을 여행한 다음 다시 코펜하겐으로 가고 있는 것이다.

함부르크를 떠난 지 1시간 반 만에 발트 해의 관문도시 푸트가르덴에 도착했다. 안개가 자욱하게 낀 전형적인 북유럽의 냉랭하고 습한 날씨가 우리를 맞았다. 기차가 페리에 올라타자 승객들은 기차에서 내려 갑판으로 올라갔다. 1개월 전과 마찬가지로 페리는 승객들로 북적북적했다. 나는 소파에 앉아 수첩에 여행 메모를 하고, 동군은 음악을 들으면서 책도 보고, 아이폰으로 게임도 하면서 발트 해를 건넜다. 주변을 보니 많은 사람들이 독서를 하고 있다. 여행의 중요한 동반자는 역시 책이다.

45분 정도 걸려 발트 해를 넘은 기차는 덴마크 뢰드비 역으로 상륙, 저지대를 신나게 달려 오후 2시 20분 코펜하겐 중앙역에 도착했다. 창구에서 알려준 대로 S열차를 타고 네 정거장 떨어진 노르트하븐 역으로 이동한 다음, 오슬로 행 페리를 운행하는 DFDS 해운 사무소를 찾아 나섰다. 해운 사무소는 역에서 꽤 떨어진 항구에 있었다. 역 앞에 버스 정류장이 있었지만 노선도 잘 모르는데다 버스가 자주 운행을 하지 않았다. 택시도 잡기 어려웠다. 결국 다니는 사람이 거의 없는 해안도로를 따라 한참 걸어가야 했다. 주변엔 상가는 물론 주택도 없고, 커다란 창고 건물들만 휑뎅그렁하게 서 있어 황량하기 그지없었다. 발트 해를 건너온 차가운 바닷바람이 매섭게 몰아쳤다.

항구에 접한 DFDS 해운 사무소에 도착해 보니, 티켓은 남아 있지만 유레일패스는 적용(무료 탑승이나 할인)이 안 된다고 했다. 유레일패스를 적용받으려면 인터넷으로 사전에 예약해야 한다니, 설명서와 달랐다.

"유레일패스 안내서엔 이 페리는 예약하지 않아도 된다고 나와 있어요."

안내서를 들이대며 설명했으나 소용이 없었다. 결국 가장 싼 티켓을 1263.75덴마크 크로나(DKK, 약 25만 원)나 주고 구입했다. 직원은 4인용 침대칸을 우리 둘이 이용하도록 해주겠다고 말했다. 우리는 많은 돈에 많은 '혜택'이 아니라 적은 돈에 적은 혜택을 원했는데, 그게 가장 싼 것이라고 하니 할 말이 없었다.

나중에 인터넷으로 확인해 보니 유레일패스 소지자는 코펜하겐~오슬로 페리를 25% 할인받을 수 있었다. 우리가 지불한 1263DKK의 가격이라면 베를린이나 프랑크푸르트에서 오슬로로 가는 저가항공도 이용할 수 있다. 미리 확인하지 않고 쉽게 이동하려 한 것이 오히려 화를 부른 셈이었다.

표를 끊고 바로 스칸디나비아 크라운 호(Crown of Scandinavia)에 올랐다. 덴마크와 노르웨이 사이의 스카게라크 해협을 가로지르는 배다. 이미 많은 승객들이 승선해 있었다. 더구나 날이 개고 햇볕이 따사롭게 내리쬐고 있어 많은 승객들은 갑판으로 몰려나와 소시지 등을 안주로 맥주를 마시며 왁자지껄 떠들면서 오후를 즐기고 있었다. 활기가 넘쳤다.

하지만 모든 것이 엄청나게 비쌌다. 차근차근 확인해 보니 노르웨이의 모든 물가는 서유럽의 두 배를 넘었다. 배에서 구입한 샌드위치 하나가 1만 5000원을 넘고, 저녁 뷔페는 1인당 259DKK로 5만 원, 아침은 130DKK로 2만 6000원이었다. 물가가 상상 이상이었다.

가격 타령만 하면서 선뜻 손을 내밀 수 없는 우리 처지가 좀 서글펐고 뭔가 소외된 느낌이었다. 아무래도 이런 식의 여행은 즐겁지 않다. 역시 여행은 어느 정도 예산이 뒷받침되든지, 체감 물가보다 가격대가 낮은 곳을 여행해야 더 즐겁다.

페리에서 인터넷으로 확인해 보니 노르웨이는 1인당 국민소득이 10만 달러에 육박하는 세계 최고 부자나라다. 1970년대 이전까지만 해도 이 정도는 아니었는데, 북해에서 원유가 나오면서 풍요를 구가하기 시작했다. 노르웨이는 세계 5대 석유 수출국이며, 3대 가스 수출국이다. 하지만 중동과 남미의 산유국들을 중심으로 구성된 석유수출국기구(OPEC) 회원국은 아니다. 원유와 가스 수출이 경제에서 차지하는 비중은 한때 45%에 이르기도 했으며, 대체로 20% 이상을 유지하고 있다. 양질의 북해 유전이 경제의 젖줄인 셈이다.

노르웨이 1인당 국민소득의 변화는 드라마틱하다. 1987년에 1인당 소득이 2만 달러를 넘었는데, 그로부터 8년 후인 1995년에 3만 달러, 다시 7년 후인 2002년에 4만 달러를 넘었다. 이후 유가가 상승세를 지속하면서 매년 1만 달러씩 올라 2008년에 9만 5000달러에 달했다. 미국의 금융위기와 유가 하락으로 잠시 주춤했지만 2011년엔 9만 8000달러로 10만 달러에 육박했다. 11만 달러를 웃도는 작은 나라 룩셈부르크에 이어 세계 2위다.

노르웨이는 전반적인 자유 시장경제 원칙을 유지하면서 핵심 자원인 원유 부문과 수력 발전, 금융(은행), 통신 등 기간산업은 정부가 소유하는 이른바 '혼합경제(Mixed Economy)'를 유지하고 있다. 공공 의료를 무상으로 제공하고, 약 4년에 걸친 유료 육아 휴가를 보장하고 있다. 전체 고용 노동자의 30%가 공공 부문에 종사하는데, 경제협력개발기구(OECD) 회원국 가운데 가장 높다. 실업률은 2.6%로 세계 최저 수준이다. 기업의 최고경영자(CEO)와 노동자의 임금 격차는 유럽에서 가장 적다.

노르웨이 산업에 석유만 있는 것은 아니다. 바이킹의 피를 물려받은 조선, 즉 선박 건조와 해운, 어업은 전통적으로 노르웨이를 이끌어온 산업이다. 상선 보유 규모는 1412척으로 세계 6위다. 크루즈 선을 비롯한 고급 선박에선 막강한 경쟁력을 유지하고 있고, 선박의 운영과 보험 등 서비스 부문에서 세계시장을 주무르고 있다. 어업도 만만찮은 산업이다.

전쟁의 폐허를 딛고 헐떡이며 달려와 2만 달러대에 들어선 한국과 비교하기 어려웠다. 노르웨이는 가장 풍요로운 최고의 황금기를 구가하고 있다. 그렇다고 마냥 행복에 겨운 것만은 아니다. 2011년 7월 한 정신이상자가 우토야 섬에서 캠프 활동을 하던 무고한 시민과 학생들에게 무차별 총격을 가해 77명의 생명을 앗아간 '브레이빅 테러'는 노르웨이를 깜짝 놀라게 했다. 이는 편집증적 정신분열증을 겪고 있던 한 정신이상자에 의한 이례적인 사건임이 분명하지만, 풍요로운 사회가 감싸지 못하는 그늘이 존재함을 보여주었다.

노르웨이를 한참 탐구하는 사이에 스칸디나비아 크라운 호가 긴 기적을 울리며 코펜하겐 항구에서 멀어지기 시작했다. 태양이 차가운 북해 저편으로 서서히 넘어가고 있었다.

페리는 다음 날 오전 10시 오슬로 항구에 도착했다. 배에서 내리자마자 오슬로 중앙역으로 향했다. 역은 그리 멀지 않아 걸어서 약 20분 만에 도착했다. 베르겐 행 야간 열차를 예약했는데 유레일패스 적용을 받더라도 침대열차는 예약비로 400NOK(약 8만 원)를 지불해야 하는 반면, 앉아서 가는 기차는 무료였다. 동군에게 눈길을 돌려 의향을 물으니 '좌석표'라는 답이 바로 나왔다. 밤 11시 11분 출발하는 좌석 열차표를 예약했다.

돌아오는 티켓까지 예매한 다음, 자동 로커에 짐을 맡기고 오슬로 탐방에 나섰다. 열차 시간까지는 거의 12시간이 남아 있다. 먼저 역 앞의 여행자 안내 센터로 가서 1일 교통카드와 뭉크 미술관(Munch Museet)으로 가는 방법을 문의했다. 북유럽 개척의 거점이었던 오슬로에는 볼거리가 많지만, 우리는 노벨 평화상 시상식이 열리는 시청사와 그 옆 평화의 광장, 오슬로가 낳은 세계적 미술가 뭉크의 발자취를 찾을 수 있는 미술관 정도를 점찍어 놓고 있었다.

그런데 여행 안내 센터 직원이 "오늘은 모든 교통과 박물관을 무료로 이용할 수 있는 오슬로 패스(Oslo Pass)를 시청사에서 나누어 준다"고 말했다. 귀가 번쩍 띄었다. "OK, Thank you!!"를 연발하며 시청사로 직행했다. 그 직원은 자신이 오슬로 패스를 나누어주는 것도 아닌데 정보를 준 것만으로 우리의 찬사를 받았다.

일요일이라 그런지 시청사는 관광객들로 만원이었다. 한화로 1인당 4만 원 정도 하는 오슬로 패스를 받았다. 그때부터 오슬로 시내 탐방은 동군의 가이드 아래 이루어졌다. 동군이 지도와 책을 보면서 목적지를 찾고 내가 따라가는 방식이었다. 모든 것이 무료라니 간밤에 배에서 시달린 여독과 비싼 물가가 주는 정신적 압박감도 날아가는 것 같았다.

시청사는 오슬로의 중심이자 매년 12월 10일 노벨의 서거일에 맞추어 노벨

오슬로 시청사 매년 12월 10일 시청사의 중앙홀에서 노벨 평화상 시상식이 열리며, 역대 수상자의 업적을 보여주는 전시 공간도 마련되어 있다.

평화상 시상식이 열리는 곳이다. 시상식이 열리는 중앙홀과 시 의회 회의장, 회의 시설 등이 잘 갖추어져 있다. 중앙홀 한편에는 노벨상 시상식 사진도 전시되어 있었는데, 2000년에 평화상을 받은 고 김대중 대통령의 사진도 당당하게 자리를 차지하고 있었다. 가슴이 뭉클했다.

"한국에서는 좌파니 북한 퍼주기니 뭐니 하면서 구태의연한 색깔 논쟁을 벌이고 있지만, 김대중 대통령은 목숨을 잃을 위험을 감수하면서 한국의 민주화와 한반도 평화를 위해서 평생을 살아온 사람이야. 굴곡으로 점철된 한국 현대사가 낳은 위대한 정치 지도자지. 허허허."

"그래? 아빠는 김대중 대통령 좋아하니까. 아빠도 찍었어? 엄마도?" 김대중 대통령에 대한 나의 설명에 동군이 대통령 선거 당시 투표에 대해 물었다.

"그게 좀 복잡해. 민주화 이후 첫 선거였던 1987년 아빠는 백기완 선생을 지지했거든. 그분도 훌륭한 사람이야. 그때는 엄마랑 연애할 때였는데, 엄마가 김대중으로 기운 거야. 그거 때문에 처음에는 많이 싸웠어. 그러다 엄마 아빠도 김대중으로 단일화했어."

"그래서 대통령 된 거야?"

"안 됐지. 그때 노태우가 됐어. 단일화가 안 돼서. 그 10년 후, 김영삼 대통령이 외환위기로 나라를 거덜 낸 다음에 김대중 대통령이 다시 후보로 나와서 대통령에 당선되었지. 그때는 제대로 찍었다."

"그런데 외환위기는 왜 일어났어? 미국의 음모야?"

평소에 말이 많지 않던 동군이 질문 세례를 퍼부었고, 나는 신이 나서 외환위기와 경제개혁, 남북 정상회담 등으로 이어지는 현대사의 굴곡을 펼쳐놓았다. 동군은 평소에 궁금했지만 아무래도 편안하게 대화를 나눌 기회가 없어 물어보지 못한 것이 많았던 모양이다. 나와 단둘이 여행하면서 달라진 동군의 면모이기도 했다. 시청사를 나서 전철을 타고 뭉크 미술관으로 향하면서도 한국 현대사에 대한 대화가 끊이지 않았다.

오슬로 여행의 하이라이트는 예술이다. 그 전통이 오늘날 북유럽 디자인의 모태가 되었다. 약간 음울하면서 슬프고 애수에 잠긴 듯한 뭉크의 예술 세계처럼 오슬로의 날씨도 스산했다. 잔뜩 흐려 햇빛은 보기 어려웠고 이따금 비까지 흩뿌렸다. 미술관에 도착하자 동군은 바로 작품의 관람에 나서고, 나는 뭉크의 일생과 예술 세계를 소개한 전시관에 앉아 설명문을 일일이 메모하며 그의 삶에 흠뻑 빠졌다. 늘 그렇듯이 동군은 직관적으로 작품에 몰입하는 반면, 나는 예술가의 생애를 분석하는 데 매달렸다.

에드바르트 뭉크(Edvard Munch, 1863~1944)는 1800년대 말~1900년대 초반 격동기의 유럽 사회 분위기를 반영한 독특한 예술 세계를 개척한 인물이다. 그의 작품은 자본주의가 급속도로 발전하고 새로운 물질문명이 확산되면서 전통적인 가치관과 공동체가 허물어진 반면 이를 대체할 새로운 가치관이 등장하지 못한 세기말의 절망적이고, 해체적이고, 위기의식이 팽배한 사회 및 지적 분위기를 반영하고 있다.

뭉크는 1863년 노르웨이 뢰텐에서 군의관인 아버지와 이지적이고 자상한 어머니 사이에서 태어났다. 출생 후 바로 오슬로로 이주해 어린 시절을 보냈는데, 그가 다섯 살 때 어머니가 결핵으로 사망하고, 누나가 가사를 책임지게 되었다. 그 누나마저 그가 14세 때인 1877년엔 사망해 심한 정신적 충격을 받게 된다. 아내를 잃은 슬픔과 삶의 고통 속에서 신경질적이고 광적으로 변한 아버지는 종종 뭉크를 심하게 꾸짖어 그렇지 않아도 심약한 뭉크의 가슴에 더욱 큰 상처를 남겼다. 이러한 가족의 죽음과 상실의 고통, 슬픔, 벗어날 수 없는 공포와 두려움은 이후 그의 작품의 주요 모티프가 된다.

뭉크는 16세가 되던 1879년 아버지의 뜻에 따라 엔지니어가 되기 위해 오슬로 크리스티아니아 공과대학에 입학하지만, 1년 만에 그만두고 디자인학교에 들어간다. 예술가로서의 그의 삶은 22세 때인 1885년 첫 해외여행을 하면서 본격적으로 시작된다. 벨기에 앤트워프를 거쳐 당시 유럽 문화의 중심지 파리로 건너가 기존의 자연주의 흐름에서 벗어나 파격적인 화풍을 선보인다. 1886년 파리에서 내놓은 〈병든 아이〉는 누나의 죽음을 모티프로 한 작품으로 삶과 죽음에 대한 근원적인 공포를 강렬하게 표현해 주목을 받았다. 그는 반 고흐 등 새로운 조류를 개척하던 전위적 작가들과 교류하면서 작품의 실험을 계속했다.

29세 때인 1892년 베를린으로 건너가 4년간 거주하면서 쇼펜하우어, 니체, 프로이드 등 세기말의 풍조를 반영한 비관주의와 허무주의적 경향의 사상에 깊이 빠져들었다. 이어 1896년 파리로 돌아와 가장 유명한 〈절규〉, 〈인생〉 등 근대사회의 실존적 절망과 분노, 공포를 담은 연작을 잇따라 발표하면서 독자적인 세계를 구축한다. 1900년대로 넘어오면서 그의 작품은 표현주의, 모더니즘 경향을 띠었다. 1902년부터 1908년까지 주로 독일에 거주하며 작품활동을 하며 〈프리즈(Frieze)〉, 〈삶〉 시리즈, 〈인생〉 등 세계 미술사에 남은 연

뭉크미술관(왼쪽)과 뭉크의 대표작 〈절규〉(오른쪽) 뭉크는 산업화의 후유증이 본격적으로 몰아친 1800년대 말의 세기말적 사회상과 심리적 불안을 강렬하게 표현해 미술사의 새 장을 열었다.

작을 발표한다.

이 와중에 39세 때인 1902년, 총기 사고로 왼쪽 손을 부상당해 한동안 심한 후유증에 시달렸다. 뭉크와의 사랑에 빠진 여성이 결혼을 요구했다가 거부 당하자 총으로 뭉크를 위협하면서 벌어진 사건이었다. 이 때문에 뭉크의 여성혐오가 더욱 심화되었다고 한다. 불행한 개인사까지 겹치면서 수년간의 방탕한 생활과 과도한 알코올 섭취로 그의 몸은 쇠약해질 대로 쇠약해졌다.

1909년 노르웨이로 돌아와 오슬로 인근의 에켈리(Ekely)에 스튜디오를 열고 작품 활동을 지속했으며, 크리스티아니아 대학 홀의 장식을 맡아 1916년에 〈역사〉, 〈태양〉, 〈알마 마테르(Alma Mater)〉 등 기념비적 벽화를 남겼다. 이후 에켈리 스튜디오에서 노르웨이의 자연을 주제로 한 그림과 대형 작품을 만드는 데 힘을 쏟았다. 말년에는 나치 세력들로부터 퇴폐적이라고 비난받았지만 그의 예술혼을 꺾지는 못했다. 81세 때인 1944년 평화롭게 사망했으며, 1100점의 그림과 1만 8000점의 판화, 4500점의 수채화 및 스케치, 6점의 조각, 92권의 스케치북과 엄청난 편지 등을 모두 오슬로 시에 기증했다.

그의 삶과 예술 세계에 대한 기본 이해를 마친 다음 작품들을 둘러보니 확실히 감상하는 데 도움이 되었다. 그는 〈절규〉와 같이 세기말적이고 절망적인 실존적 고뇌를 그린 작품뿐만 아니라 노르웨이의 자연과 풍속을 반영한 작품들도 많이 남겼다. 특히 후자의 작품들은 베를린에서의 혼돈스런 생활을 접고 오슬로로 돌아온 다음에 많이 그렸다. 워낙 뭉크의 삶과 예술 세계에 대한 설명에 집중하느라 실제 그림은 신속하게 돌아볼 수밖에 없었지만, 뭉크를 알게 된 기쁨이 그의 그림을 스치듯이 본 것을 만회해 주었다.

　뭉크 미술관을 나와 오슬로 국립미술관(Oslo National Gallery)으로 향하다 편의점에서 빵과 소시지를 먹고 있는데, 올리브로부터 핸드폰 메시지가 떴다.

　서울에 도착해 집을 구하기 전까지 당분간 친구 집에서 머물기로 했다는 소식과 함께 동네 사람들을 만나 한참 수다를 떨었다며, "지금 어딘가요?" 하고 묻는 메시지였다.

　"지금 오슬로. 물가가 너무 비싸 핫도그로 배 채우는 중." 내 핸드폰을 들고 있던 동군이 회신했다.

　"비싸더라도 잘 먹고 다니세요. 기운 빠지면 병 나. 다들 보고 싶어 하네."

　간단하지만 올리브와 메시지를 주고받으니 갑자기 보고 싶은 마음이 굴뚝같이 솟아났다.

　약 2시간 동안 돌아본 국립미술관은 시대별 노르웨이 예술 세계의 변화를 일목요연하게 잘 보여주었다. 뭉크의 〈절규〉를 비롯해 〈자화상〉, 알몸으로 침대에 걸터앉은 소녀가 공포에 질린 눈으로 응시하는 〈사춘기〉 등 미술사를 장식한 작품들을 직접 본다는 것 자체가 기쁨이었다. 특히 인상적이었던 것은 19세기 노르웨이의 사실주의 및 자연주의 작품들이었다. 인상주의나 표현주의가 나오기 이전의 작품들로, 사진보다 오히려 더 뛰어난 정밀성을 보여주었다. 노르웨이와 북유럽의 자연을 묘사한 그림들은 이곳에서만 볼 수 있는 작품들이었다. 그런 작품과 예술의 전통이 있었기에 새로운 조류의

창조도 가능했던 것이다.

국립미술관에 이어 오슬로 대학, 국립극장 등을 거쳐 노벨 평화센터를 방문했다. 노벨상 수상자들의 활동과 수상 이유 등을 소개하고 있었는데, 시청사에서 만났던 고 김대중 대통령도 한 자리를 차지하고 있었다. 특히 노벨 평화상 수상자들의 삶과 역사적 중요성, 수상 이유 등은 물론 그들이 남긴 명연설이 모두 전시되어 있었다. 첨단 기술을 이용해 버튼을 누르거나 커서를 움직이면 원하는 내용이 나오도록 편리하게 설계되어 있었다.

마지막으로 찾은 곳은 프로그너 공원(Frogner Parken)이었다. 오슬로를 돌아다니다 이 공원이 유명하다는 사실을 알게 되어 찾아갔다. 공원 전체가 구스타프 비겔란트(Gustav Vigeland)라는 노르웨이 조각가의 실험적인 조각들로 장식되어 있어 비겔란트 조각공원이라고도 불린다는데 과연 어마어마하면서 충격적인 조각공원이었다.

기존에 보았던 조각이나 예술 작품과 달랐다. 온몸을 다 드러낸 인체와 인체의 뒤엉킴만으로 조각을 만들었다. 조각으로 표현된 사람들은 비너스나 다비드 상처럼 미모를 지닌 매끈한 인체가 아니라 평범한 사람들이었다. 공원 입구의 다리 양편엔 다양한 포즈를 취한 인체 조각이 죽 늘어서 있고, 공원

오슬로 비겔란트 조각공원의 중앙탑(위)과 공원 입구(아래) 선이 굵은 다양한 인체 조각으로 공원 전체를 장식해 비겔란트의 집념과 예술혼을 느끼게 한다.

중앙엔 무더기가 된 인체가 거대한 탑을 이루고 있는데 인체의 모습이나 포즈, 또는 뒤엉킨 모습이 제각각이었다.

조각공원을 만든 구스타프 비겔란트(1869~1943)는 노르웨이의 대표 조각가로, 노벨 평화상 메달 디자인도 그의 작품이다. 그는 19세기 말 인상파 예술의 영향을 받아 굵은 윤곽선과 인체의 융화를 통해 자연과 인간, 삶의 의미를 표현하는 북방적 상징주의를 개척한 인물로 평가받고 있다. 그는 1924년 이곳 프로그너 공원 근처에 스튜디오를 설치한 후 사망할 때까지 20년간 이 조각공원을 만드는 데 혼신을 다했다고 한다. 모두 32만m² 넓이의 부지에 212개의 청동 및 화강암으로 조각을 만들었다. 비겔란트를 만난 것도 즐거운 경험이었다.

잊을 수 없는 베르겐 어시장

기차는 예정대로 밤 11시 11분 오슬로를 떠나 스칸디나비아 반도 서쪽 피요르드 해안 끝의 베르겐으로 향했다. 거리는 482km다. 그때부터 다음 날 오전 7시까지 8시간을 불편한 의자와 씨름해야 했다. 의자에 기대 잠을 청했지만, 편할 리가 없었다. 허리와 무릎이 쑤시면서 통증이 몰려왔다. 마드리드에서 가족들과 헤어진 후, 동군이 귀국하기 전에 북유럽의 필수 코스를 주파해야 한다는 '여행 욕심'이 빚은 결과였다.

오전 7시 20분, 베르겐에 도착해 버스를 타고 몬타나 호스텔(Montana Youth and Family Hostel)에 내려 여장을 풀고서야 한숨을 돌렸다. 몬타나 호스텔은 아시아와 유럽 대륙을 다니면서 경험한 호스텔 가운데 가장 모범적인 유스호스텔이었다. 로비와 휴게실, 식당, 화장실 등 모든 시설이 깨끗하게 정비되어 있고, 각각의 공간에는 여유가 넘쳤다. 널찍한 침실에 나무로 된 단단한 침대와 깨끗한 시트, 푹신한 매트리스가 여행의 피로를 풀기에 최고였다. 세계 각지의 가난한 배낭여행자들이 좁은 공간에 바글거리고, 오르내릴 때마다 삐걱삐걱 흔들리는 2층짜리 철제 침대가 있는 서유럽의 호스텔들과는 달랐다.

대신 가격이 혀를 내두르게 했다. 이틀 숙박비로 10% 예약금을 제외하고 903NOK를 지불했다. 유스호스텔 카드를 갖고 있어 10% 할인을 받았지만 예약 보증금까지 포함해서 이틀간 1000NOK(약 20만 원)니 1인당 1박에 5만 원 꼴이다. 서유럽 호스텔의 두 배 정도인데, 작은 소도시의 숙소치고는 엄청 비싼 셈이다.

베르겐은 노르웨이의 남서쪽 끝, 그러니까 말머리처럼 고개를 삐쭉 내밀고 있는 스칸디나비아 반도의 남서쪽 끝에 있는 도시다. 베르겐 시내의 26만 명을 포함해 인근 지역 인구가 40만 명에 달하는 노르웨이 제2의 도시다. 굴곡이 심한 피요르드 해안에 일곱 개의 산으로 둘러싸여 있으며, 북해 유전 개발의 거점이자 예로부터 어업과 조선업 등 노르웨이 산업의 중심지였다. 2000년대 이후엔 피요르드 여행의 거점으로 관광업이 주요 산업으로 뜨고 있다.

몬타나 호스텔에서 여독을 푼 다음, 점심 즈음하여 베르겐 어시장으로 향했다. 여행 가이드북에도 명소로 소개되어 있는 이 어시장은 생각보다 크지 않았다. 포장마차 비슷한 간이 식당 대여섯 개가 죽 늘어서 생선과 생선 가공식품을 판매하고 있었고, 옆에는 생선요리를 주로 취급하는 레스토랑이 들어서 있었다. 한국의 작은 해변마을 어시장을 방불케 했는데, 관광객들과 주민들이 꾸준히 몰려들면서 활기를 띠었다. 이곳에서 많이 잡히는 연어와 연어 가공식품이 많았고, 새우와 게, 고래고기도 있었다.

레스토랑은 너무 비싸 일찌감치 포기하고, 시장에서 맛을 보기로 했다. 한 상점에서 연어와 고래, 새우 등 생선을 접시에 조금씩 담아 150NOK(약 3만 원)어치를 채워달라고 주문해 근처 벤치에 앉아 맛을 보았다. 꿀맛 같았다. 북위 60도의 차가운 바다에서 잡아 올린 싱싱한 맛이 그대로 전해졌다.

연어는 입에 넣자마자 사르르 녹는 듯했고, 고래고기도 담백했다. 하지만 동군도 나도 가격이 마음에 걸려 결국 생선 샌드위치로 방향을 틀었다. 생선 한 접시를 후딱 해치우고 연어와 새우를 넣은 샌드위치를 주문했다. 바게트 빵에 생선과 야채를 넣은 것인데 생선도 맛보고 배도 채울 수 있었다.

식사를 마치고 여행자 안내 센터를 찾아 다음 날의 피요르드 투어를 예약했다. 10시간 동안 기차와 버스, 배를 갈아타며 피요르드를 돌아보는 코스인데 일반 가격이 1인당 1000NOK(약 20만 원)를 넘었다. 유레일패스로 30% 조금 넘게 할인을 받아 1인당 660NOK(약 13만 2000원)를 지불했다.

피요르드 투어까지 예약을 하고 나니 마음이 홀가분해졌다. 어시장과 베르겐 항구 근처의 옛 상인 숙소에서부터 베르겐 성, 언덕 위의 주택가, 베르겐

베르겐 전경 세계 최고의 부자나라인 노르웨이 제2의 도시지만 그리 높지 않은 건물들이 잘 어울려 멋진 풍광을 연출한다. 사진 가운데 오른쪽 전면이 보이는 건물들 앞쪽이 어시장이다.

중심 상가 등을 천천히 돌아다녔다. 언덕 위의 주택가에서 내려다본 베르겐 시내는 작지만 평화롭고 아름다웠다. 서쪽의 북해를 배경으로 아담하게 형성된 이 도시의 하얀 색으로 칠한 주택들도 운치가 넘쳤다.

돌아오는 길에 슈퍼에서 냉동 스파게티와 라자냐, 감자튀김 등을 샀다. 170NOK(3만 4000원)였는데, 패스트푸드점에서는 샌드위치 두 개밖에 못 먹을 금액이다. 물가가 이러다 보니 거의 모든 여행자가 숙소에서 음식을 만들어 먹는다. 우리도 슈퍼에서 사들고 온 냉동식품을 전자레인지에 데워 맛있게 먹었다. 해는 9시가 훨씬 넘어서야 넘어갔다. 베르겐이 스칸디나비아 반도의 서쪽 끝에 있는데다 위도가 높기 때문이다. 백야는 6월에 시작되니 그것을 보지는 못했지만, 하루가 무척 길었다.

최고 자연경관의 집합체 피요르드

노르웨이의 피요르드는 한국인에게 '로망'과 같은 곳이다. 북유럽까지는 거리도 멀고 비용도 많이 든다. 한국인들은 바빠서 북유럽을 여행할 만한 시간이 없고, 아이들 학비에다 비싼 집값을 감당하느라 경제적 여유도 없다. 그럴수록 지친 일상에서 벗어나 자연으로 돌아가고자 하는 욕구가 강하다. 피요르드는 그런 욕구를 끊임없이 자극하면서 '환상'을 갖게 하는 곳이다. 때 묻지 않은 자연의 경이를 원시의 모습 그대로 즐길 수 있는 세계 최고의 여행코스가 바로 피요르드이기 때문이다. 깊은 협곡을 흐르는 수정처럼 맑은 물, 파란 하늘과 하얀 구름, 때 묻지 않은 자연, 깊은 협곡에 그림처럼 자리 잡은 작고 아름다운 마을들은 숨을 멎게 한다.

우리 가족도 세계 여행을 계획할 때 북유럽을 꼭 가보고 싶은 목록의 상위에 올렸다. 하지만 다른 일정들에 밀려 결국 모두가 함께하지는 못하고 나와 동군 둘이서만 여행하게 되었다.

6시 30분에 눈을 떠 이불 속에서 한동안 뭉그적거리다 아직 잠에 빠져 있던 동군을 깨워 식당으로 뛰어갔다. 그런데 유스호스텔의 아침 식단이 환상적이었다. 그동안 유럽을 여행하면서 대체로 빵과 시리얼, 햄과 치즈 등으로 아침을 먹었는데, 여기엔 그것 이외에 생선류와 야채가 풍부하게 나왔다. 특히 연어와 참치를 소스에다 무친 생선요리는 일품이었다. 한국으로 치면 젓갈과 생선무침의 중간 또는 회무침 정도인데, 다른 양념 없이 두툼한 생선살만 소스에 버무려 놓았다. 연어와 참치가 입에서 살살 녹았다. 각종 야채를 넣은 샐러드에 오이, 토마토 등 신선한 야채도 풍성했다. 하지만 시간이 촉박해 충분히 맛보지 못하고 일어나야 했다. 내일은 기차 시간 때문에 아침식사 이전에 숙소를 떠나야 하니 아쉬움이 더 진하게 남았다.

짐을 챙겨 버스 정류장으로 뛰었다. 마침 도착한 버스에 얼른 올라타 역에 도착하니 8시 30분, 기차가 출발하기 직전이었다. 기차에 냉큼 올라타고는 한숨을 돌렸다. 헐레벌떡 피요르드 여행의 시작이었다.

피요르드는 수만 년 전 빙하가 녹아 흘러내려오면서 지표면을 깎아내 형성된 U자 또는 V자 모양의 깊은 협곡이다. 구불구불한 해안선이 내륙 깊숙이 뻗어 있으며, 빙하의 침식으로 형성된 깊은 협곡에 바닷물이 들어차 마치 넓은 강이나 호수처럼 보이기도 한다. 협곡에 들어찬 바닷물의 깊이는 수백 미터에 달하며 일부 인근 바다보다 더 깊은 곳도 있다.

노르웨이의 피요르드 가운데 가장 유명한 송네 피요르드(Sognefjord)는 총 길이가 204km에 달하며, 수심이 깊은 곳은 1000m가 넘는다. 협곡을 만들고 있는 산의 높이가 최고 1800m에 달해 가장 길고 장엄한 경관을 연출해 '피요르드의 왕'으로 불린다. 이와 함께 왕관을 쓴 진주라는 별명을 갖고 있는 가이랑에르 피요르드(Geirangerfjord), 노르웨이에서 두 번째로 긴 179km의 하당게르 피요르드(Hardangerfjord), 성질이 다른 지층이 합쳐져 아름다운 빛깔을 가지고 있는 뤼세 피요르드(Lysefjord) 등이 주요 여행지로 각광받고 있다.

피요르드 여행은 오슬로나 베르겐에서 기차와 버스, 보트를 타고 이루어지며, 다양한 코스가 개발되어 있다. 피요르드를 가까이 가서 보고 모험을 즐기고자 하는 여행자들을 위한 도보 여행 코스도 있다. 하지만 겨울이 일찍 찾아오고 늦게 끝나기 때문에 피요르드 여행은 5월부터 9월까지 5개월간이 피크다. 특히 4월 이후 고원지역의 빙하가 녹으면서 깎아지른 절벽으로 때로는 안개처럼, 때로는 격류처럼 내리꽂히는 폭포가 장관을 이룬다.

지금은 4월 하순이어서 겨울 시즌이 막바지에 다다르고 있었고, 여행 코스도 겨울 코스만 오픈되어 있었다. 송네 피요르드의 가장 안쪽에 자리 잡은 내뢰위 피요르드(Naroyfjord)를 기차와 버스, 보트를 타고 돌아본 다음, 협곡을 둘러싼 가파른 산의 플램 열차(Flam Train)로 산악지역의 비경을 감상하는 코스다. 우리가 신청한 것은 아침 8시 40분 베르겐 역에서 시작해 보스(Voss)~구

유람선에서 본 내뢰위 피요르드 깊은 협곡에 맑은 호수 같은 바다가 이어져 있고 양 옆의 산은 만년설에 덮여 있다.

드방엔(Gudvangen)~플램(Flam)~미르달(Myrdal)을 거쳐 오후 6시 베르겐으로 돌아오는 하루짜리 프로그램이다. 피요르드는 물론 플램~미르달 협곡 기차여행도 압권이다.

베르겐 역에서 기차를 타고 약 1시간 10분 정도 달려 9시 50분 보스에 도착했다. 깊은 협곡과 호수, 마을이 조화를 이루는, 그림 같은 풍경이 펼쳐졌다. 한시도 눈을 뗄 수 없었다. 보스 역에 내리자 바로 앞에 버스가 기다리고 있었다. 철로를 놓기도 어려운 험한 산악지대를 가로질러 이동해야 했다. 보스를 출발해 1시간을 달려 송네 피요르드의 가장 깊은 협곡에 있는 구드방엔에 도착했다. 바다에서부터 이어진 협곡이 끝나는 지점이다.

구드방엔에서 바라본 피요르드는 마치 깊은 산속의 호수 같았다. 하지만 이것은 호수가 아니다. 바다에서 200km 정도 떨어진 내륙 깊숙한 곳까지 이어진 바다다. 물은 수정처럼 맑고, 주변의 깎아지른 산이 그 위에 투명하게 반사되었다. 워낙 깊은 곳으로 사람도 거의 살지 않고, 공업 시설 등 오염 유발 시설이 없어 그야말로 맑고 깨끗한 태초의 자연 그대로를 보여주고 있다.

구드방엔에서 30여 분 쉬면서 숍과 마을을 돌아본 다음 11시 30분 유람선에 올랐다. 본격적인 피요르드 탐방의 시작이다. 보트는 2시간 동안 깊은 협곡 사이에 형성된 피요르드의 물살을 가로지르며 운항했다. 깎아지른 협곡 사이에 형성된 짙푸른 호수와 그 사이에 들어선 그림 같은 작은 마을들, 협곡으로 떨어져 내리는 폭포들, 만년설을 뒤집어쓴 하얀 설산들, 파란 하늘과 하얀 구름이 기막힌 조화를 이루었다. 보트가 움직이면서 계속 새로운 장관을 연출해 2시간 내내 한시도 눈을 뗄 수 없었다. 만년설에 덮인 히말라야와 알프스의 영봉, 오스트리아 잘츠부르크의 아름다운 호수들, 유럽의 전원마을들을 하나로 합쳐 놓은 것 같았다.

"와, 멋있다. 진짜 멋있어. 그림 같아."

동군이 활짝 웃으며 풍경에 빠져들었다. 같은 보트에 탄 여행자들도 피요르드의 아름다움에 넋을 빼앗긴 채 연신 카메라 셔터를 눌러댔다. 보트가 움직임에 따라 갈매기들도 날아들었다. 빵과 과자 조각을 던지자 잽싸게 낚아챘다. 피요르드를 호위하듯 감싸고 있는 산들은 호수에서 거의 수직으로 치솟아 있다. 만년설로 덮여 있는 정상 부위엔 하얀 구름이 걸쳐 있어 그 영롱한 자태를 흘끔흘끔 보여줄 뿐이다. 만년설이 녹은 물이 가파른 절벽을 타고 호수로 떨어져 내리면서 안개와 같은 포말을 뿌렸다. 마치 긴 안개가 내려오는 듯했다.

이런 험한 여건에서도 사람들은 질긴 생명력으로 삶을 유지하고 있었다. 깊은 협곡에서도 농사를 짓거나 가축을 기르거나 배를 띄워 고기를 잡을 수 있는 곳에는 어김없이 작은 마을들이 들어서 있었다. 그러나 그 마을들은 자연 속에 깃들어 있는 듯했다. 이곳에서 자연을 인간의 의지에 맞추어 개조하거나 정복하려 한다면 오히려 생존하기가 어려울 것 같았다. 자연에 깃들어

피요르드 주변의 마을 사람이 살기에 아주 척박한 환경이지만 그나마 환경이 양호한 곳에 마을이 들어서 있으며, 자연과 조화를 이루며 사는 모습이 아름답기 그지없다.

자연에 순응하는 것이 이들이 터득한 지속 가능한 생존 방법이다.

2시간 물살을 가른 보트는 오후 1시 40분 플램에 정박했다. 내뢰위 피요르드의 끝에 있어 보트가 운행할 수 있는 마지막 마을이다. 투어 참가자들은 여기에서 1시간 정도 쉬면서 점심식사도 하고, 마을을 돌아볼 수 있다. 우리는 플램 협동조합(Flam Coop)에서 86NOK(약 1만 7200원)를 주고 산 볼러(Boller)와 음료수로 점심을 대신했다. 스칸디나비아의 가장 대중적인 빵인 볼러는 빵속에 건포도나 초콜릿을 넣은 것으로, 보통 세 세트를 20NOK(4000원)에 판매한다. 부드러우면서도 쫄깃쫄깃한 것이 미국의 베이글과 닮았다. 프랑스에 바게트가 있다면 북유럽엔 볼러가 있는 셈이다.

플램 열차는 2시 50분 출발해 가파른 산으로 올라가기 시작했다. 피요르드 주민과 베르겐의 소통을 위해 1923년 건설에 들어가 20년 만에 완공되었다고 한다. 산을 깎고 산허리에 터널을 뚫어 만든 '비현실적인' 철로였다. 피요르드의 끝에 자리 잡고 있는 플램의 해발고도는 2m에 불과한 반면 베르겐 및 오슬로와 연결되는 산속의 작은 역인 미르달은 해발 866m 지점에 자리 잡고 있다. 때문에 철로는 플램에서부터 미르달까지 거의 수직으로 깎아지르듯 치솟아 있는 산과 그 사이의 계곡을 따라 올라가도록 설계되어 있다. 기차가 올라갈수록 아래쪽으로 환상적인 풍경이 펼쳐졌다. 지형이 험하기 때문에 기차가 360도 이상 회전해 산을 한 바퀴 빙 돌아서 올라가기도 했다. 기차가 지그재그 회전을 할 때마다 관광객들이 왼쪽 창문으로 몰렸다가 다시 오른쪽 창문으로 몰렸다가 하면서 풍경을 감상했다. 그럴 때마다 탄성이 쏟아졌다.

"어떻게 이런 철도를 만들 생각을 했을까?"

중국에서 칭짱 열차를 타고 티베트 고원을 넘어가면서 이런 질문을 한 적이 있었는데, 여기서도 같은 질문이 나왔다. 아래로는 어마어마한 협곡이, 절벽에선 빙하가 녹으면서 만들어낸 폭포가 커튼처럼 펼쳐졌다 그런 험준한 산악지역에도 아름답고 작은 마을들이 깃들어 있었다.

여러 협곡을 지나 드디어 산 위로 올라오니 여기는 아직도 한겨울이었다. 온통 눈 세상이었다. 산은 두툼한 눈에 덮여 있고, 햇살은 따뜻했지만 불어오는 바람은 쌀쌀했다. 미르달 역에서는 오슬로~베르겐 구간을 운행하는 기차를 탔다. 베르겐까지는 1시간 정도 걸렸다.

10시간에 걸친 피요르드 여행이 끝났다. 방금 다녀온 피요르드가 꿈이었는지 현실이었는지 혼돈이 일 정도로 넋을 빼앗긴 여정이었다. 더구나 몇 시간 동안 한번도 한눈을 팔 수 없는 풍경을 만난 상태여서 현실과 환상이 혼돈스럽게 잔영을 남겼다. 베를린에서부터 함부르크~코펜하겐~오슬로를 거쳐 베르겐까지 열차~야간 페리~야간 열차를 갈아타면서 먼 길을 달려온 것이 하나도 아깝지 않았다. 피요르드는 우리의 기대를 실망시키지 않았다.

노르웨이 베르겐~오슬로~스웨덴 스톡홀름~
독일 프랑크푸르트

진정한 행복의 방정식

스칸디나비아 반도 횡단열차

피요르드를 돌아본 다음 날 바로 스웨덴으로 향했다. 스칸디나비아 반도의 남서쪽 끝 베르겐에서 오슬로를 경유해 남동쪽 끝에 있는 스웨덴 스톡홀름까지, 스칸디나비아 반도를 서에서 동으로 횡단하는 코스다. 총 이동거리는 1000km를 넘는다. 기차로 이동하는 데 걸리는 시간은 베르겐~오슬로가 6시간 40분, 오슬로~스톡홀름이 6시간 30분으로, 총 13시간이 넘는다. 오슬로에서 1시간 10분 동안 기차를 기다리며 점심식사를 하는 것을 포함해 하루 종일 이동해야 한다. 초스피드 북유럽 여행의 하이라이트였다.

코펜하겐에서 야간 페리를 타고 오슬로에 도착하여 북유럽 여행에 필요한 티켓을 모두 구입했다. 베르겐에서 오슬로로 가는 열차는 유레일패스가 있어 무료였고, 오슬로~스톡홀름 열차도 예약비 48NOK(약 1만 원)만 지불하면 되었다. 결국 오슬로에서 베르겐으로 갔다가 다시 베르겐~오슬로~스톡홀름으로 가는 약 1500km 여정의 교통비가 1만 원 정도에 불과했다. 유레일패스의 진가가 여기에 있다. 1인당 160만 원이 넘는 금액으로 유레일패스를 구입했으므로 공짜는 아니지만, 공짜 같다는 생각이 들었다. 코펜하겐~오슬로 야간 페리의 비싼 요금을 만회하는 기분이었다.

오슬로 행 열차는 오전 7시 58분 예정대로 출발했다. 베르겐 철도(Bergen Railway)라고 부르는 베르겐~오슬로 열차 역시 피요르드나 플램 열차만큼이나 환상적이었다. 오슬로에서 베르겐으로 갈 때에는 야간 열차를 타는 바람에 창밖 풍경을 감상할 수 없었지만, 이번에는 제대로 감상할 수 있었다. 특히 깊은 산속을 통과하면서 날씨의 변화를 생생하게 체험할 수 있었다. 처음에는 산과 호수, 호수 주변의 멋진 마을들이 펼쳐지더니 고도가 높은 산악지방으로 들어가면서 눈 쌓인 산이 하나둘 나타나기 시작했다. 1시간 정도 달리자 완전히 눈으로 뒤덮인 설국(雪國)이 되었다. 어제 피요르드를 여행하면서 잠시 머물렀던 미르달을 지나자 함박눈이 쏟아졌다. 서유럽에는 한창 봄이 무르익는 4월 말, 노르웨이에서도 고도가 낮은 곳에는 나무와 풀에서 싹이 돋아나면서 봄을 알리고 있는데, 여기는 아직도 한겨울이었다.

700~1000m의 고지대에 진입하면서부터는 눈의 바다가 이어졌다. 산은 물론 산자락에 듬성듬성 들어선 집들이 두툼한 눈에 덮여 있었다. 열차가 주요 지점을 지날 때마다 간단한 설명을 방송했는데, 가장 높은 곳은 핀세(Finse) 역으로 1222m라고 했다. 이곳의 산에는 여름철에도 녹지 않는 빙하가 있고, 높은 산은 만년설로 덮여 있다고 했다. 6개월 이상 눈 속에 파묻혀 있는 이런 곳에서 사람들이 어떻게 살아갈 수 있을지, 그 억척스러움이 새삼스러웠다.

산악지역을 지나 고도가 점차 낮아지면서 침엽수가 울창한 삼림지대로 진입했다. 자연 그대로의 숲과 계획적인 조림이 잘 어울려 나무가 자라고 있었다. 한대지방에서 자라는 자작나무와 침엽수들이 빽빽이 우거져 있다. 그런 삼림지대는 오슬로까지 3~4시간 내내 이어져 노르웨이가 산림 강국임을 실감케 했다. 입이 딱 벌어질 정도의 어마어마한 숲이었다. 가도 가도 끝이 없었다. 조림이 가능한 지역엔 모두 나무를 심고, 간벌을 하는 등 관리가 잘되어 있었다. 노르웨이가 석유 자원을 통해 국민소득을 획기적으로 늘릴 수 있었지만, 베르겐의 어업 및 조선업과 함께 이처럼 나무를 자원화하고 관련 기술을 발달시킨 것이 밑바탕에 있었던 것이다. 생산성과 효율성, 경쟁력 있는 저변의 산업이 없다면, 아무리 자원이 풍부해도 선진국이 될 수 없다.

삼림지대를 통과해 오후 2시 32분 오슬로에 도착했다. 스톡홀름에서 코펜하겐으로 가는 야간 열차를 예매한 다음, 오후 3시 49분 스톡홀름 행 열차를 탔다. 오슬로를 떠난 기차는 2시간 만에 스웨덴 국경에 도착했다. 국경이라고 해봐야 어떤 검사나 절차도 없으니, 사실상 의미가 없다. 스웨덴으로 넘어왔다는 방송만이 기차가 국경을 지났음을 알릴 뿐이었다.

스웨덴에 들어와서도 풍경이나 경치는 크게 달라지지 않았다. 다만 공장 건물과 산업용 자재를 쌓아놓은 창고, 기계들이 갈수록 눈에 많이 띄었다. 스웨덴이 노르웨이보다 산업적 기반이 다양하고, 산업적으로 고르게 발전했음을 보여주는 것이다. 스웨덴 역시 가도 가도 끝이 없는 숲의 나라였다. 중간 마을 역에는 벌채를 하거나 간벌을 한 나무들을 실은 화물차들이 즐비했다.

오슬로를 떠난 지 6시간이 흐른 밤 10시, 기차는 스톡홀름 중앙역에 도착하였다. 중앙로를 따라 시티 백패커스 호스텔(City Backpackers Hostel)로 향하는데, 도로변의 펍은 사람들로 북적이고 거리도 단연 활기가 느껴졌다. 추적추적 비가 뿌리는데도 펍 앞은 왁자지껄 떠드는 사람들로 문전성시를 이루었다. 호스텔도 젊은이들의 활기가 느껴졌다. 스페인을 여행하면서 보았던 유럽 챔피언스 리그의 열기가 여기서도 이어졌다. 이날 스페인 레알 마드리드와 독일 바이에른 뮌헨 사이의 유럽 챔피언스 리그 4강전이 열려 더욱 그랬던 것 같았지만, 노르웨이의 호스텔에서는 보기 어려운 열기였다.

시티 백패커스 호스텔에선 7인실의 남녀 공용 도미토리(Mixed Domitory)에 묵었는데, 1인당 1박에 230SEK(약 3만 9100원)로 상당히 비쌌다. 체크인을 하는데 뮌헨을 응원하는 독일 청년들의 함성이 쩌렁쩌렁 울렸다. 승부차기로 독일이 결승에 진출하면서 흥분이 최고조에 달했다. 동군도 홀에 나가 유럽 젊은이들과 TV 중계를 보면서 축구에 넋을 잃었다. 그 소란 속에서 15시간에 걸친 장거리 기차 여행도 막을 내리고 있었다.

스토리를 만들어가는 스톡홀름 시청사

스톡홀름은 유서 깊은 도시지만 그렇게 비대한 도시는 아니다. 시 인구는 87만 명, 외곽까지 포함하면 137만 명으로 도시가 잘 짜여 있다. 스톡홀름에는 시의 역사가 살아 숨쉬는 시청사와, 중세 이후 스톡홀름의 역사를 간직하고 있는 여행의 필수코스 감라스탄(Gamla Stan) 구시가지, 스웨덴 경제와 디자인 및 패션의 중심지인 신시가지, 노벨의 업적을 기리는 노벨 박물관, 스웨덴과 북유럽의 문화를 보여주는 국립박물관, 민속촌이자 동물원인 스칸센(Skansen) 박물관 등 볼거리가 많다. 며칠 동안 둘러보아도 좋은 곳들이다.

하지만 우리에겐 그럴 여유가 없었다. 사실 한 사회를 이해하는 데 일주일 갖고 충분할지도 의문이다. 어차피 속속들이 다 들여다보지 못한다면, 핵심적인 곳만 들러보는 수밖에 없다.

"스웨덴에서는 어디를 여행하면 될까?" 어제 기차에서 동군에게 물었다.

"가이드북에는 스톡홀름과 웁살라가 나와 있는데, 웁살라는 그냥 도시만 소개돼 있고, 스톡홀름에 볼 게 많대. 시청사 하고, 구시가지, 노벨 박물관, 이런 데가 볼 만하대."

"그래? 그럼 우린 시간이 별로 없으니까, 스톡홀름만 보는 게 어때?"

"당연히 그래야지."

"그럼, 스톡홀름에서는 시청사를 먼저 가야 하나?"

"거기가 메인이야. 거기하고 구시가지 감라스탄, 여기에 왕궁도 있어."

이렇게 동군이 일정을 만들었다. 드디어 속전속결의 초스피드 스톡홀름

'북유럽의 베네치아' 스톡홀름
수많은 섬과 운하로 이루어
져 있지만 그런 느낌보다는
북유럽의 강인하고 실용적
인 느낌을 주는 도시다.

여행이 시작되었다. 시청사는 가이드 투어만 가능하다고 하여 오후 투어를
예약하고, 구시가지 감라스탄을 먼저 돌아보았다. 스톡홀름은 '북유럽의 베
네치아'라는 말이 어울릴 정도로 많은 섬으로 이루어져 있고, 운하도 발달되
어 있다. 하지만 베네치아가 확실히 물 위의 도시라는 느낌이 강하게 든다면,
스톡홀름은 섬 같지가 않다. 건축물들도 베네치아보다 훨씬 웅장하고 단단
해 보인다. 건물이나 거리 모습에서도 북유럽 특유의 강인하고 실용적인 느
낌이 묻어난다.

옛 시의회 건물과 대성당을 거쳐 로얄 팰리스로 가니 12시에 시작하는 궁
궐 수비대 교대식이 준비 중이었다. 스웨덴 국왕은 다른 곳에 기거하고 있지
만, 근위대 교대식을 통해 관광객들에게 볼거리를 제공하는 것이다. 근위병
들은 잔뜩 긴장한 모습으로 교대식에 임했는데, 아주 진지해 보였다. 특히
근위대에 여성들이 많았다. 키가 190cm는 되어 보이는 훤칠하고 건장한 북
유럽 남성들 사이에서 착검한 총을 들고 당당하게 교대식에 임하는 여성 근
위병들의 얼굴에는 진지함이 넘쳤다.

감라스탄 지구를 휙 돌아본 다음 시청사로 발걸음을 돌려 1시에 시작하는
가이드 투어에 참가했다. 가이드 투어는 매우 간결하면서도 흥미진진하게

스웨덴 의회 건물 스톡홀름 구시가지인 감라스탄 지구에 자리 잡은 이 건물은 의원으로서 권위를 행사하려 하지 않고 지역 주민과 소통하며 주민 입장에서 의정 활동을 하는 청렴한 정치의 대명사가 되고 있다.

진행되었다. 가이드를 하는 젊은 여직원이 설명을 아주 깔끔하게 했다. 영어 발음도 아주 명쾌해서 이해하기 쉬웠다.

시청사는 스웨덴과 스톡홀름의 정치와 경제 등 각종 현안에 대한 토론이 펼쳐지고, 국민들의 삶에 심대한 영향을 미치는 결정이 내려지는 중요한 정치 공간이다. 모두 2000여 명의 인력이 근무하고 있다. 그뿐만이 아니다. 매년 12월 10일 노벨상 수상자 만찬을 비롯해 매년 300회 이상의 이벤트가 열리고, 35만 명 이상의 관람객이 방문한다. 사실상 매일 저녁 크고 작은 행사가 열리는 셈이며, 핵심적인 관광 상품으로 살아 움직이는 느낌을 주었다.

붉은 벽돌 80만 개를 사용해 1911~23년 완공된 이 건물에 들어가면 먼저 중앙의 블루 홀(Blue Hall)이 나타난다. 붉은 벽돌로 만들어져 파란색은 찾아볼 수가 없지만, 이를 설계한 라그나르 웨스터버그의 설계 초안을 존중하기 위해 블루 홀이란 이름을 붙였다고 한다. 언뜻 보면 평범한 시청사일 수도 있지만 가이드가 소소한 에피소드까지 곁들여 재미있게 설명했다.

중앙홀은 노벨상 축하 만찬이 열리는 곳이다. 만찬에는 각국 대표를 비롯해 1300여 명의 귀빈이 참석하는데, 공간이 좁아 참여자들에게는 사방 60cm, 수상자에게는 70cm의 공간이 주어진다. 특히 1300명의 식사를 3분 안에 공급하는 게 핵심으로, 엘리베이터 두 대를 이용해 수백 명의 웨이터들이 요인들의 위치를 파악하고 주문한 음식을 정확하게 공급한다. 노벨상 만찬의 평화롭고 근엄한 분위기와 달리 뒤에서 정신없이 움직이는 사람들이 상상이 갔다.

노벨상은 모두 6개 분야에 대해 시상을 하는데 경제, 문학, 물리, 화학, 의학상은 이곳 스톡홀름에서 열리고, 유일하게 평화상만 노르웨이 오슬로에서 열린다. 직원 가이드에게 그 이유를 물으니 원래 스웨덴과 노르웨이가 분리되기 이전에 노벨상이 만들어졌는데, 국가가 분리되면서 성격이 다른 평화상 시상식과 관련 이벤트만 오슬로에서 열리게 되었다고 설명했다.

2층엔 시의회 회의장이 있다. 매 2~3주마다 월요일 저녁에 회의가 열려 주요 현안을 논의한다. 시 의원 수는 모두 101명으로 여성 의원이 절반을 차지하고, 의장도 여성이라고 했다. 남녀의 차별이 없고, 오히려 여성이 정책결정 과정에서 중요한 역할을 하고 있는 스웨덴의 현주소인 셈이다. 방청석과 기자석이 회의장 위쪽에 마련되어 있으며, 모든 회의 내용은 인터넷으로 생중계해 투명성을 확보하고 시민의 정치 참여를 유도하고 있다.

시민들은 이 시청사에서 결혼식도 올리는데, 매주 토요일 36쌍이 결혼식을 올린다. 시민은 무료로 이용할 수 있지만, 신청자가 워낙 많아 최소한 6개월을 기다려야 한다. 결혼식 시간은 가장 긴 것이 3분, 평균 시간은 50초라고 한다. 시청사라는 기념비적 건물에서 사진을 찍는 정도지만, 그런 것들을 통해 시민들에게 가까이 다가가고 소통하려는 당국의 의지를 읽을 수 있다.

시청사에서 가장 유명한 곳은 왕자의 방(Reflection Room)과 황금의 방(Gold Chamber)이다. 스톡홀름은 이곳에서도 재미있는 에피소드들을 통해 '스토리'를

스톡홀름 시청사 황금의 방의 한 벽면을 장식한 호수의 여왕 동양과 서양의 평화를 중재하는 여왕을 표현한 벽화로, 표현 기법을 둘러싸고 흥미로운 일화가 전해 내려오고 있다.

만들어가고 있었다. 왕자의 방은 미술에 조예가 깊은 왕자가 그림을 직접 그리는 등 실내장식을 맡았는데, 그림과 조각을 대칭이 되도록 설계했다. 벽면의 그림은 창문으로 보이는 해안 풍경을 반영하고 있으며, 조각이 남녀 쌍으로 이루어져 있는 것도 같은 맥락이다. 그래서 '반사의 방'이란 이름이 붙었다.

시청사에서 가장 중요한 홀인 황금의 방은 말 그대로 벽면이 노란 황금빛을 띠고 있다. 작은 타일 위에 얇은 황금을 바른 다음 그 위에 유리를 덮었는데, 진짜 황금이 10kg이나 들어갔다고 한다. 디자인은 이탈리아에서 미술을 공부한 27세의 신예 예술가가 맡았다. 그는 2년 만에 실내장식을 완공해 사람들을 놀라게 했지만, 너무 서두른 나머지 실수(?)를 하고 말았다.

첫째는 작업을 서두르다가 모자이크에 이상이 생긴 것이다. 그 디자이너는 벽면 아래에서부터 타일을 붙여 올라갔는데, 아래쪽 타일이 공간을 너무 많이 차지하는 바람에 위로 올라가면서 공간이 부족해져 마지막에는 가장 위쪽의 말 탄 사람 머리를 넣을 공간이 없었다. 결국 맨 위의 사람 머리가 없는 이상한 모자이크가 되고 말았다. 벽면 작업이 마무리된 후 이에 대한 논란이 일자, 그는 스웨덴 신화에 나오는 머리 잘린 신을 형상화한 것이라고 둘러댔다. 사람들은 실소를 하면서도 고개를 끄덕였다고 한다.

두 번째는 한쪽 벽면을 장식하고 있는 '호수의 여왕(Malaren)' 그림이다. 여왕이 동양과 서양의 평화를 중재하는 모습을 형상화했다는데, 그 모습이 아무래도 이상했다. 예쁘지도 않고, 머리카락은 이리저리 구불구불 뻗쳐 있어 뱀을 뒤집어 쓴 메두사를 닮았다. 사람들이 이것을 보고 스웨덴 신화와 거리가 멀다고 지적했다. 그러자 그 예술가는 당시는 많은 사람이 희생당한 1차 세계대전 때로 여왕이 행복하지 않았기 때문에 좀 화난 얼굴을 하고 있으며, 이리저리 뻗쳐 나간 머리도 호수의 물결을 의미한다고 설명했다고 한다.

어찌 보면 중요하지도 않고, 알아도 그만 몰라도 그만인 것들이지만, 모두들 가이드의 설명을 흥미진진하게 들었다. 시청사를 설명하면서 다양한 에피소드와 건축물에 얽힌 자질구레하면서도 디테일한 이야기를 곁들여 관람객들에게도 새로운 스토리를 만들어내고 있는 것이 인상적이었다. 스토리를 하나하나 듣다 보면 시청사가 새롭게 보이고 살아 있는 것 같았다.

시청사 투어를 마치고, 이번엔 스칸센 박물관으로 향했다. 4월까지 모든 박물관이 4시까지만 문을 열기 때문에 딱 한 곳만 더 구경할 수 있는데, 우리는 스칸센을 선택했다. 스칸센은 야외 민속박물관 겸 자연공원이다. 넓은 부지에 스웨덴 생활문화를 보여주는 150여 채의 민속 가옥과 시설물을 전시하고 동물까지 기르고 있었다. 처음엔 크게 기대하지 않았는데, 돌아보면서 입이 딱 벌어졌다. 놀라웠다.

거기엔 스웨덴 전통 마을이 그대로 재현되어 있었다. 주점은 물론 베이커리, 구둣방, 농촌 가옥, 시골의 레스토랑, 전통 목조주택, 장식품 가게, 향신료 가게, 곡물상, 농기구 가게, 풍차에 우체국까지 웬만한 마을이나 도시에 있을 만한 건물들을 통째로 뜯어다가 새로운 마을을 만들어 놓았고, 사람들도 전통 방식으로 일하고 있었다. 심지어 도로조차 시골에 있는 것들을 뜯어다 복원해 놓았다. 우리는 가게에 들르기도 하고, 빵집에서 금방 구운 빵을 200 크로나를 주고 사 먹기도 했다.

스칸센 박물관 스웨덴 전통 마을과 주민들의 생활 양식을 재현해 놓은 민속박물관으로, 주택과 상업 시설, 우체국, 풍차 등을 옛 모습 그대로 전시하고 있다.

동물원도 흥미로웠다. 곰, 늑대, 물개, 순록 등은 물론 말, 소, 양, 염소 등 가축들을 사육하고 있었다. 그동안 위험 또는 기피 동물로 마구잡이 사냥을 하는 바람에 멸종 위기에 처한 여우에 대해 상세히 설명하면서 생물종 다양성의 중요성을 일깨우고 있었다. 곰의 경우도 그 서식지가 1990년대 초까지만 해도 스웨덴의 극히 일부 지역으로 줄어들었지만, 이후 동물 및 환경 보호 노력으로 스칸디나비아 반도의 거의 전역으로 확대되었음을 보여주고 있었다.

스칸센은 1891년 스웨덴의 교육자이자 민속학자인 아르투르 하젤리우스에 의해 세워졌다. 작은 산 하나를 통째로 박물관으로 만들고, 공원과 각종 편의 시설을 갖추었다. 스칸디나비아 및 스웨덴의 전통을 이해하는 데, 특히 재미있게 이해하는 데 최고라고 할 만한 곳이었다. 한국의 민속촌과 자연공원을 합쳐놓은 박물관이었다.

저녁은 북유럽 정통요리를 먹기로 했다. 시티 백패커스 호스텔 직원의 소개로 '그릴(Grill)'이라는 스웨덴 정통 레스토랑을 찾았다. 쇠고기 바비큐(BBQ) 구이와 양고기를 주문했는데, 총 금액이 603SEK(약 10만 2500원)나 되는 호화판 식사였다. 식당은 빈자리가 없을 정도로 손님들로 붐볐다. 종업원들도 친절했다. 지금까지 북유럽의 비싼 물가 탓에 샌드위치나 햄버거로 끼니를 때워 온 것에서 벗어나 세계 최고 부자나라에서 제대로 된 식사를 했다.

우리는 그동안 원칙적으로 식사는 로컬 식당에서 하되, 각 지역을 여행할 때 최소한 한 번 정도는 그 나라나 지역의 대표 음식을 '제대로' 먹으면서 여행을 해왔다. 이번 노르웨이와 스웨덴에서는 음식 값이 비싸 혀만 내둘렀는데, 이번 그릴의 식사는 양과 맛 모두 훌륭했다.

물질적 욕망과 정신적 만족의 조화

스웨덴 스톡홀름을 번개처럼 돌아본 날 밤부터 다음 날 저녁까지 거의 20시간 기차를 타고 이동했다. 스톡홀름에서 덴마크 코펜하겐으로, 다시 독일 함부르크를 거쳐 프랑크푸르트까지 총 이동거리는 1500km에 달했다. 이틀 전 노르웨이 베르겐에서 15시간 걸려 스톡홀름으로 온 다음 하루 자고 다시 하루 종일 이동한 것이다. 3개월짜리 유레일패스를 구입한 나와 동군은 실제 사용 기간이 2개월도 안 되어 아깝다고 생각하고 있었는데, 그걸 분풀이하듯 악착같이 기차를 탔다. 스톡홀름에서 프랑크푸르트까지 오는 데 지불한 금액도 1만 원이 되지 않았다. 노르웨이와 스웨덴 여행에서도 교통비는 1만 원 정도밖에 들지 않았다. 이를 포함하면 북유럽에서 총 3000km를 이동하면서 2만 원이 채 들지 않았다.

이렇게 해서 노르웨이와 스웨덴 여행이 모두 끝났다. 비록 북유럽 사회 내부까지 깊숙하게 들어가지는 못하고 관광지 중심으로 빠르게 여행했지만, 많은 생각을 하게 했다. 특히 과연 행복이란 무엇일까, 사람들이 행복하기 위해선 무엇이 필요할까, 최고 부자나라를 여행하면서 이런 생각이 꼬리를 물었다. 이런 면에서 북유럽은 여러 갈래의 모습으로 다가왔다.

첫째는 비싼 물가다. 노르웨이의 경우 상상 이상이었다. 화폐가치, 즉 환율 때문이기도 하겠지만, 웬만한 식사 한 끼가 최하 3만~4만 원, 샌드위치 하나가 1만 5000원, 버스 한번 타는 데 5000원 등등 그야말로 '미친 물가'였다. 국민소득이 10만 달러에 육박해 현지인에겐 큰 부담이 아닐지 모르지만, 이렇게 물가가 비싸다면 국민소득이 4만 달러에서 10만 달러로 뛰어오른들 무슨 소용일까. 그렇다고 특별히 더 좋은 샌드위치를 먹는 것도 아닌데 말이다.

둘째는 노르웨이와 스웨덴 사람들은 불리한 생활 여건을 극복한 억척스런 바이킹의 후예라는 점이다. 1년 가운데 6개월은 춥고 눈이 내리는 나라, 여름이 짧아 농작물을 재배하기도 불리한 나라, 주로 산악 지형으로 살기 쉽지 않은 여건을 가진 나라. 하지만 이들은 험악한 자연에 적응하면서 필요한 기술을 스스로 개발하고, 도로와 철도를 놓고, 건물을 짓고, 생활 터전을 일구었다. 그것이 결국 오늘날 북유럽을 경제부국으로 만드는 밑바탕이 되었다.

셋째는 국민들은 평화를 사랑하고 안정 속에서 살아가고 있으며, 사회 시스템은 이를 지원할 수 있도록 잘 짜여 있다는 점이다. 개인의 사생활을 철저히 보호하고, 그만큼 서로 배려하면서 여유 있게 생활하고, 잘 정비된 사회 시스템이 필요한 서비스를 적절하게 제공하고 있다.

넷째는 이런 가운데서도 효율성을 높이기 위한 변화가 지속되고 있다. 특히 자동화가 지속적으로 확대되고 있다. 예를 들어 슈퍼마켓에서 물건을 구입할 때 고객은 상품을 바코드에 갖다 대고 금액을 확인한 다음, 신용카드를 카드 리더기에 직접 긁거나 카드를 꽂은 다음 비밀번호를 눌러 스스로 결제하도록 하고 있다. 점원은 단말기를 보면서 필요한 금액만 입력하면 된다. 현금으로 결제할 경우, 계산대 앞에 마련된 기계에 지폐와 동전을 넣으면 자동으로 계산이 되도록 하는 시스템도 설치해 놓았다. 반(半)무인 슈퍼인데, 이것이 확대되면 슈퍼마켓 카운터의 점원은 점점 사라질 것이다.

북유럽의 호스텔에서도 자동화가 빠르게 진행되어 스톡홀름 호스텔의 경우 밤 10시(겨울 시즌엔 8시)가 되면 리셉션이 문을 닫고 예약자들에게 온라인으로 현관과 침실 문을 열 수 있는 코드를 알려주어 직접 문을 열고 들어오게 하고 있다. 아예 무인으로 운영하는 호스텔도 있다. 지금까지 아시아와 유럽 16개국을 여행했지만 이런 시스템은 이곳이 처음이었다. 비싼 인건비 때문이 겠지만, 그럴수록 일자리는 더욱 줄어들 것이다.

이처럼 고소득을 올리고, 안정된 사회에서 적절한 서비스를 받고, 지속적으로 효율화를 이루어가는 북유럽 사람들의 행복은 과연 어디에 있을까. 경제적으로만 본다면, 행복을 다 채울 수는 없을 것이다. 물질적인 욕망이란 그것을 채우는 순간 더 큰 욕망이 생김으로써 새로운 불만족이 나타난다. 사실 인간의 욕망에는 끝이 없다. 1인당 소득이 10만 달러를 넘고 20만 달러가 된다 하더라도 욕망의 크기를 제어하지 못한다면 또다시 새로운 불만족이 나타나는 것은 시간문제다.

결국 경제적 안정과 함께 적절한 여가와 취미 활동, 가족과 공동체, 그리고 문화적 만족 여부가 궁극적으로 행복도를 결정하는 요인이 될 수밖에 없다. 경제적 풍요만으로 행복이 증진될 수 있다면, 노르웨이나 스웨덴 같은 북유럽 국가나 미국이 행복한 나라 1순위에 올라야 하지만, 꼭 그런 것만은 아니다. 경제적 안정은 행복의 필요조건이지만, 충분조건은 아니다. 경제·사회적 안정을 바탕으로 개인적으로는 자아를 실현할 수 있어야 하고, 사회적으로는 사람과 사람, 사람과 자연이 조화를 이룰 수 있어야 한다. 동시에 희로애락을 나눌 수 있는 가족과 공동체가 필요하다.

이것은 티베트 고원지대의 사람들이나 네팔 또는 인도와 같은 저개발국 사람들이 느끼는 행복과는 다른 것이다. 이들 지역은 경제적으로 매우 가난하다. 전기나 컴퓨터, TV, 자동차, 에어컨이나 난방 시스템과 같은 이른바 '문명의 이기'와 거리가 먼 생활을 하는 경우도 많다. 주거나 의료, 교육 등의 여건도 열악하다. 도로나 철도, 항공, 통신 등 사회간접자본도 충분치 않다. 사회적 다양성도 부족하다. 그럼에도 이들은 전통적인 사회 시스템과 독특한 종교적·영적 세계가 주는 평화로움 속에서 상대적으로 높은 행복도를 보인다.

하지만 이들 빈국 주민들이 느끼는 행복 역시 진정한 행복이라고는 보기 어렵다. 진정한 행복은 티베트나 네팔, 인도가 지닌 정신적·영적 영역과 노르웨이나 스웨덴 등 북유럽이 주는 경제적 풍요와 안정적인 사회 시스템이 적절히 결합해야 가능하다. 하지만 이 두 가지, 즉 정신과 물질은 역사적으로나 사회적으로나 불균형을 이루는 경우가 많다. 분명한 것은 고도의 정신적 행복을 위해선 어느 정도의 물질적 결핍을 감수하는 자세가 필요하다는 점이다. 물질적 욕망의 크기를 늘림으로써 스스로 결핍의 상태, 불만족의 상태를 만드는 것은 스스로 행복으로부터 멀어지는 것이 될 수 있다. 그것을 어떻게 실현할지는 각자의 선택에 달렸다.

북유럽 여행은 행복의 열쇠를 주기보다는 문제를 던져주었다. 행복의 비밀, 행복의 방정식은 너무나 복잡하고 미묘해서 한마디로 정리하기 힘들다. 사회와 경제가 안정되고, 사회안전망이 확충되고, 사회적으로 신뢰가 형성되는 등의 토대가 중요하지만, 궁극적으로 행복을 느끼는 것은 개인이다. 일반적인 행복의 방정식을 적용해 행복을 찾으려 한다면 행복은 자꾸만 저쪽으로 멀어질 것이다. 행복이란 물처럼, 공기처럼 자신의 내부 혹은 가까운 곳에 있는 것이다. 그것을 손으로 움켜쥐려 하면 스르르 형체도 없이 빠져나간다.

야간 열차를 타고 하루 종일 이동하면서도 과연 어떻게 살아가는 것이 행복한 것인가 하는 생각이 꼬리를 물었다. 소득이 아무리 높아도 일에 만족하지 못하고 정신적 스트레스에 시달린다면 행복을 느끼기 어려울 것이다. 사회구조나 시스템보다 더 중요한 것은 바로 사람의 마음이다. 지금 이렇게 자유롭게 전 세계를 여행하는 우리가 국민소득이 10만 달러를 넘는 나라의 사람보다 행복하다.

머나먼 여정, 떠나는 가족

"부럽지, 너는 안 부럽냐?"

동군과 프랑크푸르트에서의 마지막 3일은 여행을 정리하는 '여유' 그 자체였다. 프랑크푸르트에 도착한 다음 날엔 시내의 명소들을, 그 다음 날엔 하이델베르크를 탐방하고, 그 다음 날 짐을 챙겨 동군은 귀국길에, 나는 영국 런던으로 각자 갈 길을 가는 일정이었다.

도착 다음 날 괴테 하우스를 찾았다. 《젊은 베르테르의 슬픔》, 《파우스트》 등 불멸의 명작을 남긴 세계의 대문호 괴테가 출생해 유년 및 청년 시절을 보낸 곳으로 그의 가족과 어린 시절을 쉽게 이해하도록 잘 조성해 놓았다. 특히 한국어 오디오 가이드가 있어 편리했는데, 핵심만 간결히 설명하는 것이, 지금까지의 한국어 오디오 가운데 최고였다. 이 가이드는 개인정보단말기인 PDA 방식으로 이루어져 화면의 그림과 자막을 터치하면 그에 대한 설명이 나왔다. 해설이 지루하면 다른 화면을 터치하면 된다. 그러면 다른 설명으로 넘어가는데, 그럴 필요가 없을 정도로 설명이 간결하고 흥미진진했다.

괴테는 1749년 프랑크푸르트의 부유한 집안에서 태어났다. 아버지는 궁정의 고위 인사로 권력과 재력을 겸비하고 있었고, 집은 그라운드 플로어와 3층, 한국식으로 따지면 4층의 큰 주택이었다. 1789년 프랑스 혁명 이후 프랑스가 프랑크푸르트를 점령했을 때에는 프랑스 지휘관의 사무실로 사용되었다고 하니 저택이라고 할 만했다. 하인들이 가사를 하고 집에는 부엌과 접견실, 응접실, 식당, 서재, 그림 전시실, 파티장, 침실 등을 갖추고 있었다.

유복한 어린 시절을 보내며 음악, 미술은 물론 댄싱, 펜싱과 승마 등 스포츠도 교육을 받았다. 가정교사를 두고 라틴어와 그리스어, 프랑스어, 이탈리아어, 영어도 공부했다.

"괴테 집안이 엄청난 집안이었구나. 집도 크고…" 내가 주변을 돌아보며 말했다.

"그러니까 시도 쓰고, 소설도 쓸 수 있었지." 동군이 슬쩍 미소를 보내며 맞받았다.

"그러게. 옛날이나 지금이나 작가는 가난하고 배고픈 직업인데 말이야. 먹고 사는 데 걱정이 없으니 자유롭게 돌아다니면서 책 읽고, 글 쓰고…"

"부러워?" 동군이 내 마음을 쏙 읽고 있다는 듯이 물었다.

"그럼, 부럽지. 너는 안 부럽냐?"

"부럽긴 뭐가 부러워. 지금은 그때처럼 신분 차별도 없고."

"부잣집에서 태어난다고 다 그렇게 되는 건 아니야. 얼마나 노력하느냐에 따라 달라지니까. 노력하지 않고 그런 작품이 나오겠냐? 괴테 작품은 이 집이나 재산에서 나온 게 아니잖아. 그의 머리와 가슴에서 나온 거지."

괴테 하우스는 18세기 독일인의 생활상을 엿볼 수 있는 탁월한 공간이었다. 집안의 장식과 집기, 부엌, 침실, 난로, 벽지, 장롱, 계단 등이 모두 괴테가 살던 1700년대 후반 모습 그대로 전시되어 있고 설명도 상세하였다. 이불과 식탁보를 포함해 대량의 빨래를 하기 위한 압착식 탈수기는 특히 흥미로웠다. 괴테를 만나러 갔지만, 우리가 만난 것은 괴테뿐만 아니라 18세기 독일인들의 생활상이었다.

괴테 하우스에 딸린 갤러리까지 돌아보고 프랑크푸르트 중심 쇼핑가로 나왔다. 짜일(Zeil) 거리로, 한국으로 말하면 명동이다. 여기서 나는 바지와 셔

뢰머 광장 9세기부터 박람회가 열리기 시작한 프랑크푸르트의 중앙 광장으로, 지금은 주말마다 벼룩시장이 열리는 관광 명소다.

츠를, 동군은 운동화를 하나씩 구입했다. 동군의 운동화는 여행을 하다 찢어져 새로 사야 했고, 나는 이별의 혼란 속에 멀쩡한 바지와 셔츠를 올리브와 창군의 귀국 가방에 집어넣는 바람에 다시 사야 했다.

따뜻한 햇살이 내리쬐는 토요일, 쇼핑가는 엄청난 인파로 북적였다. 풍부한 상품과 다양한 가격대의 상품들이 홍수를 이루고 있었다. 어제까지 둘러본 노르웨이와 스웨덴은 대부분의 매장이 독립적인 공간을 확보하여 아주 고급스럽게 꾸며져 있고 가격도 비쌌지만, 독일로 오니 가격대가 다양하고 중저가 제품도 넘쳤다. 실용적인 독일인의 취향이 반영된 것 같았다.

한참 가게들을 뒤진 끝에 비교적 저렴한 의류를 판매하는 H&M에서 15유로(약 2만 2500원)짜리 청바지와 8유로짜리 티셔츠를, 동군은 다이치만(Deichman)이라는 곳에서 29.9유로(약 4만 2000원)짜리 신발을 구입했다. 독일이 한국보다 두 배 정도 많은 국민소득을 올리는 나라인데도 상품 가격은 한국보다 오히려 저렴했다. 시장 개방에 따른 혜택을 보고 있는 셈이다. 독일은 상대적으로 고부가가치 첨단기술 산업이나 제품으로 돈을 벌고, 일반 공산품은 가격이 저렴한 동남아시아나 중국에서 수입해 비용을 줄이고 있다.

시내 한가운데엔 클라인마르크트할레(Die Kleinmarkthalle)라는 시장이 있다.

프랑크푸르트 마인 강과 강변 둔치의 시민들 유럽의 금융 중심지이지만, 대도시의 번잡함보다는 소도시의 여유와 평화를 느낄 수 있다.

뢰머 광장 옆에 있는 작은 시장으로, 독일 전통의 햄이나 소시지, 과일, 가공 식품 등 주로 식료품을 팔고 있었다. 가족 단위로 쇼핑을 즐기고 햄 등 간단한 안주를 곁들여 맥주와 차를 마시는 사람도 많았다. 우리도 광장 한편의 카페에서 커피와 샌드위치를 먹으며 한가한 시간을 보냈다.

프랑크푸르트의 짜일 쇼핑 거리와 전통 식료품 시장을 돌아보면서 '개발'이라는 명목 아래 초대형 쇼핑몰과 다국적 브랜드의 프랜차이즈로 도배되고 있는 한국이 떠올랐다. 이 때문에 전통 시장이나 작은 가게들은 쫓겨나고 있는데, 유럽의 경제 및 금융 중심인 프랑크푸르트에서는 전통이 현대인의 삶 속에서 조화롭게 자리 잡고 있었다.

카페에서 좀 쉬다가 돔(Cathedral)을 거쳐 마인 강을 거닐었다. 프랑크푸르트를 가로지르는 마인 강에는 한낮 기온이 30도 가까이 올라가자 이를 즐기는 사람들로 만원이었다. 햇살이 따사롭게 비치자 아예 웃옷을 홀렁홀렁 벗어버린 청년들, 잔디밭에 누운 사람들로 가득했다. 평화롭고 여유가 넘치는 모습이었다. 이것을 무엇이라고 표현해야 할까. '풍요'가 바로 이것 아닐까.

다시 마인 강을 건너 숙소 쪽으로 오다가 유럽 중앙은행(ECB) 건물로 향했다. 프랑크푸르트에 ECB가 있다고 알고는 있었지만 찾아가 볼 생각까지는

유럽 중앙은행 입구의 반자본주의 점거 시위 미국 뉴욕에서 시작된 '월 가를 점령하라' 시위가 이곳에서도 펼쳐지고 있다.

하지 못했는데, 동군이 스마트폰으로 지도를 검색해 보더니 고개를 돌렸다.

"근처에 유럽 중앙은행이 있다는데 가볼까? 그런 데에 아빠 관심 많잖아."

귀가 번쩍 띄었다. "어, 그래? ECB? GO~지. 근데, 어디로 가야 하는데?"

동군과 함께 지도를 보면서 마인 강을 건너 시내 방향으로 걸어 내려가니 ECB 건물이 나왔다. ECB 앞에선 반자본주의 점거 시위가 한창이었다. 곳곳에 텐트를 쳐놓고 ECB 앞 공원을 점거한 채 "Change!", "Revolution!" 등의 구호를 어지럽게 걸어놓았다. 2011년 11월 미국 뉴욕 월 가에서 벌어진 '월 가를 점령하라' 시위가 여기서도 벌어지고 있는 것이다. 기념품 센터에 들어가 물어보니 월 가 시위가 시작된 후 여기서도 시위가 벌어지고 있으며, 한겨울엔 줄어들었다가 날씨가 따뜻해지면서 참여자가 늘고 있다고 했다.

분노의 표출이었다. 사람들은 자본주의 경쟁사회, 특히 공동체를 파괴하는 미국식 자본주의, 주기적으로 위기를 몰고오는 금융자본주의, 인간 소외를 가중시키는 효율성과 생산성 위주의 체제에 염증을 느끼고 있다. 탐욕을 확대 재생산하는 미국식 자본주의, 신자유주의에 대한 반대는 전 지구적인 현상이지만, 그걸 바라보는 나의 마음은 복잡했다.

"반(反) 자본주의라…. 흐음, 좋기는 한데, 대안은 있는 것일까?"

"무슨 얘기야?" 내가 시위 현장의 구호를 보면서 중얼거리자 동군이 물었다.

"1980년대까지만 해도 반대는 자체만으로도 큰 의미가 있었어. 사회주의라는 대안 체제가 있었거든, 한계는 있었지만. 하지만 지금은 반대만으로는 부족해. 자본주의에 반대해서 어떻게 하겠다는 건데? 그래서 다른 대안은?"

"……"

"우리가 많은 곳을 여행했는데, 지금까지 본 바로는 반대만 해서는 세상을 바꿀 수 없어. 그 반대를 넘어 대안을 찾아 실천한 사람들, 예를 들어 인도의 간디나 테레사 수녀, 나브단야, 이탈리아의 성 프란체스코, 슬로푸드 운동, 스페인의 몬드라곤 협동조합까지, 실제 대안을 실천하는 사람들에게 희망이 있지. 이젠 반대보다는, 작더라도 그 희망의 싹을 보고 싶은 거야. 비판보다는 대안이 필요하다는 거지. 근데 여기선 그걸 찾아볼 수 없잖아."

동군은 조용히 듣기만 했다. 사실 여행 중에 여러 번 이야기한 것이라 동군도 익히 알고 있는 내용이었다. 세계의 변화는 물론 개인 자신의 변화도 마찬가지다. 현실에 대해 불평하고 비판하는 건 쉽지만, 그것으로는 부족하다. 개인도 구체적인 대안을 찾을 때 한 발짝 앞으로 나갈 수 있다.

자신의 꿈과 희망을 향한 자유

프랑크푸르트에서 하이델베르크까지는 기차로 45분 정도밖에 안 걸린다. 우리는 다음 날 아침 느긋하게 일어나 하이델베르크로 향했다. 마침 날씨도 좋아 고성(古城)과 함께 일요일의 여유를 마음껏 즐길 수 있었다.

하이델베르크 역에 도착해 버스를 타고 비스마르크 광장을 거쳐 대학 광장(Universitats Platz)으로 가자 마침 마라톤 축제가 열리고 있었다. 구시가지의 자동차 통행을 막은 채 진행하고 있었는데, 많은 주민들로 북새통을 이루었다. 우리가 도착했을 때는 참가자들이 막 결승선으로 들어오고 있었다. 결승선을 대학 광장에 만들어 놓아 마라톤 참가자와 응원하는 사람들, 구경하는 사람들로 발 디딜 틈이 없었다.

가만히 보니 그건 단순한 마라톤 행사라기보다는 하이델베르크의 지역축제나 마찬가지였다. 거리는 온통 축제 분위기로 들떠 있었다. 주민들은 가족이나 동호회, 커뮤니티 중심으로 행사에 참여하여 즐겼고, 레스토랑이나 바는 빈자리를 찾기 어려울 정도로 만원이었다. 어디서나 왁자지껄 떠드는 소리와 웃음소리가 터져 나왔다. 구시가지 일대가 흥에 넘쳤다.

1386년 설립된, 독일에서 가장 오래된 대학이면서 세계적인 명성을 누리고 있는 하이델베르크 대학은 캠퍼스와 구시가지를 구분하기 어려울 정도로 혼재되어 있다. 13만여 명의 하이델베르크 인구 가운데 3만 명이 학생이라고 하니 대학도시, 학문의 도시라고 할 만하다. 칸트에서부터 시작해 헤겔, 하이데거 등 독일 관념론 철학이 이곳에서 형성되었다. 낭만적이면서도 역사와 문화의 향기가 넘치는 속에서 학문을 연마하기에도 좋아 보였다.

마라톤을 구경하고 바로 하이델베르크 성으로 향했다. 라인 강의 지류인 네카르 강(Neckar) 남쪽에 자리 잡은 성으로, 한국어 오디오 가이드를 들으면서 관람했다. 이 오디오는 어제 괴테 하우스에서 느꼈던 감동에 크게 미치지 못했다. 성을 흥미롭게 소개하려고 애쓴 흔적은 있었지만, 스토리를 구성하거나 설명하는 기법이 지나치게 장황했다.

하이델베르크 성은 독일에서 가장 잘 보존된 중세의 성으로, 그 기원은 13세기 초로까지 거슬러 올라간다. 처음 건축된 것은 1214년이며, 이후 낙뢰와 화재, 신교와 구교 사이의 30년 전쟁(1618~48)으로 심하게 훼손되는 등 수백 년 동안 만고풍상을 겪어야 했다. 그러다 19세기 이후 미국의 마크 트웨인을 비롯한 많은 작가와 예술가들이 그 가치를 새롭게 평가하면서 재조명되고 복원되어 지금은 연간 300만 명의 관광객이 찾는 명소가 되었다.

하이델베르크 성과 광장 800년 이상의 역사와 아름다운 이야기가 켜켜이 쌓여 있는 유럽의 대표적인 중세 시대 성이다.

깊은 역사를 보여주듯 하이델베르크 성은 아름다우면서도 고색창연한 빛을 띠고 있었다. 곳곳에는 허물어지고 붕괴된 성벽이 그대로 남아 있어 켜켜이 쌓인 시간의 두께가 느껴졌다. 특히 테라스에서 내려다본 네카르 강과 하이델베르크 시가지는 숨막히게 아름다웠다. 지하에는 엄청난 크기의 와인 통이 관광객의 눈을 사로잡고, 괴테를 비롯해 하이델베르크와 사랑에 빠진 작가와 예술가들의 이야기도 마음을 아련히 울렸다.

성과 가든, 테라스 등을 구경하고 구시가지를 거쳐 네카르 강을 가로지르는 '올드 브리지'로 오니 하이델베르크 성의 멋진 전모가 한눈에 들어왔다. 칼 테오도르 다리라고 불리는 곳으로, 네카르 강과 하이델베르크 성, 시가지 등을 조망할 수 있는 명소 중의 명소다.

동군이 지도와 지형을 번갈아 보더니 건너편 숲이 우거진 산 아래쪽을 가리키며 거기에 철학자의 길이 있다고 했다. 철학자의 길 이야기가 나오니 칸트, 헤겔, 하이데거, 야스퍼스, 괴테 등이 함께 따라나왔다.

"아빠, 근데 변증법이 뭐야?" 동군이 갑자기 궁금한 듯 물었다.

"그거 다 이해하려면, 한참 걸려. 간단하게 말하면, 정반합(正反合)과 대립물의 통합. 그러니까, 어떤 명제가 있으면, 그 명제에 대한 대립물이 있고, 그 대립물의 투쟁을 통해 새로운 명제가 나온다는 거지. 사물이나 인식을 고정된 형태가 아닌 변화 발전하는 것으로 본 것이고, 그 변화 발전의 원리를 변증법으로 정식화한 거지." 나름대로 내가 이해하고 있는 바를 말했다.

"근데 어려워?" 동군이 흥미롭다는 듯 눈을 동그랗게 떴다.

"좀 복잡하긴 한데, 헤겔이 변증법을 이론적으로 정식화하고, 그걸 마르크스와 엥겔스가 사회발전 이론으로 발전시켰어. 말하자면 헤겔은 관념론자로 인식과 관념의 발전 원리로 변증법을 확립했고, 마르크스와 엥겔스가 유물론의 입장에서 변증법을 사회발전의 기본 원리로 발전시킨 것이지. 마르크스는 사회의 대립물을 계급으로 보고, 계급투쟁이 새로운 사회 발전의 원동력이라고 생각한 거야. 이게 인류 역사를 뒤흔들었어. 엄청났지. 너도 나중에 헤겔이든, 칸트든, 마르크스든 한번 읽어 봐."

"아빠는 읽어 봤어?"

"몇 번 시도했지. 결국은 해설서로 돌아갔지만. 만만치 않아. 그래도 끙끙대면서 읽는 거야. 읽을 땐 무슨 의미인지도 잘 몰라. 아빠도 몇 번 시도했다가 실패했지만…"

변증법과 독일 관념론의 전통에 대한 나의 설명을 들으며 동군이 고개를 끄덕였다. 네카르 강과 그걸 굽어보는 철학자의 길은 생각만 해도 멋졌다.

"여기서 책 읽고, 공부하고, 연구하고, 철학자의 길을 걸으면서 사색을 하면 철학과 시가 그냥 쏟아져 나올 것 같지 않냐? 생각만 해도 멋지지?"

"당연히 멋지지. 나중에 여기 와서 공부하라고 하려고 그러지?"

"히야~, 동군이 아빠 마음을 꿰뚫고 있네. 그래. 대학 시절은 인생에서 최고

칼 테오도르 다리로 불리는 올드 브리지 다리 너머 산허리를 따라 철학자의 길이 있다.

의 시기야. 꿈과 희망, 이상과 낭만, 사랑과 열정이 춤을 추는 시기지. 걷잡을 수 없이 폭발하는 시기야. 그냥저냥 보낼 수도 있지만, 그 열정을 마음껏 발산하면서 지내야 나중에 후회가 없어."

"아빠는 그렇게 했어?"

"그럼. 질풍노도의 시기였지. 어려운 책 갖고 끙끙대면서 읽기도 하고, 밤새워 토론도 하고, 물론 술도 많이 마셨지. 엄마랑 몰래 데이트도 하고, 독재 타도, 민주쟁취, 목이 터져라 데모도 하고…"

베이징 대학, 이스탄불 대학, 코임브라 대학 등 대학을 방문할 때마다 그런 이야기를 여러 차례 해서 동군도 내 마음을 훤히 들여다보고 있는 듯했다. 솔직히 그랬다. 젊어서 마음 내키는 대로 마음껏 발산하고, 방황을 하더라도 치열하게 해야 자기 존재에 대한 깨달음이 생기고, 그것이 험난한 삶을 헤쳐나갈 내면의 힘을 키워주는 것 아닌가. 동군은 바로 그 시기로 진입하고 있었고, 그에 대한 꿈과 로망을 심어주고 싶었다.

영원한 낭만의 대학도시 하이델베르크 탐방을 마친 후 기차를 타고 프랑크푸르트로 돌아왔다. 저녁에는 숙소 근처의 센트럴 그릴(Central Grill Gmbh)이라는 터키 식당에서 소시지와 닭고기, 돼지고기 구이에 밥과 야채를 곁들인 모둠요리(Combination)로 독일에서의 마지막 만찬을 즐겼다.

동군과도 많은 이야기를 나누었다. 주로 내가 이야기를 하는 입장이었지만, 무엇보다 자유에 대해 이야기했다. 동군이 자신의 꿈을 향해 자유롭게 살았으면 좋겠다는 이야기였다. 어떠한 속박이나 억압으로부터의 자유보다, 자신의 희망을 향해 날개를 활짝 펼치고 꿈을 실현할 때 진정한 자유를 얻게 된다는 얘기였다.

동군에게도 막연하게나마 그 희망과 꿈이 만들어지고 있었다. 한국으로 돌아가면 그것을 보다 구체적으로 만들어나가는 데 힘쓰라고 했고, 동군은 고개를 끄덕였다. 이제 여행을 정리하면서 동군도 나름 각오를 하는 듯했다.

말보다 소중한 몸의 대화

마지막 날 아침 동군이 코피를 흘렸다. 한국에 있을 땐 자주 코피를 흘렸지만 여행하면서 그런 일이 거의 없었는데 다시 코피를 쏟는 것을 보니 안쓰러웠다. 초스피드로 진행한 북유럽 여행의 후유증에다 귀국을 앞둔 정신적 긴장이 겹친 것 같았다.

이제 동군이 떠날 때가 되었다. 숙소에 체크아웃을 하고 프랑크푸르트 공항으로 향했다. 당초 셔틀버스를 탈까 하다가, 유레일패스로 프랑크푸르트 중앙역과 공항을 연결하는 DB(Deutsche Bahn) 기차를 무료로 이용할 수 있어 S9을 탔다. 3개월짜리 유레일패스를 1개월 24일간 이용했으니 1개월 이상의 기간이 남아 있었지만, 이걸로 서유럽, 남유럽, 북유럽 등 유럽 전역을 종횡무진으로 누볐으니 본전을 뽑은 것 같다.

11시가 채 안 되어 공항에 도착하여 바로 터미널2의 중국 동방항공 창구로 향했다. 상하이 푸동 공항으로 가는 항공기의 출발 시간이 오후 2시 40분이니 거의 4시간이나 남았는데도 많은 중국인들이 줄을 서서 기다리고 있었다. 닫혀 있던 체크인 창구가 11시에 열렸고 우리도 차례를 기다렸다가 짐을 부치고, 출국 게이트로 향했다.

탑승 시간이 3시간 정도 남았지만, 탑승구 앞에서 기다리는 게 낫겠다 싶어 손을 쭉 뻗어 하이파이브를 한 다음 바로 게이트로 향했다. 게이트를 통과해 들어가는 동군의 등을 두드리며 작별 인사를 나눴다. 동군도 발걸음이 잘 떨어지지 않는지 게이트로 들어서며 계속 뒤를 돌아보았다. 그동안 키도 훌쩍 큰 것 같았다. 손을 힘껏 흔들며 소리를 죽인 채 입만 크게 벌려 '잘 가'하고 말했다. 동군도 손을 흔들고는 게이트 안으로 사라졌다.

출국장으로 들어가는 동군을 보는 마음이 애잔했다. 동군에게는 작년 7월 15일 엄마와 형, 사촌 동생과 함께 한국을 떠나 필리핀에서 영어 연수를 하면서 시작한 세계 여행이었다. 오늘까지 9개월 보름 동안 중국과 네팔, 인도에 이어 유럽까지 종횡무진 여행했다. 혼자 가는 귀국길이지만 잘 갈 것이다. 그리고 이제 목표가 불분명한 생활에서 벗어나 자신의 꿈을 향해 활짝 날개를 펴고 비상하는 젊은이로 살아갈 것이다.

사실 북유럽과 독일을 여행하며 동군과는 많은 대화를 나누었지만, 그의 진로 문제나 귀국 이후의 계획 등에 대해선 말을 많이 아꼈다. 그런데 꼭 말로 하는 것만이 대화일까? 야간 열차의 좌석에서 허리와 목, 무릎으로 몰려오는 통증을 조금이라도 줄이기 위해 같이 몸을 뒤틀기도 하고, 집채만 한 배낭을 짊어지고 어디로 움직여야 할지 몰라 우왕좌왕하기도 하고, 공원 벤치에 앉아 빵과 샌드위치로 허기를 달래고, 멋진 풍경을 보면서 감탄사를 주고받고, 비록 배에서 꼬르륵 소리가 나더라도 비싼 물가에 투덜거리면서 공감의 눈길을 주고받는 것, 이러한 모든 것이 다 중요한 대화 아닐까? 낯선 여행지에 도착할 때마다 부닥치는 어려움을 하나하나 함께 극복하면서 한 걸음 한 걸음 나아갔던 것, 그것이 진정한 대화가 아닐까.

사람과 사람 사이의 관계를 굳건히 하고 신뢰를 쌓는 데에는 '공감'이 가장 중요하다. 그 공감대를 쌓는 좋은 방법이 함께 고생하며 그것을 극복하는 공통의 경험을 하는 것이다. 그것 없이 말로만 하는 공감은 공허하며 쉽게 허물어진다. 하지만 몸으로 쌓은 공감은 웬만해서는 허물어지지 않는다.

여행은 그 공감의 영역을 만드는 가장 좋은 방법이다. 사실 한국에 있었더라면 부모인 나와 올리브와 자식인 아이들이 서로를 공감하는 데에는 한계가 있었을 것이다. 하지만 여행은 이 부모와 자식의 경계와 구분을 허물어뜨리면서 일체감을 느끼게 만들어 주었다.

우리의 세계 여행은 곧 우리 가족이 공통의 경험을 통해 공감의 영역을 만드는 과정이었다. 특히 아이들이 여행의 주체로 나서면서 우리 가족은 모두가 거의 동등한 입장에서 여행을 진행하였다. 마지막 북유럽 여행도 나와 동군이 밀도 있는 공감을 만들어 가는 과정이었다. 눈짓 하나 또는 "알지?"와 같은 텔레파시 언어로도 의사소통을 할 수 있게 된 것은 바로 이러한 '몸의 대화'가 만들어 낸 신뢰와 공감 덕분이었다. 언어보다 중요한 몸의 대화를 통해 우리 관계가 발전하는 것을 느낄 수 있었던 여정이었다.

뻥 뚫린 가슴을 무엇으로 채우나

동군을 보내고 한동안 마음이 먹먹했다. 새로운 출발과 변화에 대한 불안 때문인지, 앞으로의 여행에 대한 기대 때문인지, 가슴이 뛰고 심장이 두근거렸다. 지금부터가 진짜 시작인지도 모른다. 나뿐만 아니라 가족 모두가 새로운 출발점에 섰다. 세계 여행을 통해 얻은 경험과 생각, 자신에 대한 성찰을 토대로 자신의 길을 찾아가야 한다. 창군, 동군 모두 자신의 인생을 슬기롭게 개척해 나갈 것이고, 나와 올리브 역시 인생의 중반기를 맞아 힘을 잃지 않고 열심히 살아갈 것이다. 그렇게 생각하며 신발 끈을 조였다.

동군과 헤어져 12시 45분 프랑크푸르트 공항과 한(Hahn) 공항을 연결하는 셔틀버스에 올랐다. 약 1시간 반 정도 달려 도착한 한 공항은 프랑크푸르트 외곽에 위치한 작은 시골 공항이다. 시설은 한국의 지방 공항보다 떨어지지만 내가 타게 될 라이언에어를 비롯한 저가 항공이 유럽 전역을 연결한다.

라이언에어는 저가 항공으로, 인력 투입을 최소화하고 모든 수속도 승객이 알아서 처리하도록 하고 있다. 보안 심사나 여권 심사도 승객이 알아서 해야 한다. 한 공항도 이러한 저가 항공 운항에 맞추어 모든 것들을 서민적이고 효율적으로 만들어 놓았다.

라이언에어는 6시 10분 출발했다. 비행시간은 1시간 30분이지만, 런던이 1시간 늦기 때문에 도착시간은 6시 30분이었다. 스탠스테드 공항에 내려 짐을 찾고, 입국 수속을 마치고, 공항 한편의 은행 단말기에서 파운드도 인출했다. 9파운드를 내고 공항 셔틀버스인 테라비전(Terravision)으로 런던 시내로 들어와 다시 전철을 갈아타고 숙소에 도착했다.

옆에 아무도 없으니 가슴이 뻥 뚫린 느낌이었다. 혼자 짐을 풀고 혼자 식사를 하고, 의례적으로 이메일을 체크하고 일찍 잠자리에 들었다. 잘 자라고 인사를 나눌 대상도 없다. 홀로 여행한다는 게 이런 느낌인가.

런던에 도착한 다음 날 아침, 비가 퍼붓고 날씨가 매우 좋지 않았다. 날씨가 이러니 마음까지 더 울적해지는 느낌이었다. 그러던 차에 스마트폰에 올리브의 메시지가 떴다.

"잘 도착했음. 지금 공항철도 타고 가고 있음."

시간을 계산해 보니 한국시간으로 5월 1일 오후 5시, 프랑크푸르트 공항에서 동군이 출발한 지 20시간 정도 지났다. 상하이 푸동 공항에서 5시간 기다렸다 한국으로 날아간 것이다. '역시 잘 갔구나, 동군. 혼자 여행하는 것도 이젠 문제가 없네'라고 생각하며 답신을 날렸다.

갑자기 가족이 더 보고 싶어졌다. 조금 있으니 다시 메시지가 떴다.

"내일 새 집으로 이사 가요. 아이들 있으니 걱정 없음. 창군도 잘 도와줘."

아이들이 도와준다고 해도 올리브 혼자 집을 구하고, 이사하고, 아들 군대 보내는 게 만만치 않을 것이다. 게다가 귀국한 동군의 입시 준비도 뒷바라지해야 한다. 혼자서 고군분투할 올리브에게 응원 메시지를 보냈다.

런던에 도착해선 괜히 심란해진 마음을 달래기 위해 사흘을 내리 여행기에만 매달렸다. 하루 종일 여행기를 정리하다 답답해지면 숙소인 아스널 태번 호스텔(Asenal Tavern Hostel) 주변의 아스널 축구 경기장, 경기장 옆의 길레스피 공원, 이스링턴 에콜로지 센터, 핀즈버리 공원 등을 천천히 돌아다녔다. 서민적인 동네지만 주민들을 위한 작은 공원이 곳곳에 조성되어 있었다. 공원엔 애완견과 산책을 나온 노부부, 조깅을 즐기는 젊은 여성, 유모차를 몰고 산책하는 엄마, 점심으로 샌드위치를 먹는 샐러리맨 등 많은 사람이 들락날락했지만, 이방인 여행자에게도 외로움을 달래는 좋은 공간이었다.

여행기를 정리하며 복잡하고 어수선하던 생각을 글로 옮기니 마음이 점차 정돈되기 시작했다. 역시 글을 쓴다는 것은 복잡하게 돌아가는 생각의 중심을 잡고, 마음을 정화시키는 역할을 한다. 쏟아붓듯이 여행기를 정리하면서 가족들이 돌아가고 난 다음에 주체할 수 없이 몰려왔던 허전함도 조금씩 사그라들고 여행자 본연의 호기심과 묘한 흥분에 다시 빠져들었다.

그러자 주변의 모습도 하나씩 눈에 들어오기 시작했다. 호스텔에는 여행자들도 있지만, 꿈을 찾아 지방은 물론 외국에서 온 청년들이 많았다. 오스트리아와 북아일랜드, 스페인 등 주변 유럽 국가에서 찾아와 일자리를 구하는 청년들이었다. 여행을 목적으로 온 사람은 나와 중국 여행자 서너 명밖에 없는 것 같았다. 웨일즈 출신의 한 청년은 런던에 와 3주간 이벤트 매니저로 일을 하고 있으며, 기회가 된다면 계속 일하고 싶다고 했다. 오스트리아에서 일자리를 찾아 온 한 젊은 여성은 유통 업체와 인터뷰를 하기로 했다면서 새 옷을 사야 한다고 부산을 떨며 다소 흥분한 모습을 보이기도 했다.

새로운 꿈을 찾는 청년들로 붐비는 런던 아스널의 허름한 호스텔 분위기는, 가난한 배낭여행자들로 붐비는 유럽의 다른 호스텔과 확실히 달랐다. 차분하지만 새로운 기대와 희망이 넘실거렸다. 평소 조용하다가도 일자리 이야기만 하면 금세 흥분하고 활달해졌다. 어렵게 취직 인터뷰 날짜를 잡은 오스트리아 여성은 내가 몇 마디 말을 건네자마자 기다렸다는 듯이 자신의 이야기를 펼쳐 보이며, 이번엔 합격할 것 같다는 부푼 기대를 숨기지 않았다. 그 꿈이 생각대로 이루어질지는 불확실하지만, 가슴에 품은 꿈과 희망은 사람을 지탱시키는 힘이다.

그건 여행자에게도 마찬가지다. 고독은 여행자의 숙명이며, 여행자의 고독은 여행으로 풀어야 한다. 여행자가 고독에서 벗어나는 방법은 여행에 몰입하는 것이다. 내가 동군과 유럽에서의 마지막 저녁을 먹으며 이야기했듯이, 사람이 진정한 자유를 느끼는 것은 어떤 속박에서 벗어날 때가 아니라 자신이 원하는 것으로 몰입해 들어갈 때인 것과 같은 이치다. 절망에서 벗어나는 방법이 희망을 갖는 것이나 마찬가지다. 여행자들과 어울리고, 지난 여정을 되새기며 새로운 여정을 준비하고, 여행지에서의 흥분과 깨달음에 빠질 때 고독은 사라진다. 가족이 모두 떠난 후 런던에 머물며 혼자 남은 가장으로서 평범하지만 소중한 진리를 깨달아 가고 있었다.

영국 런던~버밍엄~마친레스~런던~스페인 마드리드~
포르투갈 리스본

'괴짜'의 영감을 안고 남미로

대안을 찾아 오지로 간 CAT의 괴짜들

내가 영국을 찾은 것은 웨일즈의 대안기술센터인 CAT(Centre for Alternative Technology)를 방문하기 위해서였다. 잘 알려진 관광지는 아니지만 대안을 모색하는 사람들에게는 많은 영감을 주는 곳이다. 화석 에너지의 한계와 환경오염 등 지구적인 위기에 대응해 지속 가능한 기술과 삶, 특히 개인이나 마을 단위의 소규모 공동체에서 적용할 수 있는 '적정한' 기술을 모색하는 생태공동체다. 이곳에서 대안적인 기술, 대안적인 삶의 방식을 찾아보고 싶었다.

CAT는 웨일즈 중서부의 외진 곳에 자리 잡고 있어 찾아가는 길이 여간 복잡한 게 아니다. 대중교통을 이용할 경우 버밍엄을 거쳐 마친레스(Machinlleeth)라는 작은 마을로 이동한 후 거기서 다시 로컬 버스를 이용해야 한다. 마친레스에는 숙소가 마땅치 않아, 교통과 숙박 시설 등을 종합적으로 감안하여 버밍엄을 중간 경유지로 삼기로 했다.

런던에 도착한 지 닷새째 되던 날 버밍엄으로 이동했다. 아침 BBC 뉴스를 보니 주말에도 흐리고 기온이 내려가 쌀쌀할 것이라고 했다. BBC는 날씨와 함께 영국 지방선거에서 노동당이 압승을 거둔 사실을 상세히 보도했다. 금융위기로 심화되는 재정난을 극복하기 위해 복지를 축소하려는 움직임에 대한 반대 여론이 선거에 반영되었다. 내가 한국을 출발할 때 남유럽의 금융위기가 시작되고 있었는데, 이제 그 여파가 영국에도 몰아치고 있었다.

빅토리아 역은 영국에서 1년 동안 유학 생활을 하던 8년 전 모습 그대로였다. 역도, 인근 건물들도, 거리 분위기도 변함이 없었다. 화려하지 않고, 약간 우중충해 보이고, 말끝마다 '아~ (~r)' 또는 '어~(~er)' 하고 흘리는 발음처럼 뭔가 조금 빠진 듯한 영국 사람들의 신중하면서도 약간 촌스러워 보이는 모습이 오히려 친근감을 주었다.

버밍엄의 해터스 호스텔(Hatters Hostel)은 가장 저렴한 숙소임에도 4인실의 침대 하나가 하루 13.5파운드(약 2만 5600원)나 되었다. 숙소가 위치한 지역은 주얼리 쿼터(Jewellery Quater)로, 과거 유럽 보석산업의 중심지로서 영화를 누리다 쇠락한 공업지역이다. 지금도 공장이 있지만 경제 불황과 산업구조 변동으로 활력은 크게 떨어져 있다. 많은 공장이 문을 닫았고 유리창이 깨지거나 문이 망가진 상태로 방치되어 있어 을씨년스럽기까지 했다. 공장이 도시 외곽으로 빠져나가고 공동화된 지역이다 보니까, 아프리카와 인도계 주민들이 많았고, 이들을 대상으로 한 상점과 펍도 있었다.

다음 날 아침 일찍 버밍엄 뉴스트리트 역으로 이동해 마친레스 행 기차에 올랐다. 기차는 영국 중서부 평원을 쏜살같이 달렸다. 버밍엄 근처엔 운하가 많이 보이고, 외곽을 벗어나자 공장지대가 나타났다. 이어 나무와 숲 사이로 아름다운 집들이 자리 잡은 전원마을과 드넓은 숲과 밭이 펼쳐졌다. 완만한 구릉의 나라답게 곳곳이 초원이다.

2시간 20여 분 만에 마친레스에 도착했다. 가운데 우뚝 솟은 석조로 된 시계탑을 중심으로 3~4층 높이의 건물들이 들어서 있는 작은 전원마을이다. 타운 가운데 CAT가 운영하는 쿼리 숍(Quarry Shop)이 있다. 상품들의 포장이 세련되지는 않지만, 정성들여 가꾼 유기농산물과 로컬 푸드를 판매한다. 숍에서 CAT로 가는 방법을 물으니 직원이 상세하게 안내해주었다. 직원의

마친레스 영국의 작은 전원마을의 아름다움을 간직하고 있다. 중앙의 시계탑을 중심으로 3층 안팎의 건물들이 줄지어 있고, 조금만 나가면 전원 풍경이 펼쳐진다.

안내에 따라 로컬 버스를 타고 산길을 달려 7분 만에 도착했다.

CAT는 생각했던 대로 흥미롭고 놀라운 곳이었다. CAT는 환경에 대한 위기의식이 고조된 1973년, 수명을 다한 채석장에 설립되었다. 처음 이 센터를 만들기 시작한 제라드 모건-그렌빌은 CAT를 "위기에 빠진 자연을 보여주고 전진할 수 있는 방법을 모색하기 위한 프로젝트"라고 정의했다. 새로운 아이디어와 기술을 시험하는 작은 생태공동체로 시작된 것이다.

처음에는 진척이 매우 더뎠다. 모금도 신통치 않았다. 참여자들은 집을 짓고 기술 시험장을 만들기 위해 장시간 일을 해야 했다. 전기가 없어 촛불을 켜놓고 일하는 경우도 있었다. 하지만 시간이 흐르면서 관심을 갖는 사람들이 늘어나고, 자원봉사자들이 몰려들었다. 다양한 분야의 사람들이 참가하면서 다양한 기술과 경험을 접목할 수 있었다. 특히 1974년 엘리자베스 2세 여왕의 남편인 필립 에딘버러 공이 방문하면서 세상의 관심이 높아졌고, CAT

**CAT와 입구를 연결하는 절
벽 철도** 외부의 에너지를 사
용하지 않고 물과 중력을 이
용해 열차를 운행하는 친환
경 철도다.

건설에 속도가 붙어 1975년 일반에 공개하기에 이른다.

이후 CAT는 유럽의 선도적인 생태교육 센터로 자리를 잡았다. 처음에는
90명으로 시작했지만, 방문객이 늘어나는 여름에는 참여 인원이 150여 명에
달하기도 했다. 1980년대 이후에는 매년 6만 5000명이 다녀갈 정도로 붐비
는 곳이 되었다. 이들은 자연 속에 깃들어 조용한 삶에 머무는 것이 아니라,
지속적으로 변화를 모색하고 새로운 기술과 실험을 진행했다.

마을 입구에 들어서니 절벽 철도(Cliff Railway)가 눈에 띄었다. 유럽 곳곳에서
볼 수 있는 푸니쿨라의 일종인데, 34도의 급경사에 외부 에너지를 사용하지
않고 오로지 물의 중력과 균형(water balancing) 작용만을 이용해 육중한 열차를
움직이도록 만든 장치다. 위쪽 열차의 탱크에 물을 잔뜩 실어 그 무게로 열
차가 밑으로 내려오면 거기에 연결된 아래쪽 열차가 끌려 올라가는 시스템
이다. 아래쪽에 있는 열차에선 물을 배출함으로써 무게를 줄여 사람이 타거
나 물건을 실을 수 있다. 위쪽에는 작은 연못을 만들어 물을 공급한다. 누구
나 생각할 수 있는 아이디어를 실생활에 적용한 흥미진진한 시스템이다.

안내 센터를 지나 마을로 들어서는데 한 구절이 눈에 들어왔다.

"에너지를 개발하는 것보다 에너지 사용을 줄이는 게 더 중요하다."

풍력 에너지의 생성 과정을 보여주는 시설(왼쪽)과 CAT의 상징인 바람개비(오른쪽) CAT는 환경 위기에 대한 경각심이 높아진 1970년대 초 비판에만 머물지 않고 대안을 찾아 실현하려 했다는 점에서 큰 의미가 있다.

CAT의 기본 신념을 집약한 말이다. 에너지 사용을 최소화하고, 재생 가능한 에너지 사용의 필요성을 역설하는 말이다. CAT에는 화석 에너지를 사용하지 않고 바람과 태양의 열과 빛, 물, 바이오(Bio) 등 대체 에너지를 개발하고, 에너지 사용을 최소화하는 기술을 개발해 다양한 부분에 적용하는 사례를 알기 쉽게 설명해 놓고 있었다.

외부 에너지의 투입과 외부로의 에너지 유출을 최소화함으로써 에너지 사용을 극단적으로 줄인 패시브 하우스(Passive House)의 경우, CAT에서 1976년부터 시험 건설해 관련 기술을 축적해오고 있다. 핵심은 단열이다. 45cm 두께의 목재와 친환경 단열재를 사용한 초강력 단열(super-insulated) 장치도 시험 중이다. 단열을 천장과 바닥은 물론 외부 벽체에 적용하고, 4중 유리를 사용한다. 건축비는 10% 늘어나지만 필요한 에너지는 기존 건축물에 비해 20% 정도니 훨씬 경제적이다. 한국에서는 최근에야 관심을 끌고 있는 '패시브 하

현재의 태양광 에너지 발전량을 보여주는 시설

우스' 개념을 35년 전에 이미 시험하고 기술을 개발해왔다는 것이 놀라웠다.

학생들과 시민들을 위한 다양한 자연과 환경, 에너지 관련 교육 시설도 갖추고 있다. 방문자가 직접 페달을 밟고, 핸들을 돌리고, 손바닥을 갖다 대고, 직접 운전을 해 봄으로써 어느 정도의 에너지가 생겨나는지 경험할 수 있도록 해 놓았다. 태양전지의 경우 작동 원리를 알기 쉽게 설명하고, 현재 이곳의 태양 전지판이 어느 정도의 에너지를 생산하는지 실시간으로 알려주는 장치와 계기판, 현재 이곳에 흘러가는 바람이 어느 정도의 에너지를 생산하는지, 풍력 발전기는 어떻게 작동하는지 등을 쉽고 흥미롭게 설명해 주었다.

특히 관심을 끈 것은 WISE(웨일즈 지속 가능 교육연구소) 건물이었다. 생태건축을 연구하는 시범 건물로 강당과 기숙사, 실험실 등을 갖추고 있다. 태양광과 태양열만으로 난방을 해결하는 패시브 빌딩 시스템을 갖추고 있고, 열 복원 환기 시스템, 흙과 식물성 섬유단열재 등 저강도 빌딩 소재 등을 사용한 '생태 빌딩'이다. 500mm 두께의 식물성 섬유단열재와 흙을 이용해 외벽의 효용성을 실험하는 등 많은 변수들을 시험하고 데이터를 축적하고 있다. 이 건물은 2010년 데일리 텔레그라프의 10대 빌딩 조사에서 1위를 차지했고, 가디언지의 10대 빌딩에 4위로 선정되었다. 2011년에는 영국왕립건축연구소(RIBA) 상을 받기도 했다.

CAT는 협동조합(cooperative) 방식으로 운영된다. 이를 통해 소속감과 주인의식을 고취하는 것이다. 공동체와 CAT에 참여하는 사람들이 주주다. 조직 운영에서는 협동조합의 일반 원칙과 컨센서스에 의한 의사 결정 시스템을 채

택하고 있다. 매월 공동으로 유기
농 식재료와 인근의 생산품을 구
매하며, 일주일에 2회 새 소식을
공유한다. 각자 회계, 식사 준비,
설비 관리 및 보수, 가드닝 등을
나누어 맡고, 함께 식사하는 전통
을 유지하고 있다.

경험으로부터의 배움을 강조한 CAT 입구의 표지석

환경 원칙은 이곳의 핵심이다. 무
엇보다 인간은 지구상의 모든 생
명체와 연결되어 생태계를 구성하
고 있으며, 이 생태계에 의존해 삶
을 유지하고 있다고 본다. 생태적 위기 상황에 대응해 환경에 대한 영향을 최
소화하는 생활 방식 등 해결책을 찾아야 한다고 보고 있다. CAT 참여자와 방
문자, 공급자, 계약자에게도 이러한 환경 원칙을 채택하도록 촉구하고 있다.
이들은 "녹색이 되기 위해서는 반드시 공동체적으로 살아갈 필요는 없지만 의
미 있는 것들을 나누는 것은 반드시 필요하다"는 신념을 공유하고 있다.

물론 그늘이 없는 것은 아니었다. 2010년 이후의 무리한 확장과 재원 부족
이 문제였다. 배리 베이트 평생교육 매니저는 "2012년 연초의 구조조정으로
스태프들을 줄여야 했다. 지금은 80명 정도가 일하고 있고, 거주하는 사람
은 8명에 불과하다"고 했다. 그는 "센터의 일부 빌딩은 장단기 자원봉사자들
이 사용하고 있고, 재정 문제로 자원봉사 프로그램을 중단했다. 일부 빌딩은
수리가 필요한 상태이며, 여기에 사람이 다시 살기 위해선 많은 일들이 이루
어져야 한다"고 아쉬워했다.

그럼에도 불구하고 CAT는 인상적인 곳이었다. '선구자들의 혜안과 헌신이
미래를 밝게 만든다'는 CAT의 문구처럼 이들의 선구적인 노력은 돋보였다.

벌써 40년 전에 오늘날 필요한 것들을 구상하고 실험했다. CAT의 설명대로 "당시엔 많은 사람들이 '괴짜(crazy)'라는 시선을 보냈지만, 지금은 그것이 '일반적인 것(common)'으로 바뀌었다."

1960년대 말~70년대 초는 서구 사회에서 대전환의 시대였다. 베트남 전쟁의 참화를 보면서 반전 운동이 거세게 불었고, 산업화의 후유증이 집중적으로 표출되었고, 환경 파괴에 대한 경각심이 높아졌다. 특히 1972년 유엔이 환경 파괴에 의한 인류의 위기를 예상한 《성장의 한계》라는 보고서를 내놓고, 오일쇼크가 터지자 화석 에너지의 한계에 대한 우려가 고조되었다. 이때 '자연으로 돌아가자'는 운동과 히피 문화가 확산되었다. 반(反)자본주의 문화가 확산된 것이다.

하지만 CAT는 달랐다. 현실 비판에 머물지 않고 그것을 넘어설 구체적인 대안을 찾아 나섰다. 신기술이 대기업의 소유가 되고, 사람들이 그 소비자로 전락하고 있을 때 지속 가능하고 현실에 적용할 수 있는 기술을 개발하고 그것을 일반 사람들에게 되돌려주려 노력했다.

서울을 출발할 때부터 꼭 방문하고 싶었던 CAT를 돌아보고 나니 마음이 뿌듯해졌다. CAT가 준 것은 단순한 여행의 즐거움이 아니었다. 바로 희망이었다. 세상의 벽이 아무리 높아 보이더라도, 비전과 목표를 갖고 작은 실천을 하는 곳에서 희망이 싹튼다. 현실에 대한 저항과 비판보다 더 필요한 것은 희망을 가질 수 있는 대안이다.

군대 가는 아들을 전화로 배웅하다

CAT 방문으로 영국 여행은 사실상 끝났다. 이제 런던으로 이동해 스페인 마드리드와 포르투갈 리스본을 경유하는 브라질 리우데자네이루 행 비행기를 타면 유럽의 모든 일정이 끝난다.

CAT 방문을 마친 다음 날 버밍엄 숙소에서 CAT 자료와 여행기를 정리하고 있는데 올리브의 메시지가 떴다.

"창군 머리 깎았어요."

순간 '아, 이제 창군이 입대하는구나'라는 생각이 들었다. 답신만 날리는 것으로는 무언가 부족하여 전화 버튼을 눌렀다. 창군이 내일 논산 훈련소로 입대한다고 우리 가족은 물론 형님 가족까지 모두 부모님이 계신 청주에 모여 있었다. 형님 내외까지 함께 논산 훈련소로 갈 계획이라고 했다. 그런데 정작 아버지인 나는 이렇게 외국을 여행하고 있다.

또다시 가족에게 미안하고 창군이 보고 싶어졌다. 언제나 든든한 창군이지만 마음이 여린 것이 걸렸다. 상명하복의 엄격한 규율이 지배하는 단체생활에서 마음 상하는 일도 많겠지만 잘 극복하고 잘 지내야 한다는 소망을 전했다. 그러자 오히려 창군은 아빠의 안전 여행을 주문하였다.

'짜식, 많이 컸네' 하는 생각과 함께 눈물이 핑 돌았다.

멀리 떨어져 있는 자식의 입대 환송은 그것으로 끝났다. 창군이 군대 생활을 잘하도록 응원하는 방법은 무엇일까. 아마도 그것은 아빠가 자신의 길을 힘 있게 걸어가는 모습을 보여주는 것이 아닐까.

버밍엄에서 하루 더 머물며 이후 여행 일정을 구상하다 시티센터의 대형 서점 워터스톤(Waterstone)을 찾아 남미에 관한 여행 정보를 집중적으로 살펴보았다. 그리고 특별히 찰스 디킨스의 미국 여행기인 《아메리칸 노트(American Note)》도 한 권 샀다. 디킨스가 1842년 1~8월 사이 미국 동부지역을 여행하면서 쓴 기록으로, 고독한 여행자의 동반자가 될 것 같았다.

이 여행기는 출간 당시 미국과 영국 양측으로부터 비난받았던 '문제작'이었다. 당시 영국에서는 새로운 세계를 만들어가던 미국에 대한 동경이 있었고, 디킨스는 영국에서 가장 인기 있는 작가로 그가 미국을 어떻게 보는지 관심이 많았다. 하지만 병원과 감옥, 법정까지 돌아다닌 디킨스의 눈에 비친 미국은 '신세계'가 아니었다. 돈에 지배되고, 부분적으로 노예제도에 의해 떠받쳐지고 있으며, 언론은 부패하였다. 그것을 있는 그대로 기술한 디킨스를 향한 양국 독자들의 반응은 냉담하였다. 그럼에도 이 책은 격동의 미국 사회를 날카로운 시각으로 파헤쳐 지금도 많은 독자들의 사랑을 받고 있다.

실제 여행하면서 이 책을 차분히 읽을 시간도 없었고 취약한 영어 실력으로 디킨스의 명문장을 따라가기도 힘들었다. 하지만 띄엄띄엄 들춰보면서 과연 나는 세계를 돌아다니며 냉철하게 관찰하고, 어떤 새로운 희망을 발견하고 있는 것인지 반추하게 만들었다.

자아를 찾아가는 40대 말의 진짜 여행자

다음 날 버밍엄을 떠나 이전에 묵었던 런던 아스널 태번 호스텔로 다시 돌아왔다. 다음 날까지 밀린 여행기를 정리하고, 앞으로의 여행 스케줄을 잡는 데 매달렸다. 남미 대륙은 워낙 넓고, 가보고 싶은 곳도 많아 일정 잡는 일이 만만치 않았다. 프랑크푸르트에서 구입한 론리 플래닛과 인터넷을 검색하면서 브라질 리우데자네이루에서 출발해 아르헨티나, 칠레, 볼리비아, 페루로 남미 대륙을 시계 방향으로 한 바퀴 도는 대략적인 루트를 만들었다. 하지만 구체적으로 어느 도시, 어느 지역을 어떻게 돌아다닐지는 상당 부분 미해결 상태로 남았다. 남미를 여행하며 계속 업데이트 해야 했다.

아침에는 처음으로 화상통화인 탱고(Tango)로 올리브와 통화도 했다. 올리브가 알려준 앱을 다운받아 와이파이가 되는 호스텔에서 화상통화를 연결했다. 지금까지 그걸 몰라 비싼 전화를 이용했는데 와이파이만 연결되면 얼굴을 보면서 공짜로 전화를 할 수 있으니 이 얼마나 편리한 기계인가.

올리브는 어제 창군이 입대하고, 서울의 새 집으로 와서 짐을 정리하는 중이라고 했다. 올리브와 동군의 얼굴도 보고 가족이 새로 이사 간 집 구경도 할 수 있어 흡족했다. 동군은 말끔히 이발도 하고, 쓸모없는 비디오 테이프를 버리려고 준비하는 중이었다. 마치 옆에서 이야기를 나누는 것 같았다.

드디어 남미로 이동하는 날, 새벽 2시에 일어나 바로 체크아웃을 하고 버스 정류장으로 향했다. 어제 숙소 직원으로부터 버스 시간과 정류장, 승차권 구입 및 이동 방법 등을 확인해 둔 터라 혼돈이나 주저함이 없었다. 정류장에서 10여 분을 기다려 새벽 2시 41분 N19번 버스에 올라탔다. 한밤중인데 한치의 오차도 없었다. 중간에 버스를 갈아타고 빅토리아 역에 도착하니 3시였다. 탑승구로 가니 3시 30분에 스탠스테드 공항으로 출발하는 내셔널 익스프레스 버스가 기다리고 있었다. 내 티켓보다 1시간 빠른 버스였는데 티켓을 보여주니 타라고 했다. 이틀 전 구입한 버스표의 탑승 시간을 바꾸느라 숙소 직원이 나 대신 전화를 하고, 추가 요금까지 지불했는데, 여기서는 아무런 절차 없이 빈자리가 나면 그냥 타면 되었다. 허탈했다.

버스는 쏜살같이 달려 4시 55분 예정대로 스탠스테드 공항에 도착했다. 규모는 작지만 매 5분마다 서너 대의 비행기가 출발할 정도로 많은 승객을 실어 나르는 항공의 요충지다. 대부분 저가 항공이고, 수속 절차도 간단하고 속전속결이었다.

라이언에어는 예정대로 8시 20분 스페인 마드리드 공항에 도착했다. 리스본을 경유해 브라질 리우데자네이루로 가는 탑 포르투갈(TAP Portugal) 항공기는 오후 6시 45분에 출발하므로 출발까지는 한참 남았다. 가장 저렴한 항공편을 고르다 보니 아무래도 기다리는 시간이 많았다. 가난한 배낭여행자 모드로 대합실에서 시간을 보내다 드디어 체크인이 시작되었는데, 문제가 발생했다. TAP 항공사 직원이 여권을 보더니 고개를 절레절레 흔들었다.

"아웃바운드(outbound) 티켓이 없으면 브라질 입국이 안 됩니다."

"예? 한국인은 브라질을 입국하는 데 비자가 필요 없어요. 확인해 보세요."

"필요합니다. 아웃바운드 티켓이 없으면 리우 행 티켓을 줄 수 없어요."

"브라질을 여행한 다음 육로를 통해 아르헨티나로 이동할 계획입니다. 나는 아웃바운드 티켓이 필요 없어요. 브라질에서 출국하는 육로 티켓을 여기서 끊을 수 없잖아요."

황당했다. 아무리 설명해도 막무가내였다. 할 수 없이 저가 항공인 TAM 창구로 뛰었다. 가장 싼 티켓이 상파울루에서 파라과이의 몬테비데오로 가는 241유로(약 36만 1500원)짜리였다. 나중에 브라질에 입국한 다음 티켓 반환 방법을 알아봐야 하겠지만, 최악의 경우 폐기하는 셈 쳤다. 아웃바운드 티켓을 들고 TAP 항공으로 가니 그제야 예약해 놓은 티켓을 주었다. 결국 티켓 비용이 이중으로 들어가게 되었다.

마드리드를 출발한 항공기는 7시 리스본에 도착했다. 포르투갈은 스페인에 비해 1시간이 느리기 때문에 다시 영국시간으로 환원되었다. 하지만 이게 끝이 아니다. 리스본에서 다시 리우데자네이루로 가는 비행기를 갈아타야 하는데 약 14시간 정도를 또 기다려야 했다. 트랜짓 대합실의 TAP 창구에 문의했더니 공항에는 침실이나 호텔이 없다며 대합실을 이용하라는 답변이 돌아왔다. 결국 노숙이었다.

다행히 약간 푹신하고 긴 의자가 곳곳에 있었다. 일부 승객들은 그곳에 웅크리고 잠을 자고 있었다. 나도 신발을 의자 아래에 잘 정리해 놓고, 작은 배낭을 베개 삼아 눈을 감으니 피곤한 몸이 의자에 착 달라붙는 느낌이다. 그래도 정신은 명징하고 마음은 편안했다. 싱숭생숭하던 마음도 제자리를 찾아가기 시작했다. 이제야 비로소 진짜 여행자로 돌아간 것 같았다. 새로운 길을 찾기 위해 현실을 박차고 세상으로 뛰쳐나간 40대 말 대한민국 가장이 자아와 세계의 희망을 찾아가는 여행이 거기서 시작되고 있었다.

| 4권에서 계속 |